AF372056

Rivales Divinos

Rebecca Ross escribe novelas de fantasía para adolescentes y adultos. Vive en las colinas de los Apalaches al noreste de Georgia con su esposo, su pastor ovejero australiano lleno de energía y una pila interminable de libros. Cuando no está escribiendo, la puedes encontrar leyendo o en su jardín, donde cultiva flores silvestres e ideas para sus historias.

Código BIC: YFH | Código BISAC: JUV037000
Diseño de cubierta: Olga Grlic
Imágenes: teclas de máquina de escribir
© Marekuliasz/ Shutterstock.Com;
Flores © Magdalena Was Iczek/Trevillion Images

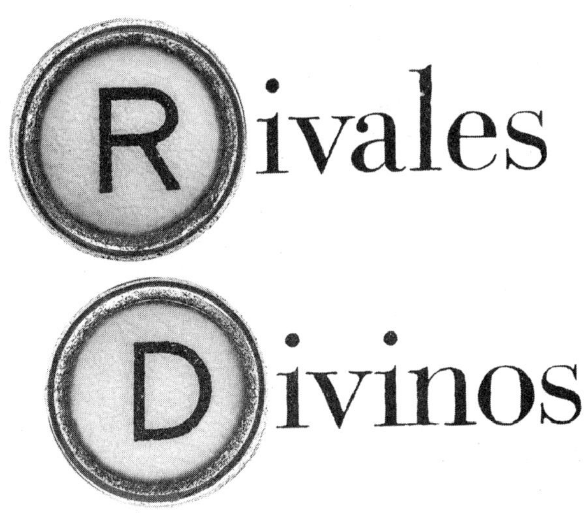

Rivales Divinos

Rebecca Ross

Traducción de Raúl Rubiales

books4pocket

Argentina – Chile – Colombia – España
Estados Unidos – México – Perú – Uruguay

Título original: *Divine Rivals*
Editor original: Wednesday Books
Traducción: Raúl Rubiales

1.ª edición en **books4pocket** Junio 2025

Para Isabel Ibañez,
que leyó este libro mientras yo lo escribía,
que me convenció de añadir el punto de vista de Roman
y que de vez en cuando deja que me salga con la mía.

P. D. Hablo del capítulo 34.

Escríbeme sobre esperanza y amor, y corazones que perduraron.
—EMILY DICKINSON

Prólogo

Una niebla fría se había asentado sobre la estación como una mortaja e Iris Winnow pensaba que el tiempo no podría haber sido mejor. Apenas veía el tren a través de la neblina, pero lo saboreaba en el aire del atardecer: metal, humo y carbón ardiente, aromas entretejidos con trazas de petricor. Sus pies resbalaban sobre la plataforma de madera donde brillaban los charcos que había dejado la lluvia y los montones de hojas caídas.

Cuando Forest se detuvo a su lado, ella se quedó quieta también, como si fuera su reflejo. A los dos los solían confundir por gemelos debido a sus ojos grandes de color avellana, su pelo ondulado castaño y las pecas que les salpicaban la nariz. Pero Forest era alto e Iris, bajita. Él tenía cinco años más que ella, y por primera vez en su vida, Iris deseaba ser mayor que él.

—No estaré fuera mucho tiempo —le dijo—. Solo unos pocos meses, creo.

Su hermano se la quedó mirando en la luz que se desvanecía mientras esperaba a que ella respondiera. Era el anochecer, ese espacio de tiempo entre la oscuridad y la luz, cuando las constelaciones empezaban a decorar el cielo y las luces de la ciudad cobraban vida en respuesta. Iris podía sentir su atracción: el rostro preocupado de Forest y la luz dorada que iluminaba las nubes que sobrevolaban bajo... Y, aun así, sus ojos deambulaban, desesperados por una distracción, por un momento para tragarse las lágrimas antes de que Forest pudiera verlas.

Había una soldado a su derecha. Una mujer joven ataviada con un uniforme perfectamente almidonado. A Iris la sorprendió un pensamiento revelador. Uno que debió de cruzarle el rostro, porque Forest se aclaró la garganta.

—Debería ir contigo —dijo Iris mientras buscaba su mirada—. No es demasiado tarde. Puedo alistarme…

—No, Iris —respondió Forest con brusquedad—. Me hiciste dos promesas, ¿recuerdas?

Dos promesas hacía apenas un día. Iris frunció el ceño.

—Cómo olvidarlas.

—Pues recuérdamelas.

Se cruzó de brazos para protegerse del frío otoñal y de la extraña cadencia en la voz de Forest. Había un punto de desesperación que no le había oído hasta el momento, y se le erizó la piel de los brazos bajo el fino jersey que llevaba puesto.

—«Cuida de mamá» —dijo, imitando su tono grave. Los labios del chico esbozaron una sonrisa—. «No dejes la escuela».

—Creo que fue algo más que un tosco «no dejes la escuela» —añadió Forest, y le golpeó el pie con la bota—. Eres una estudiante brillante que no se ha saltado ni una clase en todos estos años. Dan premios por eso, ¿lo sabías?

—Está bien —cedió Iris, y un rubor le cubrió las mejillas—. Me dijiste: «Prométeme que aprovecharás tu último año de escuela, y volveré a tiempo para tu graduación».

—Así es —confirmó Forest, pero su sonrisa empezó a decaer.

¿Y si hubiera sido yo la que oyera la canción?, pensó Iris. El corazón le pesaba tanto que parecía que le estuviera lastimando las costillas. *Si yo hubiera encontrado a la diosa en vez de él…, ¿me dejaría marchar así?*

Su mirada descendió hasta el pecho de Forest, el lugar donde su propio corazón latía bajo el uniforme verde oliva. Una bala podría atravesarlo en una milésima de segundo. Una bala podría evitar que volviera a casa.

—Forest, yo...

La interrumpió un estridente silbido que le hizo dar un salto. Era el último aviso para subir, y de repente había mucho movimiento hacia los vagones. Iris se estremeció de nuevo.

—Ten —le dijo Forest mientras se descolgaba su bolsa de cuero—. Quiero que te la quedes.

Iris se quedó observando a su hermano mientras abría el cierre y sacaba una gabardina marrón claro. Se la ofreció y arqueó una ceja cuando ella solo se la quedó mirando.

—Pero la necesitarás —repuso ella.

—Me darán una —contestó—. Algo adecuado para la guerra, supongo. Venga, acéptala, Florecilla.

Iris tragó saliva y aceptó la gabardina. Metió los brazos en las mangas y se ajustó la tela desgastada sobre la cintura. Le venía grande, pero era cómoda. Le pareció una especie de armadura. Suspiró.

—¿Sabes? Huele como a la tienda del horólogo —dijo arrastrando las palabras.

Forest se rio.

—¿Y a qué huele exactamente la tienda de un horólogo?

—A relojes medio heridos y polvorientos, y a aceite caro, y a esos pequeños instrumentos de metal que se usan para arreglar las piezas rotas.

Pero eso era cierto solo en parte. La gabardina también desprendía reminiscencias del restaurante Revel, donde ella y Forest solían cenar al menos dos veces por semana mientras su madre hacía de camarera. Olía al parque ribereño, a musgo y piedras empapadas y largas caminatas, y a loción de sándalo para después del afeitado, porque no importaba cuánto quisiera tener una, era incapaz de hacer que le creciera la barba.

—Entonces, debería hacerte buena compañía —dijo él mientras se colgaba la bolsa al hombro—. Y ahora puedes tener el armario todo para ti.

Iris sabía que estaba intentando rebajar la tensión, pero pensar en el pequeño armario que compartían en su piso solo le provocó una punzada en el estómago. Como si de verdad fuera a guardar su ropa en algún otro lugar mientras estuviera fuera.

—Estoy segura de que necesitaré los colgadores que sobran, porque, como ya sabes, estoy al día con todas las modas actuales —terció Iris con ironía, con la esperanza de que Forest no pudiera percibir la tristeza que desprendía su voz.

Su hermano se limitó a sonreír.

Y llegó la hora. En el andén apenas quedaban soldados, y el tren silbaba a través de la niebla. Iris tenía un nudo en la garganta; se mordió la mejilla por dentro mientras Forest la abrazaba. Cerró los ojos y notó cómo le raspaba el tejido de su uniforme contra la mejilla, y contuvo las palabras que quería soltarle como un torrente: «¿Cómo puedes querer a esa diosa más que a mí? ¿Cómo puedes abandonarme así?».

Su madre ya había expresado esos sentimientos, enfadada y triste con Forest por alistarse. Aster Winnow se había negado a acudir a la estación para despedirlo, e Iris se imaginaba que estaba en casa, sollozando mientras asimilaba la situación.

El tren empezó a moverse, chirriando a lo largo de las vías.

Forest se soltó de los brazos de Iris.

—Escríbeme —le susurró.

—Te lo prometo.

Dio unos cuantos pasos atrás mientras le sostenía la mirada. No había miedo en sus ojos, solo una determinación oscura y febril. Y entonces Forest se dio la vuelta y se apresuró a subir al tren.

Iris lo siguió hasta que desapareció dentro del vagón más cercano. Levantó la mano y le dijo adiós, incluso mientras las lágrimas le nublaban la visión, y se quedó de pie en el andén hasta mucho después de que el tren se hubiera desvanecido en la niebla. El agua de la lluvia le estaba calando los zapatos. Las luces tintinearon por encima de su cabeza, zumbando como avispas. La muchedumbre se había dispersado e Iris se sentía vacía, sola, mientras caminaba de vuelta a casa.

Tenía las manos frías, y las metió en los bolsillos de la gabardina. Fue en ese momento cuando la notó: una bola de papel. Frunciendo el ceño, creyó que era el envoltorio de un caramelo que Forest se había olvidado, hasta que lo sacó para examinarlo bajo la luz apagada.

Era un fragmento de papel pequeño, doblado sin miramientos, con una ristra de palabras mecanografiadas. Iris no pudo reprimir la sonrisa, incluso a pesar de que le dolía el corazón. Leyó:

Solo por si no lo sabes... Eres de lejos la mejor hermana que podría tener. Estoy muy orgulloso de ti.

Estaré en casa antes de que te des cuenta,

Florecilla.

Cartas a través del armario

1

Enemigos jurados

Iris pasó como una exhalación a través de la lluvia vestida con un tacón alto roto y una gabardina raída. La esperanza le latía con fuerza en el pecho y le proporcionaba velocidad y suerte mientras cruzaba las vías del tranvía del centro de la ciudad. Llevaba semanas esperando ese día, y sabía que estaba preparada. Incluso aunque estuviera empapada, cojeando y muerta de hambre.

La primera punzada de inquietud le llegó cuando entró en el vestíbulo. Era un edificio antiguo, construido antes de que los dioses fueran derrotados. Algunos de esos seres divinos muertos estaban pintados en el cielorraso, y, a pesar de las grietas y la luz tenue que proyectaban los candelabros que colgaban bajos del techo, Iris siempre levantaba la vista hacia ellos. Dioses y diosas que danzaban por las nubes y barrían el suelo con la mirada, vestidos con largas togas doradas y estrellas brillantes en la cabeza. A veces tenía la sensación de que esos ojos pintados la observaban, e Iris reprimió un escalofrío. Se quitó el zapato roto y se apresuró hacia el ascensor con un paso poco natural, mientras los pensamientos sobre los dioses se desvanecían con lentitud cuando él le venía a la mente. Tal vez la lluvia hubiese ralentizado a Roman también y todavía podía tener una oportunidad.

Esperó durante un minuto entero. El maldito ascensor debía de estar atascado precisamente ese día, y decidió tomar las escaleras, dándose prisa para llegar al quinto piso. Estaba temblando y sudorosa cuando empujó por fin las pesadas puertas de la *Gaceta de Juramento* y la recibió la luz dorada de las lámparas, el aroma profundo a té y el ajetreo matutino de la preparación del periódico.

Llegaba cuatro minutos tarde.

Iris se quedó quieta en medio del barullo y con la mirada buscó el escritorio de Roman.

Estaba vacío, y se sintió complacida hasta que desvió los ojos hacia el tablero de asignaciones y lo vio allí de pie, a la espera de su llegada. Tan pronto como sus miradas se encontraron, él le dedicó una sonrisa perezosa, se acercó al tablero y descolgó un fragmento de papel. El último encargo.

Iris no se movió ni cuando Roman Kitt serpenteó alrededor de los cubículos para saludarla. Era alto y ágil, con unos pómulos que podían cortar la piedra, y ondeó el papelito en el aire, justo fuera de su alcance. El papel que ella quería con todas sus fuerzas.

—Otra vez tarde, Winnow —la saludó—. La segunda vez esta semana.

—No sabía que llevabas la cuenta, Kitt.

La sonrisa de superioridad se le desdibujó cuando bajó la vista y vio cómo sujetaba el zapato roto.

—Parece que has tenido algún problema.

—Para nada —le contestó ella con la cabeza bien alta—. Lo tenía todo planeado, por supuesto.

—¿Que se te rompiera el tacón?

—Que te asignasen ese encargo final.

—¿Tú, mostrándome simpatía? —Arqueó una ceja—. Menuda sorpresa. Se supone que tenemos que ser rivales hasta la muerte.

Ella soltó una risita.

—Una expresión hiperbólica, Kitt. Que usas a menudo en tus artículos, dicho sea de paso. Deberías tener cuidado con esa inclinación si consigues el puesto de columnista.

Una mentira. Iris rara vez leía lo que él escribía, pero eso Roman no lo sabía.

Roman entrecerró los ojos.

—¿Qué hay de hiperbólico en que los soldados desaparezcan en el frente?

A Iris se le formó un nudo en el estómago, pero ocultó su reacción con una sonrisa apretada.

—¿Es ese el tema del último encargo? Gracias por decírmelo.

Le dio la espalda y se dirigió hacia su escritorio serpenteando por los cubículos.

—No importa si lo sabes —le insistió mientras la perseguía—. El encargo es para mí.

Llegó a su escritorio y encendió la lámpara.

—Por supuesto, Kitt.

No se iba. Seguía de pie en su cubículo, observando cómo dejaba su bolso de tapiz y el zapato de tacón alto roto, como si fuera un distintivo de honor. Se quitó la gabardina. Rara vez la miraba con tanta atención, e Iris volcó su lapicero.

—¿Necesitas algo? —le preguntó mientras se afanaba en recoger los lápices antes de que rodaran hasta el suelo. Por supuesto, uno se cayó y aterrizó justo enfrente de los zapatos de cuero de Roman. Este no se preocupó por recogerle el lápiz, y ella masculló una maldición mientras se agachaba para recuperarlo y se percataba del pulido perfecto de los zapatos.

—Vas a escribir tu propio artículo sobre los soldados desaparecidos —afirmó—. Aunque no tienes toda la información sobre el encargo.

—¿Y eso te preocupa, Kitt?

—No. Por supuesto que no.

Se lo quedó mirando, estudiando su rostro. Colocó el lapiz al fondo del escritorio, lejos de cualquier opción de volverlo a volcar.

—¿Alguna vez te han dicho que pestañeas mucho cuando mientes?

Su mala cara se agravó.

—No, pero solo porque nadie se ha pasado tanto tiempo mirándome como tú, Winnow.

Alguien en algún escritorio cercano soltó una risita. Iris se puso colorada y se sentó en su silla. Caviló para encontrar una respuesta mordaz, pero no fue capaz, porque desafortunadamente Roman era atractivo y a menudo captaba su atención.

Hizo lo único que podía hacer: se reclinó en la silla y le regaló a Roman una sonrisa brillante. Una que le llegaba hasta los ojos y hacía que le salieran arrugas en las comisuras. La expresión de Roman se tornó tosca al instante, como había anticipado. Detestaba que ella le sonriese de ese modo. Siempre lo obligaba a retirarse.

—Buena suerte con el encargo —añadió ella con alegría.

—Y tú pásatelo bien con los obituarios —repuso él en tono seco, y se fue hacia su cubículo, que desgraciadamente estaba solo a dos escritorios.

La sonrisa de Iris desapareció tan pronto como le dio la espalda. Todavía estaba con la mirada perdida en su dirección cuando Sarah Prindle apareció en su campo de visión.

—¿Té? —le ofreció Sarah mientras levantaba una taza—. Tienes pinta de necesitarlo, Winnow.

Iris suspiró.

—Sí, gracias, Prindle.

Aceptó la taza, pero la dejó en el escritorio con un golpe sonoro, al lado del montón de obituarios escritos a mano que la estaban esperando para que los clasificara, los editara y los introdujera a máquina. Si hubiera llegado lo bastante pronto como para agenciarse el encargo, Roman sería el que estaría envuelto en esa tortura de papel.

Iris se quedó mirando el montón, recordando su primer día de trabajo, hacía tres meses. Cómo Roman Kitt había sido el último en darle la mano y presentarse tras acercarse a ella con los labios apretados y la mirada sagaz. Como si estuviera calculando la amenaza que ella podía suponer para su puesto en la *Gaceta*.

A Iris no le llevó demasiado tiempo saber lo que pensaba en realidad sobre ella. De hecho, solo había tardado media hora tras conocer a Roman. Le había oído decir a uno de los editores: «No podrá competir contra mí. Para nada. Dejó el Instituto Windy Grove en el último año».

Aquellas palabras todavía le dolían.

Jamás esperaba que pudieran ser amigos. ¿Cómo iban a serlo si los dos competían por el mismo puesto de columnista? Pero sus ademanes pomposos solo habían atizado su deseo de derrotarlo, y además era alarmante que Roman Kitt supiera mucho más de ella que ella de él.

Y eso significaba que Iris tenía que desvelar sus secretos.

En su segundo día de trabajo, se había dirigido hacia la persona más amigable del personal: Sarah.

—¿Cuánto tiempo lleva trabajando aquí Kitt? —le había preguntado Iris.

—Casi un mes, así que no te preocupes por que él sea más veterano que tú. Creo que los dos tenéis muchas posibilidades de conseguir el ascenso —había contestado Sarah.

—¿Y a qué se dedica su familia?

—Su abuelo lideró el ferrocarril.

—Así que su familia tiene dinero.

—Montones —dijo Sarah.

—¿A qué escuela fue?

—Creo que a Devin Hall, pero no me hagas mucho caso.

Una escuela de prestigio a la que la mayoría de los padres de Juramento enviaban a sus niños mimados. Un contraste directo con la escuela humilde de Iris, Windy Grove. Casi se avergonzó al saberlo, pero siguió preguntando:

—¿Se está viendo con alguien?

—No que yo sepa —había respondido Sarah con un encogimiento de hombros—. Pero no nos cuenta demasiado de su vida. De hecho, no sé mucho sobre él, más allá de que no le gusta que toquen sus cosas del escritorio.

Satisfecha en parte por lo que acababa de descubrir, Iris había decidido que el mejor plan de acción era ignorar a su competidor. Durante la mayor parte del tiempo, podía fingir que no existía. Pero pronto descubrió que eso iba a ser cada vez más difícil, ya que tenían que avanzarse para obtener sus tareas semanales del tablero de boletines.

Ella había conseguido el primero, triunfal.

Roman había obtenido el segundo, pero solo porque se lo había permitido. Eso le había dado la oportunidad de leer un artículo escrito por él. Iris se había sentado encorvada a su escritorio mientras leía lo que Roman había publicado sobre un jugador de béisbol retirado, un deporte al que Iris nunca le había hecho mucho caso, pero que de repente despertaba su fascinación debido al tono emotivo e ingenioso de la pluma de Roman. Se sentía transportada con cada palabra y notaba la costura de la pelota en la mano, la noche cálida de verano, la emoción del público en el estadio…

—¿Ves algo que te guste?

La voz altiva de Roman rompió el hechizo. Iris había arrugado el papel que tenía en las manos por el sobresalto. Pero él sabía exactamente lo que había estado leyendo y se mostraba engreído.

—Para nada —le había respondido. Y como estaba desesperada por encontrar algo que la distrajera de la mortificación que sentía, se fijó en el nombre, imprimido en letras negras pequeñas bajo el titular de la columna.

—¿Qué significa la «C»? —le preguntó, subiendo la mirada hacia él.

Roman levantó la taza de té y tomó un sorbo como respuesta, pero le sostuvo la mirada por encima del borde descascarillado de porcelana.

—¿Roman Cursi Kitt? —propuso Iris—. ¿O tal vez Roman Chabacano Kitt?

Su cara divertida se apagó. No le gustaba que se rieran de él, y la sonrisa de Iris se ensanchó mientras se reclinaba en la silla.

—¿O tal vez sea Roman Cascarrabias Kitt?

Se había dado la vuelta y se había ido sin dirigir otra palabra, pero con la mandíbula tensa.

Cuando se había quedado sola, había acabado de leer el artículo en paz. Se le cayó el alma a los pies; su manera de escribir era extraordinaria, y aquella noche había soñado con él. A la mañana siguiente, había rasgado el papel de inmediato y se había prometido no volver a leer un artículo suyo en la vida. De lo contrario, estaba destinada a perder el puesto a su favor.

Pero ese día, mientras el té se enfriaba, se lo estaba reconsiderando. Si escribía un artículo sobre soldados desaparecidos, tal vez estuviera dispuesta a leerlo.

Iris sacó una hoja nueva de papel del montón de su escritorio y la introdujo en la máquina de escribir, pero los dedos solo sobrevolaban las teclas mientras oía cómo Roman preparaba la mochila. Escuchó cómo salía de la oficina, sin duda alguna en busca de información para su artículo, con los pasos amortiguados por el sonido de las máquinas, el murmullo de las voces y las espirales de humo de los cigarrillos.

Apretó los dientes y empezó a mecanografiar el primero de los obituarios.

Para cuando Iris casi había acabado la faena del día, el peso de los obituarios había hecho mella en ella. Siempre se preguntaba qué había ocasionado las muertes, y, aunque nunca se incluía esa información, imaginaba que la gente estaría más dispuesta a leerlos si la pusieran.

Se mordió una uña y le vino el sabor metálico de las teclas de la máquina. Cuando no trabajaba en un encargo, estaba hasta arriba de anuncios u obituarios. Los últimos tres meses en la *Gaceta* se los había pasado inmersa entre esos tres trabajos, y cada uno le despertaba palabras y emociones distintas.

—Ven a mi despacho, Winnow —le dijo una voz familiar. Zeb Autry, su jefe, pasaba por su lado y dio un golpecito en el borde de su cubículo con sus dedos con anillos de oro—. Ahora.

Iris dejó atrás los obituarios y lo siguió hasta una estancia con paredes de cristal. Allí dentro el aire siempre estaba cargado y olía a cuero lustrado, tabaco y al pungente aroma de la loción para después del afeitado. Cuando se sentó a su escritorio, ella se acomodó en el sillón con orejas de delante, resistiendo la tentación de crujirse los dedos.

Zeb se la quedó mirando durante un minuto largo y tenso. Era un hombre de mediana edad, con un cabello rubio que empezaba a clarear, ojos azul claro y un hoyuelo en la barbilla. A veces pensaba que sabía leer la mente, y eso la hizo sentir incómoda.

—Esta mañana has llegado tarde —afirmó.

—Sí, señor. Pido disculpas. Me he dormido y he perdido el tranvía.

Por la manera como los surcos de su frente se hacían más profundos, se preguntó si su jefe también sabía detectar las mentiras.

—Kitt ha conseguido el encargo final, pero solo porque has llegado tarde, Winnow. Lo he colgado en el tablón a las ocho en punto, como todos los demás —dijo arrastrando las palabras—.

Has llegado tarde al trabajo dos veces esta semana, y Kitt no ha llegado tarde nunca.

—Lo entiendo, señor Autry, pero no volverá a ocurrir.

Su jefe se quedó callado durante un breve instante.

—En los últimos meses, he publicado once artículos de Kitt y diez tuyos, Winnow.

Iris respiró hondo. ¿De verdad se iba a basar solo en los números? ¿En que Roman había escrito un poco más que ella?

—¿Sabías que le iba a dar el puesto a Kitt nada más puso un pie aquí? —continuó Zeb—. Esa era la idea hasta que tu redacción ganó el concurso de invierno de la *Gaceta*. De entre los centenares de redacciones que revisé, la tuya me llamó la atención, y pensé que eras una chica con un talento bruto y que sería una lástima dejarlo escapar.

Iris sabía lo que venía a continuación. Había estado trabajando en el restaurante, limpiando platos con los sueños rotos y en silencio. Jamás pensó que la redacción que había entregado a la competición anual de la *Gaceta* sirviese de algo hasta que volvió a casa y se encontró con una carta de Zeb con su nombre escrito. Era una oferta para trabajar en el periódico, con la tentadora promesa de ser columnista si continuaba mostrándose excepcional.

Había cambiado la vida de Iris por completo.

Zeb encendió un cigarrillo.

—Me he dado cuenta de que tu escritura últimamente no está tan afilada. Ha sido bastante desorganizada, de hecho. ¿Está pasando algo en casa, Winnow?

—No, señor —respondió demasiado rauda.

Su jefe se la quedó mirando con un ojo más abierto que el otro.

—¿Cuántos años decías que tenías?

—Dieciocho.

—Dejaste la escuela el invierno pasado, ¿verdad?

Odiaba pensar en la promesa rota que le había hecho a Forest, pero asintió con la cabeza, a sabiendas de que Zeb estaba indagando. Quería saber más sobre su vida personal, y eso la ponía tensa.

—¿Tienes hermanos?

—Un hermano mayor, señor.

—¿Y dónde está ahora? ¿A qué se dedica? —la presionaba Zeb.

Iris desvió la mirada y se dedicó a estudiar el suelo cuadriculado blanco y negro.

—Era un aprendiz de horólogo. Pero ahora está en la guerra. Luchando.

—¿Por Enva, supongo?

Volvió a asentir.

—¿Por eso dejaste Windy Grove? ¿Porque tu hermano se fue? —preguntó Zeb. Iris no respondió—. Es una pena. —Suspiró y soltó una nube de humo; aunque Iris ya sabía la opinión de Zeb sobre la guerra, siempre conseguía irritarla—. ¿Y tus padres?

—Vivo con mi madre —respondió en tono tajante.

Zeb sacó un pequeño frasco de la chaqueta y vertió unas gotas de licor en su té.

—Sopesaré darte otro encargo, pero no es como suelo hacer las cosas aquí. En fin, quiero esos obituarios en mi escritorio antes de las tres de la tarde.

Ella se fue sin mediar palabra.

Iris colocó los obituarios terminados sobre el escritorio de Zeb una hora antes de lo estipulado, pero no se fue de la oficina. Se quedó en su cubículo y empezó a pensar en algo sobre lo que escribir, por si acaso Zeb le diera la oportunidad de contraponerse al encargo de Roman.

Pero las palabras se le helaban en el interior. Decidió ir hasta el aparador para prepararse una taza de té cuando vio que Roman Creído Kitt entraba en la oficina.

Para su alivio, Roman había estado ausente todo el día, pero lo vio con ese molesto vigor en sus andares, como si las palabras lo estuvieran desbordando y tuviera que verterlas en la hoja de papel. Cuando se sentó a su escritorio y hurgó en su bolsa en busca de su libreta, tenía la cara roja por el frío de inicios de primavera y el abrigo salpicado de gotas de lluvia.

Iris lo observó mientras colocaba una hoja en blanco en la máquina de escribir y empezaba a teclear frenéticamente. Estaba alejado del mundo, perdido en sus palabras, así que no tuvo que hacer un rodeo hasta su escritorio, como hacía normalmente para evitar acercarse demasiado a él. Roman no se dio cuenta de que pasaba por su lado, e Iris tomó un sorbo de té demasiado endulzado y se quedó mirando la hoja en blanco.

Pronto todos empezaron a irse, excepto ellos dos. Se empezaban a apagar las lámparas de escritorio, una a una, y aun así Iris se quedó, tecleando lentamente y con dificultad, como si tuviera que sacar cada palabra de su médula, mientras que Roman, a dos cubículos de distancia, golpeaba las teclas.

Sus pensamientos volaron hacia la guerra de los dioses.

Era inevitable; la guerra siempre parecía estar latente en el fondo de su mente, incluso aunque tuviese lugar a seiscientos kilómetros al oeste de Juramento.

¿Cómo acabará?, se preguntaba. *¿Con la destrucción de un dios o de los dos?*

Los finales a menudo se encontraban en los inicios, y empezó a teclear lo que sabía, fragmentos de información que habían recorrido el país y llegaban a Juramento semanas después de que hubieran ocurrido.

Todo empezó en un pequeño y tranquilo pueblo rodeado de dorado. Siete meses antes, los campos de trigo estaban listos para la cosecha y casi invadían un lugar llamado Sparrow, donde hay cuatro ovejas por cada persona y llueve solo dos veces al año a causa de un antiguo hechizo perpetrado por un dios enfurecido al que hace siglos asesinaron.

Este pueblo idílico situado en la Pedanía Este es donde Dacre, el dios del inframundo, fue derrotado y donde descansa su tumba. Y allí durmió durante doscientos treinta y cuatro años hasta que un día, durante la cosecha, despertó de repente y se levantó, arrasando la tierra y quemándola con furia.

Se encontró con un granjero en medio del campo, y sus primeras palabras fueron un suspiro frío y desgarrado.

«¿Dónde está Enva?».

Enva, una diosa protectora del cielo y la enemiga jurada de Dacre. Enva, que también había sido derrotada dos siglos antes, cuando los cinco últimos dioses cayeron cautivos bajo el poder de los mortales.

El miedo invadía al granjero y se acobardaba ante la sombra de Dacre. «Está enterrada en la Pedanía Este», respondió el granjero al fin. «En una tumba igual a la vuestra».

«No», dijo Dacre. «Está despierta, y si se niega a encontrarme, si elige ser una cobarde, la atraeré hasta mí».

«¿Cómo, mi señor?», preguntó el granjero.

Dacre bajó la vista hacia el hombre. ¿Cómo hace un dios para atraer a otro? Empezó a

—¿Qué es esto?

Iris pegó un salto al oír la voz de Zeb. Se giró y lo vio de pie a su lado con el ceño fruncido, intentando leer lo que había escrito.

—Solo es una idea —respondió ella, un poco a la defensiva.

—No será sobre cómo empezó la guerra de los dioses, ¿verdad? Eso ya es agua pasada, Winnow, y la gente de Juramento está harta de leer sobre ello. A menos que tengas una nueva versión sobre Enva.

Iris pensó en todos los titulares que Zeb había publicado sobre la guerra. Gritaban cosas como LOS PELIGROS DE LA MÚSICA DE ENVA: LA DIOSA PROTECTORA DEL CIELO HA VUELTO Y LES CANTA A NUESTROS HIJOS E HIJAS PARA IR A LA GUERRA O RESISTID EL CANTO DE SIRENA QUE OS LLEVA A LA GUERRA: ENVA ES NUESTRA AMENAZA MÁS PELIGROSA. EN JURAMENTO TODOS LOS INSTRUMENTOS DE CUERDA ESTÁN PROHIBIDOS.

Todos sus artículos culpaban a Enva por la guerra, mientras que pocos mencionaban el papel de Dacre. A veces Iris se preguntaba si era porque Zeb temía a la diosa y la facilidad con la que reclutaba soldados o porque le habían dado órdenes de publicar solo ciertas cosas, como si el canciller de Juramento estuviera controlando lo que podía publicar el periódico para propagar sus ideas de manera discreta.

—Es que... Sí, lo sé, señor, pero he pensado...

—¿Qué has pensado, Winnow?

Vaciló un instante.

—¿Le ha puesto restricciones el canciller?

—¿Restricciones? —Zeb se echó a reír como si hubiera dicho una tontería—. ¿Con qué?

—Con lo que se puede decir o no en las publicaciones.

Una mueca arrugó la cara rojiza de Zeb. Sus ojos brillaban, e Iris no supo decir si de miedo o enfado, pero escogió decir:

—No malgastes mi papel ni mis rollos de tinta en una guerra que aquí, en Juramento, nunca nos alcanzará. Es un problema en el este, y deberíamos seguir nuestras vidas con normalidad. Encuentra algo bueno sobre lo que escribir, y tal vez valore publicarlo en la columna de la semana que viene.

Dicho eso, dio un pequeño golpe con los nudillos en la madera, agarró su abrigo y sombrero, y se fue.

Iris suspiró. Podía oír el tecleo constante de Roman, como si fuera un latido en la vasta habitación. Las puntas de los dedos golpeando las teclas, las teclas golpeando el papel. Una motivación que la impulsaba a hacerlo mejor que él. A asegurarse el puesto la primera.

Tenía la mente dispersa, y sacó de un tirón la redacción de la máquina de escribir. La dobló y la guardó en su bolsito de tapiz, atando los cordones antes de recoger el zapato roto. Apagó la lámpara y se puso en pie mientras se masajeaba el cuello, donde tenía calambres. Fuera de la ventana estaba oscuro; la noche se había asentado en la ciudad, y las luces de fuera relucían como estrellas caídas.

Esa vez, cuando pasó al lado del escritorio de Roman, este se dio cuenta.

Todavía llevaba puesta su gabardina, y un mechón de pelo negro le caía por encima de la frente fruncida. Ralentizó los dedos en las teclas, pero no habló.

Iris se preguntaba si quería hacerlo y, de ser así, qué le diría en un momento en el que tenían la oficina para ellos solos y nadie más los estaba mirando. Le vino a la mente un antiguo proverbio que Forest solía usar: «Convierte a un enemigo en amigo y tendrás un oponente menos».

Un trabajo tedioso, sin duda, pero Iris se quedó quieta y volvió sobre sus pasos para detenerse delante del cubículo de Roman.

—¿Quieres ir a por un sándwich? —le preguntó, apenas consciente de las palabras que salían por su boca. Todo cuanto sabía era que ese día no había comido, y tenía hambre y ganas de mantener una conversación emocionante con alguien. Aunque fuera con él.

—A dos bloques de aquí hay un sitio que abre hasta tarde. Tienen los mejores pepinillos.

Roman ni siquiera ralentizó el movimiento de las teclas.

—No puedo. Lo siento.

Iris asintió con la cabeza y se marchó apresuradamente. Había sido ridículo siquiera pensar en que él compartiría la cena con ella.

Se fue con los ojos empañados y antes de salir lanzó el zapato de tacón roto en el cubo de la basura.

2

Palabras para Forest

Fue positivo que Roman le hubiera rechazado la oferta del sándwich.

Iris se detuvo en una tienda de alimentos y se percató de lo ligero que iba su bolso de mano. No se dio cuenta de que había entrado en uno de los edificios encantados de Juramento hasta que la comida de las estanterías empezó a moverse. Solo los productos que se podía permitir se movieron hacia adelante, compitiendo por su atención.

Iris se quedó quieta en el pasillo con la cara encendida. Apretó los dientes al ver cuántas cosas no podía pagar, y entonces agarró una barra de pan y medio cartón de huevos hervidos con celeridad, con la esperanza de que la tienda la dejara en paz y cesara de contar las monedas que llevaba en el bolso.

Por eso se mostraba recelosa con los edificios encantados de la ciudad. Podían tener ventajas beneficiosas, pero también podían ser indiscretos e impredecibles. Se formó el hábito de evitar las tiendas que no le eran familiares, incluso aunque hubiera pocas y estuvieran alejadas entre sí.

Iris se apresuró hacia la caja para pagar y de pronto se fijó en las filas de estanterías vacías. Solo quedaban unas pocas latas: maíz, judías y cebolla encurtida.

—¿Intuyo que últimamente la venta de verduras enlatadas ha sobrepasado las previsiones? —preguntó con indiferencia mientras pagaba al tendero.

—No creas. Los productos se envían al este en barco, al frente —respondió—. Mi hija está luchando por Enva y me quiero asegurar de que su tropa tenga suficiente comida. Es un trabajo duro, alimentar a un ejército.

Iris pestañeó, sorprendida por la respuesta.

—¿Te ha ordenado el canciller que envíes ayuda?

El tendero resopló.

—No. El canciller Verlice no le declarará la guerra a Dacre hasta que el dios esté llamando a nuestra puerta. Aunque aparente que apoyamos a nuestros hermanos y hermanas que pelean en el este. —El tendero metió la barra de pan y los huevos en una bolsa marrón y la deslizó por el mostrador.

Iris pensó que era valiente por hacer esos comentarios. Primero, por decir que el canciller del este o era un cobarde o un seguidor de Dacre. Segundo, por confesarle a favor de qué dios luchaba su hija. Eso lo había aprendido ella misma de Forest. Había mucha gente en Juramento que estaba a favor de Enva y su reclutamiento, y que creía que los soldados eran valientes, pero había otros que no. Esas personas, sin embargo, tendían a ser las que veían la guerra como algo que no les iba a afectar jamás. O eran personas que veneraban y seguían a Dacre.

—Espero que tu hija esté sana y salva en el frente —le dijo Iris al tendero. Dejó atrás la impertinente tienda con alivio, pero al salir resbaló con un periódico mojado en la calle—. ¿No has tenido suficiente de mí por hoy? —gruñó mientras se agachaba para recogerlo, con la certeza de que era una publicación de la *Gaceta*.

No lo era.

Iris abrió mucho los ojos cuando reconoció la imagen del tintero y la pluma de la *Tribuna de Tinta*, el rival de la *Gaceta*. Había cinco diarios distintos esparcidos por Juramento, pero la *Gaceta* y la *Tribuna* eran los más antiguos y los que más se leían. Si Zeb la descubría con la competencia en las manos, seguramente le daría el ascenso a Roman.

Estudió la portada con curiosidad.

Monstruos avistados a 30 kilómetros del frente, predicaba el titular en letras manchadas. Debajo había una ilustración de una criatura con unas alas grandes y membranosas, dos patas larguiruchas dotadas de garras y una colección de dientes afilados que parecían agujas. Iris se estremeció, esforzándose por entender las palabras, pero eran indescifrables, deshechas en regueros de tinta.

Se quedó mirando el papel durante un rato más, completamente quieta en la esquina de la calle. La lluvia le goteaba por la barbilla y caía como si fueran lágrimas encima de la ilustración del monstruo.

Ese tipo de criaturas ya no existían. No desde que los dioses habían sido derrotados siglos atrás. Pero, por supuesto, si Dacre y Enva habían vuelto, también podían hacerlo las criaturas arcanas. Criaturas que hacía mucho que solo vivían en los mitos.

Iris se dirigió hacia un cubo de basura para tirar el papel que se deshacía, pero entonces la asaltó un pensamiento repentino.

¿Es este el motivo por el que están desapareciendo tantos soldados? ¿Porque Dacre pelea con monstruos?

Tenía que saberlo, así que dobló con cuidado la *Tribuna de Tinta* y se la introdujo en el bolsillo interior de la gabardina.

Estuvo más tiempo bajo la lluvia del que le hubiera gustado, especialmente sin el calzado adecuado, pero Juramento no era un lugar fácil de recorrer a pie. La ciudad era antigua, construida hacía siglos sobre la tumba de un dios caído. Las calles serpenteaban, algunas eran estrechas y estaban llenas de suciedad, otras anchas y pavimentadas, y unas cuantas estaban encantadas con reminiscencias mágicas. Sin embargo, en las últimas décadas las nuevas construcciones se habían disparado, y a veces a Iris le parecía disonante ver edificios de ladrillo y ventanas relucientes al lado de tejados de paja, parapetos resquebrajados y torres de castillo de una era olvidada. O ver cómo los tranvías circulaban por las calles antiguas y sinuosas. Como si el presente intentara pavimentarse por encima del pasado.

Una hora después, Iris llegó por fin a su piso, sin aliento y empapada por la lluvia.

Vivía con su madre en la segunda planta, e Iris se detuvo ante la puerta, sin saber con seguridad con qué se iba a encontrar.

Fue exactamente lo que se esperaba.

Aster estaba reclinada en el sofá envuelta en su abrigo lila favorito y con un cigarrillo prendido en los dedos. Las botellas vacías se esparcían por todo el comedor. No había electricidad, cortada desde hacía ya semanas. Unas cuantas velas estaban encendidas en el armario de la cocina y habían estado prendidas tanto rato que la cera se había desparramado y había formado un charco sobre la madera.

Iris se quedó de pie en el umbral y observó a su madre hasta que pareció que el mundo a su alrededor se convertía en un borrón.

—Florecilla —dijo Aster en tono ebrio, dándose cuenta de su presencia—. Por fin has vuelto a casa para verme.

Iris respiró hondo. Quería soltar un reguero de palabras, palabras amargas, pero entonces se percató del silencio. Un silencio terrible que rugía y en el que se enroscaba el humo, y no pudo contenerse. Miró hacia el armario de la cocina, donde las velas parpadeaban, y se dio cuenta de que faltaba algo.

—¿Dónde está la radio, mamá?

Su madre arqueó una ceja.

—¿La radio? Ah, la he vendido, cariño.

A Iris le dio un vuelco el corazón, que le cayó a los doloridos pies.

—¿Por qué? Era la radio de la abuela.

—Apenas sintonizaba un canal, cariño. Le había llegado la hora.

No, pensó Iris, pestañeando con fuerza para retener las lágrimas. *Solo que necesitabas dinero para comprar más alcohol.*

Cerró la puerta de entrada de golpe y cruzó el comedor, esquivando las botellas para entrar en la pequeña y lúgubre cocina. Allí no había ninguna vela encendida, pero Iris conocía el espacio de memoria. Colocó la hogaza de pan deformada y el medio cartón de huevos en la encimera antes de buscar una bolsa de papel y volver al comedor. Recogió las botellas, muchas botellas, y eso le hizo pensar en esa mañana y en el motivo por el que había llegado tarde al trabajo. Porque su madre estaba tumbada en el suelo con un charco de vómito al lado, rodeada por un caleidoscopio de cristal, y esa imagen la había aterrorizado.

—Déjalo —dijo Aster con un movimiento de la mano. Le cayeron cenizas del cigarrillo—. Lo limpiaré más tarde.

—No, mamá. Mañana tengo que llegar puntual al trabajo.

—He dicho que lo dejes.

Iris soltó la bolsa. El cristal repicó dentro, pero estaba demasiado agotada como para discutir. Hizo lo que le pedía su madre.

Se recluyó en su oscura habitación, buscó a tientas las cerillas y encendió las velas que tenía en la mesita de noche. Pero estaba hambrienta, y al final tuvo que volver a la cocina para prepararse un sándwich de mermelada, mientras su madre se había tumbado en el sofá y bebía de una botella, fumaba y canturreaba sus canciones favoritas, que ya no podía escuchar, puesto que la radio ya no estaba.

De vuelta a la tranquilidad de su habitación, Iris abrió la ventana y escuchó la lluvia. El aire entraba frío y punzante, cargado de toques de invierno, aunque Iris agradeció cómo le mordía la piel. Le recordaba que estaba viva.

Se comió el sándwich y los huevos, y se cambió la ropa empapada por una bata. Con cuidado, extendió el ejemplar mojado de la *Tribuna de Tinta* sobre el suelo para que se secara. La ilustración del monstruo estaba todavía más difuminada después de haberla llevado en el bolsillo. Se la quedó mirando hasta que notó un tirón en el pecho, y buscó debajo de la cama, donde escondía la máquina de escribir de su abuela.

Iris la sacó a la luz de las llamas, aliviada de encontrarla después de la desaparición repentina de la radio.

Se sentó en el suelo y abrió su bolso de tapiz, donde la redacción que había empezado estaba ahora arrugada y empapada por la lluvia. «Encuentra algo bueno sobre lo que escribir, y tal vez valore publicarlo en la columna de la semana que viene», le había dicho Zeb. Con un suspiro, Iris colocó una nueva hoja en la máquina de su abuela y posó los dedos sobre las teclas. Pero entonces miró de nuevo al borrón de tinta que ilustraba el monstruo, y empezó a escribir algo completamente distinto a su redacción previa.

Hacía días que no había vuelto a escribir a Forest, y aun así se puso a ello. Las palabras se le derramaban desde dentro. No se molestó en poner la fecha o un «querido Forest», como había hecho con todas las demás cartas que le había mandado. No quería escribir su nombre ni verlo en la página. El corazón le dolía mientras iba directa al grano:

Cada mañana, cuando atravieso el mar de botellas
verdes de mamá, pienso en ti. Cada mañana, cuando me
pongo la gabardina que me dejaste, me pregunto si
pensaste en mí aunque fuera un momento. Si te
imaginaste lo que tu partida me podía hacer. Lo que
le podía hacer a mamá.

Me pregunto si pelear por Enva es tal como lo
imaginabas. Me pregunto si te ha atravesado una bala
o una bayoneta. Si un monstruo te ha herido. Me
pregunto si descansas en una tumba sin nombre,
cubierto de tierra empapada de sangre ante la que

nunca podré arrodillarme, por más desesperada que mi alma esté por encontrarte.

Te odio por haberme abandonado así.

Te odio, y aun así te quiero todavía más, porque eres valiente y estás lleno de una luz que yo no creo que sea capaz de encontrar o entender. La llamada a luchar por algo con tanta fuerza que ni siquiera la muerte puede detenerte.

A veces me cuesta respirar bien. Entre mis preocupaciones y el miedo, mis pulmones se empequeñecen porque no sé dónde estás. Hace cinco meses que me despedí de ti con un abrazo en la estación. Cinco meses, y lo único que se me ocurre es que has desaparecido en el frente o que estás demasiado ocupado como para escribirme. Porque no creo que fuera capaz de levantarme por la mañana, no creo que pudiera salir de la cama si me llegara la noticia de tu muerte.

Ojalá fueras un cobarde por mí, por mamá. Ojalá depusieras las armas y te deshicieras de la lealtad hacia la diosa que te ha llamado. Ojalá detuvieras el tiempo y volvieras con nosotras.

Iris sacó de un tirón el papel de la máquina, lo dobló dos veces y se levantó para acercarse al armario.

Hacía mucho, su abuela escondía notas por su habitación para que Iris las encontrara; a veces las deslizaba por debajo de la puerta de la habitación o debajo de la almohada. Otras las metía en el bolsillo de una falda para que las encontrara más tarde cuando estaba en la escuela. Eran pequeñas palabras de ánimo o un verso de algún poema cuyo descubrimiento siempre la hacía feliz. Era una tradición que tenían, e Iris había crecido y aprendido a leer y escribir gracias a las notas de su abuela.

Le parecía natural, entonces, deslizar las cartas a Forest por debajo de la puerta del armario. Su hermano no tenía su propia habitación en el piso: dormía en el sofá para que Aster e Iris pudieran tener las dos habitaciones para ellas, pero él e Iris habían compartido el mismo armario durante años.

El armario era un pequeño recoveco en la pared de piedra, con una puerta combada que había dejado una marca permanente en el suelo. La ropa de Forest colgada en el lado derecho, la de Iris en el izquierdo. Él no tenía muchas prendas, solo algunas camisas, pantalones, rodilleras de cuero y un par de zapatos arañados. Pero Iris tampoco tenía muchos atuendos. Hacían todo lo que podían con lo que tenían, remendando agujeros y cosiendo bordes deshilachados, y utilizaban la ropa hasta que acababa hecha jirones.

Iris no había tocado su ropa del armario, a pesar de que había bromeado con que podría tener el espacio del armario entero para ella mientras estuviera fuera. Había sido paciente durante los dos primeros meses que él estaba en la guerra, esperando a que le escribiera como le había prometido. Pero entonces su madre había empezado a beber, tan profusamente que la habían despedido del restaurante Revel. Ya no podían pagar las facturas y no quedaba comida en la despensa. A Iris no le quedó otra opción que dejar la escuela y encontrar un trabajo, todo mientras esperaba a que Forest le escribiera.

Pero su hermano no había dado señales de vida.

Iris ya no podía soportar más el silencio. No tenía ninguna dirección, ninguna información de a dónde habían destinado a su hermano. No le quedaba nada más que su querida tradición, e hizo lo que habría hecho su abuela… Iris le había entregado el papel doblado al armario.

Para su asombro, al día siguiente la carta había desaparecido, como si las sombras se la hubieran comido.

Desconcertada, Iris le había escrito otro mensaje a Forest y lo había deslizado por debajo de la puerta del armario. La carta también se desvaneció, y ella había examinado el pequeño armario con atención, sin poder creerlo. Estudió las piedras antiguas de la pared, como si alguien, muchos siglos atrás, hubiera decidido sellar allí un antiguo pasaje. Se preguntaba si la magia de los huesos de los dioses caídos que descansaban en las profundidades debajo de la ciudad se había despertado para dar respuesta a su aflicción. Si la magia había tomado su carta sin saber cómo y la había llevado con el viento del este para entregarla en el lugar donde su hermano estaba combatiendo en la guerra.

Cómo había odiado hasta ese momento los edificios encantados.

Se arrodilló y deslizó la carta debajo de la puerta del armario.

Era un alivio dejar que las palabras se fueran. La opresión que sentía en el pecho disminuyó.

Iris volvió a su máquina de escribir. Mientras la levantaba, sus dedos rozaron una rugosidad metálica fría, atornillada en el interior de la estructura. La placa tenía la longitud de su dedo meñique y era fácil pasarla por alto, pero recordó vívidamente el día que la había descubierto. La primera vez que había leído el grabado en la plata. LA TERCERA ALONDRA / HECHA ESPECIALMENTE PARA D. E. W.

Daisy Elizabeth Winnow.

El nombre de su abuela.

Iris había estudiado a menudo esas palabras, preguntándose por su significado. ¿Quién le había fabricado la máquina a su abuela? Ojalá hubiera visto el grabado antes de que su abuela muriera. A Iris no le quedaba más remedio que contentarse con el misterio.

Recolocó la máquina en su escondite y subió a la cama. Se tapó con las sábanas hasta la barbilla, pero dejó la vela prendida, aunque sabía que no era una buena idea. *Debería apagarla y guardarla para mañana por la noche*, pensó, porque nadie sabía cuándo podría pagar la factura de la luz. Pero en ese momento quería descansar bajo la luz, no en la oscuridad.

Se le cerraron los ojos, que le pesaban después de un día largo. Todavía podía oler la lluvia y el humo del tabaco en el pelo. Todavía tenía tinta en los dedos y mermelada entre los dientes.

Estaba casi dormida cuando lo oyó. El sonido del papel que cruje.

Iris frunció el ceño y se incorporó.

Miró hacia el armario. Allí, en el suelo, había un fragmento de papel.

Contuvo la respiración, pensando que debía de ser la carta que acababa de enviar. Alguna corriente de aire debía de haberla empujado de vuelta a la habitación, pero cuando se incorporó en la cama pudo comprobar que no era su carta. El fragmento de papel estaba doblado de manera distinta.

Vaciló antes de levantarse y agacharse para recoger el papel.

Le temblaba en las manos, y, cuando se impregnó de luz, Iris pudo discernir letras escritas en su interior. Eran pocas palabras, pero inconfundibles y de color negro.

Desdobló el papel y leyó la carta. Notó cómo se quedaba sin aliento.

No soy Forest.

3

Mitos perdidos

«No soy Forest».

A la mañana siguiente, las palabras retumbaban en su interior mientras caminaba por la calle Ancha. Estaba en el corazón de la ciudad, los edificios se alzaban a su alrededor y atrapaban el aire frío, las últimas sombras del alba y los distantes tañidos de los tranvías. Casi había llegado al trabajo; había seguido su rutina habitual como si la noche anterior no hubiera ocurrido nada extraño.

«No soy Forest».

—Entonces, ¿quién eres? —suspiró con las manos bien metidas en los bolsillos. Empezó a caminar más lento hasta que se detuvo en medio de la calle.

La verdad era que había estado demasiado asustada como para volver a escribir. En vez de eso, se había pasado las horas nocturnas en un torbellino de preocupación, mientras recordaba todo lo que había dicho en las cartas anteriores. Le había dicho a Forest que había dejado la escuela. Sería una sorpresa desagradable para él, una promesa rota, así que había seguido rápidamente con la noticia de su ansiado trabajo en la *Gaceta*, donde muy probablemente iba a ganarse el puesto de columnista. Aparte de esa información personal, no había revelado su nombre verdadero; todas las cartas para Forest acababan con su apodo: Florecilla. Y estaba completamente aliviada por...

—¿Winnow? ¡Winnow!

Una mano la agarró del brazo como una tenaza. De golpe se vio propulsada hacia atrás con tal fuerza que se mordió los labios. Iris trastabilló, pero recuperó el equilibrio justo cuando el zumbido engrasado de un tranvía pasaba por delante de ella, tan cerca que podía notar el sabor a metal en la boca.

Casi la habían arrollado.

Cuando se dio cuenta de ello, las rodillas empezaron a temblarle.

Y alguien todavía la agarraba del brazo.

Levantó la mirada para encontrarse con Roman Kitt y su chaqueta beis de última moda, los zapatos de cuero pulido y el pelo engominado hacia atrás. La estaba mirando como si le hubiera brotado una segunda cabeza.

—¡Deberías fijarte por dónde vas! —exclamó soltándola como si el contacto lo hubiera quemado—. Por un segundo pensaba que vería cómo te hacían papilla sobre los adoquines.

—He visto el tranvía —replicó mientras se alisaba la gabardina. Casi la había rasgado, y de ser así se habría llevado un gran disgusto.

—No opino igual —contestó Roman.

Iris fingió que no lo había oído. Con cuidado pasó por encima de las vías del tranvía y se apresuró a subir las escaleras que daban al vestíbulo, con ampollas que se abrían en sus talones. Llevaba puestas las botas delicadas de su madre, que le llegaban hasta el tobillo y que le iban un número pequeñas, pero tenían que servirle hasta que Iris pudiera comprar un nuevo par de tacones. Y como los pies le palpitaban, decidió que debía usar el ascensor.

Desafortunadamente, Roman le seguía los pasos, y se dio cuenta con un gruñido interno de que tendrían que compartir el viaje.

Se quedaron de pie esperándolo, hombro con hombro.

—Llegas pronto —dijo Roman al final.

Iris se tocó el labio magullado.

—Tú también.

—¿Acaso Autry te ha dado un encargo?

Las puertas del ascensor se abrieron. Iris sonrió como respuesta y entró, situándose tan lejos de Roman como le fue posible antes de que él se le acercara. Aun así, su colonia llenaba el pequeño espacio, e intentó no respirar demasiado profundo.

—¿Te importaría si fuera así? —contraatacó mientras el ascensor empezaba a subir entre ruidos.

—Ayer te quedaste hasta tarde, trabajabas en algo. —Roman medía sus palabras, pero ella juraría que había notado un indicio de preocupación en su voz. Se reclinó sobre el revestimiento de madera, observándola. Iris mantuvo la mirada apartada, pero de repente los arañazos que tenían los zapatos de su madre, las arrugas en su falda a cuadros, los mechones sueltos que se le escapaban del moño firme enrollado y las manchas de la vieja gabardina de Forest que llevaba puesta cada día como si fuera una armadura parecían ser más evidentes—. No estuviste trabajando en la oficina toda la noche, ¿verdad, Winnow?

La pregunta la sacudió. Iris buscó su mirada con ojos penetrantes.

—¿Qué? ¡Claro que no! Viste cómo me fui, justo después de ofrecerte un sándwich.

—Estaba ocupado —respondió.

Ella suspiró y desvió la mirada.

Estaban llegando al tercer piso. El ascensor ascendía lentamente, y se detuvo como si notara la incomodidad de Iris. Emitió un sonido metálico y las puertas se abrieron. Un hombre vestido con traje que llevaba un maletín en la mano pasó la mirada de Iris a Roman y al vasto espacio que los separaba antes de entrar con cautela.

Iris se relajó un ápice. Que se les uniera un extraño haría que Roman mantuviera el pico cerrado. O eso creía. El ascensor prosiguió con su ascenso laborioso, y Roman se saltó las normas del ascensor cuando preguntó:

—¿Qué encargo te dio, Winnow?

—No es de tu incumbencia, Kitt.

—De hecho, sí que me incumbe. Tú y yo perseguimos lo mismo, por si te has olvidado.

—No me he olvidado —respondió Iris secamente.

—No creo que sea justo que Autry te dé encargos sin que yo lo sepa —siguió Roman—. Se supone que tiene que ser una competición justa entre tú y yo. Jugamos siguiendo las reglas. No debería haber ningún trato preferencial.

¿Trato preferencial?

Ya casi habían llegado al quinto piso. Iris se tamborileó con los dedos sobre el muslo.

—Si tienes algún problema, ve a hablarlo con Autry tú mismo —le dijo justo cuando se abrían las puertas—. Aunque no sé por qué estás tan preocupado. Por si necesitas que te lo recuerden… «No podrá competir contra mí. Para nada. Dejó el Instituto Windy Grove en el último año».

—¿Perdona? —se quejó Roman, pero Iris ya se había alejado tres pasos del ascensor.

Se apresuró por el pasillo hacia la oficina, aliviada al ver que Sarah ya estaba allí, preparando el té y vaciando todas las bolas de papel arrugado de los cubos de basura. Iris dejó que la pesada puerta de cristal se cerrara tras de sí, justo delante de la cara de Roman, y oyó el rechino de sus zapatos y su resoplido de enfado.

No le volvió a dirigir la mirada mientras se acomodaba en su escritorio.

Ese día le había traído problemas mucho más acuciantes que Roman Kitt.

—¿Estás contenta aquí?

La sencilla pregunta de Iris parecía haber sorprendido a Sarah Prindle. Era mediodía, y las dos chicas habían coincidido en la pequeña cocina durante la pausa de la comida. Sarah estaba sentada a la mesa y comía un sándwich de queso y pepinillos, e Iris estaba reclinada contra la encimera y sorbía la quinta taza de té.

—Por supuesto que estoy contenta —respondió Sarah—. ¿Acaso no lo están todos los que trabajan aquí? La *Gaceta de Juramento* es la publicación de mayor prestigio de la ciudad. Pagan bien y nos dan todas las vacaciones. Winnow, ¿quieres la mitad de mi sándwich?

Iris negó con la cabeza. Sarah limpiaba, hacía recados y llevaba mensajes para Zeb. Organizaba los obituarios y los anuncios que entraban y los colocaba en el escritorio de Iris o Roman para que los editaran y teclearan.

—Supongo que lo que quiero decir es... ¿Es lo que imaginabas para ti, Prindle? Cuando eras pequeña y todo parecía posible, digo.

Sarah trago saliva, pensativa.

—No lo sé. Supongo que no.

—¿Cuál era tu sueño, entonces?

—Bueno, siempre quise trabajar en el museo. Mi padre solía llevarme los fines de semana. Me acuerdo de que me encantaban todos los artefactos antiguos y las tablillas de piedra que rebosaban sabiduría. Los dioses fueron bastante despiadados en el pasado. Estaban los protectores celestiales, la familia de Enva, y después los infraterrenales, la familia de Dacre. Siempre se han odiado, ¿lo sabías?

—Por desgracia, no sé gran cosa sobre los dioses —contestó Iris, y alargó el cuerpo en busca del bote del té—. En la escuela solo nos enseñaron algunas leyendas. La mayoría versaba sobre los dioses a los que matamos hace siglos. Cuando todavía se podía hacer eso, ya sabes.

—¿Matar dioses? —dijo Sarah con voz rota.

—No —respondió Iris con una sonrisa—. Aunque eso podría ser un final emocionante para esta sanguinaria guerra. Me refería a que podrías ir a trabajar a un museo. Hacer lo que te encanta.

Sarah suspiró, y un poco de mermelada se cayó de su sándwich.

—Tienes que nacer para la profesión o ser muy muy mayor. ¿Y tú qué, Winnow? ¿Cuál es tu sueño?

Iris vaciló. Hacía mucho tiempo que nadie le preguntaba algo así.

—Creo que ya lo estoy viviendo —contestó mientras reseguía el borde descascarillado de su taza de té—. Siempre quise escribir sobre cosas que fueran importantes. Escribir cosas que inspiraran o informaran a la gente. —De repente, sintió vergüenza y soltó una risita—. Pero en realidad no lo sé.

—Qué maravilla —repuso Sarah—. Y estás en el lugar adecuado.

Un silencio cómodo se asentó entre las dos chicas. Sarah siguió comiéndose el sándwich e Iris sostenía su taza mientras lanzaba miradas al reloj colgado en la pared. Ya casi era la hora de volver a su escritorio cuando se atrevió a inclinarse hacia Sarah.

—¿Alguna vez cotilleas lo que publica la *Tribuna de Tinta*? —le susurró.

Sarah arqueó las cejas de golpe.

—¿La *Tribuna de Tinta*? ¿Por qué diantres…?

Iris se llevó un dedo a los labios con el corazón desbocado. Sería un desastre si por casualidad Zeb pasaba cerca y las oía.

Sarah bajó la voz, avergonzada.

—Pues no. Porque no quiero que me despidan.

—Leí el periódico ayer —continuó Iris—. En la calle. Informaban sobre monstruos en el frente.

—¿Monstruos?

Iris empezó a describir la imagen del diario: alas, garras, dientes. No pudo reprimir un escalofrío mientras lo hacía ni tampoco pudo evitar relacionar la imagen con Forest.

—¿Alguna vez habías oído hablar de ellos? —le preguntó Iris.

—Los llaman ezrals —dijo Sarah—. Los tratamos por encima en clase de mitología, hace años. Hay historias sobre ellos en algunos de los tomos más antiguos de la biblioteca... —Se detuvo, y una expresión de sorpresa le barrió el rostro—. No se te habrá ocurrido escribir tu propio artículo sobre ellos, ¿verdad, Winnow?

—Me lo estoy pensando. Pero ¿por qué me miras así, Prindle?

—Porque dudo de que a Autry le haga gracia.

¡No me importa lo que piense!, quería gritar Iris, pero no era del todo cierto. Sí le importaba, pero solo porque perder contra Roman no era una opción. Tenía que pagar la factura de la luz. Tenía que comprar un par de zapatos bonitos de su número. Tenía que comer cada día. Tenía que encontrar ayuda para su madre.

Y, aun así, quería escribir sobre lo que ocurría en el este. Quería escribir la verdad.

Quería saber a qué se enfrentaba Forest en el frente.

—¿No crees que Juramento merece saber lo que está pasando en realidad ahí fuera? —susurró.

—Claro —replicó Sarah y se ajustó las gafas en la nariz—. Pero quién sabe si los ezrals están en el frente en realidad o no. Quiero decir, ¿y si...? —Dejó la frase a medias de repente, y parpadeó mirando hacia un lugar detrás de Iris.

Esta se irguió y se dio la vuelta. Hizo una mueca cuando vio que Roman estaba de pie en la puerta de la cocina. Estaba apoyado en el marco, mirándola con los párpados caídos.

—¿Conspirando, por lo que veo? —dijo arrastrando las palabras.

—Por supuesto —respondió Iris con alegría, y levantó la taza de té como si brindara—. Gracias por el consejo, Prindle. Tengo que volver al trabajo.

—Pero ¡si no has comido nada, Winnow! —protestó Sarah.

—No tengo hambre —contestó mientras se dirigía a la puerta—. Con permiso, Kitt.

Roman no se movió. Tenía la mirada clavada en ella como si quisiera leerle la mente, e Iris reprimió la tentación de alisarse los mechones sueltos del pelo y apretar los labios.

Abrió la boca para decir algo, pero se lo pensó mejor. Sus dientes sonaron al cerrar la boca, y se hizo a un lado.

Iris pasó por la puerta. Rozó con el brazo el pecho de él y oyó cómo le provocaba una exhalación, un silbido como si lo hubiera quemado, y le entraron ganas de reír. Quería provocarlo, pero se había quedado sin palabras.

Iris volvió a su escritorio y colocó encima la taza templada de té. Se puso la gabardina y agarró la libreta y el bolígrafo bajo la mirada suspicaz de Roman, que le llegaba desde la otra punta de la habitación.

Déjalo que se pregunte a dónde voy, pensó con una risita.

Y se esfumó de la oficina.

Iris se adentró en lo más profundo de la biblioteca, donde los libros más antiguos esperaban en estantes bien vigilados. No se podía sacar ninguno de esos volúmenes, pero se podían leer en uno de los escritorios de la biblioteca, así que Iris escogió un tomo que parecía prometedor y lo llevó a una mesa pequeña.

Encendió la lámpara de escritorio y pasó con cuidado las páginas, que eran tan antiguas que tenían manchas de moho y las notaba en los dedos como si fueran de seda. Páginas que olían a polvo, tumbas y lugares a los que solo se podía acceder en la oscuridad. Páginas llenas de historias de dioses y diosas de hacía mucho tiempo. Antes de que los humanos los hubieran asesinado o encerrado en las profundidades de la Tierra. Antes de que la magia brotara del suelo, elevándose de los huesos divinos y encantando puertas y edificios y aposentándose en objetos exclusivos.

Pero Enva y Dacre habían despertado de sus prisiones. Se habían visto ezrals cerca del frente.

Iris quería saber más de ellos.

Empezó a tomar apuntes sobre esa sabiduría legada que en la escuela nunca le habían enseñado. Los protectores celestiales, que gobernaban Cambria desde las alturas, y los infraterrenales, que gobernaban bajo tierra. Tiempo atrás, llegaron a ser un centenar de dioses entre las dos familias, y el poder de cada uno de ellos se podía apreciar a través del firmamento, la tierra y el agua. Pero con el paso del tiempo se mataron los unos a los otros, uno a uno, hasta que solo quedaron cinco. Y esos cinco sucumbieron a la humanidad y fueron entregados como botín de guerra a las pedanías de Cambria. A Dacre lo enterraron en el oeste, a Enva en el este, a Mir en el norte, a Alva en el sur y a Luz en la Pedanía Central. No debían despertar jamás de su sueño encantado; sus tumbas eran símbolo de la fuerza y resiliencia de los mortales, pero por encima de todo se rumoreaba que eran lugares hechizados que servían de reclamo para enfermos, creyentes y curiosos.

Iris no había visitado nunca la tumba de Enva del este. Estaba a kilómetros de Juramento, situada en un valle remoto. «Un día iremos, Florecilla», le había dicho Forest hacía apenas un año, aunque no habían sido una familia devota. «Tal vez podamos sentir la magia de Enva en el aire».

Iris se encorvó encima del libro y siguió buscando esas respuestas que tanto anhelaba. *¿Cómo atrae un dios a otro?*

Dacre había empezado la guerra quemando el pueblo de Sparrow hasta los cimientos, matando a los granjeros y a sus familias. Sin embargo, esa devastación no había hecho que Enva fuera a su encuentro, como él anticipaba. Incluso después de siete meses de conflicto, se mantenía oculta en Juramento, excepto cuando rasgaba su arpa para inspirar a los jóvenes a enlistarse y luchar contra su némesis.

¿Por qué os odiáis?, se preguntó Iris. ¿Qué historia había detrás de Dacre y Enva?

Revisó las páginas de los libros, pero las habían arrancado del volumen una tras otra. Había algunos mitos sobre Enva y Alva, pero nada escrito con detalle sobre Dacre. Su nombre se mencionaba de pasada de una leyenda a otra, pero nunca conectado con Enva. Tampoco había nada sobre los ezrals, de dónde venían ni quién los controlaba. Ni tampoco qué amenaza suponían para los humanos.

Iris se echó atrás en la silla y se frotó el hombro.

Era como si alguien quisiera robar el conocimiento del pasado: todos los mitos sobre Dacre, su magia y su poder y por qué estaba furioso con Enva. Por qué estaba instigando una guerra contra ella, arrastrando a los mortales a un baño de sangre.

Y eso llenó a Iris de un desaliento frío.

4

Revelaciones en el cubo de basura

Su madre estaba dormida en el sofá cuando esa tarde Iris llegó a casa. Un cigarrillo había dejado una quemadura en el cojín deshilachado y las velas encima del armario de la cocina se habían derretido hasta formar pequeños tocones.

Iris suspiró y empezó a recoger las botellas vacías y los ceniceros. Se quitó las botas con una mueca de dolor al ver que las ampollas le habían sangrado a través de las medias. Descalza, retiró las sábanas manchadas de vino de la cama de su madre, recogió algunas prendas para lavar y lo llevó todo a la zona común. Pagó algunas monedas por agua y un vaso de jabón granulado, eligió una tabla de lavar y un cubo, y empezó a frotar.

El agua estaba fría, bombeada gracias a la cisterna de la ciudad, y el jabón le dejó las manos en carne viva. Aun así, frotó las manchas hasta que desaparecieron y escurrió una prenda tras otra con la rabia como único alimento, pues ya hacía rato que su estómago había dejado de gruñir de hambre.

Para cuando lo había acabado de lavar todo, estaba lista para responderle a la persona de «No soy Forest». Volvió al piso y tendió toda la ropa en la cocina para que se secara. Debía comer algo antes de escribir, o quién sabe qué podría ser capaz de decir. Encontró una lata de judías verdes en uno de los armarios y se las comió con un tenedor, sentada en el suelo de su habitación. Le dolían las manos, pero aun así fue en busca de la máquina de escribir de su abuela debajo de la cama.

Había guardado la nota que había recibido la noche anterior, y la tenía abierta encima de las rodillas cuando empezó a teclear una respuesta enérgicamente:

Dices quién no eres, pero sin dar más detalles de ti. ¿Cuántas cartas mías has recibido? ¿Sueles tener por costumbre leer el correo de los demás?

Iris dobló el papel y lo deslizó por debajo de la puerta del armario.

Roman estaba leyendo en la cama cuando recibió el papel.

Había llegado al punto de reconocer el sonido de las cartas de Iris con facilidad, cómo se deslizaban como un susurro dentro de su habitación. Decidió que iba a ignorarla durante al menos una hora mientras mantenía los largos dedos ocultos en las páginas del libro que estaba leyendo. Pero por el rabillo del ojo podía ver el trozo blanco en el suelo, y al final le causó tanta molestia que cerró el tomo con un suspiro y se levantó de la cama.

Era tarde, se dio cuenta al comprobar su reloj de muñeca. ¿No debería estar durmiendo ya? Aunque si era sincero, había estado esperando su respuesta. La esperaba la noche anterior y, cuando no llegó, en parte creyó que dejaría de enviarle cartas.

No sabía si sería más un alivio o un arrepentimiento que no llegaran más cartas de manera misteriosa a su habitación. Odiaba ese edificio… Era una casa vieja y grande que se rumoreaba que estaba construida sobre una línea ley de magia. Por eso, la mansión Kitt tenía mente propia. Las puertas se abrían y se cerraban a voluntad, las cortinas se corrían a la salida del sol y los suelos se pulían solos hasta que brillaban como el hielo. A veces, cuando llovía, las flores brotaban en los lugares más insospechados: en tazas, jarrones e incluso en zapatos viejos.

Cuando Roman tenía quince años, un año que odiaba recordar, padecía de insomnio. Casi cada noche, deambulaba por los pasillos oscuros de la casa, sufriendo, hasta que llegaba a la cocina. Siempre había una vela encendida en la encimera al lado de un vaso de leche caliente y un plato con sus galletas favoritas. Durante todo ese año, creyó que era la cocinera la que le dejaba la comida, hasta que Roman se dio cuenta de que era la casa, que percibía sus problemas e intentaba reconfortarlo.

De vuelta al presente, Roman miraba la carta de Iris en el suelo.

¿Todavía intentas distraerme?, le preguntó a la puerta del armario. Por supuesto, la casa no solo buscaría consolarlo en sus peores momentos, sino que también estaría orgullosa de sus travesuras.

Había reconocido de inmediato que las cartas eran de Iris. Se había delatado no solo por el nombre, sino también por otros detalles. El trabajo en la *Gaceta de Juramento* era el primero y su estilo de escritura refinado y visceral era el otro. Al principio, Roman creyó que las cartas eran una mala broma. Ella había hallado una manera audaz de engatusar a la casa para poder meterse en su cabeza y así inquietarlo.

Y eso significaba que las ignoraría a las dos. A Iris y a sus cartas. Había tirado la primera carta al cubo de la basura. Se había quedado allí durante horas mientras él tecleaba en su escritorio, pero hacia la medianoche, cuando estaba exhausto y con los ojos empañados, y cuando claramente ya no pensaba con lucidez, volvió a sacar la carta y la metió en una antigua caja de zapatos.

Forest debía de ser su novio, desplegado en el frente.

Pero pronto Roman supo que no era así. Forest era su hermano mayor, y leer lo enfadada, triste y asustada que estaba Iris hizo que se le cayera el alma a los pies. Cuánto lo echaba de menos. Por la vulnerabilidad que había en sus cartas, Roman sabía que Iris no tenía ni idea de que sus palabras se habían abierto paso hasta las manos de su rival.

Se había pasado una semana entera meditando sobre ese dilema. Tenía que decírselo. ¿Tal vez en persona, un día en la oficina? Pero Roman perdía los nervios cada vez que se lo imaginaba. Entonces, ¿tal vez mejor por carta? Podía escribir algo parecido a: «Hola, gracias por escribirme, pero creo que tendrías que ser consciente de que tus cartas de algún modo han encontrado la manera de llegar hasta mí. A todo esto, soy Roman C. Kitt. Sí, el Roman C. Kitt del trabajo. Tu competidor».

Estaría muerta de vergüenza. No quería dejarla en evidencia ni quería que ella le hiciera sufrir una muerte lenta y dolorosa.

Había decidido que no diría nada y solo se dedicaría a recoger las cartas cuando llegaran y a meterlas en la caja de zapatos. Al final dejaría de escribir, o al menos Roman se cambiaría de habitación, y dejaría de ser un problema.

Hasta que llegó la carta de la noche anterior.

No iba dirigida a Forest, y eso despertó la curiosidad de Roman de inmediato. La había leído, como había hecho con todas las demás. A veces las leía varias veces. Al principio era una «táctica», porque ella era su competidora y quería saber tanto de ella como le fuera posible. Pero entonces se dio cuenta de que las leía porque le emocionaba profundamente cómo escribía Iris y los recuerdos que compartía. En ocasiones estudiaba la manera como tejía las palabras y el lenguaje, y le hacía sentir envidia y admiración a la vez. Ella sabía cómo remover los sentimientos en el lector, algo que Roman consideraba bastante peligroso.

Si no tenía cuidado, lo derrotaría y se ganaría el puesto de columnista.

Había llegado el momento de escribirle una respuesta. Era el momento de que cambiaran las tornas y fuera él quien se metiera en su cabeza.

«No soy Forest» fue todo cuanto había escrito la noche anterior, y se había quitado un peso de encima al hacerlo.

Había desafiado a la parte lógica de su cerebro al deslizar las palabras por debajo de la puerta del armario. *Esto es ridículo. ¿Por qué lo estoy haciendo?*, había pensado, pero cuando echó un vistazo al armario, el papel se había desvanecido.

Se quedó conmocionado, pero imaginó que Iris lo estaría incluso más. Al final, después de tres meses, alguien le respondía. Alguien que no era Forest.

Roman se agachó para recoger la carta. La leyó e interpretó el insulto que contenía, en especial el «¿Sueles tener por costumbre leer el correo de los demás?». Con cara de pocos amigos, se fue hacia el escritorio y metió una hoja en la máquina de escribir. Redactó:

He desarrollado la costumbre de recoger los
fragmentos de papel que de algún modo aparecen en
mi habitación a intervalos irregulares. ¿Preferirías
que los dejara en el suelo?

Y entonces lo envió por debajo del armario.

Paseaba arriba y abajo, impaciente mientras esperaba que ella le enviase una respuesta. *Debería decírselo ahora*, pensó mientras se pasaba una mano por el pelo. *Debería decirle que soy yo. Este es el punto de no retorno. Si no se lo digo ahora, ya no seré capaz de hacerlo.*

Pero cuantas más vueltas le daba, más se daba cuenta de que no quería hacerlo. Si se lo decía, Iris dejaría de escribirle. Perdería su ventaja estratégica. Al fin llegó la respuesta. Roman se sintió extrañamente aliviado al leerla:

Pues sé una buena persona y devuélveme las cartas.
No quisiera que tu suelo sufriera. Ni tu cubo de la
basura.

Era como si ella supiera que Roman había tirado la primera a la basura. Se le encendió el rostro y se sentó al escritorio. Abrió uno de los cajones, donde escondía la caja de zapatos. Levantó la tapa para observar el montón de cartas que había dentro. Páginas y páginas, palabras escritas todas para Forest, palabras que él había leído muchas veces.

Debería devolvérselas.

Y aun así...

Me temo que no puedo devolvértelas.

Envió ese mensaje conciso. Volvió a andar arriba y abajo mientras esperaba, y cuando no obtuvo respuesta de Iris, hizo una mueca. Ya estaba. Se acabó.

Hasta que otra página se deslizó con un susurro por el suelo.

De nada por el buen rato, entonces. Estoy segura de
que mis cartas han sido un buen pasatiempo mientras
han durado, pero no voy a molestarte ni a volver a
importunar a tu suelo.

¡Saludos!

Roman la leyó tres veces. Ahí estaba su escapatoria. Ya no más papeles contaminando su suelo. No más oportunidades de que la escritura de Iris lo persiguiera. Era positivo. Era brillante. Había puesto fin a ello sin tener que avergonzarla ni exponerse a sí mismo. Debería estar satisfecho.

Pero en vez de eso se sentó al escritorio y tecleó, dejando que las palabras se vertieran como una confesión a la luz de las velas. Le mandó la carta antes de que se lo pudiera pensar dos veces.

Por lo que más quieras, no te detengas por mí ni por mi suelo. Te he dicho quién no soy, y entonces tú, como es normal, me has preguntado quién soy, pero creo que es mejor así, que mantengamos nuestras identidades en secreto y nos quedemos con el hecho de que impera alguna magia antigua que conecta nuestras puertas.

Pero por si te lo estabas preguntando... leeré con gusto todo lo que escribas.

5

Lástima

Si alguno de vosotros recibe una oferta así, quiero saberlo de inmediato —dijo Zeb la mañana siguiente mientras meneaba un fragmento de papel por la oficina—. Es ruin, y no voy a perder a ninguno de vosotros por un empeño peligroso e inútil.

—¿Qué empeño, señor? —preguntó Roman.

—Léelo tú mismo y luego pásalo —respondió Zeb mientras le entregaba la hoja.

Lo que fuera eso tardó un minuto en llegar hasta el escritorio de Iris. Para cuando pudo ver el papel, estaba arrugado y notó a Zeb cerniéndose sobre ella mientras leía:

SE BUSCA INCORPORACIÓN INMEDIATA:
Corresponsales de guerra

La *Tribuna de Tinta* busca contratar periodistas que estén dispuestos a viajar hasta la zona de guerra para redactar artículos sobre el estado actual del conflicto de los dioses. Los artículos se publicarán en la *Tribuna de Tinta*. Tengan en cuenta que es un puesto neutral, y como tal se garantizará la protección por ambos bandos del conflicto, aunque puede haber situaciones de peligro. Si es de su interés, contacte con la señora Helena

Hammond. La *Tribuna de Tinta* pagará cincuenta billetes al mes por el puesto.

¿Cincuenta billetes? Eso era el doble de lo que le pagaban al mes en la *Gaceta*.

Iris debió de demorarse mucho en la lectura, porque Zeb se aclaró la garganta. Pasó el papel al escritorio que tenía detrás.

—La *Tribuna de Tinta* quiere vender más periódicos que nosotros asustando a nuestros lectores —aseveró—. Esta guerra es un problema que tiene que solucionar el canciller de la Pedanía Oeste. Enterraron a Dacre, así que dejemos que lidien ellos con el dios y su rabia como les corresponde, en vez de llevarse a nuestros soldados y nuestros recursos.

—¿Y qué me dice de Enva, señor Autry? —preguntó Sarah.

Zeb se quedó aturdido unos instantes al ver que Sarah se atrevía a pronunciar tal cosa. Iris estaba complacida por la valentía de su amiga, incluso mientras Sarah se encorvaba al instante bajo la mirada escrutiñadora de Zeb y se recolocaba las gafas arriba de la nariz como si quisiera desaparecer.

—Eso, ¿qué ocurre con Enva? —continuó Zeb con la cara roja como un tomate—. Era nuestro deber mantenerla enterrada y controlada en el este, y hemos hecho un trabajo pésimo, ¿no creéis? —Se quedó callado durante unos segundos, e Iris respiró hondo—. Mientras que Enva y su música han convencido a algunas personas de mente débil para que se alisten, la mayoría de los que estamos aquí queremos centrarnos en lo que de verdad importa. Así que no dejéis que esta palabrería sobre la guerra os engañe. Todo pasará al olvido pronto. Seguid trabajando bien y acudid a mí de inmediato si alguien de la *Tribuna de Tinta* os menciona este tema.

Iris apretó el puño por debajo del escritorio hasta que notó cómo se le clavaban las uñas.

Forest no era nada parecido a alguien «de mente débil».

Cuando el verano anterior Dacre empezó a atacar un pueblo tras otro, el canciller y los residentes de la Pedanía Oeste enviaron un mensaje de ayuda: «¡Nos está superando!», proclamaban, y esas palabras viajaban a través de los cables de teléfono que crepitaban. «Nos mata si no le prometemos lealtad o luchar por él. ¡Necesitamos ayuda!».

A veces Iris todavía se sentía avergonzada por la lentitud con la que las personas del este habían respondido a esa llamada de socorro. Pero la fea realidad era que los habitantes de Juramento no se habían creído la noticia de que Dacre hubiera vuelto. No hasta que la música reveladora de Enva empezó a fluir por las calles. Las pedanías Sur y Central fueron las primeras en responder, con la idea de que, si enviaban unas cuantas milicias auxiliares, podían derrotar a Dacre antes de que demoliera el oeste hasta los cimientos.

Lo subestimaron. Subestimaron al número de personas devotas que elegirían luchar por Dacre.

Así empezó la guerra. Se desarrolló rápida y sin compasión. Mientras Juramento dormía, el oeste estaba en llamas. Y a pesar de los incontables kilómetros oscuros que se extendían entre el este y el oeste, Forest fue uno de los primeros en alistarse.

Iris se preguntó dónde estaría en ese preciso instante. Durmiendo en una cueva, escondido en una trinchera, herido en un hospital, encadenado en el campamento enemigo. Todo mientras ella estaba sentada a salvo a su escritorio, tecleando anuncios, obituarios y artículos.

Se preguntó si su hermano todavía respiraba.

Zeb la llamó a su despacho una hora más tarde.

—Te doy tres días, Winnow —dijo mientras juntaba las puntas de los dedos encima del escritorio—. Tres días para escribir una redacción sobre el tema que quieras. Si es mejor que la de Kitt, la publicaré y pensaré en ti seriamente para el puesto de columnista.

Apenas podía creerlo. Un encargo con tema libre. Su jefe rara vez daba uno de esos. Pero entonces se acordó de lo que él había dicho antes, y estuvo a punto de soltarle lo que pensaba:

Tengo la intención de escribir sobre esas personas de mente débil.

—¿Winnow?

Iris se dio cuenta de que estaba frunciendo el ceño y tenía la mandíbula apretada.

—Sí, gracias, señor.

Se forzó a sonreír y volvió a su escritorio.

No podía permitirse perder el ascenso. Y eso significaba que no podía permitirse enfadar a Zeb con su redacción. Debía escribir algo que él estuviera dispuesto a publicar.

De pronto, el tema libre de ese encargo parecía estar muy limitado.

—Ahí estás.

La voz de Roman le llegó mientras salía al vestíbulo, justo al anochecer.

Iris se sorprendió cuando se puso a su lado en un par de zancadas.

—¿Qué quieres, Kitt? —preguntó tras un suspiro.

—¿Te has hecho daño?

—¿Cómo?

—Llevas todo el día cojeando.

Reprimió el instinto de mirarse los pies y las terribles botas con punta de su madre.

—No, estoy bien. ¿Qué quieres? —repitió.

—Quiero hablarte sobre Autry. Te ha dado un encargo con tema libre, ¿no es así? —le preguntó Roman, abriéndose camino para que pudieran pasar por la abarrotada acera.

Iris creyó justo que lo supiera.

—Sí. Y no es porque me dé un trato especial.

—¿Ah, no?

Se detuvo, y eso provocó inmediatamente una ráfaga de maldiciones de la gente que tenía que esquivarlos a ella y a Roman.

—¿Qué se supone que quiere decir eso? —preguntó Iris con voz cortante.

—Quiere decir lo que parece que quiere decir —respondió Roman. Las farolas empezaban a encenderse, iluminando su cara con luz ambarina. Odiaba lo atractivo que era. Odiaba cómo se le enternecía el corazón cada vez que él la miraba—. Autry te está dando un trato especial para ascenderte a ti en vez de a mí.

Y esa ternura se evaporó, dejando tras de sí una herida.

—¿Qué? —La palabra erupcionó de ella; sabía a metal, y se dio cuenta de que el corte en el labio se le había vuelto a abrir—. ¡Cómo te atreves a decirme eso!

Roman frunció el ceño. Se metió las manos en los bolsillos del abrigo.

—Creía que competiríamos de manera honesta por el puesto, y yo no...

—¿Qué quieres decir con «un trato especial»?

—¡Le das lástima! —gritó Roman, exasperado.

Iris se quedó de piedra. Las palabras la habían afectado por completo. Sintió un frío en el pecho que se extendía hacia las manos. Estaba temblando, y tenía la esperanza de que él no se diera cuenta.

—A Autry le doy lástima —repitió Iris—. ¿Por qué? ¿Porque soy una chica de clase baja cuyo lugar no está en un trabajo para la prensa?

—Winnow, yo...

—Según tu opinión, debería estar fregando platos en la cocina de un restaurante, ¿no es así? O debería limpiar casas, de rodillas, puliendo los suelos para que los tipos como tú puedan pisotearlos.

Los ojos de Roman centellearon.

—Nunca he dicho que no merezcas estar en la *Gaceta*. Eres una escritora increíble. Pero dejaste la escuela en el último año y...

—¿Y eso qué importa? —exclamó—. ¿Eres alguien a quien le gusta juzgar a una persona por su pasado? ¿Por la escuela a la que fue? ¿Eso es lo único en lo que te puedes fijar?

Roman estaba tan quieto y callado que Iris pensaba que lo había convertido en piedra con un hechizo.

—No —dijo al final, pero su voz sonó extraña—. Pero cada vez se puede confiar menos en ti. Has actuado de manera descuidada, has llegado tarde y perdido encargos.

Iris dio un paso atrás. No quería que él supiera cuánto la habían herido sus palabras.

—Ya veo. Bien, es reconfortante saber que, si me dan el ascenso, será solo por lástima. Y si tú consigues ser columnista, será solo por lo mucho que podrá sobornar tu rico padre a Autry para que te lo dé.

Se dio la vuelta y se fue dando largos pasos en dirección contraria a la gente. El mundo se nubló durante un instante; se dio cuenta de que tenía los ojos anegados en lágrimas.

Lo odio.

Por encima del ruido de las conversaciones, la campana del tranvía y los empujones, podía oír cómo Roman gritaba su nombre.

—Espera un momento, Winnow. ¡No te vayas!

Iris se escabulló entre la multitud antes de que Roman pudiera alcanzarla.

6

Cena con personas a las que amas (o no)

Iris estaba todavía dándole vueltas a lo que Roman le había dicho cuando llegó a su piso arrastrando los pies. No se dio cuenta de que todas las velas estaban encendidas ni del aroma de la cena hasta que su madre apareció con su mejor vestido puesto, el pelo rizado y los labios pintados de rojo.

—Por fin estás aquí, cariño. Me estaba preocupando. ¡Llegas una hora tarde!

Iris se quedó boquiabierta mientras paseaba los ojos de su madre a la cena dispuesta en la mesa de la cocina.

—¿Esperamos a alguien?

—No. Solo estamos tú y yo esta noche —respondió Aster, y dio un paso adelante para ayudar a Iris con la gabardina—. He pensado que podíamos hacer una cena especial. Como solíamos hacer antes.

Cuando Forest todavía estaba con ellas.

Iris asintió con la cabeza y su estómago rugió cuando se dio cuenta de que su madre había comprado la cena en su restaurante preferido. Había un asado con verduras en una bandeja, acompañado de panecillos con mantequilla que brillaban. Se le hacía la boca agua en lo que tomaba asiento y Aster le llenaba el plato.

Hacía mucho tiempo que su madre no cocinaba o compraba la cena. Y aunque Iris quería ser precavida, estaba hambrienta. De comida caliente y nutritiva. De conversaciones con su madre. De los días del pasado, antes de que Forest se marchara y Aster se diera a la bebida.

—Cuéntame cómo va el trabajo, cariño —le dijo su madre, tomando asiento en la mesa delante de ella.

Iris probó un bocado. ¿Cómo había pagado su madre un festín así? Y entonces le vino a la cabeza: debía de haberlo pagado con el dinero de la radio de la abuela, y muy probablemente también alcohol, y de repente la comida le supo a ceniza.

—Últimamente he estado trabajando en los obituarios —confesó.

—Eso es maravilloso, cariño.

«Maravilloso» no era como Iris describiría el trabajo con los obituarios, y se detuvo para estudiar el rostro de Aster.

En su opinión, su madre siempre había sido hermosa, con la cara en forma de corazón, el pelo castaño rojizo y la sonrisa ancha y encantadora. Pero esa noche en sus ojos había cierto brillo, como si mirara las cosas y en realidad no las viera. Iris hizo una mueca cuando vio que Aster no estaba serena.

—Cuéntame más cosas sobre la *Tribuna* —dijo Aster.

—Es la *Gaceta*, mamá.

—Ay, es verdad. La *Gaceta*.

Iris empezó a contarle algunos detalles, sin mencionar a Roman. Como si no existiera, aunque las palabras que él le había dicho seguían torturándola. «Has actuado de manera descuidada».

—Mamá… —empezó a decir Iris, y vaciló cuando su madre levantó la mirada—. ¿Crees que me podrías ayudar a rizarme el pelo?

—Me encantaría —respondió su madre, y se levantó de la mesa—. De hecho, he comprado un champú nuevo para mi pelo. Lavaremos el tuyo y le pondremos los rulos. Ven, vamos al baño.

Iris tomó una de las velas y la siguió. Tuvo que esforzarse un poco, pero Aster pudo lavarle el pelo al borde de la bañera con el cubo de agua de la lluvia que tenían. Entonces volvieron al dormitorio de su madre, donde Iris se sentó frente al espejo.

Cerró los ojos mientras Aster le desenredaba los nudos del pelo. Por un momento, no había ampollas en los talones ni penas profundas en su corazón.

Forest volvería a casa pronto de la tienda de horología y su madre encendería la radio y escucharían programas de debate nocturnos y música.

—¿Hay algo en lo que estés interesada en el trabajo? —preguntó Aster mientras empezaba a dividir el largo pelo de Iris.

Esta abrió los ojos de golpe.

—No. ¿Por qué lo preguntas, mamá?

Aster se encogió de hombros.

—Solo me preguntaba por qué quieres que te rice el pelo.

—Es para mí —respondió Iris—. Estoy harta de verme desaliñada.

—Nunca he pensado que fueras desaliñada, Iris. Ni una sola vez. —Empezó a colocar el primer rulo en su sitio—. ¿Te lo ha dicho un chico?

Iris suspiró y observó el reflejo de Aster en el espejo manchado.

—Tal vez —confesó al fin—. Es mi competidor. Los dos queremos el mismo puesto.

—Deja que lo adivine. Es joven, guapo, agradable y sabe que escribes mejor que él, así que hace todo lo posible por distraerte y preocuparte.

Iris casi se echó a reír.

—¿Cómo lo sabes, mamá?

—Las madres lo sabemos todo, cariño —contestó Aster guiñándole un ojo—. Y yo apuesto por ti.

Iris sonrió, sorprendida por lo mucho que la reconfortaba el apoyo de su madre.

—Pero bueno. Si tu hermano se enterara de que un chico te ha dicho algo así… —Aster chasqueó la lengua—. No tendría escapatoria. Forest siempre fue muy protector contigo.

Iris pestañeó con fuerza para que no le saltaran las lágrimas. Quizá fuera porque esa era la primera conversación real que tenía con su madre desde hacía mucho tiempo. Quizá porque los dedos de Aster eran suaves y hacían flotar los recuerdos hasta la superficie. Quizá porque Iris tenía por fin la barriga llena y el pelo limpio. Era como si pudiera ver a su hermano de nuevo, como si el espejo hubiera retenido su imagen.

A veces revivía el momento que lo había cambiado todo. El momento en el que Enva lo había detenido de camino a casa. Una diosa disfrazada. Él había decidido escuchar su música, y esa música caló en su corazón, empujándolo a alistarse esa misma noche.

Todo había ocurrido muy rápido. Iris apenas había tenido la oportunidad de recobrar el aliento mientras Forest explicaba su repentina decisión. Preparó las maletas con los ojos brillantes y febriles. Nunca lo había visto tan entusiasmado.

«Tengo que ir, Florecilla», le había dicho mientras le acariciaba el pelo. «Tengo que responder a la llamada».

Y ella le había querido preguntar: «¿Y yo qué? ¿Y mamá? ¿Cómo puedes querer más a esa diosa que a nosotras?», pero no lo había hecho. Tenía demasiado miedo como para hacerle esas preguntas.

—¿Mamá? —preguntó Iris con voz temblorosa—. Mamá, ¿crees que Forest está…?

—Está vivo, cariño —afirmó Aster mientras colocaba el último rulo—. Soy su madre. Lo habría sabido si hubiera abandonado este reino.

Iris soltó una exhalación entrecortada. Su mirada se encontró con la de su madre en el espejo.

—Todo va a salir bien, Iris —dijo Aster tras apoyarle las manos en los hombros—. Yo también estaré bien a partir de ahora. Te lo prometo. Y estoy segura de que Forest volverá el mes que viene o así. Todo va a mejorar pronto.

Iris asintió. Y, aunque su madre tenía la mirada vidriosa por el alcohol que le distorsionaba la realidad, le creyó.

Roman se fue hecho una furia hacia casa. Estaba tan preocupado pensando en cómo se había desviado y lo horrible que había sido la conversación con Iris que no se dio cuenta de que había invitados en la sala de estar. Al menos no hasta que hubo cerrado la puerta principal de golpe y, mientras avanzaba a grandes zancadas por el vestíbulo hacia la escalinata, la voz delicada de su madre lo llamó.

—¿Roman? Roman, querido, ven a saludar a las visitas, por favor.

Se le congeló el pie en el peldaño y reprimió un gruñido. Con suerte podría saludar a quienquiera que fuera y luego retirarse a su habitación para revisar el artículo sobre los soldados desaparecidos. *Un artículo que tendría que haber sido para Iris*, pensó mientras caminaba hacia el comedor bañado de oro.

Su mirada se dirigió primero a su padre, como si toda la gravedad de la habitación estuviera centrada en él. El señor Ronald Kitt había sido apuesto en su día, pero los años de pena, estrés, cigarros y brandi habían hecho mella en él. Era alto pero encorvado y tenía un rostro rojizo con ojos severos que brillaban como gemas azules. Su pelo negro estaba salpicado de vetas plateadas. Siempre fruncía los labios, como si nada pudiera complacerle o sacarle una sonrisa.

Había días en los que a Roman le aterrorizaba la idea de convertirse en su padre.

El señor Kitt estaba junto al fuego, detrás de la silla en la que su madre estaba sentada como si fuera un adorno. Y mientras que la presencia de su padre era intimidante, su madre teñía de gentileza cualquier habitación. Sin embargo, ella se había vuelto más y más distraída con el paso de los años, desde que había muerto Del. Las conversaciones con ella a menudo no tenían sentido, como si la señora Kitt perteneciera más al mundo de los fantasmas que al de los vivos.

Roman tragó saliva cuando se encontró con la mirada de su padre.

—Roman, estos son el doctor Herman Little, químico de la Universidad de Juramento, y su hija Elinor —los presentó el señor Kitt después de extender hacia la izquierda el vaso de brandi que sostenía.

Roman paseó la vista a regañadientes por la habitación y la posó sobre un caballero mayor de pelo color arena y unos lentes exageradamente grandes sobre una nariz pequeña y curvada. En el diván que tenía a su lado estaba su hija, una chica pálida de pelo rubio rizado que le llegaba a los hombros. Se le veían venas azules que palpitaban en sus temples y en el dorso de las manos que tenía entrelazadas. Parecía de aspecto frágil, hasta que Roman cruzó la mirada con la de ella y no vio nada más que hielo en sus ojos.

—Doctor Little, señorita Elinor —continuó el señor Kitt—, este es mi hijo, Roman Kitt. Está a punto de conseguir el puesto de columnista en la *Gaceta de Juramento*.

—¡Qué maravilloso! —exclamó el doctor Little con una sonrisa repleta de dientes amarillos—. Ser columnista del periódico de mayor prestigio de Juramento es toda una hazaña. Tendrás mucha influencia en tus lectores. Un gran logro para alguien de tu edad, que es…

—Tengo diecinueve años, señor —respondió Roman. Debió de sonar demasiado brusco, porque su padre frunció el ceño—. Es un placer conocerlos a los dos, pero si me disculpan hay un artículo en el que debo traba…

—Ve y lávate para la cena —lo interrumpió el señor Kitt—. Reúnete con nosotros en el comedor dentro de media hora. No llegues tarde, hijo.

No. Roman sabía que llegar tarde era lo peor que podía hacer si estaba su padre. Su madre le sonrió mientras se daba la vuelta y se marchaba.

En la seguridad de su habitación, Roman soltó la bandolera y se quitó la máscara de hijo obediente.

Se pasó los dedos por el pelo, lanzó el abrigo al otro lado de la habitación y le sorprendió buscar con la mirada su armario. No había ningún papel en el suelo. Ninguna carta de Iris. Pero, claro, todavía no habría llegado a casa. Roman tenía la terrible corazonada de que no tomaba el tranvía, sino que iba y volvía andando hasta el trabajo, y por eso a veces llegaba tarde.

No era problema suyo, pero seguía visualizándola en su mente, cojeando. Como si esas botas horrorosas que llevaba puestas tuvieran algún problema.

—¡Deja de pensar en ella! —susurró entre dientes mientras se pellizcaba el puente de la nariz.

Expulsó a Iris de sus pensamientos. Se lavó, se vistió con un traje negro para la cena y descendió hasta el comedor. Llegó dos minutos antes, pero no tenía importancia. Sus padres y los Little lo estaban esperando. Vio con desazón que tenía que sentarse justo enfrente de Elinor. Su mirada fría lo atravesó nada más tomar asiento.

Ese fue el momento en el que Roman sintió temor por primera vez.

No iba a ser una cena agradable.

Su abuela tampoco estaba en la mesa, y eso significaba que su padre estaba intentando controlar todo cuanto se dijera esa noche.

La abuela de Roman vivía en el ala este de la mansión. Tenía mucho carácter y decía lo que pensaba, y Roman deseó con todas sus fuerzas que estuviera presente.

Guardó silencio durante los dos primeros platos. También Elinor. Sus padres eran los que hablaban, y comentaban el coste de algunos químicos, el método de extracción, la ratio y los catalizadores de reacciones, por qué un cierto elemento llamado praxinio se volvía verde cuando se combinaba con la sal y cómo solo un tipo de metal en concreto podía contenerlo.

Roman observó a su padre, que asentía y actuaba como si supiera exactamente lo que el doctor Little le estaba diciendo. La conversación viró hacia el ferrocarril demasiado pronto.

—Mi abuelo trajo la primera vía de tren a Juramento —dijo el señor Kitt—. Antes de eso, si querías ir a algún lado, solo había caballos, carros y diligencias.

—Qué visión tenían tus ancestros —comentó el doctor Little.

Roman dejó de prestar atención a la historia de su padre y a los halagos del doctor Little, cansado de oír cómo su familia hizo eso y aquello y amasó su fortuna. Nada de eso importaba en realidad cuando intentaban tratar con sus semejantes de Cambria, que contaban con fortunas antiguas y a menudo despreciaban a la gente como los Kitt, que se habían apoderado de dinero nuevo e innovativo. Roman sabía que eso preocupaba a su padre y lo frecuente que era que en los eventos sociales ignoraran a su familia, y el señor Kitt estaba siempre maquinando para cambiar el parecer de esa gente. Uno de sus planes era que Roman ganara el puesto de columnista en vez de ir a la universidad para estudiar Literatura, como había querido hacer su hijo. Porque si el dinero no podía sellar la pericia y el respeto en la ciudad, entonces las posiciones de poder y el aprecio lo lograrían.

Roman tenía la esperanza de huir de la mesa antes del último plato, y en ese momento su madre se giró hacia Elinor.

—Tu padre dice que eres una pianista talentosa —comentó la señora Kitt—. A Roman le encanta oír el piano.

¿En serio? Roman tuvo que morderse la lengua para no soltar una réplica.

Elinor ni siquiera lo miró.

—Lo era, pero ahora prefiero pasar las horas en el laboratorio de mi padre. De hecho, he dejado de tocar.

—Oh. Qué lástima.

—No crea, señora Kitt. Papá me pidió que lo dejara, ya que estos días la música está relacionada con Enva —dijo Elinor. Su voz era monótona, como si no sintiera nada.

Roman observó cómo la chica apartaba la comida del plato. De repente, tuvo la insidiosa sospecha de que los Little eran simpatizantes de Dacre, y se le formó un nudo en el estómago. Los que en la guerra estaban del lado de Dacre tenían la tendencia a ser de uno de estos tres tipos: devotos acérrimos, desconocedores de las historias mitológicas en las que se representaba la verdadera naturaleza cruel de Dacre o, como Zeb Autry, personas temerosas de los poderes musicales de Enva.

—No hay que tenerle miedo a la música de Enva —dijo Roman antes de contenerse—. En los mitos, rasgaba su arpa sobre las tumbas de los mortales que fallecían, y sus canciones guiaban las almas de los cuerpos hasta el siguiente reino, ya fuera para vivir con los protectores celestiales o bajo tierra con los infraterrenales. Sus canciones están entretejidas con la verdad y con el conocimiento.

La mesa se había quedado completamente en silencio. Roman no miraba a su padre, cuyos ojos lo estaban perforando.

—Disculpad a mi hijo —dijo el señor Kitt con una risita nerviosa—. De pequeño leyó demasiadas historias.

—¿Por qué no nos cuentas más sobre la *Gaceta*, Roman? —sugirió el doctor Little—. He oído que el canciller Verlice ha limitado lo que pueden publicar los periódicos de Juramento sobre la guerra. ¿Es verdad?

Roman se quedó de piedra. No lo sabía con certeza, los últimos días había estado muy concentrado en intentar escribir mejor que Iris… Pero entonces pensó en lo poco que había escrito sobre la guerra y en cómo los encargos de Zeb habían versado sobre otras cosas. El hecho de que estuviera escribiendo sobre soldados desaparecidos era toda una sorpresa, aunque tal vez incluso fuera una estrategia para poner a la gente en contra de Enva.

—No sé nada de restricciones —contestó Roman. Pero aquella idea le parecía plausible, y podía imaginarse al canciller de Juramento, un hombre alto de ojos pequeños y brillantes y semblante severo, obligando a aplicar esas normas para mantener el este lejos de la destrucción de la guerra.

—¿Cuándo te nombrarán columnista? —preguntó el doctor Little—. Ese día me aseguraré de comprar el periódico.

—No estoy seguro —respondió Roman—. Ahora mismo me están evaluando para el puesto.

—Pero lo conseguirá —insistió el señor Kitt—. Aunque me toque sobornar al viejo que dirige la empresa.

Los hombres se rieron. Roman se quedó rígido. Las palabras de Iris le vinieron a la mente como un bofetón. «Si tú consigues ser columnista, será solo por lo mucho que podrá sobornar tu rico padre a Autry para que te lo dé».

Se levantó golpeando la mesa con el impulso. Los platos traquetearon y la luz de las velas tembló.

—Si me permitís… —empezó a decir, pero la voz de su padre se sobrepuso a la suya.

—Siéntate, Roman. Hay algo importante de lo que tenemos que hablar.

Roman volvió a sentarse despacio. El silencio estaba cargado de tensión. Quería escurrirse por una grieta del suelo.

—Oh, querido —exclamó su madre—, ¡será tan emocionante! ¡Por fin tendremos algo feliz que celebrar!

Roman la miró con la ceja arqueada.

—¿De qué estás hablando, madre?

La señora Kitt miró a Elinor, que se contemplaba fijamente las manos, sin expresión.

—Hemos concertado un matrimonio para ti con la señorita Little —anunció el señor Kitt—. La unión de nuestras familias no será solo beneficioso para nuestro próximo proyecto, sino que también será como ha descrito tu madre: una ocasión de júbilo. Hemos estado de luto durante demasiado tiempo. Ha llegado el momento de celebrar.

Roman exhaló entre dientes. Era como si se hubiera roto una costilla mientras procuraba comprender lo que habían hecho sus padres. Los matrimonios concertados eran todavía algo común en las clases altas, entre los vizcondes y condesas y cualquier otro que aún se aferrara a un título desgastado. Pero los Kitt no eran ese tipo de persona, por más empeñado que estuviera su padre en elevarlos a la alta sociedad.

También le sorprendió lo extraño que era que su padre concertara un matrimonio con la hija de un profesor, no la hija de un lord. Tenía la sensación de que había algo más acechando bajo la superficie de la conversación, y Roman tan solo era un peón del juego.

Con voz serena, empezó a decir:

—Siento informarte de que no puedo…

—No te comportes como un crío, Roman —lo cortó el señor Kitt—. Te casarás con esta encantadora mujer y unirás nuestras familias. Ese es tu deber como mi único heredero. ¿Lo has entendido?

Roman se quedó mirando a su plato. La carne con patatas a medio comer ya estaba fría. Se dio cuenta de que todos los de la mesa menos él ya lo sabían de antes. Incluso Elinor debía de saberlo, porque lo observaba de cerca, como si examinara su reacción hacia ella.

Roman se tragó las emociones —lo que él deseaba y la creciente rabia que sentía— y las escondió en un lugar profundo de sus huesos. El duelo todavía era acuciante, como una herida que no se había cerrado aún. Pensó en la pequeña tumba del jardín, una lápida que apenas soportaba visitar. Pensó en los últimos cuatro años, lo miserables, sombríos y fríos que habían sido. Y su culpa le susurró: *Claro que tienes que hacerlo. Fracasaste en la más primordial de tus tareas, y esto es por el bien de tu familia, ¿cómo no lo ibas a hacer?*

—Sí, señor —respondió en tono plano.

—¡Excelente! —exclamó el doctor Little con una palmada de sus larguiruchas manos—. ¿Hacemos un brindis?

Roman observó impertérrito cómo un sirviente le llenaba una copa de champán. La mano no parecía suya cuando la levantó; fue el último en alzarla para un brindis que ni siquiera oyó porque sentía un pánico descomunal que lo invadía.

Justo antes de que se dignara a dar un sorbo, se encontró con los ojos de Elinor. Vio un destello de miedo y se dio cuenta de que ella estaba tan atrapada como él.

7

Guardianes celestiales
contra infraterrenales

Ya era tarde cuando Roman volvió a su habitación tras la cena. El sudor le perlaba la frente y le cubría las manos.

Se iba a casar con una desconocida. Con una chica que lo miraba con desprecio.

Se quitó la chaqueta y se sacó de un tirón la pajarita que llevaba al cuello. Se descalzó y apartó de un puntapié los zapatos, se desabrochó los botones de la camisa, cayó de rodillas al suelo en el centro de la habitación y se hizo un ovillo, como si pudiera así disminuir el dolor que tenía en el estómago.

Se lo merecía, sin duda. Era culpa suya que fuera el único heredero de su padre.

Merecía ser un desgraciado.

Tenía la respiración entrecortada. Cerró los ojos y se dijo a sí mismo: *Inhala, exhala, inhala.*

Podía oír las manecillas de su reloj de muñeca. Los minutos pasaban, uno tras otro. Podía notar la alfombra debajo de él. Lana húmeda con sutiles reminiscencias de abrillantador de zapatos.

Cuando volvió a abrir los ojos, vio el papel en el suelo.

Iris le había escrito.

Gateó hasta la nota. Le temblaban las manos mientras desdoblaba el papel, sorprendido al encontrase con un mensaje muy corto pero intrigante:

¿Qué sabes sobre Dacre y Enva?

Durante unos segundos, se vio sobrepasado por una pregunta de apariencia inocente. Pero entonces su mente empezó a repasar los mitos que conocía. Las historias de los antiguos volúmenes que había heredado de su abuelo.

Era una bienvenida distracción. Podía evadirse con eso, podía escribirle porque era ella quien se lo pedía, nada más.

Roman se levantó y suspiró.

—Por favor, enciende la lámpara.

La antigua casa hizo caso y encendió la lámpara del escritorio. La bombilla arrojó una luz dorada suave por toda la habitación mientras él se dirigía a las estanterías empotradas. Empezó a revisar los tomos de mitología con sumo cuidado, pues la mayoría se hacían pedazos. Estaba intentando decidir qué mito compartir con Iris cuando unas cuantas hojas se desprendieron de uno de los volúmenes y cayeron a sus pies.

Roman se detuvo. Página tras página, de color ambarino por los años y llenas de la letra de su abuelo. Recogió las hojas y las revisó, y se dio cuenta de que era una historia de Enva y Dacre. Un mito que esos días apenas se conocía.

Su abuelo debía de haberla escrito en los papeles y los había metido en uno de los libros para salvaguardarlos. Lo había hecho a menudo y luego se había olvidado de dónde había guardado lo que había escrito. Años después de su muerte, Roman había encontrado de todo, desde cartas hasta ideas sueltas o capítulos aleatorios de historias.

Y mientras echaba un vistazo al mito manuscrito, supo que ese era el que quería compartir con Iris.

Lo llevó hasta su escritorio y se sentó para transcribirlo a máquina.

Estás de suerte. Por casualidad, sé un par de cosas sobre Dacre y Enva. Hay un mito que conozco, y lo compartiré contigo. Lo encontré guardado en un antiguo tomo, escrito a mano y sin completar. Así que ten en cuenta que falta la última parte, todavía tengo que encontrarla.

———

Había dos familias que dividían a los dioses antiguos: los guardianes celestiales y los infraterrenales. Los guardianes celestiales gobernaban los cielos y los infraterrenales reinaban en el inframundo. Lo más importante es que se odiaban, una inclinación que tienen todos los inmortales, y se enfrentaban en retos para demostrar quién era más digno de ser temido o querido o adorado entre los mortales.

El infraterrenal Dacre, tallado en piedra caliza blanca con venas de fuego azul encendido, decidió que atraparía a uno de sus enemigos porque estaba aburrido de vivir día tras día, estación tras estación, año tras año. Ese es el peso de la inmortalidad. Como era el dios de la vitalidad y la medicina, anhelaba un reto, así que le preguntó a un humano que moraba en el inframundo si sabía el nombre del protector celestial más querido. Un dios o una diosa que los mortales alabaran y quisieran.

«Oh, sí, señor», dijo el humano. «Toca música con un arpa que haría derretir el más frío de los corazones. Guía a las almas mortales después de su muerte, y no hay otra tan justa como ella en todo el vasto mundo».

Dacre decidió que debía hacerse con esa protectora celestial.

Viajó hacia arriba de la Tierra, atravesando kilómetros de piedra, las retorcidas raíces de los árboles y el amargo sabor de la tierra. Cuando llegó a la superficie, el poder del sol lo sobrecogió, y tuvo que recluirse en una cueva durante tres días y tres noches, hasta que sus ojos pudieron soportar la luz de sus enemigos. Incluso entonces decidió desplazarse por la noche, cuando la luna era más amable.

«¿Dónde está Enva?», les preguntaba a los mortales con los que se encontraba. «¿Dónde puedo encontrar a la más justa de las protectoras celestiales?».

«Suele aparecer en el último lugar en el que se te ocurriría», esa fue la respuesta que obtuvo.

Y Dacre, que era demasiado impaciente y furibundo como para mirar debajo de cada piedra en su busca, decidió que llamaría a sus sabuesos del inframundo. Vigorosos, de corazón ardiente, con piel translúcida y dientes que engendraban pesadillas en los sueños, deambularon por la Tierra esa noche, buscando a la bella diosa y devorando a todos aquellos que encontraban en su camino. Pues Dacre asumió que Enva enamoraba a la vista. Pero cuando salió el sol los sabuesos se vieron forzados a volver bajo tierra, de vuelta a las sombras, y no habían encontrado a aquella que Dacre tanto deseaba.

Así pues, invocó a los ezrals de las cuevas profundas del inframundo. Son grandes guivernos con ojos de reptil, alas membranosas y garras venenosas. Podían salir al sol y podían volar para buscar a la diosa y destruir lo que sea que se moviera por debajo de ellos. Pero pronto llegó una tormenta, y los feroces vientos amenazaron con desgarrar las alas de los ezrals, así que Dacre los devolvió a las profundidades, aunque tampoco habían encontrado a la que tanto anhelaba.

Fue solo cuando él mismo pisó la superficie que llegó a una tumba. Y en la tumba había una mujer, normal y corriente para los estándares de Dacre, con cabello largo negro y ojos verdes. Vestía ropas humildes, iba descalza y estaba raquítica, y decidió que no perdería el tiempo preguntándole dónde encontrar a Enva.

Pasó delante de ella sin mirarla dos veces, pero mientras se alejaba... oyó la música de un arpa, suave y dorada, incluso aunque el cielo estaba gris y la brisa era fría. Oyó a la mujer cantar, y esa voz lo atravesó. Su belleza lo dejó estupefacto, una belleza que no se podía ver pero sí sentir, y volvió hacia ella pasando a rastras por encima de las tumbas de los humanos.

«Enva», dijo. «Enva, ven conmigo».

Ella no detuvo la música por él. Dacre tuvo que esperar mientras ella cantaba en cada tumba y se dio cuenta de que hacía poco que habían removido la tierra, como si no hubiera pasado mucho tiempo desde que habían enterrado a esos humanos.

Cuando Enva cantó la última canción, se giró para mirarlo. «Dacre, dios infraterrenal, ¿por qué has traído el caos sobre los inocentes?».

«¿Qué quieres decir?».

Ella hizo un gesto hacia las tumbas. «Tus perros y tus ezrals han matado a estas personas. Con tu poder, podrías haber curado sus heridas. Pero no lo has hecho, y ahora debo cantar para guiar sus almas hacia la eternidad, pues tus criaturas las tomaron antes de que fuera su momento».

Dacre encontró las fuerzas para levantarse al fin. Cuando Enva lo miraba, se sentía insignificante e indigno, y quería que ella lo contemplara de otro modo. Algo muy distinto a la pena y la rabia.

«Lo hice para encontrarte», respondió.

«Podrías haberme encontrado por tu cuenta si te hubieras tomado el tiempo de buscarme».

«Y ahora que te he encontrado, ¿vendrás conmigo al inframundo? ¿Morarás donde vivo, respirarás el aire que inspiro? ¿Te unirás a mí para gobernar el inframundo?».

Enva se quedó callada. Dacre pensó que se moriría en ese momento de silencio incierto.

«Estoy feliz aquí», le respondió. «¿Por qué iría al inframundo contigo?».

«Para forjar la paz entre nuestras dos familias», contestó, aunque la paz era lo último que tenía en mente.

«No lo creo», dijo ella, y se desvaneció en el aire antes de que Dacre pudiera siquiera tocar el dobladillo de su vestido.

La furia le abrasó el cuerpo; la diosa se había escabullido. Lo había rechazado. Por lo tanto, decidió que desataría el embate de su furia contra los inocentes; se negaría a curarlos por el rencor, a sabiendas de que a Enva pronto no le quedaría más remedio que darle una respuesta y ponerse a su disposición como rendición.

Sus sabuesos arrasaron los campos. Sus ezrals plagaron los cielos. Su ira hizo que temblara la tierra y creó nuevos abismos y fisuras.

Pero tenía razón. En cuanto la gente inocente empezó a sufrir, Enva se presentó ante él.

«Te seguiré hasta tu reino en el inframundo», le dijo. «Viviré contigo en las sombras con dos condiciones: defenderás la paz y me dejarás cantar y tocar mi instrumento cuando lo desee».

Dacre, que estaba prendado de ella, accedió sin reparos. Se llevó a Enva bajo tierra. Pero poco sabía lo que haría la música de la diosa una vez que ella la tocara en las profundidades de la Tierra.

Roman acabó de teclear. Le dolía la espalda y tenía la mirada borrosa. Echó un vistazo al reloj, tan cansado que le costó leer la hora.

Eran las dos y media de la madrugada. Debía levantarse a las seis y media.

Cerró los ojos durante unos segundos, rebuscando en su interior. Tenía el alma en paz, ya no lo acosaba ese pánico sofocante.

Recogió las hojas de papel, las dobló en perfectos tercios y le envió el mito a Iris.

8

Un sándwich con alma de anciano

Roman Kitt llegó tarde.

Ni una sola vez en los tres meses que llevaba Iris trabajando en la *Gaceta* había llegado tarde. Ella quería saber el motivo.

Se tomó su tiempo preparándose una taza de té del armario mientras esperaba a que llegara en cualquier momento. Cuando no apareció, Iris hizo el camino hasta su cubículo y pasó por al lado del de Roman. Se detuvo el tiempo suficiente como para reorganizar su lapicero, el pequeño globo y los tres diccionarios y dos tesauros de su escritorio, a sabiendas de que eso lo enervaría.

Volvió a su puesto. A su alrededor, la *Gaceta* empezaba a cobrar vida. Las lámparas se encendían, los cigarrillos quemaban, se vertía té, se atendían llamadas, se arrugaban hojas de papel y se oía el sonido de las máquinas de escribir.

Parecía que iba a ser un buen día.

—Me encanta tu pelo, Winnow —dijo Sarah cuando se detuvo en el escritorio de Iris—. Deberías llevarlo así más a menudo.

—Oh. —Un tanto cohibida, Iris se tocó los bucles, que le llegaban hasta los hombros—. Gracias, Prindle. ¿Está enfermo Kitt?

—No —contestó Sarah—. Pero acabo de recibir esto, que el señor Kitt quiere que se publique en el periódico de mañana, arriba y en el centro de la columna de anuncios. —Le entregó a Iris un papel de mensajes.

—¿El señor Kitt? —repitió Iris.

—El padre de Roman.

—Ah, espera un momento, ¿eso es…?

—Sí —dijo Sarah y se acercó un poco más a ella—. Espero que no te entristezca, Winnow. Te juro que no sabía que se estaba viendo con alguien.

Iris intentó sonreír, pero la sonrisa no le llegó hasta los ojos.

—¿Por qué debería sentirme triste, Prindle?

—Siempre pensé que vosotros dos seríais la pareja perfecta. Algunos de los editores, yo no, por supuesto, hicieron apuestas de que acabaríais juntos.

—¿Kitt y yo?

Sarah asintió y se mordió el labio como si temiera la reacción de Iris.

—No digas tonterías —terció Iris con una risa poco entusiasta. Pero de repente notó cierto rubor en la cara—. Kitt y yo somos como el fuego y el hielo. Creo que seguramente nos mataríamos si tuviéramos que estar en la misma habitación demasiado tiempo. Además, jamás me ha mirado de esa manera. ¿Sabes a qué me refiero?

¡Por los dioses, cierra la boca, Iris!, se dijo a sí misma al darse cuenta de que estaba yéndose por las ramas.

—¿Qué quieres decir, Winnow? Un día lo vi… —Lo que fuera que Sarah estuviera a punto de revelar se quedó a medias cuando Zeb voceó su nombre. Le dedicó una mirada preocupada a Iris antes de irse corriendo.

Iris se desplomó en la silla y leyó:

El señor y la señora Ronald M. Kitt están encantados de anunciar el enlace de su hijo, Roman C. Kitt, con la señorita Elinor A. Little, la hija pequeña del doctor Herman O. Little y la señora Thora L. Little. La ceremonia tendrá lugar dentro de un mes, en la venerable Catedral Alva del casco antiguo de Juramento. Próximamente se anunciarán más detalles y se publicarán fotografías.

Iris se tapó la boca y recordó demasiado tarde que se había puesto pintalabios. Se limpió la mancha rojiza de la palma y soltó el mensaje como si la hubiera escaldado.

Roman Consentido Kitt estaba prometido, entonces. Y eso era positivo. La gente se comprometía a diario. A Iris no le importaba lo que hiciera con su vida.

Tal vez la noche pasada se hubiera quedado despierto hasta tarde con su prometida, y ella le había hecho llegar tarde.

Nada más imaginárselo, Iris apartó el pensamiento con una mueca y volvió a su máquina de escribir.

Ni cinco minutos después, Roman entró en la oficina. Iba vestido de manera impecable como siempre, con una camisa almidonada nueva, tirantes de cuero en los hombros y pantalones negros impolutos con la raya perfecta. Su pelo negro estaba engominado hacia atrás, pero su rostro lucía pálido.

Iris lo miró de soslayo mientras dejaba la bandolera con un sonido sordo en su cubículo. Esperó a verlo, a que se diera cuenta del desorden de su escritorio. Que frunciera el ceño y mirara en su dirección. Porque ella era la única que se tomaba el tiempo para molestarlo de esa manera.

Esperó, pero Roman no dio ninguna respuesta. Estaba mirando su escritorio, pero tenía la cara paralizada. Sus ojos apenas irradiaban luz, y ella supo que algo estaba mal. Incluso vestido de punta en blanco y habiendo llegado solo unos minutos tarde, algo lo estaba consumiendo.

Se dirigió hacia el armario, escogió una de las teteras (siempre había por lo menos cinco infusionando a la vez) y se preparó la taza más grande que pudo encontrar y la llevó de vuelta a su silla. Una vez que se hubo sentado ya no podía verlo, y aunque la oficina estaba llena de ruido, Iris sabía que Roman Kitt estaba sentado con la mirada perdida frente a su máquina de escribir. Como si todas las palabras se hubieran desvanecido de su interior.

Tecleó su pila de anuncios antes del mediodía y los dejó en la esquina del escritorio de Zeb. A continuación, agarró su bolsa y se detuvo en el escritorio de Roman.

Se dio cuenta de dos cosas: la primera, el papel metido en la máquina estaba desgraciadamente en blanco, aunque sus notas escritas a mano estaban esparcidas por todo el escritorio. La segunda, estaba dándole un sorbo al té, mirando con el ceño fruncido al papel en blanco como si fuera su dueño.

—Enhorabuena, Kitt —dijo Iris.

Roman dio un salto. El té salió disparado de su boca mientras tosía, y entonces esos ojos azules que tenía subieron de golpe hacia ella, atravesándola con una mirada furiosa. Ella observó mientras esa furia dio paso al asombro. Su mirada recorrió su pelo largo y negro. Resiguió su cuerpo, aunque llevaba puesta la ropa marrón de siempre, y luego subió hasta su boca de color rojo cereza.

—Winnow —dijo en voz baja—. ¿Por qué me felicitas?

—Tu compromiso, Kitt.

Él se dobló hacia delante, como si se hubiera golpeado una herida.

—¿Cómo lo sabes?

—Tu padre quiere anunciarlo en el periódico de mañana —contestó—. En el centro de la portada.

Roman desvió la mirada, de vuelta a su página en blanco.

—Maravilloso —dijo con humor amargo—. Me muero de ganas.

Esa no era la reacción que esperaba de él. Solo sirvió para aumentar su curiosidad.

—¿Necesitas ayuda con el artículo de los soldados desaparecidos? —le preguntó—. Porque te la puedo ofrecer.

—¿Cómo? —dijo con suspicacia.

—Es que mi hermano está desaparecido en la guerra.

Roman pestañeó, como si no pudiera creer que esas palabras hubieran salido de la boca de ella. Iris tampoco podía creerlo. Pensó que se arrepentiría al instante de contar algo tan íntimo, pero descubrió que fue lo contrario. Era un alivio poder expresar en palabras lo que siempre la acechaba.

—Sé que odias los sándwiches —añadió ella mientras se reajustaba un bucle detrás de la oreja—. Pero voy a ir a la tienda a comprar dos para comer en el banco del parque. Si quieres mi ayuda, ya sabes dónde encontrarme. Intentaré refrenarme para no comerme el segundo sándwich, por si decides venir, pero no prometo nada.

Se dirigió a la puerta antes de haber terminado de pronunciar la última frase. Sentía como si un carbón estuviera ardiendo en su pecho mientras esperaba el ascensor, que era sumamente lento. Estaba ya casi mortificada cuando notó que el aire se movía en su codo. Iris supo que era Roman sin tener que mirar. Reconoció su colonia, una mezcla embriagadora de especias y magnolia.

—No odio los sándwiches —dijo, y sonó más como su antiguo yo.

—Pero no te gustan —aseveró Iris.

—Simplemente estoy demasiado ocupado. Son una distracción. Y las distracciones pueden ser peligrosas.

Las puertas del ascensor se abrieron. Iris entró y se giró hacia él. Un esbozo de sonrisa asomó a sus labios.

—Eso me han dicho, Kitt. Los sándwiches son bastante problemáticos hoy en día.

De repente, no tenía ni idea de qué estaban comentando, si de verdad hablaban sobre sándwiches o sobre ella o sobre la opinión que tenía de ella o sobre el momento incierto que estaban compartiendo.

Vaciló tanto rato que su sonrisa se desvaneció. La tensión volvió a su postura. *Eres una tonta, Iris*, se reprochó mentalmente. *¡Está prometido! Está enamorado de otra. No quiere compartir el almuerzo contigo. Solo quiere tu ayuda con el artículo. Así que... ¿por qué diantres lo estás ayudando?*

Dirigió su atención a la botonera y pulsó el botón varias veces, como si el ascensor fuera a ir más rápido y a llevársela de allí.

Roman entró justo antes de que se cerraran las puertas.

—Creía que habías dicho que este sitio tenía los mejores pepinillos —dijo Roman veinte minutos después. Estaba sentado en un banco en el parque al lado de Iris y desenvolvía su papel de periódico del sándwich. Una rodaja fina y triste descansaba encima del pan.

—No, ese era otro sitio —dijo Iris—. Todos lo hacen mejor, pero el Día de Mir están cerrados.

Pensar en los dioses y en los días de la semana hizo que su mente viajara a la carta que tenía oculta en la bolsa que estaba colocada entre Roman y ella. La había conmocionado cuando la había visto al levantarse. Una montaña de papel literal, llena de un mito que deseaba aprenderse con voracidad. Un mito en el que se mencionaba a los ezrals.

Se preguntaba quién era su correspondiente. ¿Qué edad tenía? ¿Qué género? ¿Qué línea temporal?

—Mmm. —Roman apartó el pepinillo y tomó un bocado de su sándwich.

—¿Y bien? —inquirió Iris.

—¿Y bien qué?

—¿Te gusta el sándwich?

—Está bien —respondió Roman, y tomó otro bocado—. Estaría mejor si ese intento de pepinillo no hubiera hecho que parte del pan esté pastoso.

—Eso es todo un elogio viniendo de ti.

—¿A qué te refieres exactamente, Winnow? —respondió tajante.

—A que sabes lo que quieres. Y eso no es malo, Kitt.

Siguieron comiendo con un silencio incómodo entre los dos. Iris empezaba a arrepentirse de haberlo invitado, hasta que él rompió el silencio con una sorprendente confesión.

—Está bien —dijo tras soltar un suspiro—. Me siento obligado a disculparme por algo que hice hace unos meses. Cuando entraste en la oficina por primera vez, dejé que mis prejuicios me invadieran y creí que, como no te habías graduado en la escuela, no me supondrías ningún problema. —Roman se detuvo mientras abría su sándwich para recolocar el tomate y el queso y tirar una rodaja de cebolla roja. Iris lo observó un poco fascinada—. Siento haber hecho suposiciones sobre ti. Estuvo mal por mi parte.

Iris no sabía qué contestar. No había anticipado que Roman Condescendiente Kitt pudiera disculparse con ella. Aunque supuso que jamás pensó tampoco que estaría sentada a su lado en un parque comiendo un sándwich.

—¿Winnow? —La miró y, por alguna extraña razón, parecía nervioso.

—¿Intentabas ahuyentarme? —preguntó.

—Al principio sí —contestó mientras se sacudía migas imaginarias del regazo—. Y entonces cuando mangaste el primer encargo y leí tu artículo… Me di cuenta de que estabas mucho más allá de lo que había imaginado. De que mi imaginación era bastante estrecha y merecías el ascenso, llegado el momento.

—¿Cuántos años tienes, Kitt?

—¿Cuántos aparento?

Iris estudió su cara y el sutil hoyuelo de su barbilla. Ahora que estaba sentada tan cerca de él, podía ver las grietas en su «perfecta» apariencia. Esa mañana no se había afeitado, supuso que no había tenido tiempo, y los ojos se dirigieron a su pelo marrón arena. Estaba espeso y ondulado. Podía decir que se había levantado de la cama y había salido corriendo hacia el trabajo, y eso hizo que se lo imaginara en la cama y ¿por qué estaba pensando en eso?

Se había quedado callada durante demasiado tiempo.

Roman le encontró la mirada, y ella apartó la suya, incapaz de sostenérsela.

—Tienes diecinueve —adivinó—. Pero tienes alma de anciano, ¿verdad?

Él se rio como respuesta.

—Deduzco que tengo razón —dijo Iris, resistiendo la tentación de unirse a las carcajadas. Porque Roman debía de tener una de esas risas, cómo no. Una de esas que no puedes oír y no sentirla en tu propio pecho—. Bueno, dime cómo es ella.

—¿Quién? ¿Mi musa?

—Tu prometida. Elinor A. Little —lo corrigió Iris, aunque estaba intrigada por saber quién lo inspiraba exactamente—. A menos que sea tu musa, que si fuera el caso sería completamente romántico.

Roman se quedó callado con el sándwich a medio comer en el regazo.

—No, no lo es. La conozco de una vez. Intercambiamos educados cumplidos y nos sentamos enfrente el uno de la otra para cenar con nuestras familias.

—¿No la quieres?

Se quedó mirando al horizonte. Iris pensó que Roman no iba a responder hasta que le preguntó:

—¿Se puede querer a una desconocida?

—Tal vez con el tiempo —respondió, aunque se preguntaba por qué le estaba dando esperanza—. ¿Por qué te casas con ella, si no es por amor?

—Es positivo para nuestras familias —dijo en tono frío—. Bueno. Te has ofrecido amablemente a ayudarme con mi artículo. ¿Qué tipo de ayuda te gustaría brindarme, Winnow?

Iris apartó su sándwich.

—¿Puedo ver las notas que has reunido hasta ahora?

Roman vaciló.

—No he dicho nada —dijo ella con un movimiento de la mano—. Ha sido inapropiado por mi parte preguntarlo. Yo tampoco te enseñaría las mías.

Sin mediar palabra, él rebuscó en su bolsa bandolera y le pasó su cuaderno.

Iris empezó a revisar las hojas. Era metódico y organizado. Tenía un montón de datos, números y fechas. Leyó algunas líneas de su primer borrador, y debió de poner cara de dolor, porque Roman se movió nerviosamente.

—¿Qué ocurre? ¿Qué he hecho mal? —preguntó.

—No has hecho nada mal todavía. —Iris cerró el cuaderno.

—Las anotaciones están tomadas palabra por palabra, Winnow. Les pregunté a los padres sobre su hija desaparecida. Esas son sus respuestas. Intento expresar eso en mi escritura.

—Sí, pero no hay sentimiento. No hay emoción, Kitt —comentó Iris—. Les preguntaste a los padres cosas como: «¿Cuándo fue la última vez que tuvisteis noticias de vuestra hija?», «¿Cuántos años tiene?», «¿Por qué quería luchar por Enva?». Y tienes los hechos, pero no les preguntaste cómo lo están pasando ni qué consejo le darían a alguien que estuviera pasando por la misma pesadilla. O incluso si hay algo que el periódico o la comunidad pueda hacer por ellos. —Le devolvió el cuaderno—. Creo que, para este artículo en particular, tus palabras tienen que ser afiladas como cuchillos. Quieres que los lectores sientan la misma herida en el pecho, aunque nunca hayan experimentado la desaparición de un ser querido.

Roman abrió el cuaderno por una página nueva. Rebuscó en su bandolera para encontrar un bolígrafo.

—¿Puedo? —preguntó.

Iris asintió y observó mientras él escribía y su escritura transformaba sus palabras en tinta elegante.

—Dijiste que tu hermano ha desaparecido. ¿Quieres hablar de eso?

—Se alistó hace cinco meses. Forest y yo siempre nos hemos llevado muy bien, así que, cuando prometió que me escribiría, supe que lo haría. Pero pasaron las semanas, y las cartas no llegaron. Entonces esperé recibir una carta de su oficial a cargo, que es la que mandan cuando matan a los soldados o desaparecen en el frente. Esa tampoco llegó. Por lo tanto, solo me queda un atisbo de esperanza de que Forest esté a salvo y no se pueda comunicar. O tal vez esté en una misión peligrosa y no pueda arriesgarse a comunicarse. Eso es lo que me digo, al menos.

—¿Y cómo te hace sentir eso? —preguntó Roman—. ¿Cómo lo describirías?

Iris se quedó callada durante medio segundo.

—No tienes por qué contestar —se apresuró a añadir él.

—Me siento como si llevara puestos zapatos que me van pequeños —susurró ella—. Con cada paso, lo noto. Es como si tuviera ampollas en los talones. Es como si tuviera un bulto de hielo en el pecho que nunca se derrite, y solo puedo dormir unas pocas horas seguidas, porque siempre me pregunto dónde está, y esa preocupación se cuela en mis sueños. Si está vivo, herido o enfermo. Algunos días desearía poder ocupar su lugar, sea cual sea el precio. Solo para tener la tranquilidad de saber cuál es su destino.

Observó cómo Roman lo apuntaba todo. Se detuvo tras un momento y contempló el texto.

—¿Te importa si te cito en el artículo?

—Puedes citarme, pero preferiría mantenerme en el anonimato —respondió Iris—. Autry sabe que mi hermano está luchando, pero es el único de la *Gaceta*. Prefiero que siga siendo así.

Roman asintió.

—Lo siento, Winnow. Siento lo de tu hermano —le dijo.

¿Dos disculpas de Roman Kitt en el transcurso de una hora? Ese día la había sorprendido completamente.

Mientras recogían las cosas para volver al trabajo, una brisa fría se levantó por el parque. Iris se estremeció en su gabardina y miró hacia las ramas desnudas que crujían por encima de ella.

Se preguntó si le acababa de dar el ascenso a Roman Kitt sin querer.

9

Una armadura

Esa noche su madre no estaba.

Tranquila, se dijo Iris, de pie en el apartamento en silencio. Una y otra vez se repetía esa palabra. Como un disco en el fonógrafo.

Aster volvería a casa pronto. A veces se quedaba hasta tarde en un club, donde bebía y bailaba. Pero siempre volvía cuando se le acababa el dinero o el local cerraba a medianoche. No había motivo para preocuparse. Y le había prometido a Iris que iba a estar mejor. Tal vez no estaba en un club, sino en el restaurante Revel con la intención de que la volvieran a contratar.

Aun así, la preocupación no se le quitaba y le provocaba un pinchazo en los pulmones cada vez que respiraba.

Sabía cómo retener los sentimientos de angustia que le hervían por dentro. Debajo de su cama estaba escondida la máquina de escribir de su abuela con la que había creado poesía en su día. La máquina que había heredado Iris y había usado desde entonces para escribir a «No soy Forest».

No cerró con llave la puerta principal para cuando llegara su madre y llevó una vela a su habitación, donde para su sorpresa la esperaba un papel en el suelo. Su misterioso amigo por correspondencia le había vuelto a escribir, aunque todavía tenía que responderle a la carta del mito.

Empezaba a preguntarse si no compartían la misma línea temporal. Tal vez habían vivido los dos en esa misma habitación, él mucho antes que ella. Tal vez estuvieran destinados a vivir los dos allí al cabo de unos años. Tal vez sus cartas estuvieran de algún modo colándose a través de una fisura en el tiempo, pero era ese lugar lo que lo estaba causando.

Iris recogió el papel y se sentó al borde de la cama para empezar a leer.

¿Alguna vez sientes como que llevas una armadura, día tras día? ¿Que, cuando la gente te mira, solo ve el brillo del metal con el que te has revestido con tanto cuidado? Ven lo que quieren ver en ti; el reflejo combado de su propia cara, o del cielo, o una sombra proyectada entre edificios. Ven siempre que has cometido errores, todas las veces que has fracasado, todas las veces que les has hecho daño o los has defraudado. Como si eso fuera lo único que serás a sus ojos.

¿Cómo cambias algo así? ¿Cómo tomas las riendas de tu vida y dejas de sentirte culpable por ello?

Mientras la leía por segunda vez, empapándose en sus palabras y pensando cómo contestar a algo que era tan íntimo que lo podría haber susurrado ella misma, otra carta apareció por el umbral. Iris se levantó para recogerla, y esa fue la primera vez que intentó de verdad imaginar quién era esa persona. Lo intentó, pero no eran más que estrellas y humo y palabras tecleadas en una hoja de papel.

No sabía absolutamente nada sobre esa persona. Pero después de leer algo así, como si esa persona hubiera volcado todo su ser sobre el papel, quería saber más.

Abrió la segunda carta, que era apresurada:

Te pido mis más sinceras disculpas por incordiarte
con esos pensamientos. Espero no haberte despertado.
No hace falta que me respondas. Creo que escribir
estas cosas me ayuda.

Iris se agachó y sacó la máquina de escribir de debajo de la
cama. Le puso una hoja de papel en el rulo y se quedó sentada
mientras barajaba las posibilidades. Los dedos empezaron a encontrar las teclas despacio, y comenzó a escribir. Sus pensamientos
empezaron a llenar la página:

Creo que todos llevamos una armadura. Creo que los
que no lo hacen son unos necios que se arriesgan a
sufrir el dolor de los bordes afilados del mundo, una
y otra vez. Pero si algo he aprendido de esos necios
es que ser vulnerable es una fortaleza que la
mayoría de nosotros teme. Hace falta coraje para
bajar la armadura, para dejar que las personas te
vean como eres. A veces me siento como tú: no puedo
arriesgarme a que la gente me vea por quien soy de
verdad. Pero también hay una vocecita en la parte
trasera de mi mente, una voz que me dice: «Te vas a
perder muchas cosas por protegerte tanto».
Tal vez empieza con una persona. Alguien en
quien confías. Te quitas una parte de la armadura
por esa persona y dejas que entre la luz, aunque te
cause aprensión. Tal vez así es como aprendes a ser
permisivo y fuerte de todos modos, incluso envuelto
en el miedo y la incertidumbre. Una persona, una
parte de acero.
Te digo esto completamente a sabiendas de que
estoy llena de contradicciones. Como has leído en mis
otras cartas, adoro la valentía de mi hermano, pero

odio que me haya abandonado para pelear por un dios. Adoro a mi madre, pero odio lo que le ha hecho el alcohol, como si la estuviera ahogando, y no sé cómo salvarla. Adoro las palabras que escribo hasta que me doy cuenta de lo mucho que las odio, como si estuviera destinada a estar siempre en guerra conmigo misma.

Y, pese a todo, sigo adelante. Algunos días tengo miedo, pero la mayor parte del tiempo lo único que quiero es conseguir las cosas que sueño. Un mundo donde mi hermano está en casa sano y salvo, y mi madre está bien, y escribo palabras que no detesto en todo momento. Palabras que significarán algo para alguien, como si hubiera trazado una línea en la oscuridad y sintiera un tirón en la distancia.

Está bien, he dejado salir las palabras. Te he dado una parte de mi armadura, supongo. Pero dudo de que te importe.

Iris envió la carta por el umbral y se dijo que no debía esperar una respuesta. Al menos no durante un tiempo.

Empezó a trabajar en su artículo, intentando darle forma. Pero tenía la atención puesta en la puerta del armario, en las sombras que delimitaban el umbral y el extraño que moraba al otro lado.

Se detuvo para mirar la hora. Eran las diez y media de la noche. Sopesó salir del piso en busca de su madre. La preocupación era un peso agobiante en su pecho, pero Iris no sabía a ciencia cierta hacia dónde debería ir. Ni si sería seguro para ella caminar sola a esas horas.

Volverá pronto. Como siempre. Cuando los clubs cierren a medianoche.

Una carta se deslizó por el portal, devolviéndola al presente.

Iris la recogió. El papel crujía en sus dedos mientras leía:

Una persona. Una pieza de armadura. Me esforzaré en hacer eso.

Gracias.

10

Comisaría nueve

Al día siguiente, la oficina estaba llena de felicitaciones. Iris se apoyó en el armario del té mientras observaba cómo saludaban a Roman con sonrisas y palmadas en la espalda.

—¡Enhorabuena, Kitt!

—Me han dicho que la señorita Little es preciosa y experimentada. Menuda pesca.

—¿Cuándo es la boda?

Roman sonreía y recibía los halagos con amabilidad, vestido en ropas almidonadas y zapatos de cuero pulido. Su pelo negro peinado no le tapaba los ojos, y llevaba la cara afeitada. Otra apariencia perfecta. Si Iris no lo supiera, si no hubiera estado sentada en el banco de un parque con él y le hubiese oído confesar lo reacio que era a casarse con una desconocida, habría creído que estaba encantado.

Se preguntaba si había soñado ese momento con él, cuando se hablaron casi como amigos de toda la vida. Cuando se rio, la escuchó y se disculpó. Porque de repente parecía una alucinación febril.

El alboroto se iba apagando por fin. Roman dejó caer la bandolera, pero entonces debió de sentir su mirada. Levantó la vista y se encontró con la suya al otro lado de la habitación, por encima del mar de escritorios, papeles y conversaciones.

Durante un segundo, Iris no se pudo mover. Y la máscara que él llevaba puesta para todos los demás —la sonrisa, los ojos contentos y las mejillas sonrojadas— se desvaneció, hasta que vio lo cansado y triste que estaba en realidad.

Le tocó la fibra sensible, una música que podía sentir en lo profundo de su ser, y apartó la mirada.

Iris estaba a medio escribir el esbozo de la redacción inspirada por el mito que había recibido en el armario cuando Sarah se acercó a su escritorio con un pedazo de papel.

—El agente acaba de entregar esto —dijo, y lo colocó encima del escritorio de Iris—. Tenía la esperanza de que pudiéramos hacerle sitio en el periódico de mañana.

—¿Qué es? —preguntó Iris, atareada con su redacción.

—No estoy segura de cómo llamarlo. Pero han encontrado un cuerpo esta mañana, y esperan que alguien pueda identificarla. La descripción está ahí escrita. Es horrible, ¿no crees?, que te maten así.

Iris detuvo las manos en el aire y miró el papel.

—Sí —dijo en tono neutro—. Yo me ocupo. Gracias, Prindle.

Esperó hasta que Sarah se fue. Entonces lo leyó, y las palabras se deslizaron delante de sus ojos y se grabaron a fuego en su mente, hasta que sintió como si se estuviera haciendo sitio en un espacio estrecho, en un túnel largo y angosto.

Ayer por la noche, alrededor de las 22:45, una mujer
fue arrollada por un tranvía. No llevaba ninguna
identificación encima, pero parece ser de mediana
edad, con el pelo castaño y la piel clara. Llevaba

puesto un abrigo lila e iba descalza. Si cree que la conoce o puede identificarla, acuda al agente Stratford de la comisaría nueve.

Iris se levantó con la nota, le temblaban las rodillas. El peso en el pecho era insoportable. Se acordó de agarrar su bolso de tapiz, pero se olvidó de la gabardina, que estaba colgada en la silla. Se dejó la lámpara del escritorio encendida y la hoja de papel con la redacción puesta en la máquina y se fue de la oficina sin mediar palabra mientras corría hacia fuera a través de las puertas de cristal.

Presionó el botón del ascensor y sintió cómo se llenaba de ira.

El ascensor tardaba demasiado. Se precipitó hacia las escaleras y las bajó en parte corriendo y en parte saltando, temblando con tanto vigor que casi no llegó hasta las puertas del vestíbulo antes de vomitar en la maceta de una planta al pie de las escaleras de mármol.

Se irguió, se limpió la boca y empezó a caminar hacia la comisaría nueve, que no estaba lejos de su casa.

No es ella, se repitió una y otra vez, con cada paso que la acercaba más. *No es ella.*

Pero Iris no había visto a su madre desde hacía más de veinticuatro horas. Por la mañana no la había visto tumbada en el sofá, como sí el día anterior. Iris había dado por hecho que estaría en su habitación con la puerta cerrada. Debería haberlo comprobado, para asegurarse. Porque la duda había empezado a atenazarla.

Cuando llegó a la comisaría, se detuvo, como si el hecho de no entrar le evitara conocer la verdad. Debió de estar de pie enfrente de las escaleras durante un buen rato, porque las sombras se alargaban a sus pies, y estaba temblando cuando un oficial se le aproximó.

—¿Señorita? Señorita, no puede estar enfrente de las escaleras así. Tiene que apartarse.

—He venido para identificar un cuerpo —respondió con voz rasgada.

—Muy bien. Sígame, por favor.

Los pasillos de la comisaría eran un borrón de paredes color crema y suelos de madera combada. Cuando llegaron a una sala de observación, el aire era punzante y la luz, penetrante.

Iris se detuvo de golpe.

El forense estaba de pie con una carpeta, vestido con ropa blanca y un delantal de cuero. A su lado había una mesa de metal, y encima de la mesa había un cuerpo.

Aster parecía estar durmiendo, excepto por la curvatura de su cuerpo, que descansaba bajo una sábana, y el corte que tenía en la cara. Iris dio un paso adelante, como si tomar a su madre de la mano hiciera que se moviese. Sentiría el contacto de su hija, y esta la traería de vuelta del abismo que la llamaba, de la pesadilla que la tenía atrapada.

—¿Señorita? —le decía el forense, y su voz nasal reverberó a través de ella—. ¿Puede identificar a esta mujer? Señorita, ¿puede oírme?

La mano de Iris se quedó paralizada en el aire. Empezó a ver estrellas por el rabillo del ojo mientras miraba a su madre, muerta y pálida en un lugar tan lejano que Iris jamás podría alcanzarla.

—Sí —susurró antes de desplomarse en el abrazo de la oscuridad.

11

La gran división

Era de noche, hacía frío y había pasado la medianoche cuando Iris volvió caminando a casa desde la comisaría con una caja en las manos con las pertenencias de su madre. La niebla revoloteaba en el aire y tornaba la luz de las farolas en vahos dorados. Pero Iris apenas notaba el frío. Apenas notaba los adoquines bajo sus pies.

Para cuando entró en el piso, su pelo y ropa estaban empapados de humedad. Por supuesto, el apartamento estaba lleno de sombras silenciosas. A esas alturas, ya debería estar acostumbrada. Y aun así buscó entre las sombras para ver a su madre, la luz de su cigarrillo y su sonrisa ladeada. Iris forcejeó contra el clamor del silencio en busca de cualquier signo de vida: el tintineo de una botella o el murmullo de su canción favorita.

No había nada. Nada aparte de su respiración entrecortada y una caja con las cosas de su madre y la factura de la funeraria pendiente de pago para transformar el cuerpo fallecido en cenizas.

Iris bajó la caja y se dirigió hacia la habitación de Aster.

Se tiró encima de la cama deshecha. Casi podía engañarse con el recuerdo de los días anteriores a que el alcohol clavara sus garras en su madre. Antes de que Forest las abandonara. Casi podía sumergirse en la alegría del pasado, cuando Aster estaba llena de historias y risas mientras hacía de camarera en el restaurante al final de la calle. Cuando cepillaba el pelo largo de Iris cada noche y le preguntaba cómo le iba en la escuela. Qué libros había leído. Qué artículos había escrito.

«Algún día serás una escritora famosa, Iris», le había dicho su madre mientras sus dedos hábiles le trenzaban el largo pelo castaño. «Recuerda mis palabras. Voy a estar muy orgullosa de ti, cariño».

Iris se permitió llorar. Sollozó todos esos recuerdos en la almohada de su madre hasta que estuvo tan agotada que la oscuridad se la llevó de nuevo.

Se despertó por un sonido persistente en la puerta principal.

Se levantó de una sacudida con las piernas enredadas en las sábanas manchadas de vino. La luz del sol se colaba por la ventana, y durante unos instantes estaba confusa. ¿Qué hora era? Nunca se había quedado dormida hasta tan tarde…

Gateó en busca del reloj en la mesita de su madre, que indicaba que eran las once y media de la mañana.

Por todos los dioses, pensó, y se levantó de la cama con las piernas temblorosas. ¿Por qué se había quedado dormida? ¿Por qué estaba en la cama de su madre?

Todo le vino a la mente de golpe. El mensaje en la *Gaceta*, la comisaría nueve, el cuerpo de su madre frío y pálido bajo la sábana.

Iris se tambaleó mientras se desenredaba el pelo con los dedos.

Volvieron a llamar a la puerta de manera insistente. Y entonces la voz de él, que era la última voz que Iris quería oír, dijo al otro lado de la madera:

—¿Winnow? Winnow, ¿estás ahí?

Roman Kitt estaba en su piso y llamaba a su puerta.

El corazón se le aceleró en tanto avanzaba a grandes pasos por el comedor, directamente hacia la puerta para poder observar a través de la mirilla. Sí, ahí estaba, de pie con su gabardina colgada del brazo y la cara afectada por la preocupación.

—¿Winnow? Si estás ahí, abre la puerta, por favor.

Ella siguió observándolo y se dio cuenta de cómo su preocupación se transformaba en miedo. Vio cómo su mano se dirigía a la maneta de la puerta. Cuando el pomo giró y la puerta empezó a abrirse, se percató con un calambre de que la noche anterior se había olvidado de cerrar con llave.

Iris tuvo solo tres segundos para apartarse antes de que la puerta se abriera por completo. Estaba de pie bañada por el sol y con el pulso palpitándole en el cuello cuando Roman la vio.

Debía de tener un aspecto deplorable, porque él se asustó. Y entonces exhaló de golpe mientras daba un paso hacia el umbral.

—¿Estás bien?

Iris se quedó paralizada mientras él la reseguía con la mirada. Durante un segundo, estuvo tan aliviada de verlo que podría haberse puesto a llorar. Pero entonces se dio cuenta de dos cosas horribles. La primera era que su blusa estaba abierta, los botones desabrochados hasta el ombligo. Miró hacia abajo y vio el lacito blanco de su sostén, que a esas alturas Roman sin duda ya habría apreciado, y con un grito ahogado se juntó la tela con una mano temblorosa.

—Espero no interrumpir nada —dijo Roman en un tono extraño. A Iris le llevó otros dos segundos deducir que él creía que había estado con alguien, y se puso blanca.

—No. Estoy sola en casa —graznó, pero él miraba más allá de ella, como si esperara que otra persona saliera de la habitación.

Y fue en ese momento cuando la alcanzó la segunda horrible revelación. Roman Clase Alta Kitt estaba en su casa. Su rival estaba en su apartamento contemplando el desorden de su vida. Podía ver las velas derretidas encima del armario de todas las noches que no se había podido permitir la luz y las botellas de vino desparramadas que todavía tenía que recoger y tirar. Lo austero que era el comedor y cómo el papel de pared estaba descolorido y despegado.

Iris se alejó un paso de él con el orgullo quemándole los huesos. No podía soportar que Roman la viera así. No podía soportar que viera lo desorganizadas que estaban las cosas en su vida. Que la viera en su peor día.

—¿Winnow? —dijo mientras se le acercaba un paso, como si sus movimientos tiraran de él—. ¿Estás bien?

—Estoy bien, Kitt —respondió, sorprendida por el tono áspero de su voz, como si no hubiera hablado desde hacía años—. ¿Qué haces aquí?

—Estamos todos muy preocupados —le aseguró—. Ayer te fuiste del trabajo temprano, y esta mañana no has aparecido. ¿Va todo bien?

Iris tragó saliva, se debatía entre decirle la verdad u ocultar su dolor. Lo miró al pecho, incapaz de fijarse en sus ojos. Se dio cuenta de que, si le contaba lo de su madre, le daría más pena todavía de la que ya le daba. Y eso era lo último que quería.

—Sí, siento haberme ido ayer. No me encontraba bien. Y me he dormido —respondió.

—¿Quieres que avise a un médico?

—¡No! —Se aclaró la garganta—. No, pero gracias. Ya me estoy recuperando. Dile a Autry que estaré allí mañana a primera hora.

Roman asintió, pero se le entrecerraron los ojos mientras la estudiaba a conciencia, como si detectara su mentira.

—¿Quieres que te traiga algo? ¿Tienes hambre? ¿Quieres que vaya a por un sándwich o una sopa o algo?

Iris se quedó sin aliento durante un segundo, conmocionada por el ofrecimiento. Su mirada volvió a pasearse por la habitación, analizando el caos que estaba tan desesperada por ocultarle. El pánico la invadió.

—¡No! No, no necesito nada. Puedes irte, Kitt.

Roman frunció el ceño. La luz del sol recortaba su cuerpo, pero una sombra danzaba sobre su cara.

—Por supuesto. Me iré, como pides. Te he traído la gabardina, por cierto.

—Bien. Mmm, no deberías haberte molestado. —Aceptó la gabardina, incómoda, todavía cerrándose la blusa con la mano. Evitó establecer contacto visual.

—No ha sido nada —dijo él.

Pudo sentir cómo la observaba, como si la desafiara a que le devolviera la mirada.

No podía.

Se rompería si lo hiciera, y esperó a que volviera sobre sus pasos hasta el umbral.

—¿Cerrarás la puerta con llave cuando me vaya? —le preguntó él.

Iris asintió mientras abrazaba la gabardina contra el pecho.

Finalmente, Roman cerró la puerta.

Iris se quedó de pie inmóvil en el piso vacío. Como si hubiera echado raíces en el suelo.

Los minutos pasaron, pero apenas notaba el transcurrir del tiempo. Todo le parecía distorsionado, como si estuviera mirando su vida a través de un cristal roto. Motitas de polvo se arremolinaban en el aire, a su alrededor. Soltó un suspiro profundo y fue a cerrar la puerta con llave, pero se lo pensó mejor y miró una vez más a través de la mirilla.

Él todavía estaba allí, con las manos metidas en los bolsillos del abrigo y su pelo oscuro revuelto por el viento. Estaba esperando. El enojo que sintió Iris fue tal que cerró la puerta con llave. Nada más oír el ruido de la cerradura, Roman Kitt se dio la vuelta y se marchó.

12

Una sombra que llevas contigo

Iris se pasó el resto del día envuelta en una neblina, intentando darles sentido a las cosas. Pero era como si su vida se hubiera roto en mil pedazos, y no sabía cómo volver a juntarlos. Pensó que quizá el dolor que sentía no disminuiría nunca, y se mordía las uñas hasta dejárselas en carne viva mientras deambulaba por el piso como un fantasma.

Al final se acomodó en el suelo de su habitación. Buscó la máquina de escribir de su abuela y la sacó a la luz tenue.

Si pensaba en ellas demasiado, las palabras se convertirían en hielo. Así que Iris no pensó, sino que dejó que las palabras le recorrieran del corazón a la mente, de los brazos a la punta de los dedos, y escribió:

A veces me da miedo querer a otras personas.

Todos los que me acaban importando al final me abandonan, ya sea por la muerte o por la guerra o simplemente porque no me quieren a su lado. Se van a lugares que no puedo encontrar, lugares a los que no puedo llegar. Y no me da miedo estar sola, pero estoy cansada de ser la persona a la que dejan atrás. Estoy cansada de tener que rehacer mi vida después de que la gente que hay en ella se vaya, como si yo fuera un puzle y ahora me faltaran piezas y nunca más volviese a experimentar esa sensación pura de sentirme realizada.

Ayer perdí a alguien cercano. Todavía me parece irreal. Y no estoy segura de quién eres ni de dónde estás. Si vives en la misma hora y el mismo minuto que yo o si vives hace décadas o en los años venideros. Desconozco qué es lo que nos conecta, si son umbrales o huesos de dioses caídos o algo distinto que todavía tenemos que descubrir. Por encima de todo, no sé por qué te escribo ahora. Pero aquí estoy, contactándote. Un desconocido y un amigo a la vez.

Todas esas cartas mías que has recibido durante meses... Pensaba que le estaba escribiendo a Forest. Escribía con los dientes apretados y la firme esperanza de que le llegarían a pesar de los kilómetros que nos separaban. Que mi hermano leería mis palabras, incluso aunque estuvieran teñidas de dolor y furia, y volvería a casa y llenaría el vacío que siento y arreglaría el caos de mi vida.

Pero me doy cuenta de que las personas son solo personas, y cargan con sus propios miedos, sueños, deseos, daños y errores. No puedo esperar que otra persona me haga sentir completa; debo encontrarlo por mi cuenta. Y creía que estaba escribiéndome a mí misma, analizando mi pérdida, preocupaciones y ambiciones complicadas. Incluso ahora, pienso en lo fácil que es perderse en las palabras propias y, aun así, encontrar quién eres.

Espero explicarme bien. Probablemente no, porque te escribo a ti, pero también me escribo a mí misma.

Y no espero que respondas, pero ayuda saber que
alguien me escucha. Que alguien lee lo que vierto en
la página.

Me ayuda saber que esta noche no estoy sola, por
más que esté sentada en la completa oscuridad.

Se quedó totalmente inmóvil durante lo que podría haber sido un minuto o una hora, y al final reunió el suficiente valor como para sacar la hoja de la máquina de escribir y doblarla. La deslizó por el umbral hacia el portal. Porque esa era la parte más difícil, compartir las palabras que había escrito. Unas palabras que podían astillar el acero, exponiendo las partes de su ser que prefería ocultar.

Cayó la noche. Iris encendió una vela y paseó por el piso. Se dijo que tenía que comer algo, beber algo, pero no tenía hambre, aunque se sentía vacía.

Pensó que podía tener una conmoción, porque estaba anestesiada y seguía esperando que su madre volviera y apareciera de repente por la puerta.

Al final, Iris se detuvo al lado de la mesa de la cocina. La gabardina estaba colgada en una de las sillas y la agarró entre los brazos, escondiendo la cara en el tejido raído. Cerró los ojos y respiró el aroma a especias y a magnolia. Olía a Roman Kitt, de cuando la había cargado todo el trayecto de la oficina hasta su casa, para asegurarse de que estaba bien.

Se la puso y se ajustó el cinturón en la cintura y volvió a su habitación.

Había llegado una carta, la más larga hasta el momento.

Se tumbó en la cama y leyó a la luz de la vela:

Rara vez comparto esta parte de mi vida con los
demás, pero te la quiero contar ahora. Una pieza de
armadura, porque confío en ti. El destello de acero
que se desprende, porque me siento seguro contigo.

Tuve una hermana pequeña.

Mis padres apenas pueden hablar de ella hoy en día, pero se llamaba Georgiana. Yo la llamaba Del porque ella prefería su segundo nombre, Delaney. Yo tenía ocho años cuando nació, y todavía oigo el aguacero que caía el día que vino al mundo.

Creció en un abrir y cerrar de ojos, como si los años estuvieran encantados. La amaba con locura. Y mientras que yo siempre había sido el hijo obediente y reservado al que nunca había que echar una reprimenda, ella estaba llena de curiosidad, valor y fantasía, y mis padres no sabían cómo criar en sociedad a una niña tan llena de vida.

En su séptimo cumpleaños, quiso ir a nadar a un estanque que no está lejos de nuestra casa. Un poco más allá de los jardines y después de cruzar un bosque, escondido del barullo y los sonidos de la ciudad. Nuestros padres se negaron; tenían planeada una cena de gala por su cumpleaños, aunque a Del no podía importarle menos. Así que cuando me suplicó que me escabullera con ella y fuéramos a bañarnos con la condición de volver a tiempo para la fiesta... le dije que sí.

Estábamos en el pico del verano y el calor era abrasador. Nos escapamos de casa descalzos e ingenuos, y corrimos por los jardines hacia el estanque. Había un viejo columpio de cuerda que colgaba de la rama de un roble. Hicimos turnos para lanzarnos hacia el centro del estanque, porque allí era más profundo y estaba lejos de las rocas y la arena del bajío.

Al cabo de un rato, estaba cansado y empapado, y se estaba formando una tormenta sobre nuestras cabezas. «Volvamos», le dije, pero Del me suplicó que nos quedáramos unos minutos más. Y yo, como el hermano débil que era, fui incapaz de negárselo. Cedí y me senté en la orilla para secarme mientras ella seguía zambulléndose y nadando. Cerré los ojos un instante, o eso me pareció. Durante solo un segundo, con los últimos rayos de sol sobre la cara, arrullándome para que descansara.

Fue el silencio lo que me hizo abrir los ojos.

En la distancia vi el relámpago, el viento y la cortina de lluvia, pero el estanque se había quedado completamente quieto. Del estaba flotando boca abajo en el agua con su cabello negro derramado a su alrededor. Al principio pensé que estaba jugando, pero entonces el pánico me invadió, frío y afilado como un cuchillo. Nadé hasta ella y le di la vuelta. Me apresuré a llevarla hasta la orilla; grité su nombre, le hice el boca a boca y le presioné el pecho, pero ya se había ido.

Yo había cerrado los ojos durante un suspiro, y ella se me había escapado.

Apenas recuerdo llevarla a cuestas hasta mis padres. Pero nunca olvidaré el llanto de mi madre ni las lágrimas de mi padre. Jamás olvidaré cómo se dividió mi vida en dos: con Del y sin Del.

Ocurrió hace cuatro años. Y la pena es un proceso largo y difícil, especialmente cuando está tan atormentada por la culpa. Todavía me considero responsable; debería haberme negado a ir al estanque. Debería haberme mantenido alerta. No debería haber cerrado los ojos mientras ella nadaba, ni por un breve suspiro.

Un mes después de perder a mi hermana, tuve un sueño en el que la diosa se me presentaba y me decía:

«Puedo quitar el dolor de tu pérdida. Cortaré tus sentimientos de pena, pero también tendré que sacrificar los recuerdos de tu hermana. Será como si Del no hubiera nacido nunca, como si su vida no se hubiera entrelazado con la tuya durante siete años. ¿Escogerías eso para así aliviar tu sufrimiento? ¿Para ser capaz de volver a respirar otra vez, para vivir una vida tranquila de nuevo?».

Ni siquiera dudé. Apenas podía mirar a la diosa a los ojos, pero le dije firmemente: «No».

Ni siquiera por un instante cambiaría mi dolor por eliminar la vida de Del.

Me he alargado más de lo que pensaba, pero sé qué se siente cuando pierdes a alguien a quien quieres. Sentirte como si te dejaran atrás, o como si tu vida fuera un caos y no hubiese una guía que te dijera cómo volver a poner orden.

Pero el tiempo te curará poco a poco, como ha hecho conmigo. Hay días buenos y días difíciles. La pena no se irá nunca del todo; siempre estará contigo, una sombra que llevas en el alma, pero se hará más débil a medida que tu vida se vuelve más brillante. Aprenderás a vivir sin ello de nuevo, por imposible que pueda sonar. Los demás que comparten tu dolor también te ayudarán a curarte. Porque no estás sola. Ni en tu miedo, ni en tu dolor, ni en tus esperanzas o sueños.

No estás sola.

13

Una ventaja injusta

Se hacía raro volver a la oficina.

Nada había cambiado; su escritorio todavía estaba cubierto de anuncios y obituarios, las cinco teteras estaban hirviendo, el humo todavía danzaba por entre los dedos de los editores y las teclas palpitaban como un corazón. A Iris le parecía casi irreal volver a algo que le parecía aparentemente tan familiar cuando por dentro ella se sentía tan diferente.

Su vida había dado un vuelco irreversible, y todavía se estaba intentando adaptar a lo que le ocurriría a ella en el futuro próximo. Vivir en ese apartamento sola. Vivir sin su madre. Vivir en ese nuevo ciclo desequilibrado un día sí y el otro también.

«La pena es un proceso largo y difícil, especialmente cuando está tan atormentada por la culpa».

Se sentó a su escritorio y preparó la máquina de escribir en busca de una distracción. Cualquier cosa que le mantuviera la mente ocupada de…

—¿Te sientes mejor hoy, Winnow? —le preguntó Sarah, que se detuvo a su lado de camino a la oficina de Zeb.

Iris asintió, pero mantuvo la vista clavada en el papel.

—Mucho. Gracias por preguntar, Prindle.

Se sintió aliviada cuando Sarah siguió su camino. Iris no creía que pudiera soportar hablar de su madre todavía, así que focalizó toda su atención en el trabajo. Pero supo el momento exacto en el que Roman entró en la oficina. Lo supo como si una cuerda los uniera a los dos, aunque se negó a mirarlo.

Él debió de sentir que lo estaba ignorando. Al rato caminó hacia el cubículo de Iris, se apoyó en la madera y observó cómo tecleaba.

—Tienes buen aspecto hoy, Winnow.

—¿Quieres decir que antes tenía aspecto de enferma, Kitt?

En el pasado, Roman le habría devuelto el sarcasmo y se habría ido. Pero siguió de pie en su espacio en silencio con los ojos atravesándola abrasadoramente, y ella supo que quería que lo mirara.

Se aclaró la garganta con la atención anclada en el trabajo.

—¿Sabes? Si tanto te apetecía teclear los anuncios, lo podrías haber dicho. No tienes que estar encima de mí.

—¿Por qué no dijiste nada? —le preguntó, y ella se sorprendió por el tono irritado, o enfadado, o tal vez una mezcla de los dos.

—¿A qué te refieres?

—¿Por qué no le dijiste a nadie que el otro día no te encontrabas bien? Simplemente… te fuiste, y ninguno de nosotros sabía dónde habías ido ni qué te había pasado.

—De verdad, es un asunto que no te incumbe, Kitt.

—Sí, porque las personas de aquí estaban preocupadas por ti, Winnow.

—Sí, les preocupa bastante que los anuncios no estén hechos a tiempo.

—Eso es totalmente injusto, y lo sabes —respondió en voz baja.

Iris cerró los ojos. Su compostura estaba a punto de venirse abajo, y esa mañana le había llevado toda su fuerza de voluntad levantarse y vestirse, cepillarse el pelo y obligarse a ponerse pintalabios, todo para dar la impresión de que estaba bien, de que no se estaba desmoronando. No quería que nadie supiera por lo que estaba pasando, porque que los dioses evitaran que le tuvieran pena… *¡Le das pena!* Tomó aire entre dientes.

—¡No entiendo por qué te importa, Kitt! —susurró bruscamente, y abrió mucho los ojos para encontrase con su mirada—. Si no estoy aquí, al fin conseguirás lo que quieres.

No respondió, pero le sostuvo la mirada, y le pareció ver que algo centelleaba dentro de él, como una estrella que cae del cosmos o una moneda bajo el agua que refleja el sol. Algo intenso y vulnerable y completamente inesperado.

Se fue tan pronto como llegó, y él frunció el ceño.

Se lo debía de haber imaginado.

Por una vez, Zeb llegó en buen momento.

—¿Winnow? Ven a mi despacho. Ahora —le ordenó.

Iris se levantó del escritorio y a Roman no le quedó otra que hacerse a un lado. Lo dejó en el pasillo y cerró la puerta tras de sí nada más entrar en el despacho de Zeb.

Su jefe se estaba sirviendo una bebida sobre unos hielos que se resquebrajaron mientras ella se sentaba en la silla delante de él. El escritorio era una extensión caótica de papeles y libros y archivadores. Esperó que Autry hablara primero.

—Supongo que ya tienes lista la redacción, ¿no? —le preguntó tras tomar un sorbo.

La redacción. *¡La redacción!*

Iris la había olvidado. Entrelazó los dedos mientras las manos le temblaban y los nudillos se le ponían blancos.

—No, señor —respondió—. Lo siento, pero no está lista.

Zeb simplemente se la quedó mirando.

—Me has decepcionado, Winnow.

Quería llorar. Se tragó las lágrimas hasta que le inundaron el pecho. Podía decirle el motivo por el retraso de la redacción. Debería decirle que había perdido a su madre, que su mundo había cambiado drásticamente y que en lo último en lo que estaba pensando era en ser columnista.

—Señor, mi...

—Si te vas a ir antes del trabajo, tienes que avisarlo para que tus tareas del día se puedan encargar a otra persona —le dijo bruscamente—. Que no vuelva a ocurrir.

Iris se levantó y se fue. Se dirigió directamente a su escritorio y se sentó, presionando los dedos fríos contra su rostro ardiente. Se sentía como un felpudo. Le acababa de permitir que la pisoteara y todo porque tenía demasiado miedo de ponerse a llorar delante de él.

¿En qué se estaba convirtiendo?

—Aquí tienes los obituarios del periódico de mañana —dijo Sarah, que parecía haber aparecido de la nada. Dejó una pila de papeles encima del escritorio de Iris—. ¿Estás bien, Winnow?

—Estoy bien —respondió con una sonrisa cansada y un resoplido—. Acabaré con estos.

—Se los puedo dar a Kitt.

—No. Ya los hago. Gracias.

Después de eso, todo el mundo la dejó en paz. Incluso Roman no le volvió a dirigir la mirada, e Iris sintió un gran alivio.

Tecleó los obituarios y luego se quedó mirando la hoja en blanco, peleándose con sus sentimientos. Debería escribir uno para su madre. Pero para ella era inmensamente distinto. Ser alguien que sentía la angustia de un obituario. Alguien que sentía la raíz de las palabras.

Iris empezó a escribir lo primero que le vino a la mente, y sus dedos golpearon las teclas con brío:

No tengo nada. No tengo nada. No tengo nada. No tengo
nada. No tengo nada. No tengo nada. No tengo nada. No
tengo nada. No tengo nada. No tengo

Se detuvo con la mandíbula apretada; su herida interior palpitaba. Si Zeb la sorprendía malgastando papel y rollos de tinta, la despediría. Así pues, arrancó el papel de la máquina de escribir, hizo una bola, lo tiró al cubo de la basura y lo intentó de nuevo.

Aster Winifred Winnow, de cuarenta y dos años, nos ha dejado el Día de Alva, el quinto día de Norrow. Se quedan su hijo, Forest Winnow, y su hija, Iris Winnow. Nació en Juramento y su estación favorita era el otoño en la ciudad, cuando sentía como si pudiera saborear la magia en el aire. Fue al Instituto Windy Grove y más tarde trabajó como camarera en el restaurante Revel. Le gustaban la poesía, la música clásica y el color lila, aunque siempre lo llamaba «violeta», y le encantaba bailar.

La vista se le empañaba. Iris acabó de teclear y colocó el obituario de su madre en el montón junto a los demás para llevarlo al escritorio de Zeb para el periódico del día siguiente.

❧

Después del trabajo, caminó hacia casa. Se quitó las botas de su madre, que le iban pequeñas, y la gabardina de Forest, y se tumbó en la cama. Se quedó dormida con el sonido de la lluvia.

❧

Llegaba una hora tarde al trabajo.

La pena la había sumido en un sueño profundo y se le había pasado la hora, y experimentaba un montón de mariposas frenéticas en su interior mientras corría por las escaleras hacia la quinta planta, empapada por la lluvia. Con suerte nadie aparte de Sarah se daría cuenta de que llegaba tarde. Sarah y Roman, lo más probable, puesto que obviamente a él le gustaba tenerla controlada.

Iris entró en la *Gaceta de Juramento* y vio que Zeb la estaba esperando al lado de su escritorio. Tenía una expresión tempestuosa; se abrazó el cuerpo mientras caminaba por el pasillo y las botas rechinaban.

No le dijo nada, pero ladeó la cabeza y se dio la vuelta para dirigirse a su despacho.

Iris lo siguió con indecisión.

Se quedó de piedra cuando vio que Roman estaba allí. Había una silla vacía a su lado, e Iris se dejó caer en ella. Lo miró de soslayo, pero los ojos de Roman estaban clavados en algo que tenían delante. Se apoyaba las manos sobre las piernas, muy rígido.

Por una vez, deseó que la mirara, porque cuanto más rato estaba sentada a su lado, más la invadía su tensión, hasta que acabó por crujirse los nudillos y juguetear nerviosa con los pies.

—Muy bien —dijo Zeb, y se sentó en la silla con un leve gruñido—. Estoy seguro de que sabéis por qué os he llamado a los dos hoy. Ambos sois escritores brillantes y talentosos. Y os he dado a los dos la misma oportunidad de demostraros dignos del puesto de columnista. Estoy orgulloso de poder comunicaros mi decisión.

Se detuvo e Iris despegó los ojos de Roman y miró a Zeb. Colocó el periódico de la mañana en el canto del escritorio. Estaba doblado de tal manera que revelaba la columna. El artículo de Roman. El que ella le había ayudado a escribir sobre los soldados desaparecidos. Por lo tanto, a Iris no le sorprendieron las palabras que vinieron a continuación. De hecho, no sintió nada cuando Zeb tomó la palabra:

—Kitt, este es el mejor artículo que has escrito. El puesto es tuyo. Se puede confiar en ti, eres trabajador y entregas buenas redacciones a tiempo. Empezarás oficialmente mañana a primera hora.

Roman no se movió. Ni siquiera parecía estar respirando, y la mirada de Iris aleteó hasta posarse en él de nuevo mientras pensaba qué le podía estar pasando por la cabeza que lo hiciera estar tan indiferente. ¿Acaso no era eso lo que quería?

Zeb fruncía el ceño, molesto por la falta de entusiasmo de Roman.

—¿Me has oído, Kitt?

—Señor, ¿podría valorar darnos a los dos más tiempo antes de tomar la decisión? —preguntó Roman—. Denos a cada uno otra oportunidad de escribir una redacción.

Zeb se lo quedó mirando boquiabierto.

—¿Más tiempo? ¿Por qué diantres haría eso?

Iris notaba cómo el corazón le latía rápido y fuerte en el pecho. Cuando al fin Roman la miró, el tiempo pareció detenerse. Su mirada era penetrante, como si pudiera ver todo lo que la mortificaba por dentro: las luces y las sombras, sus hilos de ambición, de deseo, alegría y pena. Ningún hombre la había mirado así.

Un escalofrío la caló hasta los huesos.

—He tenido una ventaja injusta, señor —dijo Roman, devolviendo la atención a Zeb—. La madre de Winnow murió hace unos días. Está de luto y necesita más tiempo.

La habitación se llenó de un silencio doloroso.

Iris soltó una exhalación temblorosa. Le palpitaban las sienes. Zeb estaba diciendo algo, pero su voz no era nada más que un molesto zumbido, mientras la mirada de Iris se juntaba con la de Roman.

—¿Cómo sabes eso? —susurró.

—He leído el obituario de tu madre —respondió.

—Pero nadie lee los obituarios.

Roman se quedó callado, pero le subió el rubor a la cara, e Iris tuvo el aterrador presentimiento de que, mientras que ella tenía por norma no leer nada de él, Roman podía estar leyendo todo lo que ella tocara. Incluso los insulsos anuncios y los trágicos obituarios. Tal vez lo hiciera para ver si había cometido alguna falta y burlarse de ella después de que fuera a imprenta. Tal vez lo hiciera porque era su competidora y quería saber contra quién se estaba enfrentando exactamente. La verdad era que no podía pensar en una razón lo bastante buena, y apartó la mirada de él.

—¿Winnow? —rugió Zeb—. Winnow, ¿es eso verdad?

—Sí, señor.

—¿Por qué no dijiste nada ayer?

Porque no quería llorar delante de ti. Porque no quiero tu pena. Porque me mantengo unida por un hilo.

—No lo sé —dijo.

—En fin —añadió Zeb tajante—. No te puedo ayudar si no lo sé, ¿no?

Soltó un suspiro y se frotó la frente. Suavizó el tono, como si se hubiera dado cuenta de lo insensible que estaba siendo.

—Siento mucho tu pérdida, Winnow. Es una lástima. Pero me temo que ya he tomado una decisión. Kitt se ha ganado el puesto, pero si necesitas unos días libres para pasar el duelo… No hay problema.

Iris caviló sobre la idea de tomarse un tiempo. Eso significaría que estaría en casa, sola en ese piso triste lleno de botellas de vino y velas derretidas y papel de pared desgarrado. Estaría esperando a que volviera su madre, pero eso no ocurriría jamás. Y fue entonces cuando se dio cuenta. Iris no quería tomarse un tiempo, pero tampoco quería estar en la *Gaceta*. De repente, la carrera con la que había soñado parecía insignificante comparada con otras cosas de su vida.

La única familia que le quedaba estaba en el oeste, donde la guerra se recrudecía.

Quería encontrar a su hermano.

—No, señor. Le presento mi dimisión —dijo mientras se levantaba.

Roman se movió a su lado.

—¿Qué? No, señor Autry, yo...

Zeb ignoró a su columnista recién ascendido y le soltó:

—¿Tu dimisión? ¿Quieres abandonarme, Winnow? ¿Sin más?

Odiaba la manera como hacía que sonara. Como si se estuviera rindiendo. Pero ahora que había pronunciado las palabras, se había quitado un peso de los hombros.

Iba a encontrar a Forest.

—Sí, señor. Es el momento de seguir adelante —dijo, y se giró hacia Roman y le tendió la mano—. Enhorabuena, Kitt.

Él tan solo se la quedó mirando con los ojos azules ardiendo como llamas.

Ya estaba recogiendo la mano cuando Roman al fin levantó la suya para estrechársela, y su apretón era firme y cálido. Le envió una descarga por el antebrazo, como si los dos hubieran creado electricidad estática, y fue un alivio cuando por fin la soltó.

—Si dimites, pues adelante y vete, Winnow —dijo Zeb con un movimiento de sus dedos rechonchos—. Ya no te necesito. Pero si sales por esa puerta, no esperes que te vuelva a contratar jamás.

—Oiga, señor Autry. —La voz de Roman era abrupta—. No creo...

Iris no oyó el resto de lo que dijo. Salió del despacho, encontró una caja de madera en la cocina y se fue a su escritorio a recoger sus cosas.

No tenía demasiado. Un pequeño tiesto con una planta, algunos de sus bolígrafos y lápices preferidos, una figurita pequeña de un caballo al galope, algunos libros de gramática y un diccionario desgastado.

—Winnow. —Sara se acercó a ella con gesto preocupado—. ¿No te habrá...?

—Dimito, Prindle.

—Pero ¿por qué? ¿A dónde irás?

—Todavía no lo tengo claro. Pero ha llegado la hora de que me vaya.

Sarah se hundió y las gafas le centellearon.

—Te echaré de menos.

Iris encontró una última sonrisa que dedicarle.

—Yo también. ¿Tal vez te vea algún día en un museo?

Sarah se puso colorada, pero bajó la mirada hasta el suelo, como si ese sueño suyo estuviera todavía demasiado fuera de su alcance.

Uno a uno, los escritorios alrededor de Iris se quedaron quietos y callados. Uno a uno, llamó la atención de todos los que estaban en la oficina, hasta que la *Gaceta de Juramento* se detuvo.

Zeb fue el que rompió el silencio. Caminó hacia ella con un cigarrillo entre los dientes amarillos, el ceño fruncido y un fajo de billetes en la mano.

—Tu último sueldo —le dijo.

—Gracias. —Iris aceptó el dinero y se lo introdujo en el bolsillo interior de la gabardina. Agarró la caja, apagó la lamparita, acarició con suavidad las teclas de su máquina de escribir por última vez y empezó a andar por el pasillo.

Roman no estaba en su escritorio. Iris no supo dónde estaba hasta que levantó la vista hacia las puertas de cristal y lo vio de pie delante de ellas, como si fuera una barricada, con los brazos cruzados al pecho.

—Qué amable por tu parte aguantarme la puerta para que me vaya —le dijo cuando llegó a su altura. Se esmeró por emplear un tono irónico, pero su voz la traicionó y le salió como un gorjeo.

—No creo que debas irte así, Winnow —susurró.

—¿No, Kitt? Entonces, ¿cómo debería irme?

—Deberías quedarte.

—¿Quedarme y escribir obituarios? —Suspiró—. No debería haberlo publicado.

—¿El de tu madre? Entonces, ninguno de nosotros sabría por lo que estás pasando —respondió—. ¿Qué harías si pudieras retirar las palabras que le dedicaste? ¿Seguirías fingiendo que tu vida está bien mientras estuvieras con nosotros durante el día y llorarías de noche? ¿Te llegarías a reconocer a ti misma después de una semana, un mes, un año?

—No sabes nada de mí —le dijo entre dientes, y odió cuánto le calaron sus palabras, como si las hubiera aspirado. Odió que sus ojos amenazaran con derramar lágrimas de nuevo si se atrevía a pestañear—. Ahora, apártate, Kitt, por favor.

—No te vayas, Iris —le pidió.

Nunca lo había oído pronunciar su nombre de pila. Se filtró a través de ella como la luz del sol, calentando su piel y su sangre, y tuvo que desviar la mirada antes de que viera cuánto la afectaba.

—Te deseo la mejor de las suertes, Kitt —dijo con una voz mucho más fría e inexpresiva de lo que sentía.

Él se hizo a un lado.

Se preguntó si él se relajaría ahora, sin ella aquí para mantenerlo alerta. Se preguntó si él lo sabía también y por eso insistía tanto en que se quedara.

Iris abrió a puerta y cruzó el umbral.

Dejó atrás la *Gaceta de Juramento* y no volvió la vista.

14

Despedida a los fantasmas

Quería escribirte para que sepas que me voy. A partir de mañana no estaré en mi casa actual, y supongo que ya no podremos acceder al portal mágico para comunicarnos.

Iris dejó de teclear. Se quedó mirando la puerta de su armario, preguntándose por qué le estaba escribiendo a su misterioso amigo por correspondencia para informarlo. No tenía la obligación, pero sentía que se lo debía; a él, como había descubierto en su última carta —donde había contado la verdad—, porque era el hermano mayor.

Había dejado la *Gaceta de Juramento* esa mañana y había ido a la funeraria para pagar la incineración de su madre. Le habían dado un pequeño tarro lleno de cenizas, e Iris decidió que debía volver a casa, sin saber del todo qué hacer con ellas.

Pero tenía un plan. Tenía la intención de abandonar Juramento. Entre esas paredes había demasiados recuerdos, demasiados fantasmas.

Al día siguiente iría a la *Tribuna de Tinta* y preguntaría si la podían contratar como corresponsal de guerra. Y, si no lo hacían, tal vez el esfuerzo en la guerra lo hiciera, de la manera que fuera que pudiera ser útil. No era una combatiente, pero podía lavar la ropa, cocinar y limpiar. Tenía dos manos y aprendía rápido. De cualquier modo, tenía la esperanza de que la acercara a Forest.

Volvió a teclear:

Gracias por contestarme ese día. Por contarme lo de Del. Sé que no nos hemos estado escribiendo durante mucho tiempo (más bien, yo te escribía, pero tú no respondías), pero dejando eso de lado... El tiempo parece ser distinto en una carta.

Cargaré con las cosas que has compartido conmigo en mi siguiente aventura.

Un último adiós.

Iris la envió a través el portal antes de que pudiera arrepentirse. Escogió la ropa que llevaría al día siguiente, sus mejores falda y blusa, y se preparó para ir a la cama, intentando distraerse de lo vacío que estaba el piso y lo profundas que parecían las sombras.

Esperó que le contestara, aunque se dijo que probablemente no lo haría. La alcanzó el sueño todavía con la vela encendida. A altas horas de la noche, un sonido la despertó. Iris se incorporó con el corazón en un puño hasta que se dio cuenta de que era alguien que salía de casa en el piso de abajo; estaban riendo a carcajadas y bastante borrachos.

Era la una de la madrugada e Iris se dio cuenta adormilada de que había una carta en el suelo.

La recogió, y no sabía lo que esperaba, pero no era algo tan sucinto:

¿Puedo preguntar a dónde vas?

Le pareció extraño.

Ambos habían decidido ocultar sus identidades, y, mientras que nunca habían hablado sobre poner más límites a su correspondencia, Iris había supuesto que la ubicación de cada cual también se encuadraba dentro de la categoría de lo que se debía mantener en secreto de su relación.

Tras decidir que no le contestaría, dobló la última carta y la guardó con las otras que tenía, atadas con una cinta.

Su vela fiel se apagó al fin, completamente consumida.

Iris no se podía dormir en la oscuridad.

Contemplaba su vastedad, escuchando los sonidos de la ciudad más allá de la ventana y los crujidos de las paredes. Le resultaba extraño lo cercana que podía estar de la gente y a la par lo lejos y sola que se sentía. Cómo la noche hacía que las cosas se sintieran más turbadoras y desesperantes.

Debería haber ido en su busca. No debería haberme quedado sentada aquí en el piso, esperando. Si la hubiera encontrado, todavía estaría viva.

La culpa amenazó con asfixiarla. Tuvo que incorporarse y recordarse que debía respirar, *respirar*, porque sentía que se estaba ahogando.

Estaba en pie con la primera luz, preparada para lavarse el remordimiento de los ojos. No creyó que el pelo rizado y el pintalabios importaran para una corresponsal de guerra, pero se preparó lo mejor que pudo, con la idea de que no quería dejar nada al azar.

En ese momento, llegó otra carta por el umbral.

Se la quedó mirando durante un buen rato, preguntándose si debía leerla. La dejó ahí mientras metía sus cosas en la maltrecha maleta de su madre. Escogió su par de pantalones favoritos, un vestido de verano, medias, unas cuantas blusas y un pañuelo para el pelo. También incluyó las cartas de su misterioso amigo por correspondencia, el volumen de poesía favorito de su abuela, el tarro con las cenizas de su madre cerrado con cuidado y la gabardina de Forest, puesto que los días eran ya demasiado calurosos como para llevar chaqueta.

Dejaba atrás demasiadas cosas, pero Iris se dijo que solo debía llevarse aquellas cosas que tuvieran un significado para ella. E incluso si conseguía lo imposible y le asignaban informar sobre la guerra, ¿la dejarían cargar con tantas cosas?

Casi agarró la copia arrugada de la *Tribuna de Tinta*, con el ezral manchado. Pero decidió dejarlo encima del escritorio, doblado y bocabajo.

Había otra cosa que quería.

Fue al comedor, donde había dejado la caja con las cosas de su madre que nadie había tocado desde la noche que la había traído a casa. Iris las examinó, hasta que encontró el destello dorado. La cadena y el medallón que su madre había llevado puesto cada día desde que Forest se había ido.

Iris se lo puso en el cuello y lo metió dentro del tejido de la blusa. Lo notaba frío contra la piel, y puso la palma de la mano encima. Sabía lo que se escondía dentro del medallón: una pequeña fotografía de ella y una pequeña fotografía de Forest. No le podía importar menos su propio rostro, pero el de su hermano… Rezó para que lo guiara hasta él. Hacía mucho tiempo que Iris no rezaba.

Lo último que necesitaba era su máquina de escribir.

Encontró la caja en el armario, con cuidado de no pisar la carta que todavía reposaba en el suelo, y empacó la máquina con el papel y los rollos de tinta que le quedaban. La caja era un maletín duro, con dos cierres de latón y un asa de madera. La llevaba colgada de una mano y la maleta en la otra mientras supervisaba el dormitorio por última vez.

Su mirada se detuvo en la carta una vez más.

Tenía curiosidad por saber qué le había escrito, pero tenía la extraña sensación de que, si la leía, solo encontraría insistencia por respuesta. Y si supiera que se iba de viaje como corresponsal de guerra, intentaría disuadirla.

Iris había tomado una decisión; ya no había marcha atrás, y estaba demasiado cansada como para discutirlo con él.

Se fue del piso.

Dejó la carta bajo un baño de luz de sol en el suelo.

Noticias de lejos

15

La tercera Alondra

La *Gaceta de Juramento* estaba en silencio.

Roman estaba sentado a su escritorio, que estaba cubierto de notas frente a él. Observaba la página en blanco que se curvaba en su máquina de escribir. Debería sentirse emocionado. Se había consolidado como el nuevo columnista. Ya no tenía que preocuparse más por que alguien le tocara las cosas de su escritorio. Ya no tenía que correr hasta el tablón con los boletines de los encargos. Ya no tenía que fingir que estaba demasiado ocupado como para comer un sándwich.

Si esa era la vida que quería, ¿por qué se sentía tan vacío?

Se levantó a por otra taza de té, evitando la tentación de mirar hacia el escritorio desierto de Iris. Pero mientras se estaba echando una cucharada de miel en la taza, una de las editoras se acercó al aparador.

—Se hace raro estar aquí sin ella, ¿verdad? —le preguntó.

Roman arqueó una ceja.

—¿Quién?

La editora se limitó a sonreír, como si supiera algo que Roman desconocía.

Esa noche, fue el último en salir de la oficina. Se puso el abrigo y apagó la lámpara. No había escrito ni una palabra y estaba irritado.

Durante el viaje en tranvía hasta casa, sopesó sus opciones. Tamborileaba con los dedos sobre la pierna, ansioso, mientras pensaba en la mejor manera de lidiar con el dilema en el que se veía atrapado. Si no mostraba ninguna emoción, su padre iba a escucharlo.

Nada más llegar a casa, encontró al señor Kitt en su estudio. Encima del escritorio había una caja extraña etiquetada con «FRÁGIL» y «MANIPULAR CON CUIDADO».

—Roman —lo saludó su padre tras levantar la vista del libro de contabilidad que estaba leyendo. Llevaba un cigarrillo entre los dientes—. ¿Cómo ha ido tu primer día como columnista?

—No me voy a casar con ella, padre. —La afirmación se quedó suspendida en el aire. Roman no se había sentido tan aliviado en su vida hasta que el señor Kitt entrecerró los ojos. Su padre se tomó un tiempo para aplastar el cigarrillo en un cenicero y se levantó, su figura alta proyectando una sombra encorvada.

—¿Cómo has dicho, Roman?

—No me voy a casar con Elinor Little —repitió Roman. Mantuvo un tono firme y una expresión serena. Como si no sintiera nada y simplemente estuviera constatando un hecho—. Ella y yo no hacemos buena pareja, pero hay otras maneras de que yo pueda serle útil a la familia. Me gustaría hablarlas contigo, si esta noche tienes tiempo.

Su padre sonrió. Sus dientes brillaron como una guadaña bajo la luz de la lámpara.

—¿De qué va esto, hijo?

—De mi libertad.

—¿Tu libertad?

Roman apretó los dientes.

—Sí. Ya me he privado de una cosa que quería para satisfacer tus deseos.

—¿Y qué era esa cosa, Roman? Ah, espera, ya me acuerdo —respondió el señor Kitt con una risita—. Querías echar por la borda años de tu vida estudiando Literatura en la universidad. Ya te lo dije una vez, pero supongo que debería volvértelo a decir: no puedes hacer nada con esa carrera. Pero ¿ser columnista en la *Gaceta de Juramento*? Eso te llevará lejos, hijo. Solo quiero lo que es mejor para ti, aunque ahora no puedas verlo. Y un día, cuando entiendas mejor las cosas, me lo agradecerás.

Roman tuvo que reunir todas sus fuerzas para mantener a raya su temperamento. Afianzó entre las muelas las palabras que quería decir y respondió:

—Me he hecho con el puesto de columnista, tal como querías. Al menos, ahora deberías estar de acuerdo en que tengo el derecho a decidir con quién quiero casarme, como tú elegiste a madre.

—Esto tiene que ver con la chica pobre de la *Gaceta*, ¿verdad? —preguntó el señor Kitt arrastrando las palabras—. Te ha llamado la atención, en contra del buen juicio.

Roman se puso rígido. Podía sentir cómo el rubor le subía por la cara, y batalló por mantener la voz calmada y sin expresión.

—No hay ninguna otra chica.

—No me mientas, hijo. Me ha llegado el rumor de que el otro día compartiste el almuerzo con ella. Y menos mal que el maldito compromiso no se había anunciado aún, pero ¿qué habría pasado si los Little se hubieran enterado? ¿Qué habría pasado si te hubieran visto con ella, sentado cerca de esa muchacha en ese banco, compartiendo un sándwich y riéndole las cosas que te decía? ¿Cómo lo podrías explicar?

—Solo eran cosas de trabajo —saltó Roman—. Estábamos hablando de un artículo. Y no le pagué el almuerzo, para que lo sepas.

De repente, el señor Kitt parecía divertirse. Roman se odiaba a sí mismo, especialmente cuando se acordaba de la imagen de Iris rebuscando en su bolso monedas en la tienda. Casi no había tenido suficiente y eligió no comprar bebida, como si no quisiera una.

Él había pagado su sándwich, pero no el de ella. Le había parecido lo correcto en ese momento, pero de pronto se odiaba por ello.

Roman se mordió el interior de la mejilla. ¿Sabía también su padre que había ido al piso de Iris?

—No pienso permitir que la sangre de mis nietos se tire por la alcantarilla —dijo el señor Kitt. Así que sí. También sabía lo de la visita, por más breve que hubiera sido, pero Roman no le iba a dar ninguna explicación. Porque nadie más aparte de sí mismo le había dicho que fuera. Zeb Autry estaba molesto por la ausencia de Iris y Sarah, preocupada, pero Roman fue el que agarró su gabardina, buscó su dirección e hizo algo al respecto.

—Tus prejuicios son bastante extensos, padre —constató—. Y deberías dejar de ordenar a gente que me siga.

—Dejaré de vigilarte el instante en que te cases con la señorita Little —contrapuso el señor Kitt—. Y entonces te podrás acostar con quien quieras siempre y cuando seas discreto. Puedes liarte con tu amiga pecosa de la *Gaceta*, pero mi única condición es que no tengas cachorros con ella. Está muy por debajo de ti, hijo.

—¡Ya basta, padre! —Las palabras salieron despedidas de Roman como un estallido—. ¡No me voy a casar con la señorita Little, y tus comentarios sobre mi compañera no tienen ninguna base ni son bienvenidos!

—Me decepcionas, Roman —dijo el señor Kitt tras un suspiro.

Roman cerró los ojos, exhausto de repente. La conversación había virado hacia lo peor, y no sabía cómo salvarla.

—¿Sabes qué es esto, hijo? —le preguntó. Roman abrió los ojos para ver cómo su padre tocaba la caja—. Esto de aquí es nuestro futuro. Nos va a salvar de la guerra, porque Dacre llegará algún día a Juramento. Y, si rompes tu compromiso con la señorita Little, pones en peligro mis planes para preservar nuestra familia.

Roman se quedó mirando la caja.

—¿Qué hay en ella?

—Ven a echar un vistazo —respondió el señor Kitt tras levantar la tapa.

Roman se acercó unos pasos. Lo suficientemente cerca como para obtener una breve imagen de lo que había dentro: contenedores finos de metal largos como su antebrazo que descansaban como balas de plata en la caja.

—¿Qué son? —preguntó con el ceño fruncido—. ¿Son bombas?

Su padre se limitó a sonreír y cerró la tapa.

—Tal vez deberías preguntarle a tu prometida. Ayudó a su padre a crearlas.

—Qué malvado —dijo Roman con voz vacilante—. Estas bombas o lo que sea que son… No puedes volver de algo así. Van a matar a gente inocente. Yo no…

—No, es algo ingenioso —lo interrumpió su padre—. Todos los lores y damas de Juramento que se inclinan ante Enva… ¿Dónde crees que irán sus títulos cuando Dacre tome la ciudad? ¿A quién crees que recompensará?

Roman se quedó mirando a su padre con los ojos abiertos por el horror.

—¿Es lo único que te importa? ¿Tu posición en la alta sociedad? ¿Cómo puedes aprovecharte de los demás? —Empezó a alejarse con la respiración silbando a través de los dientes—. No voy a formar parte de esto, padre.

—Harás exactamente lo que te diga que hagas, Roman —le aseguró el señor Kitt—. ¿Lo has entendido? Si no lo haces para salvar tu propio pellejo, al menos piensa en tu madre, que todavía está de luto por tu imprudencia.

Roman notó cómo se le iba la sangre del rostro. La culpa por la muerte de su hermana le quemaba como ácido en la boca, y perdió toda intención de pelear o hablar.

—Es tu deber, hijo —dijo su padre con un tono más amable—. Estoy muy orgulloso de que te hayan ascendido. Tienes un futuro brillante frente a ti. No lo estropees por una chica pobre que sin duda alguna quiere absorber toda tu herencia.

Roman se dio la vuelta y se marchó.

Apenas recordaba haber entrado en su habitación. La puerta se había cerrado tras él con un suspiro mágico. Roman miró hacia el armario, pero el suelo estaba desierto. No había recibido ninguna carta. Ya asumía que a partir de ese momento no recibiría más correspondencia de Iris, puesto que se había ido y solo los dioses sabían a dónde. Y no estaba seguro de si había leído su última carta o no, pero decidió que no se la iba a jugar.

Una de las placas de madera del suelo de debajo del escritorio estaba suelta. Roman se agachó y la levantó con cuidado, revelando así un escondite perfecto. En su día allí había guardado caramelos, dinero, una pelota de béisbol que había atrapado después de marcar un *home run* y recortes de periódico. Fue en busca de la caja de zapatos llena con las cartas de Iris y la escondió, enterrando sus palabras en la seguridad de la profunda oscuridad. Deslizó la placa de nuevo a su sitio.

No pudo proteger a Del cuando más lo necesitaba, pero haría todo lo que pudiera por proteger a Iris.

Porque no estaba seguro de cuánto sabía su padre sobre ella en realidad. Y Roman no iba a permitir que descubriera nada más.

La *Tribuna de Tinta* era un completo caos.

Cabe decir que se situaba en un sótano con corrientes de aire en un edificio antiguo del centro, en una habitación que medía la mitad que la *Gaceta de Juramento*. Unas mesas estaban peligrosamente organizadas como escritorios, las bombillas desnudas proyectaban luz desde el techo y olía a papel acabado de cortar y a moho, con un deje a humo de cigarrillo. Los editores estaban ocupados con sus máquinas de escribir y los ayudantes iban de aquí allá como si estuvieran en una vía, entregando tazas descascarilladas de té y tiras de papel a algunos escritorios con mensajes que venían del único teléfono que había, que sonaba estridente descolgado del gancho.

Iris se detuvo al pie de las escaleras, observando el barullo y esperando a que alguien se diera cuenta de su presencia.

Nadie reparó en ella. Eran solo un puñado de empleados que hacían la misma cantidad de trabajo que la *Gaceta de Juramento*. Y no podía negar que, mientras que las condiciones de trabajo allí eran vastamente diferentes a las de su antiguo empleo, el aire rebosaba cierta electricidad. Había emoción, pasión y una sensación de creatividad que la dejaba a una sin aire. Iris sintió cómo se le colaba en los pulmones, como si estuviera enfermando por la misma fiebre que avivaba a esas personas.

Dio un paso dentro de la habitación y se interpuso en el camino del primer ayudante que pasaba cerca.

—Hola, estoy buscando a Helena Hammond.

La ayudante, una chica unos pocos años mayor que Iris, con una corta melena castaña, se detuvo de golpe como si se hubiera encontrado con una pared.

—¡Oh, debes de estar aquí por el trabajo de corresponsal de guerra! Mira, ¿ves aquella puerta de allí? Ese es su despacho. Estará encantada de conocerte.

Iris asintió a modo de agradecimiento y zigzagueó a través de la locura. Sentía que se le cortaba la respiración cuando llamó a la puerta.

—Adelante —respondió una voz áspera.

Iris entró en el despacho, sorprendida de ver un halo de luz. Había una pequeña ventana cuadrada en la parte alta de la pared, abierta para dejar pasar el aire fresco y los sonidos distantes de la ciudad. Helena Hammond, que no debía de medir más de metro y medio, estaba de pie dando caladas a un cigarrillo y observando el halo de luz. Tenía el pelo caoba, que le llegaba justo encima de los hombros, y un flequillo que le rozaba las pestañas cada vez que cerraba los ojos. Las pecas le salpicaban las mejillas, y una larga cicatriz que partía de la comisura de los labios le decoraba la mandíbula. Iba vestida con unos pantalones de tiro alto y una camisa de seda negra, y un anillo de plata brillaba en su pulgar.

—¿Querías algo? —preguntó con voz aguda y chirriante. Mantenía la atención en la luz del sol mientras exhalaba una larga bocanada de humo.

—Estoy aquí para presentarme al puesto de corresponsal de guerra —dijo Iris. Le dolían los hombros de cargar la máquina de escribir y la maleta, pero se mantuvo todo lo alta y elegante que pudo. Porque sabía que, en el momento que Helena la mirara, la mujer sería capaz de ver a través de ella y medir su valentía.

—Dos en un día —remarcó Helena, que al fin se dio la vuelta para mirar a Iris—. ¿Qué le habrán echado al agua?

Iris no estaba segura de a qué se refería, pero se quedó quieta mientras Helena caminaba alrededor de su escritorio y la examinaba.

—¿Por qué quieres ser una corresponsal, señorita…?

—Iris. Iris Winnow.

—Señorita Iris Winnow —repitió Helena, y le cayó ceniza de la punta del cigarrillo—. ¿Por qué has venido?

Iris cambió el peso de una pierna a otra mientras ignoraba el dolor que sentía en las muñecas.

—Porque mi hermano está luchando.

—Mmm. Esa no es una respuesta lo bastante buena como para que te envíe, muchacha. ¿Tienes la más mínima idea de lo difícil que será ser corresponsal? ¿Por qué debería enviar a una criatura inocente como tú a ver y digerir e informar sobre cosas tan terribles?

Una gota de sudor recorrió la espalda de Iris.

—La gente de Juramento cree que están a salvo. Piensan que, como la guerra está lejos, nunca llegará aquí. Pero yo creo que un día llegará a esta ciudad, tarde o temprano, y cuando eso ocurra…

habrá muchas personas que no estarán preparadas. La opción de poder informar sobre lo que ocurre en el frente de la guerra ayudará a cambiar eso.

Helena se la quedó mirando, y una sonrisa torcida se le dibujó en los labios.

—Todavía no me has respondido por qué deberías ser tú la persona a la que debería enviar, Iris Winnow.

—Porque quiero escribir sobre las cosas que importan. Quiero que mis palabras sean como un verso desterrado en la oscuridad.

—Muy poético por tu parte —respondió Helena entrecerrando los ojos—. ¿Qué experiencia tienes?

—He trabajado tres meses en la *Gaceta de Juramento* —dijo Iris, con la esperanza de que eso no disminuyera sus opciones.

—Has trabajado para el viejo Autry, ¿eh? Bueno, eso sí es una sorpresa. —Helena se rio y aplastó el cigarrillo en un cenicero—. ¿Por qué dejaste atrás una oportunidad tan maravillosa? ¿Te despidió por haber dejado un doble espacio?

—Dimití.

—Ahora me caes mejor incluso —dijo Helena—. ¿Cuándo puedes empezar?

—Inmediatamente —respondió Iris.

Helene miró la maleta de Iris y la caja con su máquina de escribir.

—Has venido preparada, ¿verdad? Me gusta eso en una persona. Ven, sígueme.

Salió por la puerta e Iris tuvo que abrirse paso para seguirle el ritmo, serpenteando por el caos de nuevo.

Subieron por unas escaleras y dejaron atrás el frío del sótano por una pequeña habitación de uno de los pisos superiores. Estaba bien iluminada y limpia, con una mesa y dos sillas.

—Toma asiento, Iris —le dijo Helena—. Y rellena esto. Vuelvo dentro de un momento. —Dejó un descargo de responsabilidad y un bolígrafo antes de salir y dejar a Iris a solas.

Iris le echó un vistazo. El documento estaba lleno de cosas como «Estoy de acuerdo con no demandar a la *Tribuna de Tinta* por nada que me pueda suceder, incluyendo pero no limitándose a: desmembramiento, enfermedad, órganos perforados o dañados, inanición, enfermedades de larga duración de cualquier tipo, huesos rotos o la muerte. Tomo la completa responsabilidad de lo que me ocurra ya sea física, mental o emocionalmente mientras esté en el campo de batalla con el fin de informar».

Leyó todo el escrito; firmó donde debía y no se lo pensó dos veces. Pero Forest le vino a la mente. Se preguntaba cuántas cicatrices le habría dejado la guerra a su hermano.

—Aquí está —dijo Helena cuando volvió cargada de provisiones. Dejó en la mesa lo que parecía un uniforme doblado y una bolsa estrecha de cuero con una correa dura para llevarla a la espalda—. Tu mono. Hay otro en la bolsa, para cuando tengas que lavarlo. También calcetines, botas y provisiones para la regla. No puedo recalcar lo vital que es que lleves puesto el mono, por esta pequeñita cosa de aquí… —Sacudió el mono para desdoblarlo. Era gris y liso, con botones en la parte delantera. Pero Helena señaló un parche blanco cosido con las letras PRENSA TRIBUNA DE TINTA, justo encima del bolsillo del pecho derecho—. Si te metes en una situación peliaguda… (los dioses no lo quieran, pero debemos prepararnos para cualquier percance), esto proclama que eres neutral en la guerra, que solo informas de lo que ves y no deberían tenerte en cuenta como una amenaza. ¿Lo entiendes?

—Sí —respondió Iris, pero su mente estaba dando vueltas.

—Las raciones de comida también están en la bolsa —continuó Helena mientras soltaba el mono sobre la mesa de nuevo—. En caso de que las necesites, pero se te asignará una casa, donde te alimentarán y te proporcionarán un lugar seguro para dormir. Bueno, ¿puedo echarle un vistazo a tu máquina de escribir?

Iris abrió los cierres y levantó la tapa de la caja. Y no sabía qué esperar, pero no que Helena abriera mucho los ojos y soltara un silbido.

—¿Esta es tu máquina de escribir? —preguntó, inclinando la cabeza para que el flequillo se apartara de sus ojos.

—Sí, señora.

—¿Dónde la has conseguido?

—Era de mi abuela.

—¿Puedo tocarla?

Iris asintió, perpleja, y vio cómo Helena trazaba con reverencia las líneas de su antigua máquina. Tocó las piezas, el carro, la perrilla del rodillo. Soltó otro silbido de incredulidad.

—¡Una Alondra! Pero ¿tú sabes lo que tienes aquí, muchacha?

Iris se quedó callada sin saber qué responder.

—Esta máquina de escribir es una bestia muy inusual —dijo Helena mientras se inclinaba para admirarla—. Solo se hicieron tres iguales. ¿No has oído la antigua historia?

—No.

—Pues tengo que contártela para que sepas exactamente lo apreciada que es esta reliquia. Hace unas cuantas décadas, había un hombre rico en la ciudad que se llamaba Richard Stone. Era viudo y solo tenía una hija, que era su orgullo y alegría. Se llamaba Alondra, y le encantaba escribir. Cayó enferma de tuberculosis cuando solo tenía quince años. A causa de ello, sus dos mejores amigas ya no podían ir a visitarla. Alondra estaba abatida, y el señor Stone estaba decidido a encontrar una manera para que su hija pudiera comunicarse con sus amigotas, y encontró a un inventor viejo y gruñón que estaba especializado en máquinas de escribir. El señor Stone se endeudó para permitir que se ensamblaran tres piezas únicas. La leyenda dice que las máquinas fueron construidas en una casa mágica de una calle mágica de Juramento por un hombre con un monóculo mágico que podía discernir los enlaces mágicos... Que pronto se desvaneció, por cierto. Pero no importa… Las máquinas se llamaron Alondra, como la hija. A ella le dieron una, por supuesto. Y entonces su padre les regaló las otras dos a sus amigas. Se mandaron cartas e historias y poesía durante todo un año, hasta la noche en que murió Alondra. Poco después de eso, el señor Stone donó su máquina de escribir al museo, para que la expusieran junto a algunas de sus cartas.

—¿Y las otras dos máquinas? —preguntó Iris en voz baja.

Helena ladeó la cabeza.

—Se quedaron con sus dos amigas, por supuesto. —Levantó la máquina de escribir y encontró el grabado en plata. El que Iris se había pasado años resiguiendo y cuyo origen le había picado la curiosidad—. Has dicho que pertenecía a tu abuela, ¿verdad? ¿Y por casualidad sus iniciales eran D. E. W.?

—Así es —respondió Iris.

Daisy Elizabeth Winnow había sido una mujer reservada, pero a menudo le contaba a Iris historias de su niñez. La de la máquina de escribir, sin embargo, nunca la había compartido con ella, y a Iris le sorprendió lo extraño que era imaginar a su abuela siendo amiga de otras dos chicas. Y que las tres se habían escrito en su separación, tristeza y alegría.

—Te preguntas dónde está la tercera, ¿verdad? —dijo Helena, que volvió a colocar la máquina recta—. O debería decir la segunda, puesto que esta técnicamente es la tercera.

Iris tenía un pálpito. No dijo nada, pero su mente viajó a las cartas que escondía en la bolsa. El corazón se le aceleró mientras pensaba: *No son los armarios lo que nos conecta. Son las máquinas de escribir.*

—Veamos, Iris —continuó Helena—. Tengo que hacerte una pregunta: ¿estás segura de que quieres llevarte la máquina de tu abuela a la guerra? Porque podrías venderla al museo. Probablemente te pagarían una fortuna, estarían encantados de tenerla oportunidad de poder exponerla junto a la primera Alondra.

—No la vendo —respondió Iris tajante—. Y va conmigo a donde sea.

—Ya me imaginaba que dirías eso —dijo Helena—. Pero solo estaba divagando. Tu misión se desarrollará de la siguiente manera: tomarás el siguiente tren que parte de Juramento, que sale dentro de media hora, así que no tenemos mucho tiempo. Irás a Risco Ávalon, un pueblo a seiscientos kilómetros al oeste de aquí, cerca del frente. Ten en cuenta que estarás bajo un nuevo canciller y su jurisdicción, y que las leyes que conoces en Juramento y la Pedanía Este quizá en el oeste sean distintas. Las cosas también cambian drásticamente en una guerra, así que presta atención a las normas del día a día para estar a salvo.

»Tu contacto se llama Marisol Torres. Regenta un hostal y te dará comida y alojamiento mientras trabajas. No sabe que vas a ir, pero dile mi nombre y tendrá buen cuidado de ti. El tren pasa por Ávalon cada seis días. Espero que tengas tus informes mecanografiados, editados y listos para que los publique. Quiero hechos e historias. Es la única manera de poder esquivar las restricciones del canciller sobre lo que se puede publicar de la guerra; no puede denegarnos la historia de un soldado de vez en cuando, ni los hechos, ¿de acuerdo? Así que asegúrate de citar lo que dices para que no pueda decir que son habladurías. Sellarás y enviarás tus artículos con los sobres marrones clasificados que tienes en la bolsa y los entregarás directamente al conductor. Las provisiones también llegan con el tren, así que si necesitas algo házmelo saber. ¿Lo has entendido todo, Iris?

—Sí, señora Hammond —dijo Iris. Pero tenía la boca seca y le sudaban las palmas de las manos. ¿De verdad iba a hacer eso?

—Bien —contestó Helena—. Ahora vístete. No puedes llevarte la maleta, solo la bolsa de cuero y tu máquina de escribir. Nos vemos en la acera dentro de cinco minutos. —Empezó a alejarse hacia la puerta, pero se quedó en el umbral—. Por cierto, ¿con qué nombre escribirás?

Iris se quedó paralizada, indecisa. En la *Gaceta de Juramento* había publicado los artículos como Iris Winnow. Pensó en añadir la inicial de su segundo nombre, como hacía Roman, pero pensó que sonaba demasiado pretencioso. Roman Creído Kitt.

Nada más pensar en él, le dolió el pecho. Esa sensación la sorprendió, porque era aguda e innegable.

Lo echo de menos.

Echaba de menos enojarlo cambiándole las cosas del escritorio. Echaba de menos lanzarle miradas furtivas a su terrible cara atractiva, la visión fugaz de su sonrisa y el sonido pasajero de su risa. Echaba de menos charlar con él, aunque a menudo fuera para ver quién podía ser más sarcástico de los dos.

—¿Iris? —inquirió Helena.

Iris tuvo un escalofrío. El momento cautivador de querer verlo se desvaneció cuando afianzó su determinación. Estaba a punto de irse al frente y no tenía tiempo de darle vueltas… a lo que sea que fueran esos sentimientos.

—Iris Winnow ya va bien —respondió mientras alcanzaba el mono.

—¿Solo «bien»? —Helena se quedó pensativa durante un segundo con la boca torcida. Acto seguido, le guiñó el ojo a Iris—. Estoy segura de que se me ocurre algo mejor.

Se fue por la puerta antes de que Iris pudiera replicar.

16

Attie

Seiscientos kilómetros parecen una eternidad cuando esperas lo inesperado. Una eternidad hecha de campos dorados y bosques de pino y montañas que se ven azules en la distancia. Una eternidad hecha de cosas que no has visto nunca, aire que nunca has probado y un tren que traquetea y se bambolea sin piedad.

Me pregunto si así es como se siente el ser inmortal. Te mueves, pero en realidad estás quieto. Existes, pero el tiempo parece muy superfluo, fluyendo como una corriente entre los dedos.

Intento cerrar los ojos y descansar, pero el mundo que veo pasar por la ventana es demasiado tentador. Un mundo que se extiende hasta el infinito y parece no tener fin. Un mundo que me hace sentir pequeña e insignificante ante su inmensidad. Y entonces esa sensación de distancia me encoge el pecho como si mis huesos pudieran notar esos seiscientos kilómetros; dejo atrás la única casa que he conocido, y saco las cartas de la bolsa y las vuelvo a leer. A veces me arrepiento de haber dejado su última carta en el suelo. A veces me siento aliviada de haberlo hecho, porque no creo que entonces estuviera aquí sentada, en dirección al oeste, equipada solo con mi valentía hacia una nube de polvo.

A veces me pregunto por su aspecto y si le volveré a escribir algún día.

A veces...

El tren dio una sacudida.

Iris dejó de escribir y miró por la ventana. Observó mientras el tren retumbaba y desaceleraba hasta detenerse por completo, echando humo y soltando un silbido. Estaban en medio de un campo en la Pedanía Central. No se vislumbraban edificios ni poblaciones.

¿Se había averiado?

Dejó el cuaderno de notas a un lado y se levantó para asomarse al vagón. La mayoría de los pasajeros habían desembarcado en las paradas anteriores, pero un poco más adelante del pasillo vio a otra chica que hablaba con un miembro del personal.

—Volveremos a arrancar cuando se ponga el sol, señorita —anunció el miembro de la tripulación—. Dentro de una media hora más o menos. Por favor, sírvase una taza de té mientras tanto.

Iris volvió a acomodarse en su compartimento. Habían parado a propósito, y se preguntaba por qué tenían que esperarse a la oscuridad para continuar. Estaba pensando en recoger sus bolsas e ir en busca de la chica que acababa de ver cuando llamaron a la puerta corredera.

—¿Está ocupado?

Iris levantó la vista, sorprendida al ver a la chica. Tenía la piel morena y el pelo negro y ondulado. Llevaba un maletín de máquina de escribir en una mano y una taza de té en la otra. Vestía el mismo mono marrón oliva que Iris, con la etiqueta de PRENSA TRIBUNA DE TINTA por encima del corazón, pero de alguna manera hacía que el mono pareciera más moderno, con un cinturón ceñido a la cintura y los pantalones remangados hasta los tobillos, que dejaban a la vista unos calcetines rojos a rayas y unas botas negras. Un par de binoculares le colgaban del cuello y llevaba en el hombro una bolsa de cuero.

Otra corresponsal de guerra.

—No, entra si quieres —respondió Iris con una sonrisa.

La chica se adentró en el compartimento y cerró la puerta tras de sí. Dejó la máquina de escribir, luego se liberó de la bolsa de cuero con un gruñido y tomó el asiento justo enfrente de Iris. Cerró los ojos y tomó un sorbo de té, para toser en el acto arrugando la nariz.

—Sabe a goma quemada —dijo, y procedió a abrir la ventana y tirar el té.

—¿Sabes por qué nos hemos detenido? —preguntó Iris.

Su nueva compañera cerró la ventana y dirigió la atención hacia ella.

—No estoy del todo segura. La tripulación parecía reacia a contarme algo, pero creo que tiene que ver con las bombas.

—¿Bombas?

—Mmm. Creo que hemos llegado a la frontera con la Pedanía Oeste, y a partir de aquí es una zona activa, donde se pueden sentir los efectos de la guerra. No sé por qué, pero me han dado a entender que es más seguro que el tren viaje de noche a partir de aquí. —La chica cruzó las piernas por los tobillos, estudiando a Iris con ojo atento—. No sabía que iba a tener una compañera en este viaje.

—Creo que llegué a la *Tribuna de Tinta* justo después de que te fueras —contestó Iris, que todavía pensaba en las bombas.

—¿Helena te hizo mil preguntas?

—Sí. Pensaba que no me iba a contratar.

—Oh, te contrataría. Incluso aunque hubieras ido con el aspecto de acabar de salir de darte unos bailoteos en un club. Los rumores dicen que están desesperados por captar corresponsales. Por cierto, soy Thea Attwood. Pero todos me llaman Attie.

—Iris Winnow, aunque la mayoría me llama por el apellido.

—Entonces te llamaré por tu nombre —dijo Attie—. Iris, ¿por qué haces esto?

Iris hizo una mueca. No estaba segura de cuánto quería revelar sobre su trágico pasado todavía, así que se decantó por una respuesta simple.

—En Juramento no queda nada para mí. Necesitaba un cambio. ¿Y tú?

—Bueno, alguien a quien respetaba en su día me dijo que no tenía lo que hay que tener para que me publicaran. A mi escritura le faltaba «originalidad y convicción», o eso me dijo. —Attie resopló, como si esas palabras todavía la hirieran—. Así que pensé: ¿qué otra manera de ponerme a prueba a mí misma? ¿Qué me podía enseñar mejor que estar en constante amenaza de muerte, desmembramiento y las demás cosas que la *Tribuna de Tinta* decía en el descargo de responsabilidad, para afilar mis palabras? De todos modos, no me gusta intentar cosas en las que creo que voy a fracasar, así que no me queda otra que escribir artículos espléndidos y vivir para verlos publicados, para disgustar a mi antiguo maestro. De hecho, pagué para darle una suscripción, así que la *Tribuna de Tinta* empezará a presentarse en la puerta de su casa, y verá mi nombre impreso y se comerá sus palabras.

—Una penitencia adecuada —dijo Iris impresionada—. Pero espero que te des cuenta de que no tenías que apuntarte a escribir sobre la guerra para demostrar tu valía a nadie, Attie.

—Lo sé, pero ¿dónde quedaría el sentido de la aventura? ¿Vivir la misma rutina monótona y cuidada día sí y día también? —Attie sonrió, y se le marcaron dos hoyuelos en las mejillas. Las siguientes palabras que dijo Iris las sintió en el pecho, resonando como un segundo corazón. Unas palabras que estaban destinadas a unirlas como amigas—. No me quiero despertar cuando tenga setenta y cuatro solo para darme cuenta de que no he vivido.

17

Tres sirenas

Para cuando el tren llegó traqueteando a la pequeña estación de Risco Ávalon, Iris y Attie eran las únicas pasajeras que quedaban, y pasaban las diez y media de la noche. La luna se posaba en el cielo como una uña, y las estrellas brillaban como Iris no las había visto nunca, como si se hubieran caído más cerca de la tierra. Recogió sus cosas y siguió a Attie hacia el andén con las piernas doloridas de haber estado sentada la mayor parte del día, y soltó un suspiro largo.

Risco Ávalon olía a paja, hierba de campo, humo de chimenea y barro.

Las chicas caminaron por la estación abandonada, que al poco desembocaba en una carretera sucia. Helena les había dado instrucciones sobre cómo localizar sus alojamientos: el hostal de Marisol en la calle Principal, nada más salir de la estación, la tercera casa a la izquierda, con una puerta verde que parecía que en su día había pertenecido a un castillo. Attie e Iris tenían que ir allí directamente sin dejar de estar atentas a su alrededor, preparadas para ponerse a cubierto en cualquier momento.

—Supongo que esta es la calle Principal, ¿no? —preguntó Attie.

Estaban a oscuras, pero Iris entrecerró los ojos para examinar el pueblo que tenían delante. Las casas eran antiguas, de dos pisos y construidas en piedra. Algunas incluso tenían tejados de paja y ventanas con parteluz, como si las hubieran construido hacía siglos. Las vallas estaban hechas con rocas apiladas cubiertas de musgo, y parecía que hubiera unos cuantos jardines, pero era difícil distinguir las cosas solo con la luz de la luna.

No había farolas para guiarlas. La mayoría de las casas estaban oscuras y envueltas en sombras, como si funcionaran con velas en vez de con electricidad.

Todo estaba en silencio y vacío.

A lo lejos oyeron el mugido de una vaca, pero no había más sonidos de vida. Ni risas, ni voces, ni música, ni ruido de cacharros en alguna cocina. Ni grillos ni pájaros. Incluso el viento se mostraba sosegado.

—¿Por qué parece que este lugar está muerto? —susurró Attie.

La temperatura había bajado y se empezaba a formar una neblina. Iris reprimió un escalofrío.

—Creo que veo el lugar de Marisol —dijo, ansiosa por abandonar la calle encantada.

Helena había estado en lo cierto: el hostal tenía una puerta inconfundible, arqueada como si la casa se hubiera construido a su alrededor, con un pomo de metal con la forma de la cabeza de un león rugiente. El edificio era pintoresco, con persianas que a la luz de las estrellas parecían negras. El patio frontal estaba abarrotado de rosales con ramas escuálidas que todavía estaban desnudas del invierno, y la hiedra trepaba por las paredes y llegaba hasta el techo de paja.

Pero dentro estaba oscuro, como si la antigua casa estuviera durmiendo o bajo un hechizo. Una sensación de desasosiego atravesó a Iris mientras llamaba a la puerta. La cabeza de león hizo demasiado ruido, dado el silencio sepulcral que envolvía al pueblo.

—Por lo visto, no está en casa —dijo Attie antes de maldecir en voz baja—. ¿Las ventanas más bajas están selladas con maderas o me lo estoy imaginando?

Iris prestó mayor atención a las ventanas. Sí, parecían estar selladas, pero por dentro.

—¿Qué haremos si no responde? —Attie se dio la vuelta para examinar el resto del pueblo, que no prometía gran cosa.

—Espera, creo que la oigo —contestó Iris.

Las chicas aguantaron la respiración, y sin lugar a dudas se oía el ruido característico de unas pisadas, y entonces una voz dulce de acento muy marcado dijo tras la puerta principal:

—¿Qué queréis?

Attie arqueó una ceja e intercambió una mirada llena de duda con Iris.

—Helena dijo que no nos estaría esperando —le recordó Iris en un susurro y entonces respondió—. Nos ha enviado Helena Hammond, de la *Tribuna de Tinta*.

Estuvieron en silencio durante un segundo, y acto seguido oyeron el sonido del cerrojo que se abría. La puerta verde se entornó un palmo, y por el resquicio vieron a una mujer que sujetaba una vela. Tenía la piel morena y el pelo negro atado en una trenza gruesa que le colgaba por encima del hombro. Su ceño estaba fruncido hasta que vio a las chicas, y su cara se suavizó de inmediato.

—Por el amor de Enva, ¿sois dos? ¡Y tan jóvenes! —exclamó con la boca abierta de la sorpresa—. Pasad, por favor. Lo siento, pero es que antes me habéis tomado por sorpresa. Estos días no sabes quién puede llamar a la puerta de noche.

—Sí, hemos visto que aquí está todo bastante tranquilo —dijo Attie, secamente.

—Así es, y hay una razón para ello, que os explicaré en breve —terció Marisol mientras acababa de abrir la puerta como bienvenida.

Iris entró. El recibidor era espacioso, con un suelo frío de baldosas cubierto de alfombras de colores vivos. Las paredes brillaban en las sombras, e Iris se dio cuenta de que había una serie de espejos dorados de todas las formas y tamaños colgados por encima de ellas hasta las escaleras. Vio su tenue reflejo y sintió como si hubiera viajado atrás en el tiempo.

—¿Habéis comido? —preguntó Marisol, cerrando la puerta tras ellas.

—Galletas en el tren —fue la respuesta de Attie.

—Entonces, venid conmigo a la cocina. —Marisol las guio por el pasillo hacia la luz de un fuego.

La cocina era grande, rústica y cálida. Aunque las ventanas estaban cubiertas de tablones, como las puertas dobles. Como si Marisol tuviera que mantener a alguien o algo fuera.

Hierbas y cacharros de cobre colgaban de las vigas, y había una mesa en la que cabían diez personas. Ahí fue donde Attie e Iris se desplomaron, como si no hubieran estado sentadas durante nueve horas.

Marisol estaba ocupada abriendo armarios de la cocina y una pequeña nevera, lo que permitió a Iris saber que había electricidad en la casa; simplemente, había decidido no usarla para iluminar la habitación.

—¿Qué os puedo preparar de beber? Mi especialidad es el chocolate caliente, pero también tengo algo de leche y té —las informó Marisol mientras preparaba una cebolla y un pimiento rojo en la encimera.

—El chocolate suena divino —dijo Attie con un suspiro, e Iris asintió como confirmación—. Gracias.

Marisol sonrió y se puso de puntillas para alcanzar uno de los botes de cobre.

—Era la receta de mi abuela. Creo que os va a encantar. ¡Por el amor de los dioses! ¡Perdonadme, pero me acabo de dar cuenta de que no os he preguntado los nombres!

Attie habló primero.

—Thea Attwood de manera formal. Attie para los amigos.

—Es un placer, Attie —dijo Marisol, y sus ojitos de ratón se dirigieron a Iris.

—Iris Winnow. Me puedes llamar por cualquiera de los dos.

—Iris —repitió Marisol—. Encantada de conoceros a las dos. Yo soy Marisol Torres y este es mi hostal, pero creo que eso ya lo sabíais, ¿verdad?

—Sí, y es un lugar encantador —dijo Attie mientras admiraba la cocina—. Pero si no te molesta la pregunta… ¿Por qué usas velas? ¿Estás ahorrando electricidad?

—Ah —exclamó Marisol mientras ponía una olla con agua a hervir en la hornilla y picaba la cebolla—. Me alegro de que lo preguntes. No, en realidad no, aunque los últimos meses me han enseñado mucho sobre el ahorro. Es por la guerra y porque las líneas del frente están muy cerca de Risco Ávalon.

—¿Cómo de cerca? —preguntó Iris.

—A unos ochenta kilómetros.

Iris miró a Attie. Esta ya la estaba observando con una expresión inescrutable. Se preguntaba cuánto tardarían hasta notar que la guerra era real. Antes de que notaran lo cerca que estaba, como un temblor en la tierra bajo sus pies.

—Está bien —dijo Marisol empuñando el cuchillo—. ¿Cuántos años tenéis? Porque me voy a merendar a Helena a base de bien como me haya enviado a menores.

—Tengo dieciocho —aclaró Iris.

—Veinte —contestó Attie—. Por ley, las dos somos adultas legales que pueden beber y a las que pueden acusar formalmente de asesinato, así que Helena está a salvo por ahora.

—Aun así, sois muy jóvenes para estar informando sobre la guerra.

—¿Y cuántos años tienes tú, Marisol? —se atrevió a preguntar Attie.

—Tengo treinta y tres, pero sé que aparento veinticinco —respondió sin ofenderse.

—Eso no es malo —comentó Attie.

—Supongo —alegó Marisol arqueando una ceja. Pero una sonrisa le iluminó el rostro, e Iris pensó que debía de ser una de las personas más adorables que hubiera conocido nunca—. Está bien. Habladme de vosotras mientras cocino.

—¿Necesitas ayuda? —preguntó Iris mientras se levantaba.

—¡Ni se te ocurra! —replicó Marisol—. Quédate sentada. Nadie cocina en mi casa aparte de mí, a menos que tengan mi permiso.

Iris volvió a sentarse rápido. Attie casi temblaba de la risa, e Iris le dedicó una mirada seria, lo cual solo consiguió que Attie acabara por reír, y tenía una de esas contagiosas, igual que Roman Kitt.

Pensar en él hizo que Iris se quedara blanca.

Lo apartó lejos de su mente, y agradeció profundamente que Attie empezara a hablar sobre su vida. Era la mayor de seis hermanos: tres chicos y tres chicas, e Iris se quedó boquiabierta. No podía imaginar cómo sería vivir en una casa abarrotada de hermanos.

—Son lo que más quiero en el mundo —prosiguió Attie, y desvió su atención hacia Iris—. ¿Y tú? ¿Tienes algún hermano o hermana?

—Tengo un hermano mayor. Está luchando en la guerra por Enva —contestó Iris.

Marisol se quedó paralizada.

—Es un chico muy valiente.

Iris se limitó a asentir, pero le subió el rubor a la cara cuando pensó en todas las veces que había estado resentida con su hermano por haberse ido. Inconscientemente, se llevó la mano al colgante que tenía bajo el mono.

—¿Y tú, Marisol? —preguntó Attie.

—Tengo dos hermanas pequeñas. Haría cualquier cosa por ellas —respondió.

Attie asintió, como si lo entendiera perfectamente. Iris experimentó un breve ataque de celos hasta que Marisol continuó hablando.

—Ni siquiera son mis hermanas de sangre, pero yo las escogí. Y ese tipo de amor dura para siempre. —Sonrió y les llevó dos tazas a la mesa.

Iris rodeó la suya con los dedos e inspiró el aroma penetrante y especiado.

—Es una delicia —dijo tras tomar un sorbo y soltar un pequeño gruñido.

—Qué bien —contestó Marisol, que volvió a la hornilla, donde las cebollas, los pimientos y los huevos fritos crepitaban en una sartén.

La cocina se quedó en silencio durante unos instantes, pero era un silencio cómodo. Iris sintió que se relajaba de verdad por primera vez en semanas. Bebió el chocolate caliente y notó un calor en el pecho mientras disfrutaba con la conversación de Attie y Marisol. Pero en algún lugar de su mente se preguntaba por qué ese sitio estaba tan oscuro y silencioso.

Marisol no les dio ninguna explicación hasta que las dos chicas hubieron dado buena cuenta del delicioso manjar que les puso delante: platos llenos de arroz, verduras salteadas y hierbas picadas con huevos fritos por encima.

—Ahora que estáis llenas —empezó a decir mientras se sentaba en una silla enfrente de Iris—, ha llegado el momento de que os cuente por qué Risco Ávalon es como es, para que sepáis cómo responder.

—¿Responder? —preguntó Iris con un atisbo de preocupación.

—A las sirenas y lo que predicen —dijo Marisol, colocándose un mechón de pelo detrás de la oreja. Una pequeña joya roja resplandeció en su lóbulo—. Hay tres tipos distintos de sirenas, y pueden sonar en cualquier momento. No importa dónde os encontréis de Ávalon, ya sea en la enfermería, en la verdulería o en la calle; siempre tenéis que estar preparadas y responder acorde a ellas.

»Si una sirena suena de forma ininterrumpida durante la noche, tenéis exactamente tres minutos para apagar todas las luces, cubrir todas las ventanas y encerraros en un sitio cubierto antes de que lleguen los sabuesos.

—¿Los sabuesos? —repitió Attie frunciendo el ceño—. Creía que solo eran un mito.

—Para nada —respondió Marisol—. Nunca he visto a ninguno porque no me he atrevido a mirar por la ventana cuando acechan de noche, pero un vecino mío un día pudo ver a uno y me dijo que los sabuesos son del tamaño de un lobo. Destruyen cualquier cosa viva que encuentren en su camino.

—¿Han matado a alguien aquí? —preguntó Iris. Se acordaba del mito que le había enviado su enigmático amigo por correspondencia en el que Dacre buscaba a Enva. Cómo había invocado a sus sabuesos del inframundo.

—No —contestó Marisol, aunque había un deje de tristeza en su tono—. Pero perdimos un rebaño de ovejas y otros animales. Probablemente estaréis conmigo por la noche; Ávalon tiene toque de queda por esta... situación. Todos tenemos que estar en casa antes de la puesta de sol. Así que, si os despertáis por la sirena, aseguraos de que todas la velas y luces estén apagadas al instante, tapad las ventanas y venid a mi habitación. ¿De acuerdo?

Las dos asintieron.

—La segunda sirena que os quiero comentar es la que suena de forma ininterrumpida durante el día. Si oís esa, tenéis exactamente dos minutos para poneros a cubierto antes de que lleguen los ezrals. Son guivernos, y Dacre los usa para llevar bombas en las garras, que lanzan a cualquier cosa que vean que se mueve. Si estáis en un sitio cerrado, entonces cubrid las ventanas y quedaos en silencio hasta que pasen. Si resulta que estáis en el exterior cuando llenan el cielo, entonces tenéis que hacer algo impensable: tumbaos en el sitio donde estáis y no os mováis hasta que se vayan. ¿Me habéis entendido las dos?

Las dos chicas asintieron a la vez de nuevo.

—¿Por eso el tren no viaja de día por aquí? —preguntó Iris—. En un punto concreto del viaje, nos hemos dado cuenta de que se detenía y retrasaba el recorrido hasta que caía la noche.

—Sí, es exactamente por eso —respondió Marisol—. El tren tiene más oportunidades de esquivar a los sabuesos durante la noche que de detenerse a tiempo si ven a un ezral. Y si bombardean las vías, sería una catástrofe para nosotros. Y eso me lleva a la tercera y última sirena que podéis oír; la que suena de forma intermitente en cualquier momento. Día o noche. En Risco Ávalon todavía no la hemos oído, pero con cada día que pasa es una posibilidad cada vez más plausible para la que debemos prepararnos.

»Si oís esa sirena, tenéis que evacuar hacia el este inmediatamente. Significa que nuestros soldados en el frente oeste se retiran y pierden terreno, con lo cual no nos pueden defender aquí. Significa que viene el enemigo y es muy probable que tome el pueblo. Dejaré preparadas dos bolsas de emergencia para vosotras, que colgaré en la despensa para que las agarréis y huyáis. Contendrán una caja de cerillas, una botella de agua, latas de judías y otros víveres imperecederos. Lo suficiente para que con suerte podáis llegar hasta el siguiente pueblo.

»Sé que esto es mucho más de lo que pensasteis al inscribiros y debéis de tener la cabeza embotada, pero ¿se os ocurre alguna pregunta que hacerme?

Attie e Iris se quedaron en silencio durante diez segundos. Al final, Attie se aclaró la garganta.

—¿Las sirenas… de dónde vienen? —preguntó.

—De un pueblo que está a unos kilómetros de aquí, llamado Monte Trébol. Está anclado en un buen punto de observación y tienen una sirena que antaño se usaba para anunciar el mal tiempo, y aceptaron alertarnos cuando localizaran sabuesos, ezrals o soldados enemigos. —Marisol empezó a recoger los platos vacíos. Iris se percató de que llevaba un fino anillo dorado en el dedo anular izquierdo. Estaba casada, pues, aunque no había mencionado a su esposo. Al parecer, vivía sola en ese sitio—. Es tarde, casi medianoche. Dejadme que os lleve al piso de arriba. Podéis escoger habitación y disfrutar de una buena noche de descanso.

Siempre y cuando no suene una sirena, pensó Iris, y una chispa de temor le recorrió el cuerpo. Tenía la esperanza de que no ocurriera, y luego que sí, y así podría librarse del miedo de experimentar una.

—¿Podemos ayudarte con la limpieza, Marisol? —preguntó Attie, levantándose de la silla.

—Esta noche no —contestó—. Tengo una norma. A los invitados, durante su primera noche no les exijo que hagan nada más que pasárselo bien. Pero mañana será distinto. El desayuno es a las ocho en punto, y luego las dos me podéis ayudar a preparar la comida para llevar a la enfermería, para alimentar a los soldados heridos. He pensado que sería una buena manera de empezar con vuestra investigación. Algunos de los soldados no querrán hablar de lo que han visto y experimentado, pero habrá otros que sí.

—Estaremos listas —le aseguró Attie recogiendo sus bolsas.

Iris alcanzó su bolsa de cuero mientras los pensamientos sobre Dacre le corrían salvajes por la mente y seguía a Marisol y Attie hasta el vestíbulo para subir las escaleras. Marisol sostenía una vela, cuya llama brillaba por los múltiples espejos de la pared. Les explicó que muchos residentes de Risco Ávalon habían decidido dejar de usar la electricidad, que era descaradamente brillante y de noche se podía ver desde lejos, y usaban velas que se podían apagar con facilidad de un soplido en caso de que hubiera sabuesos o una sirena intermitente.

—Bueno —dijo Marisol cuando llegaron al segundo piso—. Esta es la puerta de mi habitación. Hay cuatro más, todas vacías y muy encantadoras. Escoged la que os haga más gracia.

Attie se metió en una e Iris en otra. Después de saber lo de las sirenas, le pareció un delito encender el interruptor de la luz.

La habitación que había escogido Iris estaba decorada con tonos verdosos. Tenía dos ventanas que daban a la parte trasera de la casa, con una cama en una esquina, un armario empotrado en la pared similar al de su casa y un escritorio perfecto para escribir.

—Esta habitación es de mis preferidas —dijo Marisol desde el umbral—. Y puedes usar la electricidad, si quieres. O la vela.

—La vela servirá —dijo Iris justo cuando volvió Attie.

—Quiero la habitación que está delante de esta —comentó—. Es roja y me pega.

—¡Maravilloso! —contestó Marisol con una sonrisa radiante—. Os veré a las dos por la mañana. Tienes más mantas y toallas en el armario, si las necesitas. Ah, y el baño está al final del pasillo.

—Gracias, Marisol —susurró Iris.

—No hay de qué. Buenas noches, amiga —se despidió Marisol con amabilidad, justo antes de cerrar la puerta.

18

Una maldita y remota posibilidad

Esa noche, Iris intentó dormir en la fría oscuridad de su nueva habitación. Pero estaba demasiado inquieta. La pena y la culpa por la muerte de su madre le estaba calando en los huesos de nuevo, y no le quedó más remedio que encender la vela conteniendo la respiración.

Se frotó los ojos con el dorso de la mano y los hombros encorvados. Estaba tan cansada… ¿Por qué no podía dormir?

Cuando volvió a abrir los ojos, fijó la mirada en la puerta estrecha del armario que había en la otra punta de la habitación. Se preguntó si ese umbral funcionaría igual que el de su habitación. Si escribía con la máquina de la abuela, ¿seguirían llegando las cartas al chico sin nombre con el que se había estado escribiendo?

Iris quería descubrir lo fuerte que era esa conexión mágica. Si seiscientos kilómetros la romperían. Se deslizó por el colchón y se sentó en el suelo para abrir la caja de su máquina de escribir.

Eso le resultaba familiar, incluso en un sitio distinto, rodeada de extraños que se estaban convirtiendo en amigos. Ese movimiento, los dedos golpeando palabras en una página en blanco con las piernas cruzadas sobre una alfombra, la estabilizaba.

Sé que es imposible.

Sé que es una maldita y remota posibilidad.

Y, aun así, aquí estoy, escribiéndote de nuevo, sentada en el suelo con una vela encendida. Aquí estoy contactándote con la esperanza de que contestes, aunque esté en una casa diferente y casi a seiscientos kilómetros de Juramento. Y, no obstante, no puedo evitar preguntarme si mis palabras podrán alcanzarte.

Si es así, tengo algo que pedirte.

Estoy segura de que recuerdas la primera carta verdadera que me escribiste. En la que me detallaste el mito de Dacre y Enva. Solo estaba la mitad, pero ¿crees que podrías encontrar el resto? Me gustaría saber cómo acaba.

Debo irme. Lo último que quiero es que el sonido de las teclas despierte a alguien, porque este lugar es tan tranquilo, tan silencioso, que puedo oír hasta mi propio corazón, que me palpita en las sienes.

Y no debería tener esperanza. Ni debería intentar enviarte esto. Ni siquiera sé tu nombre.

Pero creo que hay una conexión mágica entre nosotros. Un vínculo que ni la distancia puede romper.

Iris sacó el papel con cuidado y lo dobló. Se levantó con un chasquido de las rodillas y se acercó a la puerta del armario.

Será una locura si funciona, pensó, y deslizó la carta por debajo de la puerta. Contó tres respiraciones, y entonces abrió el armario.

Para su asombro, el papel se había esfumado.

Era maravilloso y terrible, porque le tocaba esperar. Tal vez él no le escribiera una respuesta.

Iris deambuló por la habitación, jugueteando con los mechones de su pelo entre los dedos.

Su destinatario tardó dos minutos en contestar, y el papel susurró por el suelo.

Iris lo recogió y leyó:

A SEISCIENTOS KILÓMETROS DE JURAMENTO?!!!
Respóndeme y haré lo que esté en mi mano para encontrar la otra mitad del mito:

<u>¿Has ido a la guerra?</u>

Y antes de que me lo preguntes, sí. Me alivia descubrir más papeles tuyos en el suelo.

P. D. Disculpa mi falta de modales. ¿Cómo estás?

Ella sonrió.

Tecleó la respuesta y la envió:

Soy una corresponsal de guerra, de hecho. No te preocupes... No he visto ninguna batalla. Al menos no todavía.

Lo primero que he aprendido es a esperar lo inesperable, y a siempre estar preparada para cualquier eventualidad. Pero acabo de llegar, y creo que me va a llevar algo de tiempo adaptarme a la vida tan cerca del frente.

Es diferente. Como he dicho antes, es más tranquilo, de un modo extraño. Cabía pensar que sería ruidoso y agitado, lleno de disparos y explosiones. Pero hasta ahora ha habido sombras, silencio, puertas cerradas y susurros.

En cuanto a cómo estoy... Todavía acarreo mucha pena, y creo que me arrastraría al fondo del pozo si no tuviera tantas distracciones. En algunos momentos me siento bien. Y al poco me golpea una oleada de tristeza que me dificulta la respiración.

Estoy aprendiendo a navegarlo, por eso. Como me dijiste tú.

Debería irme. También debería pensar en conservar más el papel y los rollos de tinta. Pero si encuentras el mito, me encantaría leerlo. Ya sabes dónde encontrarme.

Él le respondió prácticamente al instante:

No me puedo comprometer a dar con la otra mitad. Encontré la primera parte por azar, manuscrita y escondida en uno de los antiguos libros de mi abuelo. Pero registraré la biblioteca en su busca. Estoy seguro de que Enva fue más lista que Dacre en el inframundo, y la humanidad desde entonces ha leído y escondido esa parte de mito con el orgullo herido.

Mientras tanto, espero que encuentres tu lugar, dondequiera que estés. Incluso en el silencio, espero que encuentres las palabras que necesitas compartir.

Espero que te encuentres bien. Ten cuidado.

Escribiré pronto.

19

Palabras para casa

La enfermería era una antigua escuela de dos pisos con forma de U y un patio ajardinado. La mayoría de las ventanas tenían cortinas que bloqueaban la brillante luz del sol de mediodía. Iris la examinó mientras ayudaba a descargar las incontables hogazas de pan que Marisol había horneado esa mañana. El vecino de Marisol, Peter, tenía una furgoneta verde oxidada, y habían cargado la parte trasera con cestas y cestas de pan y dos ollas enormes de sopa antes de conducir por el pueblo hasta la enfermería.

Iris tiritaba mientras cargaba una cesta hasta la parte trasera del edificio, donde unas cuantas enfermeras preparaban bandejas de comida. Le sudaban las palmas de las manos; estaba nerviosa. No sabía cómo prepararse para eso, para hablar con soldados heridos.

También estaba llena de una ansiosa esperanza. Tal vez Forest estuviera allí.

—¿Has preparado preguntas con antelación? —le susurró Attie mientras pasaba por su lado.

—No, pero las he estado pensando —contestó Iris, caminando de vuelta a la furgoneta para recoger otra cesta.

—Yo tampoco —dijo Attie cuando se cruzaron de nuevo—. Supongo que haremos lo que creamos correcto, ¿no?

Iris asintió, pero tenía la boca seca. Si ella estuviera herida y tumbada en la cama de una enfermería, con dolor, ¿querría que una desconocida la entrevistara? Probablemente no.

Marisol se quedó con las enfermeras en la cocina, preparando la comida, pero Attie e Iris tenían permiso para pasear por la planta baja. Algunas habitaciones estaban vetadas, pero les dijeron que la mayoría de los soldados estaban en la sala de actos, y ahí debían concentrar su labor.

Era una habitación amplia, con hileras de ventanas y camas. El suelo era de madera dura rayada y crujía bajo los pasos de Iris mientras paseaba. Empezó a buscar a Forest de inmediato. Procuraba encontrar a su hermano en un mar de sábanas blancas y rayos de sol.

A algunos de los soldados los habían amputado. Algunos tenían vendajes en la cara, quemaduras o cicatrices. Algunos estaban incorporados y hablaban; algunos dormían tumbados.

Se sentía abrumada y preocupada por no reconocer a su hermano, aunque estuviera allí. Pero tomó una bocanada de aire, porque sabía que esos soldados habían pasado por más cosas que las que podría empezar a imaginar. El aire olía a sirope medicinal de cereza, a limpiador de suelos de limón y a acero inoxidable frío, todo envuelto con un matiz de enfermedad. Cerró los ojos y se imaginó a Forest, tal como lo recordaba el día que se marchó.

Te reconocería en cualquier sitio.

Cuando Iris abrió los ojos, centró la atención en una soldado en concreto. La chica estaba incorporada en la cama. Parecía de la edad de Iris y jugaba con una baraja de cartas desgastadas sobre la colcha. Tenía el pelo de un tono rubio apagado, como el del maíz, que le llegaba hasta los hombros. Su piel era pálida, y las manos le temblaban mientras seguía colocando cartas. Pero sus ojos eran cálidos, marrones y penetrantes, y cuando captaron la mirada de Iris, ella ya estaba encaminándose en su dirección.

—¿Juegas? —preguntó la chica con voz frágil.

—Solo si encuentro a una buena compañera —respondió Iris.

—Pues acerca el taburete y juega conmigo.

Iris la complació. Se sentó al lado de la cama de la chica y miró mientras ella barajaba las cartas con las manos temblorosas. Tenía los dedos largos, como los de una pianista.

—Me llamo Pradera —dijo la chica mientras miraba a Iris—. Como el campo.

—Yo soy Iris. Como un globo ocular.

Eso esbozó una pequeña sonrisa en el rostro de Pradera.

—No te he visto antes por aquí, Iris como un globo ocular.

—Llegué justo ayer —contestó Iris mientras tomaba las cartas que le pasaba Pradera.

—Una periodista, ¿eh?

Iris asintió, sin saber qué más decir. No sabía si sería correcto preguntarle a Pradera si podía…

—No hablo con la prensa —dijo Pradera, aclarándose la garganta. Su voz siguió siendo ronca y débil—. Pero siempre busco a alguien que me gane a las cartas. Te toca a ti primero.

Bueno, pues ya está, pensó Iris. Al menos la franqueza cándida de Pradera disminuyó sus nervios y expectativas, así que pudo dedicarse simplemente a disfrutar con la partida de cartas.

Las chicas guardaron silencio mientras jugaban. Pradera era competitiva, pero Iris no le iba a la zaga. Acabaron jugando dos rondas más, hasta que las enfermeras repartieron la comida.

—Debería dejarte comer en paz —dijo Iris, y se levantó del taburete. Pradera hundió la cuchara en el bol de sopa, que repiqueteó irremediablemente a causa de sus temblores.

—Quédate si quieres. Los que hablarían contigo ahora estarán comiendo.

Iris echó un vistazo alrededor y encontró a Attie sentada con un soldado un poco más lejos. Un soldado joven y atractivo que le sonreía, y Attie tenía su cuaderno preparado y anotaba lo que le estaba diciendo.

—Sí que tengo una pregunta para ti —dijo Iris, acomodándose en el taburete—. Si quisiera saber dónde está destinado un soldado en concreto, ¿a quién debería escribirle?

—Podrías escribir al comando central de Mundy, pero es posible que no obtengas respuesta. No les gusta revelar dónde están destinados los soldados. Es una medida de seguridad. Además, ahora mismo la situación es un poco caótica. El correo no es demasiado fiable.

Iris asintió intentando esconder su desesperación.

—Si un soldado está herido, ¿tengo alguna manera de saberlo?

Pradera se quedó mirando a Iris.

—¿Sabes el nombre de su pelotón o compañía?

Iris negó con la cabeza.

—¿Y su batallón?

—No, no sé nada de eso. Solo su nombre y apellido.

Pradera hizo una mueca.

—Entonces será muy difícil encontrar información o novedades. Siento tener que decírtelo.

—No pasa nada. Solo me lo estaba preguntando —dijo Iris con una sonrisa débil.

Su decepción debió de ser aparente, porque Pradera dejó la cuchara y añadió:

—No hablo con la prensa, pero ¿tal vez haya algo que puedas hacer?

—¿El qué?

—¿Escribirías una carta en mi lugar?

Iris pestañeó.

La esperanza de los ojos de Pradera se derrumbó con el momento de silencio incómodo, y desvió la mirada al suelo.

—Olvídalo.

—Sí —dijo Iris, recuperándose del momento de asombro. Rebuscó en el bolsillo trasero, donde se había guardado el cuaderno y el bolígrafo—. Sí, me encantaría. —Lo abrió por una página nueva, esperando, con el bolígrafo preparado.

Pradera bajó la vista hacia la comida a medio terminar.

—Es para mi hermana.

—Cuando quieras.

A Pradera le llevó un momento, como si de repente tuviera vergüenza, pero entonces empezó a decir palabras suaves y nostálgicas, e Iris las apuntó.

Luego se acercó a otros soldados y se ofreció a escribir una carta para cada uno de ellos. No preguntaba detalles de la guerra, por qué habían escogido luchar, cómo habían padecido sus heridas ni si conocían a un soldado de nombre Forest Winnow. Todos tenían a alguien en casa a quien escribirle, e Iris intentó no pensar en su hermano mientras escribía a mano una carta tras otra, y su cuaderno pronto rebosó de palabras para casa, recuerdos, ánimo y esperanza.

Pero un estremecimiento de temor la invadió.

¿Por qué no le había escrito nunca Forest? Había hecho una promesa, y su hermano nunca había sido de los que las rompen.

Iris empezó a pensar que quizá estuviese muerto.

A quien corresponda:

Le escribo con la esperanza ferviente de que me puedan decir la localización actual del soldado Forest Merle Winnow, que fue reclutado por Enva en la ciudad de Juramento, en la Pedanía Este, Cambria, hace casi seis meses. Su fecha de nacimiento es el séptimo día de Vyn del año 1892. Mide 182 cm, y tiene el pelo y los ojos de color marrón avellana.

Soy la única pariente de sangre que le queda y he intentado llegar a él por carta. Nunca me han informado de su batallón o compañía, pero tampoco he recibido noticias de un capitán que me informaran de que hubiera perecido en el conflicto. Si me puede ayudar a obtener esta información o pasar esta carta a quien tal vez pueda, le estaría eternamente agradecida.

Gracias por su tiempo.

Saludos cordiales,
Iris Winnow

20

La música bajo tierra

Esa noche, Iris se sentó al escritorio de su habitación, observó cómo la luz del sol se perdía en los campos distantes y empezó a teclear todas las cartas que había escrito en la enfermería. Se sentía un recipiente, llena de las historias, las preguntas y los consuelos que los soldados habían compartido con ella. Escribía a gente que no conocía. Abuelas, abuelos, madres, padres, hermanas, hermanos, amigos y amantes. Personas a las que jamás vería, pero que en ese momento estaban conectadas con ella.

Una tras otra. Con cada palabra que tecleaba, el sol se hundía un poco más, hasta que las nubes se tornaron doradas. Un suspiro después, la luz dio paso a la noche. Las estrellas ardían en la oscuridad e Iris tomó la cena en su habitación y siguió trabajando bajo la luz de la vela.

Estaba sacando la última página de la máquina de escribir cuando oyó el inconfundible ruido del papel sobre el suelo.

Él le había escrito.

Iris sonrió, se levantó y recogió la carta. Y leyó:

Tengo buenas noticias, amiga mía. He encontrado la segunda mitad del mito que querías. No me preguntes dónde ni cómo he logrado tal hazaña, pero digamos que he tenido que sobornar a alguien con té y galletas. Ese alguien resulta ser mi abuela, que es conocida por su mal genio, a quien le encanta señalar todas mis debilidades cada vez que la veo. Esta vez ha sido que «ando encorvado» y que «tristemente» tengo el mentón puntiagudo de mi padre (como si pudiera haberlo cambiado desde la última vez que la vi), y que mi «pelo ha crecido en exceso. Podrías ser un canalla o un caballero errante si echamos un segundo vistazo». Te seré sincero: sí que es verdad que ando encorvado de vez en cuando, sobre todo cuando estoy en su presencia, pero mi pelo está bien. Y, en fin, no puedo hacer nada con mi mentón.

Pero ¿por qué te cuento este rollo? Perdóname. Aquí está la segunda parte, a partir de donde lo dejamos. Cuando Enva accedió a ir al inframundo con Dacre con las condiciones que ella le había impuesto:

Enva, que amaba el cielo y el sabor del viento, no estaba feliz en el inframundo. Aunque estaba hecho de un tipo de belleza distinto: remolinos de mica y vetas de cobre y estalactitas que goteaban en piscinas profundas e hipnotizantes.

Dacre al principio la colmó de atenciones, con la voluntad de hacerla feliz. Pero sabía que era una guardiana del cielo y nunca pertenecería del todo a las profundidades de la Tierra. Siempre acarrearía consigo una sensación de incomodidad, y Dacre lo podía ver de vez en cuando, en el brillo de sus ojos verdes y en la línea de sus labios, a los cuales era incapaz de convencer para esbozar una sonrisa.

Desesperado, le dijo: «¿Por qué no tocas y cantas para mí y mi corte?». Porque sabía que su música no solo le daría placer a él, sino también a ella. Recordaba lo extraordinaria que se la veía cuando tocaba por los hombres caídos. Y allí abajo todavía no había cantado.

Enva accedió.

Una gran multitud fue convocada en el vestíbulo iluminado por el fuego de Dacre. Sus secuaces, sabuesos, ezrals, sirvientes humanos y su horda repugnante de hermanos. Enva se puso detrás de su arpa. Se sentó en el centro de la cueva, rodeada por los demonios del inframundo, y, como su corazón estaba lleno de pena, cantó un lamento.

La música del instrumento fluyó por el aire, frío y húmedo. Su voz, pura y dulce, se elevó y reverberó por la roca. Observó, atónita, cómo Dacre y su corte empezaban a llorar. Incluso esas criaturas se lamentaban en la tristeza.

Para la siguiente decidió cantar una pieza alegre. Y, una vez más, observó mientras su música influía a todo aquel que la oía. Dacre sonrió, con la cara todavía brillante por las lágrimas de antes. Muy pronto, empezaron a sonar palmas y pisotones, y Enva temió que ese júbilo estrepitoso pudiese hacer caer la roca sobre sus cabezas.

Al final, cantó una nana. Uno a uno, Dacre y su corte empezaron a caer en un sueño profundo. Enva observó mientras los ojos se cerraban, las barbillas se apoyaban en el pecho y las criaturas se enroscaban. Muy pronto su música se entretejía con el sonido de cientos de ronquidos, y se quedó sola en el salón, la única que todavía estaba despierta. Se preguntó durante cuánto tiempo dormirían. ¿Cuánto tiempo los mantendría embrujados su música?

Dejó atrás el salón y decidió esperar para comprobarlo. Y, mientras esperaba, deambuló por la fortaleza subterránea de Dacre, llena de esas antiguas líneas ley de magia, y memorizó sus giros y sus curvas y sus múltiples puertas secretas al mundo superior. Tres días y tres noches después, Dacre despertó al fin, seguido de cerca por sus hermanos, y a continuación por el resto de la corte. Tenía la cabeza nublada y las manos entumecidas. Se levantó atropelladamente, sin saber qué había ocurrido, pero los fuegos del salón se habían consumido y estaba oscuro.

«¿Enva?», la llamó. Su voz corrió por la roca para encontrarla. «¡Enva!». Temía que se hubiera ido, pero la diosa apareció en el salón sosteniendo una antorcha. «¿Qué ha pasado?», le preguntó, pero Enva estaba serena y tranquila.

«No estoy segura», respondió con un bostezo. «Me acabo de despertar, un minuto antes que tú».

Dacre estaba desconcertado, pero en ese momento vio la belleza de Enva y confió en ella. Ni una semana transcurrió antes de que estuviera hambriento por su música de nuevo, y convocó otra asamblea en el salón, para que ella pudiera entretenerlos.

Enva tocó por la tristeza. Por la alegría. Y luego por el sueño. Esa vez, cantó una nana el doble de larga, y Dacre y su corte durmieron durante seis días y seis noches. Para cuando Dacre se despertó, frío y agarrotado, llamó a Enva y no obtuvo respuesta. Buscó su presencia, que era como un rayo de luz en esa fortaleza, pero solo quedaba oscuridad.

Encolerizado, se dio cuenta de que la diosa había vuelto a la superficie. Azuzó a sus criaturas y sirvientes para que lucharan, pero cuando salieron por los pasadizos secretos al mundo de arriba, Enva y otro protector del cielo los estaban esperando. La batalla fue sangrienta y larga, y muchos de los demonios del inframundo huyeron hacia las profundidades de la Tierra. Dacre fue herido por la propia flecha de Enva; le disparó en el hombro, y a él no le quedó otra opción que retirarse hacia las entrañas de su fortaleza. Bloqueó todas las entradas para que nadie ni nada del mundo exterior pudiera entrar en el inframundo. Descendió hasta el fuego de la Tierra, y ahí planeó su venganza.

Pero Dacre no salió victorioso. No pudo superar a los guardianes del cielo, así que optó por atemorizar a los mortales del exterior. No supo que Enva se había aprendido todos los accesos a su reino mientras estaba dormido por su hechizo. Y cuando decidió entrar de nuevo en su salón, dos siglos más tarde, llevaba consigo el arpa con una promesa clavada en el corazón: haría que tanto él como su corte durmieran durante cien años.

Algunos dicen que lo logró, porque hubo un tiempo de paz, y la vida fue agradable y dorada para los mortales de la superficie. Pero otros dicen que no fue capaz de cantar durante tanto tiempo sin perder parte de su poder para mantener a Dacre y a su corte dormidos durante un siglo. Y todo esto viene a decir que nunca ofendas a un músico y que debes escoger a tus amantes con criterio.

Iris se quedó pensativa con el final del mito. Se preguntaba si la historia estaba mal; todo ese tiempo, le habían enseñado la victoria de los mortales sobre los cinco dioses supervivientes —Dacre, Enva, Alva, Mir y Luz—, a los que habían engañado para que bebieran una poción venenosa que los haría dormir bajo tierra. Pero tal vez había sido Enva y su arpa, y eso significaba que solo habían existido cuatro dioses dormidos, y el quinto vagaba en secreto.

Cuantas más vueltas le daba Iris, más cierto parecía. A Enva nunca la enterraron en una cueva del este; debió de haber hecho un pacto con los mortales de hacía tiempo. La diosa había sido la que les había cantado a las otras divinidades para encantarlas en un sueño profundo en sus tumbas oscuras. De pronto, no era tan difícil imaginar por qué Dacre se despertó con tanta venganza en la sangre. Por qué arrasó un pueblo tras otro, resuelto a atraer a Enva hasta él.

Iris tuvo un escalofrío al pensarlo, y le escribió a su amigo por correspondencia:

Estoy muy feliz de que hayas encontrado la segunda parte y eternamente agradecida por cómo te has sacrificado con té y galletas y reprimendas de tu abuela, que parece alguien que probablemente me caería bien.

Dudo mucho si pedirte más cosas, pero hay algo...

He ido a la enfermería ~~aquí en Aval~~ donde me hospedo. He tenido la oportunidad de conocer a soldados heridos. Algunos se recuperan a buen ritmo, y aun así otros morirán, y esta realidad me cuesta asimilarla. Los han rasgado y machacado, disparado, apuñalado y astillado. Les han alterado la vida irrevocablemente, y aun así ninguno de ellos se arrepiente de la decisión de luchar contra el mal que se extiende por la Tierra. Ninguno de ellos alberga remordimientos excepto por una cosa: quieren enviar una carta a sus casas para sus seres queridos.

Te enviaré un manojo de esas cartas. Las direcciones están escritas en el pie de página, y quería saber si estarías dispuesto a meterlas en sobres, escribir la dirección y ponerles sello, y mandarlas por correo por mí. Te prometo pagarte los gastos. Si no puedes, por favor, no te preocupes. Solo envíalas de vuelta por el portal y las mandaré con el siguiente tren.

P. D. ¿Por casualidad no tendrás una máquina de escribir que a primera vista parezca normal pero que tiene algunas particulares que la hacen única? Por ejemplo, las bobinas de tinta a veces pueden sonar como una nota musical, la barra espaciadora puede brillar ante ciertos halos de luz y debería tener una placa de plata en la base. ¿Me puedes decir lo que tiene grabado ahí?

Juntó las cartas de los soldados y las envió por el portal. Paseó arriba y abajo por la habitación mientras aguardaba una respuesta, que llegó antes de lo que esperaba:

Por supuesto, estoy más que encantado de hacer eso por ti. Dejaré las cartas en la oficina de correos mañana a primera hora. No hace falta que me pagues los gastos.

Y sí, mi máquina de escribir tiene algunas particularidades. Era de mi abuela. Me la regaló por mi décimo cumpleaños, con la esperanza de que algún día me convirtiera en escritor, como mi abuelo.

Antes de leer tu carta, jamás se me había
ocurrido inspeccionar la base. Estoy alucinado por
haber encontrado la placa de plata que has descrito.
El grabado dice así: LA SEGUNDA ALONDRA / HECHA
ESPECIALMENTE PARA H. M. A. Son las iniciales de mi
abuela.
Tendré que preguntarle más detalles, pero
¿deduzco que tu máquina también es una Alondra?
¿Crees que así es como estamos conectados? ¿Por
nuestras peculiares máquinas de escribir?

Un calor le invadió el pecho, como si hubiera inspirado un fuego a tierra. Se confirmaba su teoría, así que empezó a escribir la respuesta de inmediato:

¡Sí! Hace poco que me contaron la leyenda de estas
máquinas de escribir Alondra, que te contaré ahora
mismo porque creo que pensarás que es muy
intrigante. Pero mi abuela, que era una mujer solemne
llena de poesía, me dio la suya el día de

El sonido persistente de una sirena la detuvo a media frase.

Los dedos de Iris quedaron paralizados sobre las teclas, pero su corazón empezó a latir desbocado de golpe. Era la sirena de los sabuesos.

Tenía tres minutos antes de que llegaran a Risco Ávalon, lo que suponía mucho tiempo para prepararse, pero era como si los sabuesos salvajes de Dacre pudieran saltar de las sombras en cualquier momento.

Con las manos temblorosas, escribió deprisa:

¡Me tngo que ir! Lo suento. Más despiés.

Sacó el papel de un tirón de la máquina. La mitad inferior de la hoja se rasgó, pero consiguió doblarla y enviarla por el portal.

Rápido, pensó. *Cubre la ventana, apaga la luz, ve a la habitación de Marisol.*

Iris se acercó a la ventana en dos pasos, mientras la sirena seguía sonando. Oír la insistencia con la que sonaba hizo que se le erizara el vello de los brazos. Sabía lo que se avecinaba. Miró a través del cristal, hacia la oscuridad profunda de la noche. Las estrellas seguían parpadeando como si nada estuviera mal, la luna seguía proyectando su luz acerada. Iris entornó los ojos y pudo discernir el brillo de las ventanas del vecino, el tejado y los campos que había más allá, donde una ráfaga de viento soplaba por encima de la hierba alta. Su habitación daba al este, así que lo más probable era que los sabuesos vinieran de la otra dirección.

Tiró de las cortinas para cerrarlas y sopló la vela. La oscuridad la inundó a su alrededor.

¿Debería agarrar algo más? Empezó a buscar la máquina de escribir, y en la oscuridad resiguió su metal frío con la punta de los dedos. El pensamiento de dejarla atrás la hizo sentir como si le hubieran quitado el aire.

Todo va a ir bien, se dijo a sí misma con voz firme, obligando a sus manos a dejar la máquina de escribir encima del escritorio.

Iris dio un paso hacia la puerta y procedió a tropezarse con la alfombra. Debería haberse esperado a apagar la vela cuando estuviera con Marisol. Pero consiguió llegar al pasillo, donde estuvo a punto de chocarse con Attie.

—¿Dónde está Marisol? —le preguntó Iris.

—Estoy aquí. —Las chicas se dieron la vuelta y la vieron subir por las escaleras sosteniendo una vela—. La planta baja está preparada. Venid a mi habitación las dos. Pasaréis la noche aquí conmigo.

Attie e Iris la siguieron hasta una habitación amplia. Había una cama grande con dosel, un diván, un escritorio y una estantería.

Marisol dejó la luz y empezó a arrastrar el mueble más pesado contra la puerta. Attie se apresuró a ayudarla e Iris corrió a cerrar las cortinas de la ventana.

De repente, todo estaba en silencio. Iris no sabía qué era peor, si la sirena o la calma que dejaba tras de sí.

—Poneos cómodas en la cama —dijo Marisol—. Puede que sea una noche larga.

Las chicas se sentaron apoyadas al cabezal con las piernas cruzadas. Attie sopló su vela, pero Marisol todavía tenía la suya encendida. Abrió su armario, e Iris vio cómo apartaba vestidos y blusas para sacar una linterna y un pequeño revólver.

Cargó el arma y le extendió la linterna a Iris.

—Si los sabuesos consiguen entrar, que no deberían pero siempre existe la posibilidad, quiero que los ilumines para que pueda verlos.

Para que pueda dispararles, se dio cuenta Iris, pero asintió y examinó la linterna, cuyo interruptor encontró con el pulgar.

Marisol se dejó caer en el borde de la cama, entre las chicas y la puerta, y apagó la vela de un soplido.

La oscuridad regresó.

Iris empezó a contar respiraciones, para mantenerlas profundas e iguales. Para mantener la mente distraída.

Una..., dos..., tres...

Oyó al primer sabueso en su decimocuarta respiración. La criatura aulló en la distancia, un sonido tan escalofriante que hizo que a Iris se le tensara la mandíbula. Pero entonces el sonido se oyó más cerca y se le unió otro. Y otro, hasta que no se podía distinguir cuántos habían alcanzado Risco Ávalon.

Veinticuatro..., veinticinco..., veintiséis...

Estaban gruñendo en la calle, justo debajo de la ventana de Marisol. Parecía que la casa temblara; sonaba como si uno de ellos estuviera arañando la puerta principal con las garras. Se oyó un disparo.

Iris dio un salto.

Su respiración estaba acelerada, pero se aferró a la linterna como si fuera un arma, preparada para cualquier cosa. Sintió cómo Attie le agarraba la otra mano, y se sujetaron la una a la otra. Y, aunque no podía ver nada, Iris sabía que Marisol estaba directamente frente a ellas, sentada como una estatua en la oscuridad y con un arma posada en el regazo.

Los aullidos se atenuaron. Luego regresaron. La casa volvió a sacudirse, como si estuvieran viviendo en un bucle.

Iris estaba exhalando su respiración número setecientos cincuenta y dos cuando se hizo el silencio. Pero era lo que Marisol había predicho.

Acabó siendo una noche muy larga.

21

Caballero errante o canalla

¿Estás a salvo? ¿Estás bien? ¿Qué ha pasado?
Por favor, escríbeme cuando puedas.

Roman envió el mensaje por el armario poco después de que Iris le hubiera mandado el suyo tan conciso. Sabía que algo inesperado y terrible debía de haber ocurrido como para que ella escribiera mal tres palabras distintas. Deambuló hasta altas horas de la noche con la mirada desviándose hacia el armario, hacia el suelo bien barrido de delante. Pasaron las horas una a una, oscuras y frías, pero ella no escribió.

¿Qué estaba ocurriendo? Estaba desesperado por saberlo. Al final, estaba tan cansado que se sentó al borde de la cama, abrumado por la duda.

Tal vez el pueblo en el que se alojaba Iris estaba siendo atacado. Se la imaginó teniendo que ponerse a cubierto mientras llovían bombas, explotando en un despliegue abrasador de chispas y destrucción. Se imaginó que la herían. Se imaginó a los soldados de Dacre, que se amontonaban victoriosos y la hacían prisionera.

Roman no podía soportar estar sentado.

Se levantó y volvió a dar vueltas, dejando una marca en la alfombra tras sus pasos.

Si algo le pasara… ¿Cómo lo sabría?

—Iris —le habló a la lámpara—. Iris, escríbeme.

Eran las tres de la mañana cuando sacó las antiguas cartas de Iris de su escondite. Se sentó en el suelo y las volvió a leer, y, mientras que siempre se había emocionado por sus palabras hacia Forest, se dio cuenta de que lo perforaban todas las que le había escrito a él. Le hacían sentir dolor, y no sabía el motivo.

Se fue de su habitación para pasear por los pasillos oscuros de la mansión. Hizo la misma ruta que había andado una noche tras otra después de la muerte de Del, cuando el sueño lo evitaba. Cuando tenía quince años y estaba tan roto que pensó que la lástima que sentía lo acabaría enterrando.

Bajó las escaleras, silencioso como un espectro. Pasó por habitaciones frías y pasadizos sinuosos. Al final lo atrajo una luz débil que provenía de la cocina. Esperaba entrar en la habitación y descubrir que la casa le había preparado leche caliente y galletas, sintiendo su angustia. Roman se sorprendió en el umbral cuando vio que era su abuela, sentada a la encimera con una vela y una taza de té.

—Roman —dijo con su típico tono brusco.

—A-abuela —contestó—. Lo siento, no pretendía… Ya me voy.

—No digas tonterías —le respondió la abuela—. La tetera está todavía caliente si quieres una taza de té, aunque sé que prefieres el café.

Era una invitación para hablar. Roman tragó saliva; se le notaban las ojeras, y entró lentamente en la cocina y alcanzó una taza. Se vertió algo de té y se sentó en el taburete enfrente de su abuela, temeroso de hacer contacto visual con ella primero. Su abuela tenía una habilidad especial para leer la mente.

—¿Qué te mantiene despierto a estas horas? —preguntó, con su mirada astuta penetrándole.

—Estoy esperando una carta.

—¿Una carta en medio de la noche?

—Sí —respondió mientras el rubor le subía al rostro.

La abuela siguió observándolo. Había sonreído tal vez tres veces en toda su vida, así que Roman se quedó de piedra cuando vio sus labios curvarse en una sonrisa.

—Por fin estás utilizando mi máquina de escribir como es debido, entonces —dijo—. ¿Entiendo que le escribes a la nieta de Daisy Winnow?

Roman vaciló, pero acabó asintiendo.

—¿Cómo lo has sabido?

—Una simple corazonada —contestó—, teniendo en cuenta que tanto Daisy como yo estábamos decididas a mantener las máquinas de escribir en propiedad de la familia antes que entregarlas a esa lamentable excusa de museo.

Roman pensó en la carta que Iris le había estado escribiendo antes de que la interrumpiera lo que fuera que estaba pasando a kilómetros de distancia. Había descubierto la conexión entre sus máquinas, y a él lo emocionaba saber qué era lo que los unía.

—¿Eras amiga de Daisy Winnow? —se atrevió a preguntar, consciente de que su abuela era reticente a hablar del pasado.

—¿Te sorprende, Roman?

—Bueno… Sí, abuela —respondió con un atisbo de exasperación—, nuestra familia es…

—¿Una panda de arrogantes de clase alta construidos a base de una fortuna reciente? —le propuso—. Sí, lo sé. Y por eso quería tanto a Daisy. Era una soñadora, innovadora y de buen corazón. Tanto a Alondra como a mí nunca nos importó su estatus social. —Entonces se detuvo. Roman estaba callado, a la espera. Contuvo la respiración mientras su abuela comenzaba a contar la historia sobre su amistad con Alondra Stone y Daisy Winnow, y sobre las máquinas de escribir que un día las habían mantenido en contacto.

Al principio, se quedó boquiabierto. Se bebió el té templado y escuchó, y empezó a ver los hilos invisibles que lo atraían hasta

Iris. No parecía ser cosa del destino; Roman no creía demasiado en esas fantasías. Pero sí que parecía ser algo. Algo que le robaba el sueño y hacía que le doliera el pecho con cada respiración.

—¿Cómo es ella? —preguntó su abuela—. Me refiero a la nieta de Daisy.

Roman se quedó mirando el poso del té.

—No estoy seguro. No la conozco tan bien.

—Por si lo has olvidado, sé cuándo mientes, Roman. Entornas los ojos.

Roman se echó a reír, porque ¿no le había dicho Iris exactamente lo mismo la semana anterior?

—De acuerdo, abuela. Diré entonces que es como su abuela, por cómo describes a Daisy.

—No me digas. —La abuela se quedó callada, pensativa—. Mmm. ¿Por eso querías la otra mitad del mito? ¿Para enviársela a...?

—A Iris —susurró.

Su abuela se limitó a arquear una ceja. Pero entonces repitió «Iris», y el sonido fue tan dulce que hizo que Roman se estremeciera.

—Sí. —Creía que era momento de irse, antes de que ella dijera algo que lo incomodara. Se estaba levantando del taburete cuando su abuela le dijo arrastrando las palabras:

—¿Y vas a dejar que se te escape?

Se quedó paralizado. ¿Qué se suponía que debía responder a eso?

—No creo que tenga otra opción, abuela —dijo.

La abuela soltó aire y agitó una mano.

—Siempre hay una opción. ¿Vas a dejar que sea tu padre quien escriba tu historia o tú mismo?

Se quedó en silencio mientras ella se levantaba con un leve gruñido. La abuela se dirigió hacia el umbral, pero se detuvo y Roman se tensó, inseguro de lo que iba a decirle.

—Tengo setenta y cinco años, Roman —empezó—, a lo largo de mi vida he visto incontables cosas, y ahora mismo te aseguro que el mundo está a punto de cambiar. Los días que vendrán serán cada vez más oscuros. Y, cuando encuentras algo bueno, te aferras a ello. No pierdes tiempo preocupándote por cosas que al final no tienen importancia. En vez de eso, te arriesgas por esa luz. ¿Entiendes lo que te digo?

Asintió, aunque tenía el corazón desbocado.

—Muy bien —dijo la abuela—. Ahora friega las tazas, o el cocinero armará un escándalo por el desorden.

Y se fue. Las sombras de la cocina parecían más oscuras sin ella. Roman llevó la tetera y las tazas al fregadero, percatándose de que nunca en su vida había lavado ningún plato.

Lo hizo lo mejor que pudo, colocando la porcelana de nuevo en su lugar antes de volver a su habitación, donde miró hacia el armario. Todavía no había carta.

Se deslizó hasta el suelo y se adormiló al fin. Cuando se despertó con la primera luz, vio que finalmente Iris le había escrito. Roman gateó por la alfombra con el pulso martilleándole en el cuello mientras desdoblaba la carta y se ponía a leer:

Estoy bien y a salvo. ¡No te preocupes! Siento haber tenido que irme tan de repente anoche.

No tengo tiempo para escribir una carta larga esta mañana porque tengo que irme. Hoy vuelvo a la enfermería, pero te escribiré pronto.

P. D. Espero enviarte más cartas de soldados esta noche o mañana, para enviarlas por correo, si no te importa.

Roman se estremeció de alivio, aunque sabía que lo que fuera que había ocurrido la noche anterior no había sido bueno. Pero Iris estaba sana y salva, y él suspiró, apoyando la cabeza en el suelo.

La noticia le sentó como una manta cálida, y de repente se dio cuenta de lo dolorido y magullado que estaba. Quería quedarse dormido con Iris en su mente, pero resistió el poder tentador que ella le despertaba.

Le molestaba el sonido de las manecillas de su reloj de pulsera.

Roman soltó un quejido cuando echó un vistazo a la hora. Se levantó apresuradamente, recogió las cartas de Iris y las devolvió a su escondite. Se vistió deprisa. No le quedaba tiempo para afeitarse, pulir los zapatos ni peinarse.

Agarró la bandolera y bajó raudo las escaleras.

Llegaba tarde al trabajo.

—Venid, los últimos resquicios de helada se han ido y el jardín necesita algunos cuidados —dijo Marisol esa tarde—. Me iría bien que me ayudarais las dos. Araremos hoy y plantaremos mañana.

Iris se sintió aliviada por que le dieran una tarea, incluso si era una difícil como la de romper la tierra dura con una pala, algo que no había hecho nunca al haber crecido rodeada de la piedra y el asfalto de Juramento. Las tres trabajaron en el jardín trasero del hostal, donde una parcela ajardinada estaba inactiva por el invierno, cubierta de malas hierbas y tallos marchitos.

—Es como si alguien hubiera estado aquí antes que nosotras —remarcó Attie al agacharse para inspeccionar un socavón profundo en el suelo.

—Habrán sido los sabuesos —dijo Marisol mientras trabajaba con una paleta de jardinería—. Eso es lo que pasa cuando plantas un jardín en Risco Ávalon. A los sabuesos les gusta pisotearlo todo cuando acechan el pueblo de noche. A veces pasan meses sin que vengan, pero a veces Dacre los envía cada noche.

Iris y Attie se quedaron mirando los socavones, que ya empezaron a reconocer como marcas de garras. Un escalofrío recorrió a Iris, y devolvió su atención a la labor de remover la tierra con la pala.

—¿Plantas el jardín cada año, Marisol? —le preguntó observando los macizos elevados de las esquinas, donde florecían flores, lechugas y otras plantas de invierno.

—Sí, pero solo por Keegan —respondió Marisol.

—¿Quién es Keegan?

—Mi esposa.

—¿Dónde está? —preguntó Attie. Iris reconoció el tono cuidadoso y respetuoso; ninguna de las dos estaba segura de si la esposa de Marisol estaba viva. No se había referido a ella en ningún momento, aunque llevara puesta una alianza.

—Viaja por trabajo —respondió Marisol—. No tengo manera de saber cuándo va a volver a casa exactamente. Pero pronto, espero.

—¿Es comercial? —inquirió Iris.

—Algo así.

—¿Cómo os conocisteis?

—Pues Keegan estaba viajando por el risco un día de verano, y se hospedó en una habitación de aquí —empezó a contar Marisol, limpiándose la suciedad de las manos—. Me dijo que la casa era encantadora y la comida deliciosa y la hospitalidad perfecta, pero que mi jardín estaba en un estado deplorable. No me gustó demasiado el comentario, como os podéis imaginar, pero la verdad es que este sitio era de mi tía, y ella era una jardinera excelente y cultivaba la mayoría de los productos con los que cocinábamos. Aunque yo heredé este sitio de ella, desgraciadamente no adquirí su destreza con las plantas.

»Después de enfurecerme con Keegan por su franqueza, ella decidió quedarse lo suficiente como para ayudarme con el jardín. Creo que se debió de sentir mal al principio, porque mi tía había muerto hacía un año y yo la echaba muchísimo de menos. Y aunque quise rechazar su ayuda, por la noche Keegan contaba las historias más increíbles, así que decidí que, si quería ayudarme a restaurar el jardín de mi tía gratis, ¿quién era yo para decirle que no?

»El jardín volvió a la vida, lentamente pero con firmeza, y las dos trabajábamos codo con codo. A veces discutíamos, pero la mayor parte del tiempo nos reíamos y disfrutábamos de la compañía y las historias de la otra. Cuando al fin se fue, me dije que no tuviera esperanzas. Pensé que no volvería hasta al cabo de mucho tiempo. Siempre había sido un tipo de alma vagabunda, nunca propensa a quedarse en un mismo sitio durante demasiado tiempo. Pero volvió cuando no había pasado ni una semana, y decidió quedarse conmigo, y supe que era la mujer de mi vida, por más tonto que pueda sonar.

Attie estaba sonriendo, y los hoyuelos le brillaban mientras se inclinaba sobre la pala.

—Para nada suena tonto. Y no puedo imaginarte hablando mal, Marisol. Eres una santa.

Marisol se echó a reír.

—Oh, créeme, tengo carácter.

—Me lo creo —ironizó Iris, ante lo cual Marisol le lanzó un hierbajo como reproche en broma.

Volvieron al trabajo, Iris viendo cómo la tierra se ablandaba y crujía bajo sus esfuerzos. Habló antes de poder contenerse:

—Espero que conozcamos pronto a Keegan.

—Y yo, Iris. Os adorará a las dos —dijo Marisol, pero su voz de repente temblaba, como si estuviera conteniendo las lágrimas.

Iris se dio cuenta de que Keegan debía de haber desaparecido tiempo atrás, si el jardín había quedado tan desarreglado de nuevo.

Iris, llena de nervios, le escribió esa noche:

¿Algún día querrás conocerme?

Él respondió rápidamente:

SÍ.
	Pero también estás a seiscientos kilómetros de
mí.

Iris contrargumentó:

Si tuviera alas, volaría hasta casa durante un día.
Pero como no tengo, tendrá que ser cuando sea que
vuelva a Juramento.

Él preguntó:

¿Vuelves? ¿Cuándo? ¿Lo sabes o esperarás a que acabe
la guerra?
	P. D. ¿De verdad no tienes alas? Me dejas atónito.

Se quedó quieta, sin saber qué responder. De repente, era
como si tuviera una horda de mariposas dentro, y escribió:

Probablemente volveré cuando acabe la guerra.
	Quiero verte. Quiero oír tu voz.
	P. D. Seguro que no tengo alas.

Envió la confesión a través del portal, y su mente añadió: *Quiero tocarte*. Él tardó un minuto en responder, lo que la tuvo mordiéndose las uñas y deseando fervientemente que se hubiera guardado para sí misma esas cosas.

Hasta que leyó lo siguiente:

Yo quiero lo mismo.

Tal vez podríamos ir a irritar a los bibliotecarios de Juramento con nuestra misión de encontrar los mitos perdidos o podría llevarte a conocer a mi abuela con un té y galletas. Creo que la dejarías embelesada. También podrías tomar la decisión final sobre si mi mentón es demasiado puntiagudo y afilado, y si parezco más un caballero errante o un canalla. O incluso tal vez podríamos dar un paseo por el parque juntos. Lo que sea que quieras, yo también lo quiero.

Estaré aquí, esperando a que estés preparada para verme.

Lo leyó dos veces escondiendo la sonrisa tras los pliegues del papel.

Querida señorita Winnow:

Tenemos en el registro a un soldado llamado Forest M. Winnow de Juramento alistado por la causa de Enva el primer día de Shiloh, casi seis meses antes de su petición. Fue asignado al segundo batallón E, quinta compañía Landover, bajo el capitán Rena G. Griss. En estos momentos no podemos

facilitarle más información, pero le recomendamos
que escriba al oficial comandante de la brigada E,
designado en Halethorpe. Por favor, tenga en cuenta
que el correo hacia la Pedanía Sur ha tenido fallos,
y ello podría ser motivo de que no haya recibido
respuesta del soldado Winnow ni de su comandante
oficial.

Saludos,

William L. Sorrel
Segundo asistente del general de brigada Frank. B.
Bumgardener

22

Hacerlo iridiscente

Una guerra con los dioses no es como esperas.

Esperas lo que la historia te dice de los hechos mortales, que son batallas que se propagan días y noches, asedios, muchas bajas, raciones de comida, tácticas y generales despiadados, misiones secretas que conducen a logros sorprendentes y una bandera blanca de rendición. Esperas números, mapas bien custodiados y un mar de uniformes.

Pero también es un pueblo que tiene que encerrarse durante la noche y esconder su luz de los sabuesos que acechan. Un pueblo que tiene que ser más precavido incluso durante el día, preparado para consecuencias devastadoras provocadas por algo tan simple y ordinario como pasear por la calle en la que creciste.

Es una escuela transformada en enfermería llena de cuerpos heridos y almas y vidas, y aun así son personas tan llenas de valentía y esperanza y determinación que hacen que te mires a ti misma en el espejo cuando estás sola. Para encontrar y calificar lo que acecha en tu interior. Alivio, vergüenza, admiración, tristeza, esperanza, valentía, miedo, fe. Y por qué esas cosas están en tus huesos, cuando todavía tienes que dar tanto por los demás.

Es preguntarse lo que deparará el mañana. Qué traerá la siguiente hora. Qué traerá el siguiente minuto. El tiempo parece de repente más afilado que un cuchillo que te acaricia la piel, capaz de cortarte en cualquier momento.

Iris dejó de teclear.

Se quedó mirando el tarro encima del escritorio, con las cenizas de su madre. Tenía la respiración entrecortada y un nudo en el pecho. Todavía se estaba debatiendo para decidir dónde esparcirlas. Si debía hacerlo ya o esperar.

¿Qué preferirías, mamá?

Silencio. No había respuesta. Sus ojos volvieron a la página mientras revisaba la maraña de emociones que estaba sintiendo.

Todavía no había visto el frente. Todavía no había vivido ningún tipo de combate, catástrofe, hambruna ni lesión. Pero había sentido la pérdida, y buscaba ver la guerra a través de ese prisma. Pasaron unos minutos, e Iris suspiró.

No sé cómo escribir sobre la guerra.

Como si presintiera sus dudas, Attie llamó a la puerta.

—¿Cómo llevas el artículo? —preguntó.

—Es más difícil de lo que pensaba —confesó Iris con una sonrisa.

—Yo igual. Vayamos a dar un paseo.

Las chicas salieron por la puerta trasera del hostal, a través del jardín acabado de arar y hasta cruzar la siguiente calle, hacia un campo dorado que Iris podía ver desde la ventana de su habitación. La hierba era alta y les rozaba las rodillas mientras caminaban una al lado de la otra. Estaban lo bastante lejos del pueblo como para poder hablar con libertad, pero lo bastante cerca como para que pudieran llegar a cubierto si se disparaba la alarma.

Para sorpresa de Iris, Attie no le preguntó detalles sobre lo que estaba escribiendo ni por qué le resultaba tan lento y arduo.

—¿Dónde crees que está la esposa de Marisol? —preguntó.

—¿Keegan? Marisol dijo que está de viaje, ¿no? —respondió Iris, recorriendo con los dedos las flores ralas—. Supongo que está en Juramento, o quizá en otra ciudad al norte.

Attie se quedó callada durante un momento, entornando los ojos por el sol de la tarde.

—Tal vez. Solo tengo la extraña sensación de que Marisol nos miente.

Eso tomó a Iris por sorpresa.

—¿Por qué tendría que engañarnos sobre eso?

—Tal vez «mentir» no es la palabra adecuada. «Confundir» es más adecuado, porque está intentando protegerse a sí misma y a su esposa.

—¿Protegerse de qué?

—No lo sé. Pero hay algo raro —masculló Attie.

—Creo que Marisol nos lo contaría si fuera importante —respondió Iris.

—Sí, yo también lo creo. Puede que solo sean imaginaciones mías.

Caminaron un poco más lejos por el campo, y solo el movimiento de andar, después de haber estado sentada y encorvada en el escritorio la mayor parte del día, animó a Iris. No había nada aparte del sonido de la hierba susurrando contra sus piernas y algunos estorninos trinando sobre sus cabezas. Por más tiempo que viviera allí, no creía que fuera capaz de acostumbrarse a esa calma.

—¿Crees que es posible enamorarse de un desconocido? —preguntó Iris.

—¿Como amor a primera vista?

—No exactamente. Más como enamorarse de alguien a quien no has llegado a conocer. Alguien de quien no sabes ni cómo se llama, pero con quien tienes una conexión.

Attie se quedó callada durante unos segundos.

—No estoy segura. ¿A lo mejor sí? Pero solo porque soy una romántica empedernida. —Le dirigió una sonrisa burlona a Iris—. ¿Por qué lo preguntas? ¿Algún desconocido te ha llamado la atención en la enfermería?

—No. Es algo en lo que estoy pensando.

Attie elevó la vista al cielo, como si las respuestas se escondieran allí arriba, por encima de las nubes. Las palabras que dijo a continuación permanecieron en la mente de Iris durante horas:

—Estos días, creo que cualquier cosa es posible, Iris.

Cosas que sé sobre ti:
1. A veces andas encorvado.
2. Tienes el mentón de tu padre.
3. Tu pelo es perfecto, un estilo entre canalla y caballero errante.
4. Tienes una abuela llena de mitos.
5. Eres el hermano mayor de Del.
6. Vives en Juramento.
7. Tienes 19 años (¿Creo? Sumé tu edad de una carta anterior).
8. Tu escritura es impecable y a menudo me hace reír.

Cosas que no sé de ti:
1. Tu nombre.

Iris dobló el papel y esa noche lo envió por el portal. Esperó con la esperanza de que él le respondiera rápido, como solía hacer. Pero cuando pasaron largos minutos de silencio, le empezó a doler el estómago y caminó arriba y abajo de la habitación, llena de preocupación. Creía que ya estaban preparados para intercambiarse los nombres por fin. Pero tal vez había malinterpretado de alguna manera su comunicación.

Una hora después, recibió una respuesta.

Iris arrancó el papel del suelo y leyó:

Entonces, ya sabes todas las facetas importantes de mí. No creo que mi nombre sea digno de anotar, pero me puedes llamar Carver. Así es como Del solía llamarme, y hay días en que lo echo de menos.

—C.

«Carver». Iris dejó que el nombre la inundara antes de susurrarlo a las sombras de su habitación.

—Carver.

Un nombre que era duro e implacable, que cortaba el aire con su sonido. Un nombre que jamás pensó que fuera para él.

Escribió:

Hola, Carver. Yo soy Iris.

Le contestó el mensaje:

«Florecilla». Ahora lo entiendo. Ese nombre te queda bien.

P. D. Hola, Iris.

Iris se rio, sin saber qué hacer con él. Dioses, quería saber qué aspecto tenía. Quería saber la cadencia de su voz. ¿Qué tipo de expresiones faciales hacía cuando tecleaba sus posdatas?

Querido Carver (¡te confieso que es muy agradable poder dirigirte al fin mis cartas!):

Muchas personas piensan en un globo ocular al instante cuando oyen mi nombre. Me preocupaba muchísimo cuando iba a la escuela. Algunos chicos se metían conmigo continuamente, por eso Forest me apodó «Florecilla».

Incluso entonces no me gustaba mi nombre, y le pregunté a mi madre (que se llamaba Aster, por cierto) por qué no me dio un nombre moderno, como Alexandra o Victoria.

«Las mujeres de nuestra familia siempre se han llamado como flores», me dijo mi madre. «Lleva tu nombre con orgullo».

Aun así, todavía es algo que me cuesta.

—Iris

Él respondió:

Querida Iris:

Tengo que decir que un globo ocular es la última imagen que me viene a la mente. Incluso la feroz flor que inspiró a tu madre para darte el nombre no ha sido lo primero en lo que he pensado. Más bien:

Irisar: verbo transitivo; hacer iridiscente.

Hagamos que nuestros nombres sean exactamente lo que queremos que sean.

—C.

Querido oficial comandante de la brigada E:

Me llamo Iris Winnow, y estoy buscando el
paradero de mi hermano, el soldado Forest. M. Winnow.
Me informó el segundo ayudante del general de
brigada que asignaron a mi hermano al segundo
batallón E, quinta compañía Landover, bajo el capitán
Rena G. Griss.

No he tenido noticias de Forest desde el día en
que se alistó, hace casi seis meses, y estoy preocupada
por su bienestar. Si pudieran darme alguna
información de la quinta compañía Landover, o una
dirección a la que poder escribir, les estaría muy
agradecida.

Saludos,
Iris Winnow
Corresponsal de guerra de la Tribuna de Tinta
destinada a Risco Ávalon, Pedanía Oeste, Cambria

23

Champán y sangre

Roman le había dicho a Iris su segundo nombre, y le salía una mueca cada vez que pensaba en ello. Lo pensaba mientras el ascensor se elevaba hasta la *Gaceta*. Lo pensaba mientras se preparaba el té en el aparador, con el deseo de que fuera café. Lo pensaba mientras se sentaba al escritorio y abría los diccionarios y los ponía del revés, como ella solía hacerle para irritarlo.

Pensaba demasiado en Iris, y sabía que eso lo iba a condenar.

Pero la realidad era que estaba nervioso. Porque cuando la viera de nuevo tendría que decirle que él era Carver. Le preocupaba que ella sintiera que le había estado mintiendo, aunque solo le hubiera estado contando la verdad, si bien con rodeos.

Quiero que sepa que soy yo, pensó mirando su máquina de escribir. Quería que lo supiera de inmediato, y aun así sería una locura soltar esa bomba por carta. No, tenía que hacerlo en persona. Cara a cara, para que pudiera explicarse.

—Pareces enfrascado en el trabajo —le dijo una voz familiar.

Roman se tensó, girándose para mirar a la última persona a la que esperaba ver en la *Gaceta*. Dejó la taza en el escritorio y se levantó.

—Padre.

El señor Kitt paseó la mirada por la oficina. Roman tardó unos instantes en darse cuenta de que su padre la estaba buscando a ella. A Iris.

—No está aquí —dijo Roman en voz fría.

—Oh, ¿y dónde está? —preguntó el señor Kitt mirándolo de nuevo.

—No lo sé. No la he visto desde mi ascenso.

Un silencio incómodo se posó entre los dos. Roman pudo sentir la mirada de Sarah mientras pasaba por su lado y evitaba la del señor Kitt. Algunos de los otros editores también se detuvieron, observando a través de jirones de humo de cigarrillo.

Roman se aclaró la garganta.

—¿Qué estás…?

—Os he reservado una mesa para comer a ti y a la señorita Little —dijo el señor Kitt secamente—. Hoy. A la una en punto en el restaurante Monahan. Te casas con ella dentro de tres semanas y tu madre ha pensado que estaría bien que los dos pasarais algo de tiempo juntos.

Roman se obligó a tragarse una réplica. Eso era lo último que quería hacer ese día. Pero asintió, incluso al notar cómo la vida se le iba del cuerpo.

—Sí. Gracias, padre.

El señor Kitt lo analizó con la mirada, como si estuviera sorprendido de que Roman hubiera cedido con tanta facilidad.

—Bueno, hijo. Te veré esta noche en la cena.

Roman observó a su padre mientras se marchaba.

Se dejó caer en la silla y observó la hoja de papel en blanco de la máquina de escribir. Los diccionarios a los que les había dado la vuelta. Se obligó a posar los dedos en las teclas, pero era incapaz de escribir ni una palabra. Todo cuanto podía oír era la voz de Iris, como si le estuviera leyendo su carta en voz alta.

«Te quitas una parte de la armadura por esa persona y dejas que entre la luz, aunque te cause aprensión. Tal vez así es como aprendes a ser permisivo y fuerte de todos modos, incluso envuelto en el miedo y la incertidumbre. Una persona, una parte de acero».

Roman suspiró. No quería mostrarse vulnerable con Elinor Little, pero tal vez haría caso al consejo de Iris.

Lentamente, empezó a encontrar palabras que darle a la página.

El sol estaba en su zénit cuando el estruendo de un camión enorme llegó al pueblo. Iris estaba dando un paseo con Marisol por la calle Principal, cargando cestas con provisiones que acababan de negociar con el verdulero, cuando el camión llegó sin previo aviso. Iris no sabía qué pensar; los neumáticos gigantes estaban cubiertos de barro y el cuerpo metálico, abollado por las balas.

El vehículo entró por la carretera del este, que Iris sabía que llevaba al frente.

—Por todos los dioses —dijo Marisol conteniendo la respiración. Soltó la cesta y echó a correr tras el camión mientras este circulaba calle abajo.

A Iris no le quedó otra opción que dejar su cesta y seguirla.

—¡Marisol! Marisol, ¿qué ocurre?

Si la mujer la oyó, no disminuyó la carrera. Su pelo negro era como una bandera mientras corría, y todos con los que se cruzaban las seguían, hasta que una gran multitud se reunió alrededor del camión. Aparcó en la enfermería, y fue entonces cuando Iris, intentando recobrar el aliento con punzadas en el costado, descubrió de qué se trataba.

El camión acababa de traer a un grupo de soldados heridos.

—¡Rápido, traed las camillas!

—Con cuidado. Cuidado.

—¿Dónde está la enfermera? Necesitamos a una enfermera, ¡por favor!

Fue una locura mientras las puertas traseras del camión se abrían y cargaban con cuidado a los heridos. Iris quería ayudar. Quería dar un paso adelante y hacer algo; *¡Haz algo!*, le gritaba su mente, pero solo podía estar allí quieta, pegada a la carretera, observando.

Los soldados estaban sucios, cubiertos de mugre y sangre. Uno de ellos sollozaba, con la pierna derecha amputada a la altura de la rodilla. A otro le faltaba un brazo y gemía. Sus rostros estaban surcados por la conmoción, fruncidos por la agonía. Algunos estaban inconscientes, con la cara magullada y los uniformes rasgados.

La cabeza le dio vueltas.

Pero nadie le prestó atención mientras se giraba y vomitaba.

Cálmate de una vez, pensó con las manos en las rodillas y los ojos cerrados. *Esto es la guerra. Para esto te apuntaste. No desvíes la mirada.*

Se irguió y se secó la boca con el dorso de la mano. Se dio la vuelta imaginándose a su hermano. Si Forest estaba en ese camión, iría hacia él con aplomo. Estaría calmada y serena, y ayudaría.

Serpenteó por entre la multitud y ayudó a una soldado a bajar de la cama del camión. Iris se percató de que la chica apenas podía mantenerse en pie; tenía una herida en el vientre. La sangre de su uniforme verde oscuro estaba pegajosa y le manchó la mano y el mono de un color carmesí como el de una rosa, y la chica se quejó mientras Iris la llevaba dentro de la enfermería.

No había suficientes camas.

Una enfermera en la puerta le hizo señas a Iris para que llevara a la chica por el pasillo de la derecha, después de comprobar sus heridas.

—Encuentra un lugar donde pueda estar cómoda —le había dicho la enfermera, y Iris estaba buscando un sitio. Pero solo quedaba el suelo, incluso todas las sillas estaban ocupadas, y pudo sentir cómo la chica iba perdiendo la consciencia lentamente.

—Está bien —le dijo Iris cuando la soldado gimoteó—, ahora estás a salvo.

—Ponme… en el… suelo.

Iris así lo hizo y la reclinó contra la pared. La chica cerró los ojos con las manos presionadas contra su estómago.

Abrumada, Iris busco a la enfermera más cercana, que estaba corriendo con un cubo de agua ensangrentada y trapos.

—Por favor, hay una soldado allí que necesita atención. No sé qué hacer para ayudarla.

La muchacha, demacrada, miró por encima del hombro de Iris. Estudió a la chica sentada en el suelo.

—Lo siento, pero no va a sobrevivir. No podemos curar una herida así. Limítate a que esté lo más cómoda posible. Hay más mantas en aquel armario —le susurró.

Aturdida, Iris se dio la vuelta para ir a buscar una manta. La llevó de vuelta a la soldado y la envolvió con ella. Los ojos de la chica seguían cerrados, y tenía la cara tensa por el dolor.

—Gracias —le susurró antes de caer inconsciente.

Iris se quedó a su lado, sin saber qué hacer, hasta que oyó que Marisol la llamaba al final del pasillo.

—¿Iris? Necesitamos tu ayuda —dijo Marisol tomando la mano de Iris y sacándola del tumulto por una puerta lateral—. Todas las camas están llenas. ¿Puedes venir conmigo y con Attie para ayudarme a traer los colchones del hostal? ¿Y algo de ropa de cama extra que podamos rasgar para hacer vendas?

—Claro, por supuesto —asintió Iris, pero con voz metálica.

Peter había accedido a usar su furgoneta para que pudieran transportar con facilidad los colchones y ayudó a Marisol, Attie e Iris a arrastrar los camastros rellenos de plumas del hostal por las escaleras hasta la puerta. Incluso sacaron sus propios colchones, dejando atrás nada más que los somieres y las colchas.

Para cuando volvieron a la enfermería, ya habían bajado a todos los heridos, y un hombre de mediana edad vestido con un uniforme militar deshilachado estaba en la calle hablando con uno de los doctores.

Iris podía oír cómo discutían mientras se subía a la parte trasera de la camioneta de Peter.

—No dejas de enviarme soldados a los que no puedo curar —decía la doctora con la voz teñida de frustración—. No puedo hacer casi nada por ellos.

—Lo único que pido es que mueran con un poco de dignidad —respondió el militar—. Me niego a dejarlos en el campo de batalla completamente vulnerables.

El ceño fruncido de la doctora se suavizó. Casi se podía palpar su cansancio.

—Claro, capitán. Pero no podré salvar a muchos de estos soldados —le dijo.

—Que tú y tu equipo les proporcionéis un espacio seguro y cómodo donde expirar ayuda más de lo que podrías imaginar —respondió el capitán—. Gracias, doctora Morgan.

Se dio la vuelta para abrir la puerta del camión, que estaba cargado de provisiones que había aportado el pueblo, y entonces su mirada se topó con Iris. El capitán se quedó paralizado y entonces se acercó a ella.

—¿Eres una corresponsal de guerra? —le preguntó mirando el distintivo—. ¿Cuándo has llegado?

—La semana pasada, señor —respondió Iris.

—Las dos vinimos, capitán —dijo Attie por detrás de ella.

—Puedo llevarme a una de las dos al frente ahora, si la enfermería puede prescindir de vosotras —dijo—. Y la puedo traer de vuelta con el siguiente transporte, que será dentro de siete días, si todo transcurre sin contratiempos.

Iris se dio la vuelta hacia Attie con el corazón martilleándole en el pecho. Eso no se lo esperaba.

—¿Lo echamos a suertes con una moneda, Iris? —susurró Attie.

Iris asintió. Por el rabillo del ojo pudo discernir a Marisol, que se detuvo para ver lo que pasaría.

Attie rebuscó en su bolsillo y sacó una moneda.

—¿Montaña o castillo? —le preguntó mientras la mostraba a la luz.

Iris se pasó la lengua por los labios. Estaba sedienta. No sabía lo que quería, y sentía la indecisión como un cuchillo en el costado. Las manos empezaron a picarle del sudor.

—Castillo.

Attie asintió y lanzó la moneda hacia el cielo. La atrapó con las manos tras dar vueltas y abrió la palma, extendiéndola para que Iris pudiera verla.

Era la cara de la montaña.

Attie iría, entonces.

Roman entró en el restaurante Monahan a la una menos diez, con la esperanza de ser el primero en llegar. Para su sorpresa, Elinor Little ya estaba sentada a la mesa, esperándolo.

—Roman —lo saludó con voz fría. Llevaba el pelo rubio rizado y los labios pintados de rojo sangre. Lucía un vestido azul marino con un chal con flecos, y sus ojos azules lo observaron fríos mientras se sentaba delante de ella.

—Elinor —contestó él.

Era uno de los restaurantes más refinados de Juramento, donde los padres de Roman se habían enamorado en una larga cena a la luz de las velas. El ambiente era romántico, con luz tenue, suelo blanco y negro, jarrones con rosas en cada mesa, estatuas de mármol en cada esquina y ventanas con cortinas de terciopelo.

Roman no había estado tan incómodo en su vida, y se aclaró la garganta mientras miraba el menú. Elinor parecía no tener intención de hablar, y él no tenía la menor idea de qué decirle. Afortunadamente, apareció un camarero para servirles a los dos una copa de champán y tomar nota del primer plato.

Pero después de eso volvieron al silencio impuesto, y Roman paseó la mirada por el restaurante y descubrió dos estatuas de mármol en la esquina más cercana. Dos enamorados, entrelazados y tan bien esculpidos que Roman podía imaginar que eran reales. Las arrugas de los atuendos, la elasticidad de la piel mientras se aferraban el uno a otro, el flujo de sus respiraciones…

—Bueno —dijo Elinor al final, y Roman le devolvió la mirada—. Aquí estamos.

—Aquí estamos —repitió, y cuando ella levantó la copa, él brindó con la suya. Bebieron por ese extraño acuerdo, y a Roman le resbalaban las palmas por el sudor cuando miró a su prometida—. Háblame más sobre ti.

Elinor resopló.

—No tienes que fingir, Roman. Sé que no te quieres casar conmigo, y yo tampoco quiero casarme contigo. Podemos comer en silencio, apaciguar a nuestros padres y volver a nuestras vidas separadas.

Roman pestañeó. No sabía qué hacer con esa afirmación; si estaba actuando o si de verdad sentía tanto desinterés por él. Se casaba con ella dentro de tres semanas, y era una completa desconocida. No sabía nada de Elinor más allá de su nombre y que antes tocaba el piano. Y que ayudaba a su padre en el laboratorio fabricando bombas.

Llegó el primer plato.

Roman decidió mantenerse callado, como ella quería, y ver cuánto rato podían comer en completo silencio. Llegó hasta el tercer plato antes de rendirse. Se pasó los dedos por el pelo y le clavó la vista. Apenas lo había mirado durante toda la comida, como si no existiera.

—¿Por qué hacemos esto? —preguntó con franqueza.

La mirada afilada de Elinor casi lo atravesó cuando levantó la cara.

—Es por el bien de nuestras familias.

—¿Es el bien si va en contra de nuestros propios intereses? —repuso.

—Hay cosas que ocurren más allá de nosotros, Roman. Cosas que están destinadas a acontecer. Y debemos estar preparados cuando ocurran —le respondió Elinor sosteniéndole la mirada.

—¿Como qué? —preguntó en un tono demasiado elevado—. ¿Que Dacre llegue a Juramento?

—¡Calla! —le susurró ella con los ojos encendidos—. No deberías hablar de esas cosas en público.

—Cosas como que estás ayudando a tu padre a construir bombas para enviarlas al frente en el ferrocarril de mi padre —dijo en tono gélido—. Para permitirle a Dacre acabar con personas inocentes.

Inevitablemente, recordó la noche que se había pasado deambulando, muerto de preocupación por Iris. Apretó los puños debajo de la mesa.

Elinor se quedó de piedra. Las mejillas se le pusieron rojas, pero se recuperó al instante, regalándole una sonrisa que no llegaba hasta sus ojos.

—¿Bombas? No digas tonterías.

—Las he visto, Elinor. Una caja grande llena en el despacho de mi padre.

Ella tomó un sorbo de champán. Le sorprendía lo desalmada que se mostraba.

—No son bombas, Roman —contestó al final en tono condescendiente—. Son otra cosa. No juzgues ni hables de cosas que no entiendes.

—Entonces, ¿qué son? —preguntó él mientras se ruborizaba, avergonzado.

—Lo descubrirás cuando nos casemos. —Apuró la copa de champán de un trago y se recolocó el chal sobre los hombros. Estaba lista para irse antes de que llegara el último plato, y Roman vio cómo se levantaba.

—Estás enamorada de otro —aseveró él, lo que hizo que ella se detuviera. Pudo ver cómo tragaba, y sabía que estaba haciendo todo lo posible por ocultar sus emociones—. Deberías estar con él, no conmigo. ¿No lo ves, Elinor? Los dos seremos desgraciados juntos.

—Nos podemos quedar cada uno en una habitación separada, hasta que necesitemos un heredero —murmuró.

Roman se quedó en silencio mientras el peso de esas palabras calaba en su interior. Su prometida le estaba dejando entrever que tendrían sus propios amantes, pues. Su matrimonio sería solo de cara a la galería. Una unión triste con promesas vacías.

Te lo mereces, le susurró una voz. La voz de su culpa, que todavía brillaba ardiente cuatro años después de la muerte de Del. *No mereces ser feliz ni correspondido.*

—Que así sea —dijo.

Elinor cruzó la mirada con la suya durante un momento breve y espontáneo. Estaba aliviada por que hubiera accedido, y eso solo hizo que su propia desesperación fuera más profunda.

Elinor se fue, y sus tacones resonaron en el suelo de ajedrez. Pero Roman se quedó sentado a la mesa mientras llegaba el postre. Se lo quedó mirando durante un buen rato antes de volver la vista hacia las estatuas, entrelazadas en el rincón.

Pronto estaría casado con una chica que no tenía ningún interés en él, cuyo corazón pertenecía a otro, y jamás sabría lo que era sentirse amado por ella.

Es lo que merezco, volvió a pensar mientras se acababa lo que quedaba de champán.

Salió del restaurante y empezó a caminar hacia la *Gaceta* con las manos metidas en los bolsillos y con mala cara. Había una multitud en la esquina de una calle, y Roman empezó a desviar su camino hasta que se dio cuenta de que estaban reunidos alrededor de un quiosco de diarios.

Rápidamente, cambió el rumbo y se puso en la cola para comprar el periódico que fuera que estuviera exaltando tanto a la gente. Por descontado, no era la *Gaceta*. Era la *Tribuna de Tinta*, y Roman compró un ejemplar.

Se alejó unos pasos, se dijo que le echaría un vistazo rápido a la portada y luego lo lanzaría a la basura más cercana. Zeb Autry lo despediría en el acto si supiera que el columnista al que acababa de darle el puesto se entretenía leyendo a la competencia. Roman podía leer en diagonal y caminar, y rompió los pliegues del papel cuando leyó el titular.

Se detuvo de golpe.

De repente, el corazón le iba desbocado, palpitándole en las sienes.

En letra negrita, el titular decía a través de la página:

LA INESPERADA CARA DE LA GUERRA
por IRIS DE TINTA

Roman se quedó quieto a la luz del sol y leyó cada palabra del artículo. Olvidó dónde estaba, dónde tenía los pies. A dónde se dirigía. De dónde venía. Lo olvidó todo cuando leyó sus palabras, y una sonrisa se abrió paso en su rostro cuando llegó al final.

Maldita sea, estaba orgulloso de ella.

No había ni la más remota posibilidad de que lanzara ese periódico. Lo dobló con cuidado y los escondió en la chaqueta. Mientras se apresuraba para volver a la *Gaceta*, no podía pensar en otra cosa que no fuera en Iris y en sus palabras.

Pensó en ella mientras esperaba el ascensor. Estaba roto, así que tomó las escaleras, y su corazón seguía desbocado mucho después de haber vuelto a su escritorio, sin saber por qué motivo.

Era ese dolor de nuevo. El que sabía a sal y a humo. Una añoranza que temía que se hiciera más grande con el paso de los años. Un arrepentimiento en camino.

Se movió y oyó el crujido del papel en la chaqueta. Un papel tintando con sus palabras.

Estaba escribiendo cosas valientes y atrevidas.

Y a él le había llevado un tiempo, pero ahora estaba preparado.

Estaba preparado para escribir su propia historia.

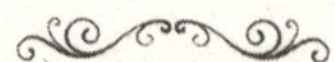

Esa noche, Iris se quedó con Marisol en la enfermería. Después de haber colocado todos los colchones, las dos habían ayudado en la cocina, preparando sopa y pan. Después habían lavado los platos y la ropa de cama y rascado la sangre seca del suelo y preparado los cuerpos para enterrarlos.

La soldado a la que había ayudado Iris a bajar del camión era uno de ellos.

Ya casi era medianoche, y Marisol e Iris estaban sentadas en una pila de cajas vacías en una esquina, rasgando sábanas para hacer vendas. Attie hacía horas que se había ido, e Iris no podía evitar preguntarse dónde estaría, si habría llegado ya al frente. Si correría mucho peligro.

—Estará bien —le dijo Marisol con amabilidad, como si le hubiera leído la mente—. Sé que no sirve de nada que te lo diga, pero intenta no preocuparte.

Iris asintió, pero sus pensamientos no paraban de dar las mismas vueltas. Seguía viendo el momento en el que se habían abierto las puertas del camión, mostrando así a los soldados heridos.

—¿Marisol?

—¿Mmm?

Iris se quedó callada, mirando cómo rasgaba las sábanas con precisión.

—¿Keegan está luchando en la guerra?

Marisol se quedó paralizada. Pero la miró a los ojos, y había un deje de miedo en ella.

—¿Por qué crees eso, Iris?

—Mi hermano está luchando por Enva, y reconozco el mismo brillo en ti que mora en mí. La preocupación y la esperanza y el miedo.

Marisol suspiró y se posó las manos en el regazo.

—Os lo iba a contar a ti y a Attie. Solo estaba esperando el momento adecuado.

—¿A qué esperabas? —preguntó Iris.

—No quería que interfiriera con vuestro trabajo —contestó—. Helena no tiene ni idea de que mi mujer está en la guerra. No sé ni siquiera si enviaría corresponsales a mi casa si lo supiera. Después de todo, se supone que tenéis que escribir desde una perspectiva neutral.

—Sabe que mi hermano está luchando y, aun así, me contrató —dijo Iris—. No creo que tengas que ocultar que tu mujer es valiente y altruista.

Marisol se quedó en silencio, resiguiendo con los dedos las vendas que tenía en el regazo.

—Ya hace siete meses que se fue. El día que nos llegó la noticia de que Dacre había tomado el pueblo de Sparrow, se alistó. Al principio le pedí, le supliqué, que no se fuera. Pero entonces me di cuenta de que no podía mantenerla encerrada en una caja. Y si estaba tan determinada a pelear contra Dacre, entonces tenía que apoyarla. Me dije que haría lo que fuera necesario en casa para ayudar, ya fuera preparar comida para la enfermería o aceptar que se alojaran corresponsales de guerra, o incluso ceder mis provisiones a los soldados en el frente.

—¿Te ha escrito alguna vez? —susurró Iris.

—Sí, siempre que puede, que no es a menudo. Estuvieron desplazándose durante un tiempo, y ahora el ejército tiene que priorizar el transporte solo de las cosas esenciales, y las cartas normalmente las dejan atrás. ¿Has tenido noticias de tu hermano? —le preguntó Marisol tras una breve pausa.

—No.

—Estoy segura de que pronto las tendrás.

—Eso espero —dijo Iris, aunque tenía el corazón en un puño. No había recibido respuesta del comandante oficial de la brigada E todavía, y temía que nunca la recibiría.

Una hora después, Marisol le dijo que descansara. Iris se tumbó en el suelo de la enfermería y cerró los ojos, molida hasta los huesos.

Soñó con Forest.

Estimado Carver:

Siento no haberte escrito en este tiempo. Los días han sido largos y arduos aquí. Y me han hecho pensar que no creo que yo sea lo suficientemente valiente o fuerte para esto. No creo que mis palabras lleguen nunca a poder describir cómo me siento ahora mismo. No creo que mis palabras puedan describir alguna vez las cosas que he visto. Las personas a las que he conocido. La manera como la guerra se arrastra como una sombra.

¿Cómo se supone que tengo que escribir artículos sobre esto cuando mis palabras y mi experiencia son tan poco adecuadas? ¿Cuando me siento yo mismo tan poco adecuada?

Con amor,
Iris

Querida Iris:

Creo que no te das cuenta de lo fuerte que eres, porque a veces la fuerza no son espadas y acero y fuego, como nos hacen creer tan a menudo. A veces se encuentra en los sitios tranquilos y sosegados. La manera como le sujetas la mano a alguien mientras llora. La manera como escuchas a los demás. La manera como te presentas, día tras día, incluso cuando estás agotada o asustada o simplemente insegura.

Eso es fuerza, y la veo en ti.

En cuanto a tu valentía... Puedo decirte con sinceridad que no conozco a nadie con tu coraje. ¿Quién empaqueta todas sus cosas y abandona la comodidad de su casa para ser una corresponsal de guerra? No mucha gente. Te admiro, de muchas maneras distintas.

Sigue escribiendo. Encontrarás las palabras que necesitas compartir. Ya las tienes dentro, incluso en las sombras, escondidas como joyas.

Siempre tuyo,

—C.

24

Instrumentos peligrosos

stá de vuelta —dijo Marisol.

Iris se detuvo en el umbral del hostal con los ojos abiertos por la sorpresa. Acababa de caminar desde la enfermería hasta casa de noche, saltándose el toque de queda, y esperaba que Marisol la recibiera con una reprimenda.

—¿Attie? —Iris tomó aire.

—Está en su habitación —dijo Marisol tras asentir y cerrar la puerta tras ella.

Iris se apresuró a subir las escaleras y llamó a la puerta de Attie. Cuando no obtuvo respuesta, el corazón se le aceleró atemorizado, y abrió la puerta.

—¿Attie?

La habitación estaba vacía, pero la ventana estaba abierta. Una brisa nocturna jugaba con las cortinas mientras Iris avanzaba por la habitación; al asomarse por la ventana, vio a su amiga sentada en el tejado, con los binoculares sobre el rostro, observando las estrellas.

—Siéntate conmigo, Iris —le dijo Attie.

—¿No crees que Marisol nos matará si nos sentamos en el tejado?

—Tal vez. Pero al menos lo hará después de la guerra.

Iris, que nunca había sentido mucha simpatía por las alturas, se acercó lentamente y con cuidado al tejado, gateando para sentarse al lado de Attie. Se quedaron en silencio durante un rato, hasta que Iris preguntó suavemente:

—¿Cómo ha ido en el frente?

—Agotador —respondió Attie con la atención todavía puesta en las estrellas.

Iris se mordió el labio, con los pensamientos desbocados. *¡Estoy tan contenta de que hayas vuelto! Estaba preocupada por ti. No me sentía bien aquí sin ti...*

—¿Quieres hablar? —preguntó Iris con indecisión.

Attie se quedó callada unos segundos.

—Sí, pero no ahora. Todavía tengo que procesarlo. —Bajó los binoculares de sus ojos—. Mira, echa un vistazo, Iris.

Iris hizo lo que le pedía, y al principio vio borroso y oscuro, hasta que Attie le enseñó a enfocar los binoculares, y de repente el mundo explotó con cientos de estrellas. Sin aire, Iris estudió las distintas agrupaciones, y una sonrisa se abrió paso en su rostro.

—Es precioso —dijo.

—Mi madre es profesora de Astronomía de la Universidad de Juramento —informó Attie—. Nos enseñó a mí y a mis hermanos y hermanas los nombres de las estrellas.

Iris se pasó algunos segundos más estudiando el cielo antes de devolverle los binoculares a Attie.

—Siempre me han fascinado, pero se me da fatal nombrar las constelaciones.

—El truco está en encontrar la estrella polar primero. —Attie señaló hacia arriba—. Una vez la tienes, las demás son fáciles de localizar.

Las chicas se volvieron a quedar calladas, mirando hacia las constelaciones. Al final, Attie rompió el silencio con un susurro:

—Tengo un secreto, Iris. Y me estoy debatiendo si debería contártelo.

Iris se la quedó mirando, sorprendida por la confesión de Attie.

—Pues ya somos dos —contestó—, porque yo también tengo un secreto. Te diré el mío si tú me cuentas el tuyo.

Attie resopló.

—Está bien. Me has convencido, pero tú primera.

Iris empezó a contarle sobre la máquina de escribir encantada y las cartas a Carver.

Attie escuchó con la boca abierta, que pronto se convirtió en una sonrisa burlona.

—Por eso me preguntaste lo de enamorarse de un desconocido.

Iris soltó una risita, un poco avergonzada.

—Lo sé, suena…

—¿A algo sacado de una novela? —propuso Attie con ironía.

—En realidad, podría tratarse de una persona horrible.

—Es verdad. Pero sus cartas dicen lo contrario, supongo.

—Sí. Le estoy tomando cariño. Le he contado cosas que nunca le había dicho a nadie —dijo Iris tras un suspiro.

—Es una locura. —Attie se movió en el tejado—. Me pregunto quién será.

—Un chico llamado Carver. Eso es lo único que sé. —Se quedó callada mirando de nuevo a las estrellas—. Muy bien. Ahora cuéntame tu secreto.

—No es para nada tan fascinante como el tuyo —dijo Attie—. Pero mi padre es músico. Hace años, me enseñó a tocar el violín.

Iris pensó de inmediato en la restricción vigente sobre los instrumentos de cuerda en la ciudad. Todo por el miedo al reclutamiento de Enva.

—Un día pensé que podía hacerme un hueco en la sinfónica —empezó a contar Attie—. Practicaba durante horas al día, a veces hasta que me sangraban las puntas de los dedos. Lo deseaba más que nada. Pero, claro, el año pasado, cuando estalló la guerra, las cosas cambiaron. De repente todo el mundo tenía miedo de caer presa de las canciones de Enva, y Juramento empezó a repeler a los músicos como si fuéramos una enfermedad. De hecho, un agente vino a nuestra casa para confiscar cualquier cosa con cuerdas. Te puedes imaginar cuántas había en nuestra casa. Te he dicho que soy la mayor de seis hermanos, y mi padre estaba empecinado en que todos sus hijos aprendieran a tocar al menos un instrumento.

»Pero mi padre se había preparado para eso. Entregó todos los instrumentos de cuerda a excepción de un violín, que ocultó en un compartimento secreto de la pared. Lo hizo por mí, porque sabía cuánto lo adoraba. Y me dijo que todavía podía tocar, pero no tanto como antes. Debía ir al sótano y tocar durante el día cuando mis hermanos estaban en clase, cuando tras las paredes la ciudad era bulliciosa. Y nadie, ni siquiera mis hermanos y hermanas, podía saberlo.

»Y eso es lo que hice. Entre clase y clase de la universidad, iba a casa y tocaba en el sótano. Mi padre era mi único público, y mientras parecía que nuestras vidas se habían detenido, me enseñó a ir con la cabeza en alto. A no perder la esperanza ni dejar que el miedo me robara la alegría.

Iris estaba callada, empapándose de la historia de Attie.

—Había algunas noches en que me sentía muy enfadada —continuó Attie— porque una diosa como Enva había interrumpido nuestras vidas y había robado a tanta de nuestra gente, convenciéndola para que lucharan en una guerra a cientos de kilómetros. Estaba enfadada porque ya no podía tocar el violín a plena luz del día. Porque mis sueños de entrar en la sinfónica se habían hecho añicos. Y sé que te hablé de mi estirado profesor, que dijo que lo que escribía era «impublicable», pero otra razón por la que me apunté a corresponsal es simplemente que quería saber la verdad sobre la guerra. En Juramento, hay ese miedo de trasfondo y preparaciones a medio hacer, pero siento que nadie sabe a ciencia cierta lo que está pasando. Y yo lo quería ver con mis propios ojos.

»Así que aquí estoy, acabada de llegar del frente, y ahora lo entiendo.

Iris tenía el corazón en un puño. Observó a Attie a la luz de las estrellas, incapaz de apartar la mirada de su amiga.

—¿El qué, Attie? ¿Qué entiendes? —le preguntó.

—Por qué Enva le cantó a nuestra gente. Por qué les llenó el corazón con razones para ir a la guerra. Porque eso es lo que su música hizo y todavía hace: muestra la verdad. Y la verdad es que la gente en el oeste estaba siendo pisoteada por la furia de Dacre. Nos necesitaban y todavía nos necesitan. Sin soldados que vinieran de Juramento, sin que nos uniéramos a la batalla, la lucha ya se habría acabado y Dacre estaría reinando.

Attie se quedó callada y levantó de nuevo los binoculares hacia los ojos para volver a estudiar las estrellas.

—¿Crees que vamos a perder? —suspiró Iris preguntándose cómo sería el mundo si los dioses se levantaban de nuevo para gobernar.

—Espero que no, Iris. Pero lo que sí sé es que necesitamos a más gente que se una a la guerra para ganarla. Y con la música tratada como un pecado en Juramento, ¿cómo va a saber la gente la verdad?

—Tú y yo, Attie. Tendremos que escribirlo —suspiró Iris tras meditarlo.

Querida Iris:

Tengo buenas noticias y noticias no tan buenas. Bueno, vale, son noticias malas. Pero siempre he preferido dar las buenas primero, así que ahí va: he encontrado un fragmento de un mito que creo que te va a gustar. Es sobre el instrumento de Enva y dice así:

«El arpa de Enva, la única de su especie, se formó en las nubes. Su diosa madre adoraba oír cantar a Enva y decidió fabricar un arpa inimitable para ella. El marco está hecho de huesos de dragón, rescatados de los páramos más allá del ocaso. Las cuerdas están hechas de pelo, sustraído de una de las arpías del cielo más feroces. Toda la estructura se sostiene por el mismo viento. Dicen que el arpa es pesada para los mortales y se negaría a que sus dedos la tocaran sin soltar un chillido. Solo las manos de Enva pueden hacerla cantar de verdad».

Ahora, las noticias que no te van a gustar: estaré fuera un tiempo. No sé cuánto de momento, y no podré escribirte. Eso no significa que no piense en ti a menudo. Así que tenlo en cuenta, incluso en el silencio que deberá separarnos durante un tiempo.

Te escribiré cuando pueda. Prométeme mantenerte sana y salva.

Un abrazo,
—C.

Querido Carver,

Permíteme primero que te agradezca el fragmento del mito. Me ha gustado muchísimo. Me pregunto si tal vez eres un mago por la forma en que eres capaz de encontrar mitos perdidos. Como si fuera por arte de magia.

Pero tampoco puedo evitar preguntarme... ¿A dónde vas? ¿Te vas de Juramento?

Con amor,
Iris

Esperó a que él le escribiera una respuesta. Y como no la recibió, odió que en el silencio se le cayera el alma a los pies.

25

Colisión

Querido Carver:

No sé por qué escribo esto. Anoche me dijiste que te ibas, y aun así aquí estoy. Escribiéndote. Como llevo haciendo compulsivamente los últimos meses.

O tal vez en verdad me esté escribiendo a mí misma hoy, bajo la apariencia de tu nombre. Tal vez sea algo bueno que no estés. Tal vez ahora puedo quitarme la armadura por completo y mirarme, algo a lo que me he resistido desde que murió mi madre.

¿Sabes qué? Tengo que empezar de nuevo esta carta ~~para ti~~ para mí.

Querida Iris:

No sabes lo que está por llegar en los días venideros, pero lo estás haciendo bien. Eres mucho más fuerte de lo que crees, de lo que sientes. No tengas miedo. Sigue adelante.

Escribe las cosas que necesitas leer. Escribe lo que sepas que es verdad.

—I.

Tenemos que plantar las semillas —dijo Marisol con un suspiro. Todavía no habían sembrado el jardín, aunque ya estaba arado y preparado—. Aunque me temo que no voy a tener tiempo de hacerlo hoy. Me necesitan en la cocina de la enfermería.

—Iris y yo podemos plantarlas —se ofreció Attie, acabándose el té del desayuno.

Iris asintió.

—Enséñanos cómo se hace y lo dejamos todo plantado.

Media hora después, Iris y Attie estaban de rodillas en el jardín con la mugre debajo de las uñas mientras cavaban hileras de montículos y plantaban las semillas. A Iris la sorprendió esa sensación de paz abrumadora que sentía mientras le daba a la tierra una semilla tras otra, consciente de que pronto brotarían. Tranquilizaba sus miedos y preocupaciones dejar que la tierra se escurriera por los dedos, oler el suelo y escuchar a los pájaros cantar en los árboles sobre su cabeza. Soltar algo con la certeza de que volvería transformado.

Attie estaba en silencio a su lado, pero Iris supo que su amiga sentía lo mismo. Casi habían acabado cuando una sirena empezó a sonar a lo lejos. De inmediato, la calidez y la seguridad que estaba experimentando Iris desaparecieron, y su cuerpo se tensó con una mano en la tierra y la otra sujetando las últimas semillas de pepino.

Levantó la vista por instinto.

El cielo estaba brillante y azul, salpicado por nubes finas. El sol seguía quemando cerca de su punto álgido, y el viento soplaba amablemente desde el sur. Parecía imposible que un día tan agradable pudiera agriarse tan rápidamente.

—Rápido, Iris —dijo Attie mientras se levantaba—. Vamos adentro. —Hablaba con voz calmada, pero Iris percibió el temor de su tono mientras la sirena seguía retumbando.

Dos minutos.

Tenían dos minutos antes de que los ezrals llegaran a Risco Ávalon.

Iris empezó una cuenta atrás mental mientras corría detrás de Attie y cruzaban las puertas del hostal. Las botas dejaron marcas de suciedad en el suelo y en las alfombras en tanto las chicas empezaban a echar las cortinas y cubrir las ventanas como Marisol les había ordenado.

—Yo me encargo de las ventanas de la planta baja —indicó Attie—. Tú ve arriba. Te veo allí.

Iris asintió y subió las escaleras a toda prisa. Primero fue a su habitación, y estaba a punto de correr las cortinas de una de las ventanas cuando algo en la distancia le llamó la atención. Por encima del tejado de paja del vecino y del jardín, y hacia la extensión del campo dorado, Iris vio una figura que se movía. Alguien estaba caminando hacia Risco Ávalon entre la hierba alta.

¿Quién era? La absurda insistencia en caminar mientras sonaba una sirena era una amenaza para todo el pueblo. Debería tumbarse donde estaba, porque los ezrals invadirían los cielos pronto, y si esas criaturas aladas soltaban una bomba a esa distancia… ¿Harían que la casa de Marisol saltara por los aires? ¿Podría la explosión barrer Risco Ávalon hasta los cimientos?

Iris entornó los ojos al sol, pero había demasiada distancia; no podía discernir ningún detalle de la figura que se movía, más allá de que parecía caminar enérgicamente desafiando a la sirena, y se apresuró hacia la habitación de Attie, donde encontró los binoculares encima del escritorio. Iris volvió junto a la ventana con ellos, las palmas sudando profusamente, y miró a través de las lentes.

Al principio estaba borroso, un mundo de ámbar, verde y sombras. Iris soltó una exhalación larga y tranquilizadora, y enfocó los binoculares. Miró hacia el campo en busca de la persona, y la encontró al fin tras lo que parecía una eternidad.

Un chico alto y de hombros anchos vestido con un mono gris daba zancadas a través de la hierba. Acarreaba una funda de máquina de escribir en una mano y una mochila de cuero en la otra. Llevaba un parche en el pecho; era otro corresponsal de guerra, reparó Iris. No sabía si estaba aliviada o enfadada mientras arrastraba la vista a la cara del chico. Una mandíbula perfilada, la frente fruncida y pelo del color de la tinta, engominado hacia atrás.

Iris se quedó sin aire. Notó el pulso en las sienes, amortiguando cualquier otro sonido que fuera el de su corazón, que latía con fuerza y acelerado en su interior. Se quedó mirando al chico del campo, se lo quedó mirando como si estuviera soñando. Pero entonces la verdad la recorrió con un escalofrío.

Reconocería esa cara atractiva en cualquier sitio.

Era Roman Confundido Kitt.

Se le enfriaron las manos. No se podía mover mientras los minutos seguían pasando, y se dio cuenta de que estaba muy cerca de ella y a la vez muy lejos, caminando en ese campo. Su ignorancia supondría, que les lanzaran una bomba. Estaba buscando que lo volaran por los aires y lo mataran, e Iris intentó imaginarse cómo sería su vida si él moría.

No.

Dejó los binoculares. Con la mente revolucionada, se dio la vuelta y salió corriendo de su habitación, pasando junto a Attie en las escaleras.

—¿Iris? ¡Iris! —gritó Attie, agarrándola del brazo—. ¿A dónde vas?

No había tiempo para explicaciones; Iris se zafó de su amiga y cruzó como una exhalación el pasillo y salió por la puerta trasera hacia el jardín, donde hacía escasos minutos estaban arrodilladas plantando. Saltó por encima del muro bajo de piedra y cruzó corriendo la calle, atravesando el patio del vecino. Sentía los pulmones como si estuvieran ardiendo, y el corazón le latía en la garganta.

Por fin alcanzó el campo.

Iris aceleró, sintiendo el impacto en las rodillas y el viento, que le revolvía el cabello suelto. Ahora ya lo veía, ya no era una sombra desconocida en un mar dorado. Podía verle la cara, y dejó de fruncir la frente cuando la vio. Cuando la reconoció.

Por fin sintió el terror que ella emanaba. Dejó en el suelo la funda de la máquina de escribir y la mochila de cuero, y empezó a correr hacia ella.

Iris había perdido la cuenta que llevaba mentalmente. Por encima del martilleo de su pulso y el rugido de la adrenalina, se percató de que la sirena se había detenido. Apenas era capaz de resistir la tentación de mirar hacia el cielo, pero se aguantó. Mantuvo los ojos clavados en Roman mientras menguaba la distancia que los separaba, y se azuzó para correr más rápido, más rápido, hasta que sintió que los huesos se le romperían por el esfuerzo.

—¡Kitt! —intentó gritar, pero solo le salió un hilillo de voz. *¡Kitt, agáchate!*, pensó, pero él no entendía lo que estaba pasando, por supuesto. Desconocía el motivo de la sirena y siguió corriendo hacia ella.

En el momento previo a que colisionaran, Iris vio con claridad su rostro, como si el tiempo se hubiera congelado. El miedo que iluminó sus ojos, el ceño fruncido por la confusión y su expresión, la manera como separaba los labios para tomar aire o decir su nombre. Las manos de él se extendieron buscando las de ella, y la quietud se rompió cuando se tocaron, como si hubieran resquebrajado el mundo.

Se agarró a su mono y usó todo el impulso que llevaba para empujarlo al suelo. Él no se lo esperaba y ella pudo desequilibrarlo con facilidad. El impacto fue estremecedor; Iris se mordió la lengua mientras se entrelazaban en la hierba larga, el cuerpo de él cálido y robusto debajo del suyo. Roman la abrazó por la espalda, sosteniéndola contra sí.

—¿Winnow? —dijo sin aire con la cara a tan solo una fracción de centímetro de la de ella. La miraba como si acabara de caer de las nubes y lo hubiera atacado—. Winnow, ¿qué ocu...?

—¡No te muevas, Kitt! —le susurró, su pecho subiendo y bajando como un fuelle contra el suyo—. No hables, no te muevas.

Por una vez en su vida, le hizo caso sin discutir. Se quedó completamente quieto y ella cerró los ojos y se esforzó por tranquilizar su respiración, a la espera.

No pasó mucho tiempo para que la temperatura bajara y el viento amainara. Unas sombras inundaron el cielo sobre ella y Roman a medida que los ezrals daban círculos en el aire sobre sus cabezas y bloqueaban el sol con las alas. Iris supo el momento exacto en que Roman los vio: notó cómo la tensión arrollaba su cuerpo, sintió cómo tomaba aire bruscamente mientras el terror le atravesaba el pecho.

Por favor… Por favor, no te muevas, Kitt.

Mantuvo los ojos completamente cerrados con el sabor de la sangre en la boca. Tenía mechones de pelo esparcidos por la cara, y de repente sintió la imperiosa necesidad de rascarse la nariz, de secarse el sudor que empezaba a gotearle por la mandíbula. La adrenalina que la había avivado a través de campo decaía, dejando tras de sí un temblor en los huesos. Se preguntaba si Roman podía notar cómo temblaba encima de él, y, cuando su mano apretó la suya con más fuerza por la espalda, supo que sí.

Las alas batían incesantes sobre sus cabezas. Las sombras y el aire frío seguía escurriéndose por sus cuerpos. Un coro de chillidos partía las nubes, como las reminiscencias de unas uñas que arañan una pizarra.

Iris decidió centrarse en el aroma de la hierba húmeda de su alrededor, que se había aplastado por la caída. La manera como Roman respiraba en contraposición a ella: cuando su pecho se elevaba, el suyo se hundía, como si estuvieran compartiendo la misma respiración, pasándola del uno al otro. Cómo su calor la embriagaba, más que la luz del sol.

Podía oler su colonia. A especias y a magnolia. La llevaba de vuelta a los momentos que habían pasado juntos en el ascensor y en la oficina. En ese instante, su cuerpo estaba envuelto con el suyo y no podía negar que se sentía bien, como si los dos encajaran a la perfección. Un destello de deseo le calentó la sangre, pero las chispas se apagaron rápidamente cuando le vino Carver a la mente.

Carver.

La culpa casi la partió en dos. Lo mantuvo en el primer plano de su mente hasta que un escalofrío le recorrió el cuerpo, y tuvo la extraña necesidad de abrir los ojos.

Se atrevió a hacerlo y descubrió que Roman estaba estudiando su cara a conciencia. El pelo le caía enmarañado sobre la boca y el sudor le estaba goteando sobre el cuello, y aun así no se movía, justo como le había ordenado. Él se la quedó mirando y ella le devolvió la mirada, y esperaron a que llegara el final.

Para cuando los ezrals se retiraron, fue como si la primavera hubiera florecido en pleno verano. Las sombras se marcharon, el aire se calentó, la luz brilló, el viento volvió y la hierba susurró contra las piernas y los hombros de Iris. En algún punto en la distancia, pudo oír unos gritos mientras la vida volvía lentamente a Risco Ávalon. Tardó unos cuantos segundos más en apaciguar su miedo y en estar lo suficientemente segura como para volver a moverse, para confiar en que la amenaza se había ido.

Hizo una mueca al levantarse, sus muñecas y hombros estaban entumecidos tras quedarse tanto rato quieta en la misma posición. Se le escapó un pequeño gemido cuando se incorporó sobre la cintura de Roman, con las manos que le ardían como si se hubiera clavado imperdibles y agujas. El dolor era positivo, le recordaba lo furiosa que estaba con él por haber llegado sin avisar en medio de una sirena. Le recordaba que la completa estupidez de Roman casi los había matado a los dos.

Iris bajó la mirada hacia él. Todavía la estaba mirando con atención, como si esperara que revocara la orden, y una sonrisa se abrió paso por sus labios.

—¿Qué cojones haces aquí, Kitt? —le preguntó empujándole el pecho—. ¿Has perdido la cabeza?

Notó cómo le deslizaba las manos por la espalda y las posaba en la curva de sus caderas. Si no estuviera tan cansada y tensa del encuentro desgarrador al que acababan de sobrevivir de milagro, las habría apartado de un manotazo. Lo habría abofeteado. Tal vez lo habría besado.

Roman se limitó a sonreír como si le hubiera leído la mente.

—Yo también me alegro de volverte a ver, Winnow.

26

Eclipse

Qué se suponía que tenía que hacer con él?

Iris no tenía ni idea, pero notó mariposas en el estómago cuando se apartó de un empujón del cuerpo ágil de Roman y se puso de pie con un tambaleo. Se cruzó de brazos y miró cómo se levantaba con un leve gruñido. Era como si se hubiera tragado la luz del sol; tenía un canturreo cálido en el cuerpo que se intensificaba cuanto más miraba a Roman, y se dio cuenta de que en realidad estaba contenta de verlo. Pero su orgullo se mantuvo en su sitio como un escudo, jamás permitiría que él supiera tal cosa.

—¿Tengo que preguntártelo de nuevo, Kitt? —le inquirió.

Se tomó su tiempo sacudiéndose la hierba y la suciedad del mono antes de levantar la mirada hacia ella.

—Tal vez. Hablar mal te favorece.

Ella apretó los dientes y consiguió reprimir otra maldición, y en vez de eso se crujió el cuello.

—¿Tienes la más mínima idea del peligro en el que estábamos? ¿Por qué has decidido caminar por un campo mientras sonaba una sirena?

Eso lo serenó, y la miró. Una nube cubrió el sol. Las sombras volvieron a caer, e Iris se encogió como si la causa fueran las alas de un ezral.

—Eso eran ezrals, ¿verdad? —dijo Roman con voz severa.

Iris asintió.

—¿Conoces los mitos antiguos?

—Algunos. Me quedé dormido en casi todas las clases de mitología. —Le costó mucho imaginarse eso. Roman Competitivo Kitt, que quería ser el mejor en todo—. Supongo que la sirena nos avisa de que se acercan, ¿no? —preguntó.

—Sí, entre otras cosas —respondió ella.

Se la quedó mirando durante un momento largo y embriagador. El viento soplaba a su alrededor, fresco y endulzado por la hierba pisada.

—No lo sabía, Winnow. He oído la sirena y he pensado que significaba que debía correr hacia el pueblo. No deberías haberte arriesgado por mí, saliendo al aire libre así.

—Te habrían lanzado una bomba, Kitt. Lo más probable es que hubiera destruido el pueblo.

Roman suspiró y se pasó la mano por el pelo negro.

—Una vez más, lo siento. ¿Hay algo más que deba saber?

—Hay otras sirenas y protocolos, pero dejaré que Marisol te lo explique.

—¿Marisol? Es mi contacto. —Miró alrededor en busca del equipaje que había soltado. Retrocedió sobre sus pasos y recogió la caja de la máquina de escribir y la mochila de cuero, volviendo a donde Iris lo estaba esperando, quieta como una estatua—. ¿Te importaría llevarme con ella?

—No voy a hacer nada hasta que no me respondas —dijo Iris—. ¿Por qué estás aquí?

—¿A ti qué te parece, Winnow? Estoy aquí para escribir sobre la guerra, lo mismo que tú.

No estaba pestañeando, pero aun así le costaba creerlo. Su corazón seguía desbocado. No sabía distinguir si era por la vivencia cercana a la muerte o por el hecho de que Roman estuviera allí, delante de ella y con un aspecto igual de formidable con un mono que el que tenía con su camisa planchada y pantalones.

—Por si lo has olvidado, me ganaste, Kitt —siguió ella—. Te quedaste con el puesto de columnista, como siempre habías querido. ¿Y vas y decides que no es suficiente para ti y tus gustos intelectuales y optas por perseguirme hasta aquí?

—La última vez que lo pregunté, necesitaban a más corresponsales de guerra —replicó Roman con un brillo peligroso en los ojos.

—¿No te podían enviar a otro pueblo?

—No.

—¿Ser columnista era demasiada presión para ti?

—No, pero Zeb Autry sí lo era. No quería trabajar más para él.

Iris pensó en la última conversación que había mantenido con Zeb. Reprimió un escalofrío, pero Roman se dio cuenta. Apenas podía creer su osadía, pero tenía que saberlo…

—¿Y tu prometida, Kitt? ¿Le parece bien que informes desde un punto tan cercano al frente?

Frunció todavía más el ceño.

—He roto el compromiso.

—¿Que tú qué?

—No me voy a casar con ella. Así que supongo que podríamos decir que estoy aquí para escapar del deseo de muerte que mi padre tenía para mí tras darse cuenta de que lo había decepcionado enormemente y había deshonrado el nombre de la familia.

Eso hizo que irritarlo dejara de ser divertido. Iris se sintió fría de repente, y se frotó los brazos.

—Ah, pues lo siento. Estoy segura de que tu padre estará preocupado por ti.

Roman esbozó una sonrisa torcida, como si intentara esconder su dolor.

—Tal vez, pero es poco probable.

Iris se dio la vuelta y miró hacia el pueblo.

—Bueno, vamos, entonces. Te llevaré con Marisol. —Se encaminó a través del campo con Roman siguiéndola de cerca.

Attie iba de arriba abajo en la cocina con una expresión furiosa en la cara cuando Iris abrió la puerta trasera.

—¡No se te ocurra volver a hacerme algo así, Iris Winnow! —gritó—. O te mato yo misma, ¿me has oído?

—Attie —dijo Iris con voz calmada mientras pasaba el umbral—. Tengo que presentarte a alguien. —Se hizo a un lado para que Attie viera con claridad a Roman, que entraba en el hostal por primera vez.

Attie se quedó con la boca abierta. Pero se recuperó de la sorpresa de inmediato, con los ojos entornados de desconfianza.

—¿Los ezrals han lanzado a un chico del cielo?

—Es otro corresponsal —dijo Iris, ante lo que Roman se la quedó mirando—. Él es Roman Kitt. Kitt, esta es mi amiga y compañera escritora, Att...

—Thea Attwood —acabó él, y dejó la máquina de escribir para darle la mano a Attie, disfrutando de su repentino asombro—. Es un honor conocerte al fin.

Iris estaba confusa y pasó la mirada de uno al otro. Pero la sorpresa de Attie se deshizo y de repente empezó a sonreír.

—¿Llevas alguna copia encima? —le preguntó tras estrecharle la mano.

Roman se deslizó la mochila de cuero del hombro. La desabrochó y sacó un periódico bien enrollado para protegerlo de las arrugas. Se lo dio a Attie, que lo desplegó con energía y barrió los titulares con la mirada a toda prisa.

—Por los dioses de abajo —murmuró, sin aire—. ¡Mira esto, Iris!

Iris se puso al lado de Attie, y tuvo que contener un suspiro. El artículo sobre la guerra de Attie estaba en la portada de la *Tribuna de Tinta*. Un titular principal.

EL CAMINO DE LA DESTRUCCIÓN DE DACRE
por THEA ATTWOOD

Iris leyó las primeras líneas por encima del hombro de Attie y el asombro y la emoción la invadieron.

—Si me disculpáis, tengo que escribir una carta —dijo Attie de sopetón.

Iris vio cómo salía disparada por el pasillo, con la certeza de que iba a escribirle un mensaje poético y completamente vengativo al profesor que había despreciado su escritura. Ella se quedó sonriendo, pensando en las palabras de Attie en la portada y en cuántas personas en Juramento probablemente las habían leído.

Vio por el rabillo del ojo que Roman rebuscaba en su mochila de nuevo. Oyó otro papel que crujía y se resistió a mirarlo hasta que habló.

—¿Te pensabas que no iba a traer una para ti, Winnow?

—¿A qué te refieres? —preguntó, un poco a la defensiva. Al final le dirigió la mirada y vio que le ofrecía otro periódico enrollado.

—Léelo tú misma —dijo.

Aceptó el periódico y lo desenrolló lentamente.

Otra publicación de la *Tribuna de Tinta*, de un día distinto. Pero en esa era el artículo de Iris el que estaba en la portada.

LA INESPERADA CARA DE LA GUERRA
por IRIS DE TINTA

Sus ojos leyeron esas palabras tan familiares, «Una guerra con los dioses no es como esperas», y se le nubló la vista durante un segundo mientras recobraba la compostura. Tragó saliva y volvió a enrollar el periódico y se lo pasó a Roman, que la miraba con una ceja arqueada.

—Iris de Tinta —dijo, y la manera como arrastraba las palabras la hizo sonar como si fuera una leyenda—. Ah, Autry estuvo echando chispas durante días cuando lo vio, y Prindle vitoreó, y de un día para otro la ciudad de Juramento está leyendo sobre una guerra que no es tan distante y se da cuenta de que solo es cuestión de tiempo que los alcance. —Hizo una pausa, sin querer tomar el periódico que ella seguía sosteniendo en el espacio que los separaba—. ¿Qué te hizo venir aquí, Winnow? ¿Por qué decidiste escribir sobre la guerra?

—Mi hermano —contestó ella—. Tras perder a mi madre, me di cuenta de que mi carrera no me importaba tanto como mi familia. Tengo la esperanza de encontrar a Forest, y mientras tanto hago algo útil.

Roman suavizó la mirada. Ella no quería que el sintiera lástima, y se estaba armando de valor para ello mientras abría la boca, pero lo que fuera que él tenía intención de decir nunca se pronunció, porque la puerta de la casa se abrió de golpe con un ruido sordo.

—¿Chicas? Chicas, ¿estáis bien? —Marisol las llamaba por la casa con voz histérica e irrumpió en la cocina. Apareció por la puerta con mechones de pelo que se le salían de la corona trenzada y la cara roja, como si hubiera corrido desde la enfermería. Observó a Iris con alivio, pero después se fijó en el desconocido que estaba en su cocina. Apartó la mano del pecho mientras se erguía y miraba a Roman—. ¿A quién tenemos aquí?

—Kitt. Roman Kitt —dijo con suavidad mientras le inclinaba la cabeza como si estuvieran en la Edad Media; Iris estuvo a punto de poner los ojos en blanco—. Es un honor conocerla, señora Torres.

—Marisol, por favor —contestó Marisol con una sonrisa, encantada—. Debes de ser otro corresponsal de guerra.

—Así es. Helena Hammond me envía —contestó Roman con las manos entrelazadas a la espalda—. Se suponía que tenía que llegar con el tren de mañana, pero ha sufrido una avería a unos cuantos kilómetros de aquí, y he acabado viniendo a pie. Pido disculpas por haber llegado sin avisar.

—No te disculpes —dijo Marisol con un gesto de la mano para quitarle importancia—. Helena nunca me avisa. ¿El tren ha tenido una avería, dices?

—Sí, señora.

—Entonces, me alegro de que hayas podido llegar hasta aquí a salvo.

Iris desvió la mirada hacia Roman. Él ya la estaba mirando, y en ese momento compartido los dos estaban recordando la extensión de un campo dorado, sus respiraciones entrecortadas y la sombra de las alas que habían planeado sobre ellos.

—¿Os conocéis? —preguntó Marisol, con un tono engreído de pronto.

—No —saltó Iris de inmediato, al mismo momento que Roman decía lo contrario.

Hubo un silencio tenso.

—¿Qué es, entonces? —dijo Marisol.

—De hecho, sí —se corrigió Iris, poniéndose roja—. De vista.

Roman se aclaró la garganta.

—Winnow y yo trabajábamos juntos en la *Gaceta de Juramento*. Ella era mi competidora principal, debo admitir.

—Pero en realidad no nos conocíamos demasiado bien —añadió Iris innecesariamente, como si eso importara. ¿Y por qué estaba Marisol apretando los labios, como si reprimiera una sonrisa?

—Vaya, qué adorable —comentó Marisol—. Estamos contentas de que te unas, Roman. Me temo que le di a la enfermería todos los colchones del hostal, así que vas a tener que dormir en el suelo, como nosotras. Pero tendrás tu propia habitación privada. Si me sigues por las escaleras, te la enseñaré.

—Eso sería maravilloso —dijo Roman mientras recogía sus cosas—. Gracias, Marisol.

—Es un placer —dijo, dándose la vuelta—. Por aquí, por favor.

Roman pasó por el lado de Iris, y ella se dio cuenta de que todavía sostenía el periódico con su artículo.

—Toma —le dijo en un susurro—. Gracias por traérmelo.

Él bajó la mirada hasta el periódico, hacia su mano con los nudillos blancos que lo agarraba, antes de que dirigiera la mirada a la de ella.

—Quédatelo, Iris.

Iris observó cómo se iba por el pasillo. Pero sus pensamientos eran una maraña. *¿Por qué ha venido hasta aquí?*

Temía saber la respuesta.

Roman era el tipo de persona que prosperaba cuando tenía competencia. Y había ido a Risco Ávalon para eclipsarla una vez más.

❧ ❦ ❧

Esa noche, Iris estaba tumbada sobre el somier encima de un montón de mantas. Observaba el techo y miraba cómo las sombras bailaban con la luz de la vela. Había sido un día largo y extraño. Sentía el duelo como una piedra en el pecho.

Era en momentos como ese, cuando estaba demasiado cansada como para dormir, cuando inevitablemente pensaba en su madre. A veces lo único que veía era el cuerpo de Aster debajo de las sábanas del forense. A veces lloraba en la oscuridad, desesperada por poder conciliar un sueño ligero y sin pesadillas para no tener que recordar la última vez que vio a su madre.

Un cuerpo frío, pálido y roto.

Iris resistió la tentación de mirar hacia su escritorio, donde estaba el tarro de cenizas junto a la máquina de escribir. Un tarro de cenizas que esperaba a que alguien las esparciera en algún lugar.

¿Estás orgullosa de mí, mamá? ¿Ves lo que hago en este lugar? ¿Puedes guiarme hasta Forest?

Iris se secó las lágrimas de los ojos, resollando. Buscó el colgante de su madre, un ancla en su cuello. El oro era liso y frío.

Se sumergió en antiguos recuerdos, los buenos, hasta que se percató de que podía oír a través de las finas paredes cómo Roman tecleaba con su máquina de escribir. Podía oír sus suspiros ocasionales y el crujido de la silla cuando se movía.

Por supuesto, debía ocupar la habitación al lado de la suya.

Cerró los ojos.

Pensó en Carver, pero se quedó dormida con el arrullo metálico de las teclas de Roman Kitt.

27

Siete minutos tarde

Llegaba tarde al desayuno.

Iris se bebió la sorpresa con el té mientras Marisol resoplaba, observando cómo las gachas se enfriaban sobre la mesa.

—Le dije a las ocho en punto, ¿no? —preguntó.

—Así es —confirmó Attie, renunciando a los buenos modales y agarrando un bollo—. ¿Tal vez se ha dormido?

—Tal vez. —Marisol paseó la mirada por la mesa—. ¿Iris? ¿Puedes ir a llamar a la puerta de Roman para ver si está despierto?

Iris asintió y dejó la taza en la mesa. Subió corriendo las escaleras sombrías, viendo su reflejo, que saltaba de espejo en espejo. Se acercó a la habitación de Roman y llamó con fuerza, apoyando la nariz en la madera.

—Despierta, holgazán. Estamos sin probar bocado en el desayuno por tu culpa.

Sus palabras cayeron en el silencio. Frunció el ceño y volvió a llamar.

—¿Kitt? ¿Estás despierto?

Una vez más, no hubo respuesta. No podía describir por qué se le oprimió el pecho y se le formó un nudo repentino en el estómago.

—Contéstame, Kitt. —Iris intentó abrir, pero la puerta estaba cerrada con llave.

Sus miedos se elevaron, hasta que se dijo a sí misma que eran tonterías y se las tenía que quitar de encima.

Regresó a la calidez de la cocina, y tanto Marisol como Attie se la quedaron mirando, expectantes.

—No responde —dijo Iris mientras se dejaba caer en la silla—. Y la puerta está cerrada con llave.

Marisol se quedó pálida.

—¿Crees que tengo que subirme al tejado y mirar por su ventana para asegurarme de que está bien?

—Deja que de trepar a los tejados me encargue yo —exclamó Attie mientras se servía la tercera taza de té—. ¿No tienes una llave maestra, Marisol?

En ese momento, las puertas traseras se abrieron de golpe y Roman entró como una exhalación en la cocina llevado por el viento y con los ojos brillantes. Marisol chilló, Attie derramó el té por todo el plato e Iris dio un salto con tanta fuerza que se golpeó la rodilla con la pata de la mesa.

—Perdonadme —dijo Roman sin aire—. He perdido la noción del tiempo. Espero que no me estuvierais esperando.

—Sí, claro que te estábamos esperando, Kitt —lo regañó Iris echando chispas por los ojos.

—Mis disculpas —dijo él, y cerró las puertas dobles tras de sí—. Me aseguraré de que no vuelva a ocurrir.

Marisol tenía la mano sobre la boca, pero la fue bajando gradualmente hasta el cuello.

—Por favor, Roman, toma asiento.

Se sentó en la silla delante de Iris. Ella no podía evitar observarlo de soslayo. Tenía la cara colorada, como si el viento lo hubiera besado; los ojos le brillaban como el rocío, y tenía el pelo enmarañado como si unos dedos se lo hubieran revuelto. Tenía un aspecto un poco salvaje y olía al aire de la mañana, a niebla y a sudor. Iris no pudo mantenerse callada más rato.

—¿Dónde estabas, Kitt?

Él levantó la mirada hacia ella.

—He salido a correr.

—¿A correr?

—Sí. Me gusta correr varios kilómetros cada mañana. —Se sirvió una cucharada de azúcar en el té—. ¿Por? ¿Te parece correcto, Winnow?

—Pues claro, mientras no muramos de inanición por esperarte cada amanecer… —bromeó Iris, y creyó ver una sonrisa en los labios de él, pero quizá se lo había imaginado.

—Una vez más, lo siento —dijo mirando a Marisol.

—No tienes por qué disculparte. —Marisol le pasó la jarrita de la leche—. Lo único que te pido es que evites correr de noche, por la primera sirena de la que te hablé.

Se quedó callado un segundo.

—Los sabuesos, sí. Esta mañana he esperado a que saliera la primera luz antes de irme. Mañana me aseguraré de estar de vuelta a tiempo. —Y le guiñó un ojo a Iris.

Ella se puso tan nerviosa que derramó el té.

Querido Carver:

Solo han pasado cinco días desde la última vez que me escribiste, y aun así me parece que han sido cinco semanas. No me había dado cuenta de lo mucho que me estaba acostumbrando a tus cartas, y aunque me hace sentir demasiado vulnerable confesarte esto… las echo de menos. Te echo de menos a ti y tus palabras.

Me preguntaba cuándo

La interrumpió alguien que llamaba a la puerta.

Iris dejó de escribir y apartó los dedos de las teclas. Era tarde. La vela había consumido la mitad de su vida, y ella dejó la frase colgando en el papel mientras se levantaba para responder a la puerta.

Se sorprendió al ver a Roman.

—¿Necesitas algo? —le preguntó. A veces se olvidaba de lo alto que era hasta que estaba enfrente de él.

—Veo que estás trabajando en otro artículo de guerra para la portada. —Su mirada se dirigió detrás de ella, hacia la máquina de escribir que estaba encima del escritorio—. ¿O a lo mejor le escribes a alguien?

—Lo siento, ¿mi tecleo nocturno no te deja dormir? —le preguntó Iris—. Supongo que tendremos que pedirle a Marisol que te cambie a otra habita…

—Quería preguntarte si querías salir a correr conmigo —le ofreció. Consiguió de algún modo que la propuesta sonara sofisticada, incluso aunque estuvieran uno frente al otro, vestidos con monos arrugados a las diez de la noche.

Iris levantó las cejas.

—¿Cómo?

—Correr. Dos pies que pisan y se levantan del suelo, hacia adelante. Mañana por la mañana.

—Me temo que yo no corro, Kitt.

—Debo decirte que no opino lo mismo. Ayer por la tarde, en el campo, parecías un fuego descontrolado.

—Sí, bueno, es que era una situación especial —dijo, apoyándose en la puerta.

—Y tal vez otra situación como esa ocurra pronto —rebatió él, e Iris no tuvo nada que objetar, porque tenía razón—. He pensado que te lo propondría por si estabas interesada. Si es así, nos vemos mañana por la mañana en el jardín cuando rompa el alba.

—Lo pensaré, Kitt, pero ahora mismo estoy cansada y tengo que acabar la carta que has interrumpido. Buenas noches.

Le cerró la puerta en las narices con amabilidad, pero no antes de ver cómo los ojos de él brillaban y se abrían como si quisiera decir algo más y hubiera perdido la oportunidad.

Iris volvió a su escritorio y se sentó. Se quedó mirando la carta e intentó continuar por donde la había dejado, pero ya no tenía ganas de escribirle a Carver.

Él tenía que escribirle primero. Cuando pudiera o quisiera.

Debía esperar. No debía mostrarse tan desesperada por un chico al que no había conocido en persona siquiera.

Sacó el papel de la máquina de escribir y lo tiró al cubo de la basura.

No tenía ningunas ganas de hacer ejercicio con Roman. Pero cuanto más recordaba la imagen de él recién llegado de haber corrido, todo vigor y fuego, como si hubiera bebido del cielo, desenfrenado y aliviado y vivo, más quería sentirse así ella.

También ayudó que se despertara convenientemente justo antes del alba.

Iris estaba tumbada en el somier, escuchando cómo él se movía por su habitación. Oyó cómo abría la puerta con cuidado, pasaba por delante de la suya con pisadas suaves y bajaba las escaleras. Se lo imaginó en el jardín, esperándola.

Decidió que iría, porque no sería mala idea ponerse en mejor forma antes de que la llamaran para ir al frente.

Iris se puso el mono limpio y se apresuró a ponerse los calcetines y atarse las botas en la oscuridad. Se trenzó el pelo mientras bajaba las escaleras, y entonces la asaltó la preocupación. Quizá Roman no la estaba esperando. Quizá se había demorado demasiado y él la había dejado atrás.

Abrió las puertas dobles y lo encontró allí, paseando por los extremos del jardín. Se detuvo cuando la vio, y se le cortó la respiración como si no pudiera creer que ella había acudido.

—¿Estabas preocupado por si te dejaba plantado, Kitt? —le preguntó acercándose a él.

Kitt sonrió, pero podría haber pasado por una mueca en las sombras.

—Para nada.

—¿Cómo estabas tan seguro?

—No eres de las que dejan escapar un reto, Winnow.

—A pesar de conocernos solo de vista y ser tu rival en la oficina, parece que sabes mucho sobre mí —musitó Iris de pie frente a él.

Roman se la quedó estudiando. Unas pocas estrellas resplandecían encima de ellos, apagándose una a una a medida que el día se abría paso. Los primeros rayos de sol iluminaron las ramas encima de sus cabezas, la hiedra y las piedras cubiertas de musgo del hostal y los pájaros que empezaban a revolotear. La luz resaltaba los brazos de Iris y su trenza, el rostro angular de Roman y su pelo negro despeinado.

Se sentía como si se hubiera despertado en otro mundo.

—Puede que dijera que eras mi rival —contraargumentó—, pero nunca dije que te conociera solo de vista.

Antes de que Iris pudiera encontrar una respuesta sagaz —¿era algo positivo o negativo?—, Roman ya se había dirigido hacia la puerta y salía a la calle.

—Dime, Winnow, ¿alguna vez has corrido un kilómetro? —le preguntó.

—No. —Empezó a arrepentirse profusamente de la decisión de ir con él; vio que estaba decidido a dejarla hecha polvo, para regodearse con su estamina. Ya podía saborear el polvo que le echaría a la cara, dejándola muy atrás. Tal vez eso fuera algún tipo de venganza retorcida por hacerle trabajar tanto para ser columnista cuando le podrían haber dado el puesto en bandeja de plata si ella no hubiera aparecido en la *Gaceta*. Un puesto que había desechado prácticamente nada más conseguirlo, algo que seguía desconcertándola.

—Vale —dijo él mientras ella lo seguía por la puerta—. Empezaremos suave e iremos subiendo el nivel cada mañana.

—¿Cada mañana? —gritó ella.

—Tenemos que ser constantes si quieres obtener algún tipo de progreso —respondió, comenzando un paso ligero calle arriba—. ¿Hay algún problema?

Iris suspiró y le siguió el ritmo.

—No. Pero si eres un entrenador lamentable, no esperes que vuelva mañana por la mañana.

—Me parece justo.

Anduvieron durante varios minutos, Roman con un ojo puesto en el reloj de muñeca. El silencio que los envolvía era agradable, y notaba el aire fresco de la mañana afilado como un cuchillo en el cuello. Iris no tardó en notar la sangre caliente, y cuando Roman le dijo que era momento de correr, empezó un trote suave a su lado.

—Correremos durante un minuto, caminaremos dos, y repetiremos el ciclo hasta que tengamos que volver —le explicó.

—¿Acaso eres un profesional? —le preguntó sin poder reprimirse.

—En la escuela, hace unos años, hacía atletismo.

Iris intentó imaginárselo; él corriendo alrededor de una pista circular con unos pantalones muy cortos. Se rio, en parte avergonzada por su flujo de ideas, lo que llamó la atención de Roman.

—¿Te hace gracia? —le preguntó.

—No, pero me sorprende que vayas tan lento por mí cuando podrías estar dando vueltas alrededor de este pueblo.

Roman miró el reloj. Ella no pensaba que fuera a responder, hasta que le dijo:

—Ahora caminamos. —Aminoró el paso, y ella lo imitó—. Normalmente salgo a correr solo. Pero a veces es agradable tener compañía. —Le dirigió la mirada e Iris la desvió de inmediato, distrayéndose con detalles de la calle.

Se instalaron en un baile lado a lado, corriendo durante un minuto, caminando durante dos. Al principio le pareció fácil, hasta que llegaron a la zona con pendiente del risco, y de pronto sintió que tal vez se iba a morir.

—¿Estás intentando matarme, Kitt? —dijo jadeando, esforzándose por subir la cuesta.

—Pues eso sería un titular magnífico —repuso con alegría, sin falta de aire en absoluto—. IRIS DE TINTA Y LA COLINA QUE PUDO CON ELLA.

Lo golpeó en el brazo, reteniendo una sonrisa entre los labios.

—¿Cuánto… falta… para… caminar?

Roman comprobó el reloj.

—Cuarenta segundos más. —No sería Roman Kitt si no fardara un poco.

Se giró para mirarla, corrió hacia atrás y quedó un poco más avanzado que ella, así podía verla mientras se esforzaba por subir la colina.

—Ya está. Lo estás haciendo genial, Winnow.

—Cállate, Kitt.

—Por supuesto. Lo que quieras.

Ella lo miró con rubor en las mejillas y júbilo en los ojos. La distraía bastante.

—¿Estás intentando… incitarme a… seguir adelante como si fueras… una zanahoria metafórica? —dijo jadeante.

Él se rio. La carcajada la recorrió hasta los pies como si fuera electricidad estática.

—Ojalá lo fuese. ¿Tenemos que parar?

Sí.

—No.

—Bien. Te quedan veinte segundos. Respira hondo desde la barriga, Winnow. No desde el pecho.

Iris enseñó los dientes por la incomodidad y trató de respirar como él le había indicado. Era difícil cuando los pulmones estaban resollando fuera de su control. *Mañana no paso por esta tortura*, pensaba una y otra vez. Un mantra para conseguir subir el resto de la cuesta. *Mañana no…*

—Dime qué opinas de este lugar —le preguntó apenas dos segundos después—. ¿Te gusta Risco Ávalon?

—¡No puedo correr y hablar, Kitt!

—Cuando acabe de entrenarte, podrás hacerlo.

—¿Quién dice… que vaya a hacer… esto… mañana? —Por todos los dioses, tenía la sensación de que estaba a punto de morir.

—Esto lo dice —respondió, dándose la vuelta al fin para guiarla lo que quedaba hasta arriba del todo de la colina.

—¿Tu espalda? —gruñó ella, observándola sin poder evitarlo.

—No, Winnow —le dijo mirando por encima del hombro—. Esta vista. —Se detuvo en la cima de la colina.

Iris vio cómo el sol bañaba de oro su cuerpo. La luz la alcanzó a ella dos segundos después, cuando llegó arriba del todo, a su lado. Con las manos apoyadas en las rodillas, intentó por todos los medios calmar su propio corazón mientras el sudor le goteaba por la espalda. Pero cuando se pudo mantener erguida, se deleitó con las vistas. La niebla se deshacía en los valles. Un río serpenteaba a través de un campo. El rocío brillaba en la hierba como gemas preciosas. La tierra parecía extenderse hasta el infinito, idílica como un sueño, e Iris se protegió los ojos, preguntándose a dónde los llevaría el camino si seguían corriendo.

—Es precioso —susurró. Y qué raro le parecía saber que esas vistas habían estado todo ese tiempo ahí y ella no las había apreciado.

Roman estaba callado a su lado, y se quedaron así durante unos segundos. Iris no tardó en estabilizar el corazón y calmar los pulmones. Notaba que le temblaban un poco las piernas, y sabía que al día siguiente tendría agujetas.

—¿Winnow? —dijo mirando su reloj con el ceño fruncido.

—¿Qué ocurre, Kitt?

—Tenemos exactamente cinco minutos para volver a la casa.

—¿Qué?

—Tendremos que correr todo el camino para llegar antes de las ocho, pero es casi todo bajada.

—¡Kitt!

Roman empezó a trotar por el camino por el que habían subido, y a Iris no le quedó más opción que seguirlo, con los tobillos doloridos, mientras las botas pisaban los adoquines.

Iba a matarlo.

Llegaron siete minutos tarde.

28

Un rival divino

Querida Iris:

Anoche tuve un sueño. Estaba en medio de la calle Principal de Juramento y llovía. Pasaste por mi lado; supe que eras tú en el momento en que tu hombro rozó el mío. Pero cuando intentaba pronunciar tu nombre, no salía ningún sonido. Cuando corrí detrás de ti, aceleraste el paso. Muy pronto la lluvia se intensificó y te esfumaste de mi vista.

No te vi la cara en ningún momento, pero sabía que eras tú.

Solo ha sido un sueño, pero me ha inquietado. Escríbeme y dime cómo estás.

Abrazos,

—C.

P. D. Sí, hola. Puedo volver a escribir, así que puedes esperar que mis cartas inunden tu suelo.

Querido Carver:

No me salen las palabras para describir lo feliz que me ha hecho descubrir que me había llegado tu carta. Espero que esté todo bien en Juramento, así como lo que sea que requiriera tu atención la semana pasada. ¿Puedo aventurarme a decir que te eché de menos?

Un sueño raro, sin duda. Pero no tienes de qué preocuparte. Estoy bastante bien. Creo que me gustaría verte en un sueño, aunque todavía intento imaginar tu apariencia cada día, y a menudo no lo consigo. ¿Tal vez me podrías dar algunas pistas más?

Por cierto, ¡tengo noticias para ti!

Mi rival de mi empleo anterior se ha presentado aquí como compañero corresponsal, como una mala hierba. No sé por qué está aquí, aunque creo que es para intentar demostrar que su escritura es muy superior a la mía. Todo esto te lo cuento... porque su llegada ha causado revuelo, y no estoy segura de qué hacer con él en la habitación de al lado.

Además, tengo más cartas transcritas de los soldados. Te las envío; hay más de lo habitual, dado que acabamos de recibir a un grupo de heridos en la enfermería, y espero que puedas dejarlas en la oficina de correos. ¡Gracias de antemano por hacer esto por mí!

Mientras tanto, dime cómo estás. ¿Cómo está tu abuela? Me acabo de dar cuenta de que no tengo ningún tipo de corazonada de con qué te ganas la vida ni qué haces para divertirte. ¿Estudias en la universidad? ¿Trabajas en algún sitio? Cuéntame algo de ti.

Con amor,
Iris

Habían plantado el jardín, pero se habían olvidado por completo de regarlo. Marisol hizo una mueca cuando se dio cuenta.

—No quiero ni saber qué va a pensar Keegan de mí —dijo con una mano en la frente mientras observaba las hileras torcidas que Iris y Attie habían hecho—. Mi mujer está luchando en el frente y yo no puedo hacer algo tan sencillo como regar un jardín.

—Keegan estará impresionada de que hayas instruido a dos chicas de ciudad que nunca habían arado ni plantado o cuidado un jardín para que te ayuden. Y las semillas estarán bien —dijo Attie—, ¿no? —añadió en voz baja.

—Sí, pero sin agua no germinarán. La tierra tiene que estar húmeda durante dos semanas más o menos. Será un jardín de finales de verano, supongo. Si los sabuesos no lo pisotean.

—¿Tienes una regadera? —preguntó Iris, pensando en las sirenas diurnas y en los rivales que llegaban inesperadamente y en los soldados heridos que volvían del frente. Mucho era que se acordaran de comer, ¿cómo iban a pensar en regar el jardín?

—Sí, de hecho, hay dos, en ese cobertizo de allí —dijo Marisol señalando.

Iris y Attie intercambiaron una mirada cómplice. Cinco minutos más tarde, Marisol se había retirado a la cocina para seguir horneando para los soldados, y las chicas tenían las regaderas de metal llenas y regaban los montoncitos de tierra.

—Seis mañanas —dijo Attie con una sonrisa—. Seis mañanas has llegado tarde al desayuno, Iris. Todo por correr con ese Roman Kitt.

—De hecho, han sido cuatro mañanas. Hemos llegado a la hora dos mañanas seguidas —rebatió Iris, pero se le encendieron las mejillas. Se dio la vuelta para regar una segunda hilera antes de que Attie se diera cuenta—. Es porque subestima lo lenta que soy. No llegaríamos tarde si yo estuviera en mejor forma. O si él escogiera una ruta más corta. —Pero adoraba las vistas sobre la colina, que parecía destinada a superarla, aunque Iris nunca le confesaría tal cosa a Roman.

—Mmm.

—¿Quieres venir con nosotros, Attie?

—Ni por asomo.

—Entonces, ¿por qué me sonríes así?

—Es un antiguo amigo tuyo, ¿verdad?

Iris resopló.

—Es un antiguo competidor, y solo está aquí para superarme de nuevo. —Las palabras acababan de salir de sus labios cuando un fragmento de papel doblado en forma triangular aterrizó en el suelo, justo enfrente de ella. Iris se lo quedó mirando boquiabierta antes de alzar la vista hacia la casa cubierta de hiedra. Roman estaba apoyado en el alféizar de la ventana abierta del segundo piso, mirándola con una sonrisa.

—¿No ves que algunos aquí intentamos trabajar? —le gritó Iris.

—Por supuesto —respondió con suavidad, como si estuviera avezado a discutir desde una ventana—. Pero necesito tu ayuda.

—¿Con qué?

—Abre el mensaje.

—Estoy ocupada, Kitt.

Attie recogió el papel antes de que Iris lo pudiera deshacer con el agua. Lo desdobló y se aclaró la garganta para leer en voz alta.

—Vaya, ¿un sinónimo para «sublime»? —Attie se calló como si estuviera sumamente decepcionada y dirigió la vista a Roman—. ¿Ya está? ¿Ese es el mensaje?

—Sí. ¿Alguna sugerencia?

—Me parece recordar que sobre tu escritorio tenías tres diccionarios y dos tesauros, Kitt —dijo Iris, que siguió regando.

—Sí, y a alguien le gustaba darles la vuelta o ponerlos boca abajo con las páginas abiertas. Pero eso ahora no importa. No te molestaría si tuviera mi tesauro a mano —contestó—. Por favor, Winnow. Dame una palabra, y te dejaré…

—¿Qué tal «trascendente»? —propuso Attie—. Suena como que estás escribiendo sobre los dioses. ¿Los guardianes celestiales?

—Algo en esa línea —dijo Roman—. ¿Y tú, Winnow? Solo una palabra.

Iris levantó la vista justo a tiempo para ver cómo Roman se pasaba los dedos por el pelo, como si estuviera nervioso. Y rara vez había visto a Roman Kitt nervioso. Incluso tenía una mancha de tinta en el mentón.

—A mí personalmente me gusta «divino» —dijo ella—. Aunque no estoy segura de si hoy en día describiría con eso a los dioses.

—Gracias a las dos —dijo Roman, y se metió de nuevo en su habitación. Dejó la ventana abierta e Iris oyó su máquina tecleando cuando empezó a escribir.

El jardín se sumió en un sospechoso silencio.

Iris miró a Attie y vio que su amiga se estaba mordiendo el labio, como si estuviera escondiendo una sonrisa.

—Muy bien, Attie. ¿Qué pasa?

Attie se encogió de hombros despreocupadamente mientras vaciaba la regadera.

—Al principio no me convencía del todo ese Roman Kitt. Pero es un hecho que siempre consigue provocarte.

—Le das demasiada importancia —dijo Iris bajando la voz—. Tú estarías igual si tu antiguo enemigo se presentara para retarte de nuevo.

—¿Por eso está aquí?

Iris vaciló y luego jugueteó con la regadera.

—¿Necesitas más agua? —Agarró el cubo vacío de Attie y ya se estaba dirigiendo hacia el pozo cuando vio que Marisol estaba de pie en medio de la puerta de la cocina, observándolas. ¿Cuánto llevaba apostada allí?—. ¿Marisol? —le preguntó Iris, leyendo su postura tensa—. ¿Qué ocurre?

—No pasa nada —contestó Marisol con una sonrisa que no le llegaba hasta los ojos—. El capitán está aquí y quiere llevar a una de vosotras al frente.

Roman justo acababa de teclear su carta para Iris y la deslizaba por debajo del armario cuando oyó que alguien llamaba a la puerta principal. La llamada envió un temblor por toda la casa, y él se quedó quieto en su habitación mientras escuchaba. Podía oír vagamente la conversación de Iris y Attie, que se elevaba desde el jardín y le llegaba por la ventana. Pero también podía oír a Marisol mientras respondía a la puerta.

Había llegado un hombre y estaba hablando; su voz le llegaba amortiguada a través de la pared. Roman no entendía las palabras. Entreabrió la puerta de su habitación, en un intento por escuchar mejor.

—… al frente. Tienes a dos corresponsales aquí, ¿verdad?

—Tres, capitán. Y, sí, pase. Los reuniré para que hablen con usted.

Roman tomó una bocanada de aire y se apresuró a bajar las escaleras en silencio. Lo único en lo que podía pensar era en que él tenía que ser el elegido. Attie no, y mucho menos Iris. Y, aun así, mientras recorría el pasillo, se le estrujó el corazón, atenazado por el pánico. Se detuvo en el marco de la puerta, mirando a la cocina.

Iris estaba entrando desde el jardín con las rodillas sucias. Los últimos días había estado llevando el pelo suelto, y a él nunca dejaba de sorprenderlo ver lo largo y ondulado que era. Iris se detuvo al lado de Attie y no podía dejar las manos quietas por los nervios. Roman no podía despegar los ojos de ella. Ni siquiera cuando el capitán empezó a hablar.

—Tengo un asiento libre en el camión —dijo en tono entrecortado—. ¿A quién le gustaría venir?

—Yo iré, señor —intervino Iris antes de que Roman pudiera encogerse siquiera—. Es mi turno.

—Muy bien. Ve a buscar tu mochila. Llévate solo lo esencial.

Iris asintió y se dirigió hacia el vestíbulo. Fue entonces cuando vio que Roman le impedía el paso.

Roman no sabía qué expresión tenía en el rostro, pero vio cómo la sorpresa de Iris se transformaba en algo distinto. Primero parecía preocupación y luego hastío. Como si ella supiera las palabras que iban a salir de su boca, incluso antes de que él pudiera pronunciarlas.

—¿Capitán? —dijo Roman—. Si ella va, me gustaría ir yo también, señor.

El capitán se giró para mirarlo con la cabeza ladeada.

—He dicho que solo hay un asiento en el camión.

—Pues iré en el soporte lateral, señor —dijo Roman.

—Kitt —le siseó Iris.

—No quiero que vayas sin mí, Winnow.

—Estaré bien. Deberías quedarte aquí y…

—Voy contigo —insistió—. ¿Lo acepta, capitán?

El capitán suspiró, levantando la mano.

—Los dos vais… en paquete. Tenéis cinco minutos para reuniros conmigo frente al camión.

Roman se dio la vuelta y corrió escaleras arriba. En ese momento se acordó: le acababa de enviar a Iris una carta muy importante, y era un momento pésimo para que la leyera. Se preguntaba si tenía tiempo suficiente para colarse en su habitación y barrerla del suelo cuando oyó que Iris lo perseguía.

—¡Kitt! —lo llamó—. Kitt, ¿por qué me haces esto?

Roman estaba en lo alto de las escaleras y no le quedó más opción que girarse para mirarla. Iris corría tras él con un rubor de indignación que le manchaba las mejillas.

Cualquier oportunidad de recuperar su inútil carta se había esfumado, a menos que quisiera darle la noticia en ese mismo instante, mientras el espacio que los separaba se acortaba en lo que Iris subía las escaleras. Con un camión aparcado delante de la casa, que esperaba para llevarlos al oeste.

Podían matarlos en esa aventura. Iris no sabría jamás quién era él y lo que sentía por ella. Pero cuando abrió la boca, su coraje se derrumbó por completo, y unas palabras distintas emergieron en su lugar:

—No sé por qué no deberían dejarnos ir a los dos —dijo con voz ronca. Estaba intentando ocultar cómo el corazón le iba desbocado en el pecho. Y cómo le temblaban las manos. Estaba aterrorizado por ir y aterrorizado de que algo pudiera pasarle a Iris si no la acompañaba, pero no podía permitir que ella supiera eso—. Dos escritores, el doble de artículos, ¿no tengo razón?

Iris le clavaba la mirada. El fuego que emanaban sus ojos podría haber hecho que se arrodillara, y detestó la máscara que se había puesto. Se apresuró a preparar la mochila antes de que pudiera decir algo que hiciera disminuir más sus oportunidades con ella.

≈❧≈

Iris echaba chispas cuando se metió en su habitación. No quería que Roman fuera al frente. Lo quería allí, donde estaría a salvo.

Gruñó.

Céntrate, Iris.

Su mochila de cuero estaba guardada en el armario, y pisó un montón de papel cuando iba a abrir la manecilla de la puerta. Se detuvo y miró hacia abajo, a la pila de cartas escritas. Las cartas que había transcrito para los soldados.

El temor le perforó el pecho mientras se agachaba para recoger los papeles. ¿Acaso una corriente los había devuelto a su habitación? Los había enviado a Carver esa misma mañana, y se preguntaba si la magia que los unía al final se había roto.

Abrió el papel doblado que estaba encima de la pila, aliviada al saber que era una carta de él. Se quedó quieta bajo un rayo de sol de la tarde, resiguiéndose los labios con los dedos mientras leía rápidamente:

Querida Iris:

¿Tu rival? ¿Quién es ese tipo? Si compite contra ti, entonces debe de ser un completo iluso. No tengo la menor duda de que lo superarás en todos los aspectos.

Ahora ha llegado el momento de hacer una confesión: no estoy en Juramento. De lo contrario, llevaría estas cartas a la oficina esta misma tarde. Siento causarte algún retraso o molestia, pero te las devuelvo, puesto que creo que es la mejor opción. Una vez más, siento no poderte ser de más ayuda, como me gustaría de corazón.

En cuanto a tus otras preguntas, mi abuela está bien, aunque algo molesta conmigo en estos instantes... Te contaré el motivo cuando por fin llegue a verte. A veces me pregunta si

—¿Winnow? —la llamó Roman al otro lado de la puerta, tocando con suavidad—. Winnow, ¿estás lista?

Se metió la carta a medio leer de Carver en el bolsillo. No tenía tiempo de pensar en sus palabras extrañas, «no estoy en Juramento», mientras recogía las misivas de los soldados y las colocaba encima del escritorio, metiendo las esquinas bajo la máquina de escribir.

La realidad la golpeó como un puñetazo en el estómago.

Estaba a punto de ir al frente.

Estaba a punto de irse durante días, y no tenía tiempo de escribirle a Carver y explicarle el motivo de su inminente silencio. ¿Qué pensaría de ella y de su silencio repentino?

—¿Winnow? —volvió a llamarla Roman con urgencia—. El capitán nos espera.

—Ya voy —dijo Iris con voz fina y extraña, como el hielo que se rompe con el agua caliente. Se agenció un último segundo de paz, tocando el tarro que contenía las cenizas de su madre. Estaba sobre el escritorio, al lado de la Alondra—. Volveré pronto, mamá —susurró.

Se dio la vuelta e hizo un inventario: manta, cuaderno, tres bolígrafos, una lata de judías, cubiertos y calcetines extras, y lo metió todo deprisa en la mochila, que se colgó al hombro. Cuando abrió la puerta, Roman la estaba esperando en el pasillo lúgubre con su propia mochila de cuero colgada a la espalda.

No dijo nada, pero cuando la miró le brillaban los ojos, casi febriles.

Mientras lo seguía escaleras abajo, Iris se preguntó si Roman estaba asustado.

TERCERA PARTE

Las palabras
entremedio

29

El pelotón Sicómoro

Por desgracia, tuvo que sentarse sobre el regazo de Roman Kitt prácticamente todo el camino hasta el frente.

El camión iba lleno hasta los topes de comida, medicamentos y otros suministros, y solo quedaba un sitio disponible. Justo como el capitán les había advertido de antemano. Un asiento por el que Roman e Iris debían pelear.

Iris dudó, preguntándose cómo manejar esa extraña situación, pero Roman le abrió la puerta del copiloto sin tapujos, como si fuera un vehículo de Juramento y no un camión enorme deteriorado por la guerra. Iris evitó el contacto visual y la mano que le ofrecía, y entró en la cabina polvorienta de un salto ayudada por el escalón de metal lateral.

Apestaba a sudor y a combustible. El asiento de cuero estaba roto y desgastado. Parecía tener un antiguo reguero de sangre, y el salpicadero estaba lleno de mugre. «Reza para que no llueva», le había dicho Attie antes de despedirse de ella con dos besos. Iris se aclaró la garganta y deslizó su mochila al suelo, y la dejó entre las piernas. Debía de pasar algo con la lluvia y las trincheras, conjeturó Iris, aunque Attie todavía no le había contado demasiado sobre su experiencia en el frente.

—¿Todo listo? —preguntó Roman.

Iris decidió que sería mejor abordar esa... situación desagradable de frente. Se giró para dirigirse a él: «No hace falta que vengas, Kitt», pero Roman ya había cerrado la puerta y se había encaramado al escalón lateral como había prometido hacer.

Iris obtuvo un buen vistazo de su pecho, que estaba bloqueando su ventanilla. Pero podía ver que se estaba sujetando al tambaleante metal del retrovisor, que parecía que se iba a desprender en cualquier momento, y a la maneta de la puerta. Una ventada fuerte podía llevárselo por los aires, pero se mordió la lengua mientras el capitán encendía el motor.

Salieron de Risco Ávalon hacia la carretera oeste. Iris no había ido nunca en un camión; era sorprendentemente lento y tambaleante, y observó mientras el capitán cambiaba de marcha. Podía notar el ronroneo del motor en las suelas de los zapatos, y no podía evitar echarle un ojo a Roman a cada bache que pisaban. Y había unos cuantos.

—Nadie se ha ocupado de estas carreteras desde hace tiempo —le explicó el capitán a Iris cuando casi salió disparada del asiento—. No desde que la guerra estalló en esta pedanía. Espero que tu amigo pueda sujetarse fuerte. Lo peor está por venir.

Iris se encogió, protegiéndose los ojos de un repentino rayo de sol.

—¿Cuánto vamos a tardar en llegar?

—Tres horas, si el tiempo nos lo permite.

Media hora después, se detuvieron en el pueblo vecino de Monte Trébol para que el capitán pudiera cargar una última tanda de suministros en la parte trasera. Iris bajó la ventanilla y golpeó a Roman en el pecho.

—No nos va a hacer ningún favor que te rompas el cuello antes de llegar al frente —le dijo—. No me importa compartir el asiento. Si es que no te importa que me siente encima de tu...

—No me importa —respondió él.

Roman se bajó con el pelo revuelto por el viento.

Iris abrió la puerta y se levantó en la estrecha cabina mientras Roman subía y se deslizaba en el asiento. Hizo sitio a su mochila al lado de la de ella y entonces la agarró de las caderas, guiándola para que se sentara en su regazo.

Iris estaba rígida como una tabla, sentada sobre sus muslos.

La situación era mala. Muy muy mala.

—Iris —le susurró Roman, y ella se tensó—. Vas a atravesar el parabrisas si no te echas atrás.

—Estoy bien.

Roman suspiró, exasperado, y apartó las manos de ella.

La determinación de Iris no duró más de diez minutos. El capitán tenía razón; la carretera tenía más hoyos que la surcaban a causa de las semanas de lluvias, y no le quedó otra que relajarse, apoyando la espalda en el pecho de Roman. Él le pasó el brazo alrededor de la cintura, y ella descansó en el calor de su mano, consciente de que la estaba protegiendo de golpearse la cabeza contra el parabrisas.

Al menos él se llenaría la boca con su pelo, pensó. En su mente no cabía duda de que Roman estaba tan incómodo como lo estaba ella. Especialmente cuando lo oyó quejarse después de una serie de baches especialmente hondos de la carretera, que pareció zarandearles los pensamientos.

—¿Te hago daño? —le preguntó Iris.

—No.

—¿Estás pestañeando, Kitt? —le dijo en broma.

—¿Quieres darte la vuelta y comprobarlo tú misma, Winnow? —le murmuró, y ella notó su aliento en el pelo.

No se atrevió porque pensaba que su boca estaría demasiado cerca de la de él. Al menos la volvía a llamar Winnow. Eso era terreno conocido para ambos; Iris sabía lo que podía esperar de él en ese momento. Discusiones sobre palabras, sarcasmo y malas caras. Cuando se dirigía a ella como Iris, era un territorio completamente nuevo, y a veces la asustaba. Como si se estuviera acercando al borde de un gran precipicio.

Llegaron al frente a última hora de la tarde.

Habían evacuado un pequeño pueblo y los residentes habían cedido los edificios a la causa. El camión aparcó enfrente de lo que parecía haber sido el ayuntamiento y unos soldados empezaron a descargar rápidamente las cajas llenas de verduras, munición y uniformes nuevos. Iris se quedó contemplando el ajetreo con Roman detrás. No estaba segura de si debía ayudar ni de qué debería estar haciendo, y el corazón le latía desbocado.

—¿Corresponsales? —preguntó una mujer de mediana edad con voz grave que se detuvo delante de ellos. El uniforme que vestía era de un color verde oliva con hebillas de latón y llevaba una estrella de oro colgada por encima del pecho. Un gorro le cubría el pelo negro corto.

—Sí —afirmó Iris—, ¿dónde deberíamos…?

—Seguiréis a la compañía Amanecer. Soy la capitana Speer, y mis soldados están terminando su tiempo en la reserva y se dirigirán a las trincheras al atardecer. Venid por aquí.

Iris y Roman le siguieron el paso mientras avanzaba rápidamente por la calle mugrienta. Los soldados se apartaban de su camino y dedicaban miradas curiosas a los corresponsales cuando pasaban por delante. Iris tuvo la breve y repentina esperanza de encontrar tal vez a Forest. Pero se dio cuenta pronto de que no se podía permitir distraerse dejando que sus ojos deambularan por las múltiples caras a su alrededor.

—Nuestras compañías cumplen rotaciones de doce horas —los informó la mujer—. Desde la salida hasta la puesta de sol, ya sea vigilando el frente, ocupándose de las trincheras de comunicación o descansando en la reserva. Este pueblo es la base de la reserva. Si tenéis que rellenar las cantimploras o tomar una comida caliente, iréis allí, al comedor. Si tenéis que lavaros, iréis al antiguo hotel en la esquina de la calle. Si necesitáis un doctor, iréis a aquella casa, aunque quedáis avisados de antemano de que la enfermería ahora mismo está desbordada y nos queda poco láudano. Y si miráis hacia delante veréis que esta carretera conduce al bosque. Ahí es por donde marcharéis con la compañía Amanecer hasta las trincheras de comunicación, que están situadas al otro lado del bosque. Allí pasaréis la noche y os preparáréis para alcanzar el frente al alba. ¿Alguna pregunta?

La mente de Iris daba vueltas, intentando revisar toda la nueva información. Dirigió la mano al medallón de su madre, escondido debajo del tejido de su mono.

—¿Hay alguna posibilidad de que veamos combates? —preguntó Roman.

—Sí —dijo la capitana Speer—. Llevad casco, obedeced las órdenes y manteneos a ras del suelo en todo momento. —Su mirada se topó con un soldado que pasaba cerca—. ¡Lugarteniente Lark! Asegúrate de que les den instrucciones y equipamiento a los corresponsales para el tiempo que estén aquí. Seguirán a tu pelotón durante los próximos días.

Un soldado joven se puso firme antes de que sus ojos se posaran en Roman y en Iris. La capitana Speer estaba a medio cruzar la carreta cuando Lark les habló:

—Es vuestra primera vez, ¿verdad?

Iris se reprimió el impulso de mirar a Roman. Para ver si sentía el mismo pavor y emoción que experimentaba ella por dentro.

—Así es —contestó Roman, y le tendió la mano—. Roman Kitt. Y ella es…

—Iris Winnow —dijo antes de que Roman pudiera presentarla. El lugarteniente sonrió mientras le estrechaba la mano. Tenía una cicatriz en la boca que le tiraba de la comisura de los labios hacia abajo, pero sus ojos lucían arrugas en los lados, como si antes de la guerra hubiera sonreído y reído a menudo. Iris se preguntó cuánto tiempo llevaría combatiendo. Parecía muy joven.

—Estamos contentos de teneros aquí a los dos —comentó Lark—. Venid, justo iba de camino al comedor para saborear mi última comida caliente durante unos días. Estaría bien que probarais bocado vosotros también, y os explicaré más sobre lo que podéis esperar.

Lark empezó a guiarlos hasta el ayuntamiento transformado en comedor, e Iris se desplazó para caminar al otro lado, para que el lugarteniente estuviera entre ella y Roman. Él se dio cuenta y le regaló a Iris una mirada de soslayo antes de devolver la atención a lo que tenían delante.

—Tengo que confesar algo, lugarteniente. No estoy familiarizada con la división del ejército. ¿La capitana Speer ha dicho que iríamos con su pelotón?

—Sí —respondió Lark—. Hay cuatro compañías por batallón. Doscientos hombres y mujeres por compañía, y cuatro pelotones en cada compañía. Yo superviso a unos cincuenta hombres y mujeres en el mío, con el sargento Duncan como mi segundo al mando. Pronto sabréis que nos han apodado como el pelotón Sicómoro.

Debería haber tenido el cuaderno preparado, pero se grabó en la memoria los nombres y los números para registrarlos lo antes que pudiera.

—¿El pelotón Sicómoro? ¿Y eso por qué?

—Es una larga historia, señorita Winnow. Y una que me gustaría contaros cuando sea el momento adecuado.

—Muy bien, lugarteniente. Otra pregunta, si no le importa —dijo Iris—. Tenía la curiosidad sobre cómo asignan a un soldado en una compañía. Por ejemplo, si un soldado es de Juramento y se alista, ¿quién decide dónde tiene que servir?

—Buena pregunta, ya que tenemos bastantes soldados de Juramento, y la Pedanía Este todavía le tiene que declarar la guerra a Dacre y unirse a la batalla —dijo Lark con una sonrisa triste—. Cuando alguien de Juramento se alista, se suma a una compañía auxiliar. Todavía se los considera residentes de la Pedanía Este, pero se los adjunta a una rama de nuestro ejército, como si fueran uno de los nuestros.

Iris visualizó a su hermano. Quería preguntar dónde se encontraba el segundo batallón E, quinta compañía Landover, pero otra pregunta acudió en su mente.

—¿Hay algo sobre lo que no deberíamos informar?

Lark ladeó la cabeza, como si lo estuviera pensando.

—Bueno, por supuesto. Ninguna estrategia, en caso de que las oigáis. Ningún mensaje que pasemos por las trincheras de comunicación. Ninguna localización ni información que le pueda proporcionar a Dacre una ventaja en caso de que se hiciera con el papel. —El lugarteniente calló mientras le abría la puerta a Iris. Les sobrevino el aroma a cebollas y pastel de carne—. Me han dicho que se supone que sois periodistas neutrales, pero también creo que eso es bastante imposible, si os soy sincero. Dudo mucho que seáis bienvenidos en el bando de Dacre, y mucho menos que volváis de una pieza de él. Creo que el mejor consejo, señorita Winnow, es que escribas lo que veas que ocurre y lo que sientes y lo que somos, y por qué es vital que la gente de Juramento y las demás ciudades se unan a nuestros esfuerzos. ¿Crees que será eso posible?

Iris se quedó callada, y su mirada se cruzó con los ojos llenos de esperanza del lugarteniente.

—Sí —respondió, casi en un suspiro.

Pero la verdad era… que se sentía atrapada. Como si le hubieran atado una roca a los tobillos y la hubieran lanzado al mar.

A las cinco en punto partieron.

Les habían proporcionado cascos y algo de comida, y seguían a las doscientas personas que formaban la compañía Amanecer a través de la carretera sinuosa y oscura del bosque. Lark les había informado de que sería una marcha de cuatro kilómetros a paso vivo, completamente silenciosa, salvo el sonido de las botas que pisaban el suelo, e Iris de repente se sintió muy agradecida por esas carreras matutinas con Roman.

Le ardían los gemelos y le faltaba el aliento cuando el bosque empezó a menguar y el sol filtraba vetas de color naranja por el cielo. La carretera discurría ya en paralelo al frente, con puestos erigidos bajo la protección del bosque hasta donde le alcanzaba la vista. Los puestos fronterizos estaban construidos con piedra y paja, y los soldados entraban y salían de ellos. ¿Puestos de control de comunicaciones, tal vez?

Lark cortó por lo sano sus pensamientos, emergiendo de la marabunta de uniformes verde oliva para volver a hablar con ella y con Roman.

—Estamos a punto de entrar en las trincheras de comunicación del puesto catorce —les explicó en voz baja—. Todavía estamos a unos kilómetros del frente, pero es primordial que permanezcáis agachados y prestéis atención a vuestro alrededor, incluso si estáis descansando en las áreas de trincheras «seguras». También veréis que hay búnkeres, pero están reservados para los ataques, ya sea por los soldados de Dacre o por sus sabuesos.

—Sí, quería preguntarle sobre los sabuesos, lugarteniente Lark. ¿Qué deberíamos hacer si los sueltan por la noche? —preguntó Iris tras humedecerse los labios.

—Irás directo a un búnker, señorita Winnow —contestó—. Con el señor Kitt, por supuesto.

—¿Y los ezrals? —preguntó Roman—. ¿Qué protocolo hay que seguir con ellos?

—Los ezrals rara vez aparecen en el frente, puesto que desde las alturas no pueden diferenciar entre los soldados de Dacre y los nuestros. Esas bestias dejarían caer una bomba sobre sus propias fuerzas si se movieran debajo de ellos. Son un arma que Dacre prefiere reservarse para los pueblos civiles y para la vía del tren, me temo.

Iris no pudo ocultar un estremecimiento. Lark se dio cuenta, y su tono se suavizó.

—A ver, la compañía se dividirá pronto en las trincheras, pero vosotros seguiréis a mi pelotón. Cuando nos detengamos, deberíais encontrar también un lugar donde pasar la noche. Me cercioraré de que estéis despiertos antes del alba para dirigirnos al frente. Huelga decir que debéis manteneros en silencio, pasar desapercibidos y estar alerta. Eso es fundamental. En el caso de que nos bombardeen y las fuerzas de Dacre superaran nuestras trincheras, quiero que los dos os retiréis al pueblo de inmediato. Puede que se os considere «neutrales» en este conflicto, pero no me sorprendería que el enemigo os matara a los dos nada más veros.

Iris asintió. Roman murmuró su aprobación.

Iris siguió al pelotón Sicómoro del lugarteniente Lark hasta las trincheras con Roman pisándole los talones. Iba tan cerca que podía oír su respiración y su paso ligero, como si estuviera nervioso y tuviera problemas por ocultarlo. Unas cuantas veces la pisó sin querer, asustándola.

—Lo siento —susurró mientras le tocaba la espalda brevemente.

No pasa nada, quiso responder ella, pero las palabras se le quedaron atascadas en la garganta.

No sabía muy bien qué esperar, pero las trincheras estaban bien construidas, con placas de madera colocadas en el suelo para evitar el barro. Eran lo bastante anchas como para que dos personas pudieran andar codo con codo cómodamente. Había palos entrelazados a lo largo de las paredes, que culebreaban como el rastro de una serpiente. Se curvaban a la izquierda y luego a la derecha, y luego se dividían en dos caminos antes de volver a dividirse. Pasó por al lado de puestos de artillería, donde unos cañones enormes descansaban sobre la hierba como bestias dormidas. Algunos puntos bajos tenían sacos de arena apilados, para proporcionar cobertura adicional, y cuanto más se adentraba en las vías, más búnkeres empezó a ver, como los que había mencionado Lark. Los refugios de piedra estaban cavados directamente en la tierra, con accesos oscuros y abiertos. Nada invitaba a entrar, casi como si fueran unas fauces inmovilizadas que esperaran para tragarse a los soldados, e Iris tuvo la esperanza de no deber entrar en uno.

Un viento fresco le acarició la cara. Olía a tierra húmeda con un toque de putrefacción de la madera en descomposición. Varias veces le llegó a Iris el hedor a deshechos y a pis, entremezclado con el humo de cigarrillo. Se imaginó ver una rata o dos que huían, pero tal vez fueran las sombras, que jugaban con ella.

Los hombros se le relajaron de alivio cuando el pelotón Sicómoro se detuvo para pasar la noche en una sección de la trinchera que estaba relativamente seca y limpia.

Iris se descolgó la mochila y escogió un hueco bajo una pequeña linterna colgada. Roman la imitó y se sentó enfrente de ella con las largas piernas cruzadas. Lark fue a comprobar cómo estaban mientras las estrellas empezaban a salpicar el cielo sobre sus cabezas. Sonrió con un cigarrillo entre los dientes y se acomodó no muy lejos de ellos, en el rango de visión de Iris.

El silencio era pesado y extraño. Iris temía respirar demasiado fuerte, dándole la bienvenida a ese aire frío y denso en sus pulmones. El mismo aire que el enemigo estaba inhalando y exhalando a meros kilómetros de distancia.

Era un silencio en el que ahogarse.

Abrió la mochila y sacó su manta de franela para ponérsela sobre las rodillas mientras caía la noche. Luego sacó el cuaderno y el bolígrafo, y empezó a escribir los acontecimientos más importantes del día, que todavía estaban frescos en su mente.

La oscuridad siguió extendiéndose.

Iris buscó una naranja en la bolsa, dejando el cuaderno a un lado para comer. No le había dirigido la mirada a Roman ni una vez, pero sabía que él también estaba escribiendo. Podía oír el leve rasguño de su bolígrafo mientras marcaba el papel.

Se movió y sintió que algo crujía en su bolsillo.

La carta de Carver.

Durante el furor del día se había olvidado de ella, todavía a medio leer. Pero al recordarla estando sentada en una trinchera, hambrienta con frío y miedo, esa carta fue como un abrazo. Como buscar a un amigo en la oscuridad y encontrar su mano.

Observó a Roman mientras escribía, con la frente fruncida. Unos segundos después, su mirada se encontró con la de Iris, como si hubiera notado sus ojos clavados en los suyos, y ella los apartó y se concentró en su naranja.

Tendría que esperar a que se quedara dormido antes de sacar la carta. Lo último que quería en el mundo era que Roman Cotilla Kitt supiera que se estaba carteando con un chico al que nunca había visto, pero por el que sentía chispas gracias a la magia.

Pasó una hora, que parecieron tres, pero en las trincheras el tiempo seguía sus propios caprichos, ya fuera demorarse o fluir.

Iris apoyó la cabeza hacia atrás contra las ramas entrelazadas de abedul y el casco tintineó con la madera. Cerró los ojos y fingió dormir. Y esperó, manteniendo a raya su propio cansancio. Cuando diez minutos después entreabrió los ojos para mirar a Roman, este tenía la cara relajada. Sus ojos estaban cerrados, su respiración era profunda y su pecho subía y bajaba con el cuaderno equilibrado precariamente sobre las rodillas. Parecía más joven, pensó. Más desprotegido. Por alguna razón, eso la atraía, y tuvo que expulsar esos alarmantes sentimientos de su mente.

Pero se preguntaba cuánto iban a cambiar los dos durante esa guerra. ¿Qué tipo de marcas les iba a dejar, brillantes como cicatrices que nunca se borrarían?

Iris sacó la carta del bolsillo lentamente.

Cómo no, crujió bien alto en el silencio de la trinchera. Cuando Lark se la quedó mirando, Iris hizo un mohín, preguntándose si Dacre podría oír un sonido tan inocente sobre la zona de los hombres muertos.

Se quedó paralizada con el papel a medio salir del bolsillo. Articuló una disculpa a Lark, que se dio cuenta de lo que estaba haciendo y le guiñó un ojo. Supuso que en el frente las cartas eran sagradas.

Sus ojos se desviaron hacia Roman. No se había movido. El recorrido de tres horas en camión con ella sentada en su regazo debía de haberlo agotado de verdad.

Iris acabó de sacar la carta de Carver, con la sensación de que por fin podía tomar una bocanada de aire mientras la desdoblaba con las manos mugrientas.

Mi abuela está bien, aunque algo molesta conmigo en
estos instantes... Te contaré el motivo cuando por fin
llegue a verte. A veces me pregunta si he escrito mi
propia novela con la máquina de escribir que me
regaló hace años, la misma que me conecta contigo, y
siempre detesto decepcionarla. Pero a veces siento
que mis palabras son mundanas y aburridas. Estos días
no parece haber una historia escondida en mis
huesos, como cree ella. Y no tengo el valor de decirle
que no soy quien cree que soy.

Pero cuéntame más cosas sobre ti. Uno de tus
recuerdos favoritos, un lugar al que desees ir algún
día o un libro que te haya cambiado la vida y la
manera como ves el mundo. ¿Bebes café o té? ¿Prefieres
salado o dulce? ¿Disfrutas más de la salida del sol o
de la puesta? ¿Cuál es tu estación del año favorita?

Quiero saberlo todo de ti, Iris.

Quiero conocer tus esperanzas y tus sueños.

Quiero saber

Su lectura se interrumpió por una bola de papel arrugado que voló a través de la trinchera para impactar en su cara.

Iris se encogió, sorprendida, hasta que levantó la vista y vio que Roman la observaba. Ella le devolvió la mirada hasta que él gesticuló para que abriera la pelota que le acababa de lanzar.

Al hacerlo, leyó lo que Roman había garabateado: «¿Qué es lo que lees, Winnow?».

Tomó su bolígrafo y escribió su respuesta: «¿A ti qué te parece que es, Kitt?». Volvió a formar la pelota y se la devolvió.

Iris tenía la atención dividida entre Roman y la carta de Carver. Anhelaba un momento de privacidad para saborear las palabras que había estado leyendo, unas palabras que la estaban derritiendo, pero no podía confiar en Roman. Estaba alisando el papel y escribiendo una respuesta, e Iris no tenía ninguna intención de que la golpeara en la cara de nuevo.

La atrapó cuando se la lanzó, y leyó: «¿Una carta de amor, supongo?». Iris puso los ojos en blanco como respuesta, pero podía sentir cómo el rubor le subía por la cara. Esperó que las sombras que proyectaba la lámpara escondieran su rostro.

«No es de tu incumbencia, pero si fueras tan amable como para permitirme acabar de leer en paz... Te estaría eternamente agradecida», escribió, y le devolvió el papel.

Roman garabateó y se lo reenvió: «Así que sí es una carta de amor. ¿De quién, Winnow?».

Iris lo miró con los ojos entrecerrados. «No te lo voy a decir, Kitt».

A esas alturas, el fragmento de papel ya estaba demasiado arrugado como para seguir usándolo. Roman arrancó con cuidado una página nueva de su cuaderno y le envió: «Deberías sacarme provecho. Puedo darte consejos».

¿Por qué la mirada de Iris se quedó clavada en esa primera frase? Negó con la cabeza, lamentando el día que había conocido a

Roman Kitt, y respondió: «No necesito tus consejos, aunque te agradezco el ofrecimiento».

Estaba completamente segura de que con eso zanjaría el asunto. Empezó a releer la carta de Carver con ojos hambrientos por acabar su confesión...

Otra bola de papel voló por la trinchera, golpeándola en el cuello esa vez.

Tuvo la tentación de ignorarla. Tal vez él insistiría y le enviaría otra, pero el papel era valioso allí, y estaban siendo unos estúpidos por malgastarlo. Como si le hubiera leído la mente, Roman le golpeó la bota con la suya, y ella lo miró. Su rostro estaba demacrado a la luz de la linterna, como si fuera medio salvaje.

Iris tragó saliva y abrió el papel para leer:

«Déjame adivinar: está vertiendo todo su corazón en esa página, reivindicando cómo de inadecuados son sus sentimientos porque lo que de verdad anhela es afirmación por tu parte. Y probablemente te ha contado algo sobre su familia: su madre o su hermana o su abuela. Porque sabe que te desharás ante la imagen de otras mujeres en su vida, las que le han dado forma. Y si te conoce lo suficientemente bien, entonces hará mención a algo sobre libros o artículos de periódico, porque por supuesto a estas alturas ya sabe que tu escritura es exquisita, y por encima de todo sabe que no te merece, ni a ti ni a tus palabras, que nunca te tendrá».

Iris estaba estupefacta. Se quedó mirando a Roman, sin saber cómo responder. Cuando Roman le sostuvo la mirada, como si la retara, Iris bajó la vista a la carta. Tendría que esperar para acabarla. La dobló con cuidado y se la volvió a meter en el bolsillo.

Pero no iba a permitir que su antiguo rival tuviera la última palabra.

Escribió con boli: «Le estás dando demasiadas vueltas. Vete a dormir, Roman Kitt».

Roman suspiró y echó la cabeza hacia atrás. Iris se dio cuenta de que tenía la cara roja. Observó mientras los ojos de él se cerraban. Tal vez eso era lo único que tenía que hacer para que él le hiciera caso: llamarlo Roman. Pero se quedó dormida antes de que pudiera pensarlo más. Y soñó con una ciudad fría con calles que no se acababan nunca y una niebla espesa y un chico de pelo negro que corría por delante de ella, justo fuera de su alcance.

30

Notas de las trincheras

Normas para un civil en las trincheras:

1. Mantente agachado. Resiste la tentación de trepar por una de las escaleras para poder ver el terreno de arriba, al que no prestaste atención antes de descender. Las escaleras solo las usan los vigías y sus periscopios, los francotiradores o cuando ocurre una cortina de fuego* (ver la nota al pie n.º 1).

2. Ponte cómodo en una casa sin techo y paredes sucias y húmedas, pero nunca te confíes. El cielo siempre es una amenaza, y, mientras que la tierra es tu mejor escudo cuando merodean los sabuesos y los morteros disparan, también puede ser peligrosa (ver la nota al pie n.º 2).

3. Reza para que no llueva. Cada día. De otro modo, prepárate para vivir en una inundación (ver nota al pie n.º 3).

4. Ignora a las ratas. Sí, es extremadamente difícil cuando pasean por la trinchera de noche y trepan por tus piernas y muerden tu bolsa. También ignora a los piojos.

5. Come y bebe lo suficiente como para mantenerte funcionando e hidratado. Vas a notar siempre la leve (o intensa) sensación de hambre mientras sobrevives a base de carne seca y latas de judías. Pero en un día muy bueno puede que consigas un huevo banjo* (ver nota al pie n.º 4), que tiene un sabor totalmente divino.

6. Se permite que haya linternas tenues en las trincheras de comunicación, pero no está permitido ningún fuego por la noche en el frente. Ni siquiera una chispa para encender un cigarrillo* (ver nota al pie n.º 5).

7. No hay privacidad. Ni siquiera cuando necesitas ir al baño.

Notas al pie:

1. Una «cortina de fuego» se puede definir como «bombardeo de artillería concentrado en un área amplia». El lugarteniente Lark me ha informado de que esta táctica se usa cuando uno de los bandos quiere cruzar la «zona de los hombres muertos», que es la extensión de terreno entre las trincheras de ambos bandos. Hay muchas bajas en esta zona, lo que a menudo significa que puede darse un punto muerto y no ocurrir nada durante días en las trincheras, cada lado esperando a que el otro ataque. Pero una táctica de «disparar, cubrirse y moverse» puede darse cuando se dispara la artillería pesada, lo que causa que se eleve el humo y así oculte a los soldados que se arrastran por la zona para hacerse con la trinchera del oponente. Hay un soldado en cada compañía cuya tarea es medir la dirección en la

que sopla el viento cada día. A veces con eso solo basta como indicador para saber cuándo es el mejor momento para atacar, así el humo se dirige en la dirección en la que planeas hacer el asalto. O podría ser una señal de cuándo tu enemigo planea su ataque.

2. El sargento Duncan me ha informado de una ocasión en la que unos soldados se retiraron a uno de los búnkeres para protegerse durante un bombardeo de artillería, con la mala suerte de que la bomba cayó en el terreno directamente encima. El búnker se desplomó y los soldados quedaron enterrados vivos.

3. Gracias a los dioses que sea que se preocupan por los asuntos mortales de que no haya llovido mientras estoy aquí, pero creo que llovió bastante cuando Attie estuvo en las trincheras. Tal vez ella nos pueda proporcionar una opinión sincera sobre lo miserable y lo desmoralizador que es.

4. Receta para un huevo banjo, como lo cocinó el soldado Marcy Gould: fríe un huevo a fuego en tu sartén de hierro colado. Asegúrate de dejar la yema brillante y líquida. Toma dos rebanadas de pan con mantequilla y pon el huevo en medio. Sin duda alguna, te preguntarán tus compañeros soldados si te lo vas a comer todo. No te preocupes; te comerás hasta la última miga.

5. El lugarteniente Lark me ha hablado de un soldado que encendió un cigarrillo mientras estaba de vigía en el frente. Dos segundos después, les cayó artillería pesada, y mataron a la mitad del pelotón del soldado.

Tres días llegaron y se fueron. Era un ritmo extraño al que adaptarse: noches en las trincheras de comunicación y días inflexibles en primera línea. Los sicómoros rotaban con otro pelotón y seguirían haciéndolo durante siete días antes de volver a la base para descansar y recuperarse durante una semana.

Y, mientras tanto, Iris llenaba su cuaderno.

Nunca escribía durante el día, cuando estaba agachada al lado de Roman en el frente, aterrorizada por hacer algo tan inocente como rascarse la nariz. Pero por la noche, cuando estaban en la reserva, el pelotón Sicómoro empezaba a incluirla, y a menudo jugaba a las cartas con ellos bajo la luz de las linternas, recordando cómo la competitividad amistosa era una manera efectiva de obtener acceso a historias más profundas e íntimas.

Les preguntó a los soldados sobre sus vidas en su lugar de origen y las familias que los querían. Les preguntó qué les había hecho unirse a la guerra. Les preguntó sobre batallas pasadas, derrotas y victorias, y se empapó de las historias de coraje y lealtad y dolor que compartieron. Los soldados se llamaban entre sí «hermano» y «hermana», como si la guerra hubiera forjado relaciones que eran más profundas que la sangre.

Esa información la hacía sentirse increíblemente realizada primero y sumamente triste después.

Echaba de menos a su hermano. Echaba de menos a Forest. Echaba de menos a Attie y a Marisol. Echaba de menos escribirle a Carver.

A veces intentaba trazar mentalmente el camino que la había llevado a ese lugar, pero era demasiado difícil de revivir. Removía sentimientos que tenía medio enterrados, demasiado peligrosos como para sacarlos en ese momento.

Aun así… La sangre le resonaba en las venas.

Durante la cuarta noche, Iris estaba escribiendo sus notas del día cuando la invadió una ola de cansancio.

Se detuvo con calambres en la mano.

Roman estaba sentado en su lugar habitual en la trinchera frente a ella, comiendo una lata de judías. Su pelo negro le caía enmarañado por encima de los ojos y su barba estaba creciendo, oscureciendo así la mitad inferior de su cara. Tenía los pómulos más pronunciados, como si hubiera perdido peso. Tenía los nudillos surcados de costras, las uñas llenas de suciedad y un agujero en el mono a la altura de la rodilla. Si tenía que ser sincera, no se parecía en nada al Roman al que recordaba. Cuando estaban trabajando en la *Gaceta de Juramento*, siempre iba arreglado y vestido con elegancia mientras caminaba alrededor con aire pomposo.

¿Por qué está aquí?, se preguntó por enésima vez. Había pensado que no le costaría nada entenderlo, pero con cada día que pasaba empezaba a darse cuenta de que Roman Kitt era un misterio. Un misterio que estaba tentada a resolver.

Iris no se lo quedó mirando durante mucho rato, por miedo a captar su atención. Devolvió la mirada al cuaderno y de repente se sintió vacía y cansada, como si hubiera envejecido años en una noche.

Cerró los ojos y apoyó la cabeza hacia atrás.

Antes de que se diera cuenta, se dejó vencer por el sueño.

De noche, Iris caminaba por las trincheras.

Estaba sola y únicamente tenía por compañera a la luna, llena y brillante encima de ella, hinchada de luz plateada. Se detuvo y escuchó el viento que silbaba. ¿Dónde estaba todo el mundo? ¿Dónde se suponía que se encontraba?

¿Dónde estaba Roman, su molesta sombra?

Oyó aullidos en la distancia. Los sabuesos. El corazón se le aceleró mientras corría hacia el búnker más cercano, sintiéndose expuesta y asustada.

Una luz ardía en la oscuridad.

En el momento en el que Iris entró en el búnker, atraída por el fuego, se dio cuenta de que era una habitación. Su antiguo comedor del apartamento. El lugar que había compartido con su madre y Forest. Mientras sus ojos barrían el lugar familiar —la alfombra deshilachada, el papel de pared que colgaba a tiras, el armario de la cocina con la radio de la abuela—, se toparon con una persona a la que creía que no volvería a ver jamás.

—Florecilla —dijo su madre, apoltronada en el sofá. Un cigarrillo humeaba en sus dedos—. ¿Dónde estabas, cariño?

—¿Mamá? —dijo Iris con voz rasposa—. Mamá, ¿qué haces aquí?

—Estoy aquí porque tú estás aquí, Iris.

—¿Dónde estamos?

—Por ahora, en casa. ¿Te creías que te iba a abandonar?

Iris se quedó sin aliento. Se sentía confusa, intentando recordar algo que se le escapaba de la memoria.

—He vuelto a escribir, mamá —dijo Iris, con un nudo en la garganta—. Con la máquina de escribir de la abuela.

—Lo sé, cariño —dijo Aster con una sonrisa. La sonrisa que era tan habitual antes del vino y la adicción. La sonrisa que Iris más adoraba—. Algún día serás una escritora famosa. Recuerda mis palabras. Me harás sentir muy orgullosa.

Iris ladeó la cabeza.

—Ya me has dicho eso antes, ¿verdad, mamá? ¿Por qué no puedo recordarlo?

—Porque esto es un sueño y quería volver a verte —dijo Aster, cuya sonrisa iba desvaneciéndose. Sus ojos grandes, del color avellana que tanto Forest como Iris habían heredado de ella, brillaban con una tristeza desgarradora—. Ha pasado mucho tiempo desde la última vez que te miré y te vi de verdad, Iris. Y me doy cuenta de todo lo que me he perdido. Lo siento, cariño, pero ahora te veo.

Aquellas palabras le partieron el pecho en dos.

Se doblaba del dolor, de la crudeza, y se dio cuenta de que estaba llorando, como si sus lágrimas pudieran limpiar lo que había ocurrido. Porque su madre estaba muerta.

—Iris.

Una voz conocida empezó a derretir los bordes de la habitación. El búnker. Los tirabuzones de oscuridad.

—Iris, despierta.

Era la voz de un chico que había ido a su piso el peor día de su vida. Que le había traído su abrigo abandonado, como si lo preocupara que pudiera resfriarse. La voz de un chico que la había seguido a la guerra y le había lanzado bolas de papel a la cara y le había puesto un periódico en las manos con un artículo suyo en la portada y la había retado a correr arriba de una colina para ver las vistas que se extendían más allá.

El sueño se rompió. Iris estaba hecha un ovillo, sollozando débilmente.

Roman estaba sentado a su lado. La luz de la luna era brillante, y Roman tenía la mano posada en el hombro de Iris. Podía sentir el calor de su palma a través del mono.

—Está bien —susurró Roman.

Iris se cubrió la cara para esconder sus emociones. Pero unos sonidos terribles se le escurrían por entre los dedos, y se estremeció, intentando tragárselo todo de vuelta al lugar donde lo había mantenido oculto. Ya lidiaría con eso más tarde. Estaba mortificada por llorar en una trinchera, y los sicómoros sin lugar a duda la estarían oyendo, y debían de pensar que era débil y patética y…

Roman le quitó el casco con cariño. Le acarició el pelo; estaba apelmazado, asqueroso y deseaba una ducha como es debido, pero aun así su tacto era reconfortante.

Soltó una exhalación resuelta, presionando la punta de los dedos en los ojos que le palpitaban. Roman movió la mano del pelo de Iris y pasó el brazo alrededor de sus hombros. Ella se ahuecó a su lado, a su calor.

—Lo siento —susurró Iris—. He soñado con mi madre.

—No tienes de qué disculparte.

—Me da vergüenza que…

—Nadie te ha oído aparte de mi —dijo él—. Aquí no es algo infrecuente levantarse con lágrimas en los ojos.

Iris levantó la cabeza con un calambre en el cuello. Los mocos le caían de la nariz, y estaba a punto de sonarse a regañadientes con la manga cuando apareció un pañuelo, como salido de la nada. Pestañeó y vio que Roman se lo estaba ofreciendo.

—Has traído un pañuelo al frente, cómo no —dijo ella, medio quejándose.

—¿No te lo incluyeron en tu lista de «cosas que traer a la guerra», Winnow? —bromeó.

Iris se sonó la nariz.

—Cállate, Kitt.

Él se limitó a responder con una risa, poniéndole de nuevo el casco en la cabeza. Pero se quedó a su lado, dándole calor durante las horas más oscuras hasta el alba.

31

Viento del oeste

Esa tarde, la temperatura subió a niveles abrasadores. Al fin había llegado la primavera con su sol caliente y los días que se alargaban, y unas nubes enormes se estaban formando en el cielo sobre sus cabezas. Roman observó cómo se desarrollaban, consciente de que pronto desatarían una tormenta.

El sudor le caía por la espalda y le hacía cosquillas en la nuca. Su mono estaba empapado y se le pegaba a la piel. A esa hora del día, en las trincheras la sombra era escasa, y se intentó preparar mentalmente para estar en breve húmedo y embarrado, atravesando charcos que le llegaban hasta el tobillo. Su mochila, al menos, estaba hecha de cuero engrasado, así que todo lo que contenía debería de estar protegido. Porque eso era lo único que le importaba. Las cosas de su mochila e Iris, sentada delante de él. Muy pronto volverían a Risco Ávalon, y podría respirar tranquilo al fin. Podría tener un momento de relajación al fin.

Iris lo sorprendió mirándola.

De repente, se sintió agradecido de que en esa parte de las trincheras estuviera prohibido hablar. O Iris podría haber hecho un comentario sobre la frecuencia de sus miradas.

El viento empezó a soplar.

Silbaba por encima de las trincheras, pero algunas rachas se dirigieron hacia abajo, y Roman agradeció el frescor.

Eso era en lo que estaba pensando, distraído: en su gratitud hacia el viento, en Iris, en sus futuros artículos, en Iris, en cuánto quedaba hasta la puesta de sol, en Iris... Cuando llegaron las explosiones, rompieron la tranquilidad de la tarde de cielo azul. Los proyectiles chillaron en fuego racheado, ensordecedores y haciendo temblar la tierra. A Roman se le salió el corazón por la boca e Iris se cayó del taburete, cubriéndose inconscientemente en el suelo.

Ahí estaba.

Ahí estaba su peor pesadilla haciéndose realidad.

Roman se lanzó hacia adelante y la cubrió con su propio cuerpo.

Los morteros seguían aullando y explotando. Uno tras otro y tras otro. Las explosiones parecían eternas, y Roman cerró los ojos mientras terrones y astillas de madera le llovían encima. Iris no se movía de debajo de él; preocupado por estar aplastándola, la oyó gimotear.

—Está bien —le dijo, sin saber si lo oiría por encima del estruendo—. Quédate quieta y respira.

Por fin llegó la calma, pero el aire estaba lleno de humo y la tierra parecía llorar.

Roman se apartó y ayudó a Iris a incorporarse.

Estaba temblando.

Cuando lo miró, tenía los ojos muy abiertos y desenfocados. Roman se podía perder en esos ojos avellana, con la voluntad de calmar el miedo que ardía en su interior. Pero él nunca se había sentido tan aterrorizado ni indefenso, y no estaba seguro de si iba a ser capaz de que salieran los dos de allí de una pieza.

Los soldados empezaron a pasar corriendo como una corriente, preparando rifles y gritando órdenes. Aun así, había mucha quietud entre él e Iris. Como si el tiempo se estuviera deteniendo.

—Recoge tu mochila, Iris —le indicó. Con calma, como si ya hubieran experimentado eso juntos con anterioridad.

Iris agarró la correa de su mochila de cuero. Tardó un poco en colocársela encima de la espalda, pues las manos le temblaban violentamente.

Roman pensó en sus notas. En todas las historias de soldados que había reunido en los últimos días. El horror, el orgullo, el dolor, el sacrificio y las victorias.

Iris tenía que llevar esas palabras de vuelta a casa. Tenía que sobrevivir a eso para poderlas escribir. Para que sus palabras pudieran viajar en tren seiscientos kilómetros hasta la *Tribuna de Tinta* en la ciudad superficial de Juramento.

Tiene que sobrevivir a esto, pensó Roman. No quería vivir en un mundo sin ella ni sin sus palabras.

Soltó el aire; una exhalación temblorosa, como los huesos de su cuerpo, y miró hacia el cielo. Se elevaba una columna de humo, que el viento del oeste se llevaba. Pronto los cubriría y Roman notaba en la boca el sabor a sal, metal y tierra.

Disparar, cubrirse y moverse.

—¿Vienen? —preguntó Iris.

La respuesta llegó con otra ronda intensa de artillería. Volvió a dar un salto mientras los proyectiles explotaban más cerca que antes, golpeando hondo en la tierra. Antes de que Iris pudiera acobardarse, Roman la estaba apretando de pie contra la pared de la trinchera, cubriéndola con su cuerpo. Si algo la hería, primero tendría que atravesarlo a él. Pero la mente de Roman iba a toda velocidad.

Detrás de ellos estaba la zona de los hombres muertos, que de repente le pareció más peligrosa de lo que había imaginado jamás. Roman se percató de que los soldados de Dacre quizá se estaban arrastrando hacia sus trincheras, usando la protección del humo. Quizá se estaban arrastrando como sombras por la hierba chamuscada, empuñando rifles a unos pocos metros de ellos.

Se imaginó que la batalla llegaba a su punto crítico, se imaginó luchando. ¿Saldría corriendo Iris si se lo ordenaba? ¿Debería permitirse perderla de vista? Se imaginó que la escondía en un búnker, huyendo de las trincheras con ella, espoleados por un miedo extremo.

Esperó a que cesara el bombardeo, con la mano apoyada en la nuca de Iris, manteniéndola cerca. Sus dedos estaban perdidos en su pelo.

El lugarteniente Lark empezó a zarandearlo para inculcarle juicio, agarrándolo del hombro.

La artillería continuó gritando, cayendo y explotando, y el lugarteniente tuvo que chillar para que pudieran oírlo:

—¡Los dos tenéis que retiraros al pueblo! Es una orden directa.

Roman asintió, aliviado de que se lo ordenaran, y tiró de Iris para alejarla de la pared. Los dedos de su mano se entrelazaron con los de Iris y, acto seguido, empezó a guiarla por el caos de las trincheras. Por encima de madera partida y montículos de tierra y soldados agachados. Roman tardó unos segundos en comprobar que algunos de ellos estaban heridos y se doblaban por el dolor. La sangre manchaba las placas del suelo. Fragmentos extraños de metal resplandecían al sol.

Iris empezó a tirar de él.

—Kitt. ¡Kitt!

Roman giró en redondo para mirarla. El pánico lo atravesaba como aceite caliente.

—Tenemos que correr, Iris.

—¡No podemos abandonarlos así! —estaba gritando, pero Roman apenas podía oírla. Sentía los oídos llenos de cera, la garganta en carne viva.

—Nos han dado una orden —respondió Roman—. Tú y yo… no somos soldados, Winnow.

Pero conocía exactamente la emoción que Iris estaba experimentando. Se sentía mal al correr. Al huir cuando los demás estaban agachados, preparándose para luchar. Al ver a hombres y mujeres tendidos en el suelo, quejándose de dolor, destrozados por proyectiles de mortero, esperando a la muerte con los huesos astillados y el brillo rojo intenso de la sangre.

Roman vaciló.

Fue entonces cuando vio un pequeño objeto redondo trazar un arco en el aire. Al principio pensó que no era más que un coágulo de tierra, hasta que aterrizó detrás de Iris con un tintineo. Dio vueltas sobre la madera unos segundos, y Roman se lo quedó mirando, comprobando… comprobando que era…

—¡Mierda!

Agarró a Iris por el cuello del mono y la levantó como si no pesara nada. Le dio la vuelta hasta que se colocó entre ella y la granada de mano. El terror le sabía agrio en la boca, y se dio cuenta de que estaba a punto de vomitar los melocotones y la tostada que se había comido esa mañana para desayunar.

¿Cuántos segundos tenían antes de que explotara la granada?

Roman empujó a Iris hacia adelante con una mano en la lumbar, urgiéndole para que fuera más rápido, más rápido, hasta la siguiente curva. Ya casi habían alcanzado el lugar donde la trinchera hacía un giro abrupto que los podía proteger. Iris se tropezó con una de las placas que sobresalían del suelo. Roman la agarró por la cintura, empujándola hacia delante, hacia el humo y la luz que se desvanecía y el perpetuo chasquido de las armas.

Se oyó un «clic, clic, ping» detrás de ellos cuando Iris dobló la esquina.

—Iris —susurró Roman, desesperado.

La agarró con más fuerza justo antes de que la explosión los hiciera volar por los aires.

32

Humo en los ojos

Iris se movió. Tenía la cara apoyada en la tierra chamuscada y un sabor a metal caliente en la boca.

Se levantó lentamente con el casco torcido sobre la cabeza.

Había soldados que pasaban de largo corriendo por su lado. El humo se retorcía en la luz dorada. Había un chasquido constante que le hacía acelerar el pulso y que el cuerpo se le encogiera. Pero se sentó, escupió la mugre y la sangre de la boca y se pasó las manos rápidamente por las piernas, el torso y los brazos. Tenía algunos arañazos en los dedos y en las rodillas, y un corte largo en el pecho, pero por lo general estaba ilesa, incluso cuando la rodeaban fragmentos de metal que brillaban en el suelo.

Kitt.

Había doblado la esquina justo antes de que la granada explotara, pero no estaba segura de que él lo hubiera logrado.

—¡Kitt! —gritó—. ¡Kitt!

Se puso de pie entre tambaleos, escrutando la niebla con los ojos. Lo encontró tumbado a unos pasos de distancia. Estaba boca arriba, y tenía los ojos abiertos como si pudiera ver a través del humo, hacia las nubes.

Iris se tragó el llanto y cayó de rodillas a su lado. ¿Estaba muerto? Su corazón se contrajo nada más pensarlo. No podía soportarlo, se dio cuenta mientras reseguía con las manos su cara y su pecho. No podía soportar vivir en un mundo sin él.

—¿Kitt? —lo llamó, posando la palma sobre su corazón. Respiraba, y el alivio casi le derritió a ella los huesos—. ¿Kitt, puedes verme?

—Iris —respondió con voz rasposa. Su voz llegaba de muy lejos, y comprobó que eran sus oídos, que pitaban—. Iris… En mi mochila…

—Sí, Kitt —respondió, sonriendo cuando Roman pestañeó y la miró. Estaba aturdido, y ella empezó a comprobar el resto de su cuerpo. Su estómago, sus costados, y entonces lo vio. Su pierna derecha tenía fragmentos de metralla incrustados. El daño parecía concentrarse mayormente alrededor de la parte exterior de su muslo y gemelo, y alrededor de la rodilla, pero las heridas no paraban de sangrar. Era imposible saber cuánta sangre había perdido ya. Las manchas del suelo podían ser suyas o de otros que también estaban heridos. Iris tomó una bocanada de aire con el deseo de calmarse.

—Está bien, Kitt —dijo Iris mirándolo a los ojos de nuevo—. Estás herido. Tiene aspecto de ser sobre todo en tu pierna derecha, pero hay que llevarte con un médico. ¿Crees…?

—Iris, mi mochila —murmuró Roman mientras la buscaba a tientas inútilmente—. Quiero que…, necesito mi mochila. Hay algo… Quiero que…

—Sí, no te preocupes por tu mochila, Kitt. Tengo que sacarte de aquí primero —dijo Iris mientras se sentaba en cuclillas—. Vamos. Si te ayudo, ¿te puedes apoyar sobre el pie izquierdo?

Roman asintió.

Iris se esforzó por levantarlo y mantenerlo recto. Pero era mucho más alto y pesaba más de lo que había anticipado. Hicieron algunos pasos tambaleándose hasta que Roman se desplomó lentamente en el suelo de nuevo.

—Iris —dijo Roman—, tengo que contarte algo.

Ella se irguió. El miedo le recorría el cuerpo.

—Ya me lo contarás luego —insistió. Pero empezó a pensar que Roman había perdido más sangre de la que creía. Estaba muy pálido, y la agonía que había en sus ojos le cortó la respiración—. Ya me lo contarás cuando estemos de vuelta en la casa de Marisol, ¿vale?

—No creo… —empezó a decir, a medias entre un suspiro y un gemido—. Deberías agarrar mi mochila e irte. Déjame aquí.

—¡Y una mierda! —gritó Iris. Todo cuanto tenía dentro estaba cediendo bajo el peso de su miedo. No tenía ni idea de cómo iba a llevar a Roman a un lugar seguro, pero en ese segundo de desesperación vislumbró con claridad lo que quería.

Tanto ella como Roman iban a sobrevivir a esa guerra. Iban a tener la oportunidad de envejecer juntos, año tras año. Serían amigos hasta que ambos al final aceptaran la realidad. Y tendrían todo lo que las demás parejas tienen: las discusiones y tomarse de la mano en el mercado y la exploración gradual de sus cuerpos y las celebraciones de cumpleaños y los viajes a nuevas ciudades y vivir como uno y compartir la cama y la sensación paulatina de fundirse el uno con el otro. Sus nombres serían inseparables: Roman e Iris o Winnow y Kitt porque ¿acaso podías tener a uno sin el otro? Y escribirían en sus máquinas y se corregirían mutuamente de manera implacable y de noche leerían libros a la luz de las velas.

Lo amaba. Dejarlo atrás en las trincheras no era una posibilidad.

—Venga, vamos a intentarlo otra vez —dijo Iris, suavizando la voz con la esperanza de que eso lo animara—. ¿Kitt?

Roman estaba con la mirada perdida y la cabeza apoyada en la pared de la trinchera. Iris le tocó la cara. Sus dedos dejaron un reguero de sangre en su mandíbula.

—Mírame, Roman.

Así lo hizo, con los ojos abiertos y la mirada vidriosa.

—Si mueres en esta trinchera —dijo Iris—, entonces yo muero contigo. ¿Me has entendido? Si eliges quedarte aquí sentado, no me quedará otra opción que arrastrarte hasta que llegue Dacre. Venga, vamos.

Roman se las vio y deseó para ponerse de pie con su ayuda. Se apoyó contra la pared, y dieron unos cuantos pasos laboriosos antes de detenerse.

—¿Tienes mi mochila…, mi mochila, Iris?

¿Por qué estaba tan preocupado por su maldita mochila? Iris exhaló y la buscó, su cuerpo ardía por el esfuerzo de aguantar el peso de Roman. *No puedo llevarlo yo sola*, pensó justo cuando sus ojos se posaron en un soldado que estaba a punto de pasar de largo con el rifle cruzado a la espalda.

—¡Eh! —gritó Iris, interceptándolo—. Sí, tú, soldado. Ayúdame a cargar con este corresponsal hasta el puesto catorce. Por favor, necesito tu ayuda.

El soldado ni siquiera vaciló. Se pasó el otro brazo de Roman por encima de los hombros.

—Tenemos que apresurarnos. Han tomado las trincheras del frente.

Esas palabras enviaron una descarga de miedo al estómago de Iris, pero ella asintió y se acomodó debajo del otro brazo de Roman, para que estuviera entre ella y el soldado. Se movían más rápido de lo que Iris se había imaginado, serpenteando por las trincheras. Había más heridos tirados en el suelo. No le quedó más opción que esquivarlos, y los ojos le escocían, la nariz le moqueaba y los oídos seguían pitándole, pero estaba respirando y viva, e iba a sacar a Roman de allí y llevarlo a un médico, y luego…

El soldado dobló una esquina y se detuvo de golpe.

Habían llegado casi al final de las trincheras. Ya casi estaban en el bosque y el puesto catorce y la carretera que los llevaría hasta el pueblo, pero a Iris no le quedó otra que seguir al soldado, y Roman se quejó entre los dos por la sacudida. Iris reconoció al capitán que los había llevado al frente moviéndose entre la confusión. Tenía un reguero de sangre en la cara y sus dientes brillaban a la luz mientras hacía muecas. Los soldados heridos llenaban las trincheras a su alrededor; de ninguna manera Iris podría pasar a través de ellos, y la invadió el pánico cuando el soldado empezó a bajar a Roman al suelo.

—¡Espera, espera! —gritó, pero el capitán la vio. Dio unas cuantas órdenes más antes de ir hacia ella, e Iris observó cómo transportaban a los heridos en camillas y los sacaban de las trincheras.

—Señorita Winnow —dijo el capitán, y bajó la mirada hacia Roman—. ¿Todavía respira?

—Sí, solo está herido. Metralla en la pierna derecha. Capitán, ¿podemos...?

—Haré que lo lleven en camilla y lo carguen en el camión para transportarlo. ¿Usted está herida?

—No, capitán.

—Entonces, la necesito. Me faltan manos, y tenemos que traer a tantos heridos hasta esta localización como sea posible antes de que Dacre se los lleve. Vaya con el soldado Stanley y usen esta camilla para traer a tantos como puedan. Tienen tiempo hasta que las armas dejen de disparar. ¡Vamos!

Iris se quedó perpleja cuando el capitán se dio la vuelta y siguió dando más órdenes. Ella era una corresponsal, no una soldado, pero Stanley la estaba mirando, sujetando un extremo de la camilla manchada de sangre y vómito, y de repente el tiempo le caló hasta lo más profundo de su ser.

¿Acaso importaba quién era?

—¿Kitt? ¿Puedes verme? —dijo Iris tras arrodillarse a su lado.

—Iris —respondió él abriendo los ojos.

—Me necesitan en otro sitio, pero te buscaré, Kitt. Cuando esto acabe, te buscaré, ¿vale?

—No te vayas —susurró Roman, y agitó la mano intentando encontrarla—. Tú y yo... tenemos que estar juntos. Somos mejor así.

A Iris se le formó un nudo en la garganta cuando vio el pánico que había en los ojos de él. Entrelazó los dedos con los suyos, manteniéndolo firme.

—Tienes que aguantar por mí. Cuando te hayas curado, necesito que escribas un artículo sobre todo esto. Necesito que me robes la portada como haces normalmente, ¿está claro? —Iris sonrió, pero le ardían los ojos. Era por el humo de la cortina de fuego, que se acercaba—. Te buscaré y te encontraré —susurró, y le dio un beso en los nudillos que le supo a sal y a sangre.

El dolor que sentía en el pecho aumentó cuando tuvo que liberarse de su mano para agarrar el otro extremo de la camilla, cuando no le quedó otra opción que darse la vuelta y dejarlo atrás, siguiendo el trote continuo del soldado Stanley.

Recogieron a una soldado herida y la cargaron de vuelta al lugar donde Iris había dejado a Roman. Mientras ayudaba a Stanley a deslizar de la camilla a la soldado, Iris analizó a los demás y vio que Roman seguía esperando, pero más cerca del punto donde lo cargarían al camión.

Volvieron a irse, escurriéndose igual que las ratas por entre las trincheras. Llevaron a otro soldado con una pierna magullada de vuelta al puesto catorce. Esa vez, Roman ya no estaba, e Iris se sintió aliviada y asustada a la vez. Debían de haberlo cargado y debía de ir camino a una enfermería. Pero eso significaba que ella no estaba allí para maldecirlo, para insistirle en que mantuviera los ojos abiertos, para agarrarle la mano y asegurarle que todo iba a salir bien.

Iris tragó saliva. Tenía la boca seca y llena de ceniza. Pestañeó para quitarse las lágrimas.

Solo era humo en los ojos. Un humo en los ojos que le ardía desde dentro.

—Creo que podemos llevar a uno más —dijo Stanley—. Mientras sigan disparando, tenemos tiempo. ¿Te ves capaz?

Iris asintió, escuchando el retumbo de las pistolas en la distancia. Pero le dolían los hombros y tenía la respiración entrecortada.

El corazón le latía al ritmo de una canción dolorosa mientras corría tras Stanley y la camilla le golpeaba las piernas doloridas.

Esa vez se adentraron más en las trincheras. A Iris empezaron a temblarle las piernas cuando se dio cuenta de que los disparos empezaban a cesar. ¿Significaba eso que los soldados de Dacre habían matado a todos los del frente? ¿Significaba que pronto avanzarían hacia ellos? ¿La matarían si la veían, perdida en medio de las trincheras? ¿Tomaban prisioneros?

«Antes de que Dacre se los lleve». Las palabras del capitán volvieron a su mente, produciéndole un escalofrío.

Distraída, Iris tropezó con algo.

Cayó de rodillas y notó cómo algunos fragmentos desperdigados de metralla le mordían la piel.

Stanley se detuvo, mirando por encima del hombro hacia ella.

—Levántate —le indicó, y de repente su voz parecía asustada, porque los disparos menguaban.

Pero Iris apenas lo estaba escuchando a él ni cómo el mundo se estaba envolviendo de nuevo en un silencio siniestro. Porque en el suelo había una mochila de cuero que era igual a la que llevaba ella. Arañada y salpicada de sangre y pisoteada por incontables botas.

La mochila de Roman.

Iris se la colgó a la espalda. Se la puso junto a su propia mochila, y notó cómo el peso se le acomodaba mientras se ponía en pie una vez más.

—¿Qué hace todavía aquí, corresponsal? —le gritó la capitana Speer a Iris—. ¡Métase en el camión! ¡Debería haberse marchado hace una hora!

Iris dio un salto. Estaba en el puesto catorce, insegura de qué se suponía que debería estar haciendo. Lo único que sabía era que tenía sangre seca en las manos y en el mono, que el arañazo del pecho le ardía y que el pulso le iba desbocado mientras se preguntaba por el paradero de Roman.

—¡Ya! —gritó la capitana cuando Iris se quedó quieta con la mirada perdida.

Iris asintió y se dirigió tropezando envuelta en la luz oscura hacia la parte trasera del camión. Estaban cargando a los soldados, y esperó, sin querer adelantarse a nadie. Al final, uno de los soldados la vio, la alzó y la metió dentro de la caja del camión sin mediar palabra.

Aterrizó encima de alguien que gimió de dolor.

Iris cambió el peso, desequilibrado por las dos mochilas que llevaba a la espalda.

—¡Ay, lo siento mucho!

—¿Señorita Winnow?

Observó al soldado que estaba debajo de ella.

—¿Lugarteniente Lark? Por todos los dioses, ¿está bien?

Era ridículo preguntar tal cosa. Por supuesto que no estaba bien, ninguno de ellos estaba bien, pero de repente no sabía qué hacer ni decir. Se movió con cuidado para sentarse a su lado, apretada entre su cuerpo y el de otro soldado. El camión dio un tirón hacia adelante y retumbó, zarandeándolos a todos.

Lark puso una mueca. Bajo la débil luz, Iris vio la suciedad y la sangre de su cara, así como la conmoción prendida en sus ojos.

—¿Lugarteniente Lark? —Iris bajó la vista hacia la mano del soldado. Tenía los dedos extendidos por encima del abdomen, cubiertos de sangre fresca. Como si se estuviera manteniendo unido.

—Señorita Winnow, te dije que te retiraras. ¿Por qué sigues aquí? ¿Por qué estás en el último camión conmigo?

¿El último camión? Iris se tragó el ácido que le subió a la garganta. Había muchos otros soldados heridos en el puesto catorce. No debería haber ocupado un asiento. No debería estar allí.

—Quería ayudar —respondió. Su voz sonó áspera y extraña. Como si fuera la de otra persona—. ¿Puedo hacer algo para que esté más cómodo, lugarteniente?

—Solo siéntate aquí conmigo, señorita Winnow. Todos… todos se han ido. Todos ellos.

Iris tardó unos instantes en entender a qué se refería. Que «todos» era su pelotón. Los sicómoros.

Cerró los ojos durante unos segundos para centrarse. Para bloquear el creciente pánico y las lágrimas. Estaba sentada en la caja cubierta de un camión, rodeada de soldados heridos. Se dirigían al este, donde estaba Risco Ávalon, a kilómetros de distancia. Estaban a salvo, llegarían a la enfermería a tiempo.

Le ardía el corte del pecho.

Iris levantó la mano y lo presionó con la palma. Fue entonces cuando se dio cuenta de que le faltaba algo. El colgante de oro de su madre.

Maldijo entre dientes y lo buscó alrededor. Pero sabía que el collar hacía rato que no estaba en su sitio. La cadena se debía de haber roto cuando la explosión de la granada la había arrojado hacia adelante. Lo más probable era que lo que le quedaba de su madre todavía estuviera allí, en el lugar que los había mandado por los aires a Roman y a ella. Podía imaginárselo perfectamente: el medallón, pisoteado en el barro de la trinchera. Un pequeño destello, una leve marca dorada entre la metralla y la sangre.

Iris suspiró y bajó la mano.

—¿Estás bien, señorita Winnow? —preguntó Lark trayéndola de vuelta al presente.

—Sí, lugarteniente. Solo estaba pensando en algo.

—¿Dónde está el señor Kitt?

—Herido. Ya está en un transporte.

—Bien —dijo Lark, asintiendo. Cerró los ojos. Iris observó cómo la sangre seguía formando un charco entre sus dedos. Notaba cómo se filtraba lentamente en la pierna de su mono—. Bien. Me alegro… Me alegro de que esté a salvo.

—¿Le gustaría oír una historia, lugarteniente Lark? —le preguntó Iris en voz baja, sin estar segura de dónde le venía la pregunta—. ¿Le gustaría oír cómo Enva hizo quedar como un estúpido a Dacre con su arpa en el inframundo?

—Sí. Sí que me gustaría, señorita Winnow.

Iris tenía la boca seca. Notaba la garganta astillada y le palpitaba la cabeza, pero empezó a contar el mito. Lo había leído tantas veces en las cartas de Carver que había memorizado las palabras.

Cuando los soldados del camión a su alrededor se quedaron callados, escuchando, se preguntó si tal vez debería haber escogido un mito distinto. Y ahí estaba, hablando de Dacre, el autor de sus heridas y dolor y pérdidas y aflicción. Pero entonces descubrió que esa historia tenía poder: demostraba que a Dacre se lo podía controlar y vencer, que Dacre no era ni tan fuerte ni tan astuto como hacía pensar a la gente.

—Te debo una historia a cambio —dijo Lark después de que Iris hubiera acabado—. Una vez me preguntaste sobre el pelotón Sicómoro. De dónde venía nuestro nombre.

—Sí —susurró Iris.

—Quiero contártelo ahora. Todos crecimos en el mismo pueblo, ¿sabes? —empezó Lark. Su voz era floja y áspera. Iris tuvo que agacharse para captar sus palabras—. Es un lugar al norte de aquí, difícil de hallar en un mapa. Somos granjeros; trabajamos duro bajo la lluvia y el sol, lo sabemos todo sobre la tierra, y contamos nuestras vidas en estaciones más que en años. Cuando estalló la guerra, decidimos que debíamos unirnos a la pelea. Había un grupo de los nuestros que podíamos formar nuestro propio pelotón. Y creímos que, si nos uníamos, el conflicto acabaría antes. —Lark soltó un bufido—. Qué equivocados estábamos.

Lark se quedó callado y cerró los ojos. El camión pasó por un bache e Iris vio cómo su rostro se contraía de dolor.

—Antes de irnos de casa —continuó él con voz todavía más débil—, decidimos tallar nuestras iniciales en el gran sicómoro que presidía uno de los campos. El árbol estaba en una colina, como un centinela. Le había caído un rayo dos veces, pero no se había ni partido ni caído. Así que creíamos que en ese árbol había magia, que sus raíces le daban nutrientes a la tierra que arábamos, plantábamos y cosechábamos. Que sus ramas vigilaban nuestro valle.

»Tallamos nuestras iniciales en la corteza. Era una plegaria para que la magia de casa nos protegiera, incluso cuando los kilómetros nos separaran. Una plegaria y una promesa de que todos volveríamos algún día.

—Es precioso, lugarteniente —dijo Iris, tocándole el brazo.

Él sonrió, abriendo los ojos para mirar hacia arriba. La sangre le burbujeó entre los dientes.

—Ni siquiera quería ser lugarteniente —confesó—. No quería ser el líder. Pero así fueron las cosas, y cargué con el peso. Cargué con la preocupación de que algunos de nosotros tal vez no volveríamos a casa. Que tendría que ir a hablar con esas madres, padres, hermanos, hermanas, esposas y maridos. Personas a las que conozco de toda la vida. Personas que eran como de la familia. Y decirles… que lo sentía. Que sentía su pérdida. Sentía no haber podido evitarlo. Sentía no haber podido hacer más por protegerlos.

Iris guardaba silencio. Se preguntaba si Lark estaba a punto de quedarse inconsciente. Si el dolor de sus heridas era demasiado. Se preguntaba si debía seguir hablando con él y mantenerlo despierto.

Iris le agarró la mano.

—Lo tendré que decir una y otra y otra vez. Si vivo, solo me quedarán remordimientos y disculpas, porque soy el último que queda. El pelotón Sicómoro ha desaparecido, señorita Winnow. Esta mañana nos levantamos en un mundo y ahora el sol se pone en otro.

Cuando Lark cerró los ojos de nuevo, Iris se quedó callada. Le sostenía la mano, y los últimos rayos de luz menguaron. El crepúsculo daba paso a la noche, y en el pasado habría estado aterrorizada por los sabuesos de Dacre y la posibilidad de que atacaran. Pero ya no quedaba nada a lo que temer. Solo había aflicción, cruda y afilada.

Todavía le sujetaba la mano al lugarteniente Lark una hora más tarde cuando murió.

Tenía humo en el pelo, humo en los pulmones y humo en los ojos, que le ardían por dentro.

Iris se tapó la cara y lloró.

33

La nieve de la mochila de Kitt

Llegaron a Risco Ávalon en medio de la noche. El aire era fresco, estaba oscuro y las estrellas prendían en el cielo cuando Iris bajó del camión con piernas inestables.

De repente, la rodearon enfermeras, doctores y gente del pueblo. La llevaron en brazos hacia la luz de la enfermería, tan cansada que apenas podía hablar. «Estoy bien, no gastéis energía en mí». Antes de que pudiera protestar, una enfermera la había llevado al vestíbulo y le limpiaba los arañazos y los cortes con un antiséptico.

—¿Tienes alguna herida más? —le preguntó la enfermera.

Iris pestañeó. Durante unos segundos, le pareció que veía doble. No recordaba la última vez que había bebido o comido algo, la última vez que había dormido.

—No —contestó, con la lengua pegada a los dientes.

La enfermera le alcanzó un vaso de agua y disolvió algo en ella.

—Tómate esto. Marisol está al final del pasillo. Sé que querrá verte.

—¡Iris! —La voz de Attie se alzó por encima del ajetreo.

Iris se puso de pie de un salto y miró ansiosa alrededor, y vio que Attie se dirigía a ella esquivando a la multitud. Dejó el vaso de agua y se lanzó a los brazos de su amiga. Tomó una bocanada de aire y se dijo a sí misma que debía calmarse, pero al cabo de poco estaba llorando en el cuello de Attie.

—Está bien, está bien —susurró Attie mientras la agarraba con fuerza—. Déjame que te eche un vistazo. —Se inclinó hacia atrás, e Iris se secó las lágrimas de los ojos.

—Lo siento —dijo Iris, resollando.

—No te disculpes —contestó Attie con voz firme—. He estado muy preocupada por ti, desde que el primer camión llegó hace horas. He mirado literalmente a cada persona que ha llegado, con la esperanza de encontrarte.

El corazón de Iris se detuvo. Sintió que la sangre le abandonaba el semblante.

—Kitt. ¿Está aquí? ¿Lo has visto? ¿Está bien?

Attie sonrió.

—Sí, está aquí. No te preocupes. Creo que acaba de salir de cirugía en el piso de arriba. Te llevaré con él, pero tómate el agua primero.

Iris agarró el vaso. No se dio cuenta de que estaba temblando convulsivamente hasta que intentó tomar un sorbo y se derramó la mitad en el pecho. Attie se dio cuenta, pero no dijo nada y la guio hasta el ascensor. Subieron a la segunda planta. El ambiente era más tranquilo en el piso superior; los pasillos olían a yodo y a jabón. A Iris se le formó un nudo en la garganta mientras Attie la llevaba hacia el fondo del pasillo, giraban una esquina y entraban a una habitación poco iluminada.

Había múltiples camas, separadas por biombos de tela que daban una escasa privacidad. Iris lo encontró de inmediato.

Roman estaba en el primer compartimento, tumbado en un catre estrecho. Dormía con la boca abierta y el pecho le subía y bajaba lentamente, como si estuviera en medio de un sueño profundo. Parecía muy delgado en una bata de hospital. Parecía muy pálido bajo la luz de las lámparas. Parecía que cualquier cosa minúscula pudiera romperlo.

Iris se le acercó un paso, insegura de si se suponía que podía estar allí. Pero una enfermera asintió en su dirección, e Iris siguió hacia el lateral de la cama de Roman con indecisión. La pierna herida estaba envuelta en gasas, posada en alto en un cojín, y le estaban inoculando fluidos intravenosos por la mano derecha.

Iris se detuvo y bajó la vista hacia él. Se había llevado múltiples heridas por ella. Se había interpuesto ante el peligro para mantenerla a salvo, y se preguntaba si estaría allí en ese instante con solo algunos rasguños si no fuera por él o si la metralla la habría roto a pedazos y habría acabado muerta en las sombras de una trinchera. Si Roman no hubiera ido con ella... Si no hubiera sido tan cabezota, tan insistente en seguirla...

Iris no podía respirar, y se atrevió a alargar la mano y reseguir la suya, con cortes en los nudillos.

¿Por qué viniste aquí, Kitt?

Levantó la vista hasta su cara, casi esperando que tuviera los ojos abiertos y la boca levantada en una sonrisa burlona. Como si sintiera la misma chispa peligrosa que ella sentía cuando tocaba su piel. Pero Roman seguía durmiendo, ausente para ella en ese momento.

Iris tragó saliva.

¿Por qué te llevaste las heridas que deberían haber sido mías?

Resiguió sus brazos con las puntas de los dedos, el cuello y la inclinación de su mandíbula, hasta su pelo. Le apartó un mechón de la frente, instándole a que se despertara con sus caricias.

No lo hizo, por supuesto.

Iris estaba en parte aliviada, en parte decepcionada. Todavía estaba llena de preocupación por Roman, y sentía que el hielo que tenía en el estómago no se desharía del todo hasta que pudiera hablar con él. Hasta que oyera su voz de nuevo y notara su mirada en la suya.

—Hemos sacado doce fragmentos de metralla de su pierna —dijo la enfermera en voz baja—. Ha sido muy afortunado de que solo le haya afectado la pierna y no le hayan acertado en ninguna arteria.

Iris apartó la mano del pelo de Roman. Miró por encima del hombro y vio a la enfermera a los pies de la cama.

—Sí. Yo estaba con él cuando ocurrió —susurró Iris echándose hacia atrás. Veía por el rabillo del ojo a Attie, que la esperaba en la puerta.

—Entonces, ha podido llegar hasta aquí gracias a ti —siguió la enfermera, acercándose para tomarle el pulso—. Estoy segura de que mañana te querrá ver y agradecértelo personalmente.

—No —repuso Iris—. Estoy aquí gracias a él. —Y eso fue lo único que le permitió decir el nudo que tenía en la garganta.

Se dio la vuelta y salió de la habitación, con la respiración superficial y acelerada, y creía que se iba a desmayar en el pasillo hasta que levantó la vista y vio a alguien que se dirigía hacia ella a paso rápido. Un pelo largo negro que se escapaba de una trenza. Tenía salpicaduras de sangre en la ropa y el fuego brillaba en sus ojos marrones.

Era Marisol.

—¡Ahí estás! —gritó Marisol. Iris pensó que se había metido en apuros hasta que se dio cuenta de que Marisol estaba llorando. Las lágrimas brillaban por sus mejillas—. Por todos los dioses, ¡he rezado cada día por ti!

Primero, Iris estaba de pie indecisa, temblando en el pasillo. Después, Marisol la estaba abrazando, sollozando contra su pelo apelmazado. Iris suspiró. Estaba a salvo, a salvo, podía bajar la guardia y respirar… Y se aferró a Marisol, procurando esconder las lágrimas que le anegaban los ojos.

No creía poder llorar más, pero cuando Marisol se apartó y le rodeó la cara, Iris dejó que le cayeran las gotas.

—¿Cuándo comiste por última vez, Iris? —preguntó Marisol, secándole con ternura las lágrimas—. Ven, te llevo a casa y te doy de comer. Y después te puedes tomar una ducha y descansar.

Marisol buscó la mano de Attie y agarró a las dos chicas.

Y las llevó a casa.

Iris quería, en primer lugar, darse una ducha.

Mientras Marisol y Attie preparaban chocolate caliente y una comida tardía en la cocina, Iris subió fatigosamente las escaleras hasta el baño. La adrenalina que la había mantenido en movimiento desde aquella tarde —un día que parecía haber ocurrido un año atrás, un día en el que el cielo estaba azul y las nubes de tormenta se formaban y las trincheras iban cargadas de un silencio tenso y el pelotón Sicómoro estaba vivo— se había vaciado por completo. De pronto, la invadió una oleada de todo el cansancio acumulado.

Se llevó una vela a su habitación. Dejó caer las mochilas de la espalda al suelo, donde se quedaron como dos montones encima de la alfombra. Se desnudó, temblando cuando el tejido manchado de sangre se desincrustó de su piel.

«Una ducha rápida», le había dicho Marisol. Porque estaban en medio de la noche y tenían que estar siempre preparadas por si llegaban los sabuesos.

Iris se limpió a la luz de la vela. Estaba oscuro y caliente, el vapor se elevaba por las baldosas formando bucles, y se quedó en la ducha con los ojos cerrados y la piel ardiendo mientras se la frotaba. Se la frotó como si así pudiera eliminarlo todo.

Todavía notaba un leve pitido en los oídos; se preguntó si algún día se iría del todo.

Tiró algo del estante del jabón. El ruido le hizo dar un salto y su corazón estuvo a punto de detenerse. Por poco se agachó para protegerse, pero se dijo que estaba a salvo. Estaba en la ducha, y solo había sido una lata de metal en la que Marisol guardaba el champú de lavanda.

Cuando Iris estuvo segura de que se había limpiado la suciedad, el sudor y la sangre, cerró el grifo y se secó. Ni siquiera quería mirarse el cuerpo y las marcas que tenía en la piel, los moratones y los cortes que le recordaban por lo que había pasado.

Pensó en Roman mientras se ponía el camisón de dormir. Seguía en su mente mientras se desenredaba el pelo mojado. ¿Cuándo despertaría? ¿Cuándo debía volver ella a su lado?

—¿Iris? —la llamó Marisol—. ¡El desayuno!

El desayuno, en medio de la noche.

Iris dejó el cepillo a un lado y bajó las escaleras con la vela en la mano hasta la cocina. Su estómago se contrajo cuando olió la comida. Tenía mucha hambre, pero no estaba segura de que fuera capaz de probar bocado.

—Mira, empieza con el chocolate —dijo Attie, ofreciéndole una taza humeante a Iris. Iris la tomó agradecida y se hundió en la silla de siempre. Marisol siguió poniendo platos sobre la mesa. Había preparado alguna especie de guiso con queso, lleno de ingredientes reconfortantes, y poco a poco Iris pudo empezar a tomar pequeños bocados. El calor comenzó a llenarla; respiró y sintió cómo lentamente volvía a estar en su cuerpo.

Attie y Marisol se sentaron y comieron con ella, pero guardaron silencio. Iris lo agradeció. No se veía capaz de hablar de lo ocurrido todavía. Tenerlas cerca a su lado era lo único que necesitaba.

—¿Te puedo ayudar a limpiar, Marisol? —se ofreció Attie, levantándose para recoger los platos cuando habían acabado.

—Yo me encargo —contestó Marisol—. ¿Por qué no acompañas a Iris a su habitación?

A Iris le pesaban los ojos. Cuando se levantó, sintió que sus pies eran de hierro, y Attie la agarró del brazo. Apenas recordaba haber subido las escaleras o cómo Attie le había abierto la puerta y la había llevado dentro.

—¿Quieres que me quede contigo esta noche, Iris?

Iris se desplomó en el somier del suelo. Las mantas estaban frías.

—No, estoy tan cansada que dormir no creo que me suponga un problema. Pero despiértame si suena la sirena.

Apenas recordaba quedarse dormida.

Iris se despertó con un sobresalto.

Al principio no sabía dónde estaba. La luz del sol se filtraba por la ventana y la casa estaba en silencio. Se incorporó con el cuerpo rígido y dolorido. El hostal. Estaba en casa de Marisol, y parecía que la mañana estaba ya avanzada.

Los acontecimientos de los últimos días le volvieron a la mente de golpe.

Roman. Tenía que ir a la enfermería. Quería verlo, tocarlo. Seguro que ya estaba despierto.

Iris se levantó con un quejido. Se había quedado dormida con el pelo mojado, que ya formaba una maraña. Iba a buscar el cepillo cuando vio su mochila en el suelo y la de Roman al lado. Las dos estaban arañadas y manchadas de mugre. Y entonces la mirada se posó en su mono, tirado en el escritorio donde estaba su máquina de escribir, que brillaba bajo la luz.

Carver.

Su nombre la atravesó como un susurro, e Iris miró entusiasta hacia su armario, con la esperanza de encontrar una carta tras otra en el suelo.

No había nada. El suelo estaba desnudo. Carver no le había escrito mientras había estado fuera, y se le cayó el alma a los pies.

Iris cerró los ojos, inmersa en pensamientos. Recordó la última carta que le había mandado él. La que se había metido en el bolsillo y había intentado leer antes de que Roman la interrumpiera dos veces.

Rebuscó en los bolsillos del mono. Una parte de ella esperaba que la carta hubiera desaparecido, igual que el colgante de su madre, como si la batalla también se la hubiese arrancado. Pero la carta estaba allí. Unas cuantas manchas de sangre se habían secado en las esquinas. A Iris le temblaban las manos mientras alisaba la página.

¿Dónde se había quedado? Él le estaba haciendo preguntas. Quería saber más sobre ella, como si sintiera el mismo afán que ella. Porque Iris también quería que él la conociera.

Encontró la línea. Casi la había terminado de leer cuando Roman le había lanzado bruscamente aquella bola de papel.

Iris se mordió el labio. Sus ojos se apresuraban por las palabras:

Quiero saberlo todo de ti, Iris.

Quiero conocer tus esperanzas y tus sueños.
Quiero saber lo que te molesta y lo que te hace
sonreír y lo que te hace reír y lo que más anhelas en
el mundo.

Pero tal vez más que eso... quiero que sepas quién
soy.

Si me pudieras ver ahora mismo mientras tecleo
estas palabras, sonreirías. No, probablemente te
echarías a reír. Cuando vieras cómo me tiemblan las
manos, porque quiero hacer esto bien. He querido
hacerlo bien hace semanas ya, pero la verdad es que
no sabía cómo, y me preocupa lo que puedas pensar.

Es extraño lo rápido que puede cambiar la vida,
¿no crees? Cómo algo tan nimio como teclear una
carta puede abrirte una puerta que nunca viste. Una
conexión trascendente. Un umbral divino. Pero si hay
algo que debería decir en este momento, en que el
corazón me late salvaje en el pecho y te suplicaría

que vinieras a calmarlo, es esto: tus cartas han sido para mí una luz que seguir. Tus palabras, un festín sublime que me ha alimentado los días que estaba hambriento.

Te quiero, Iris.

Y quiero que me veas. Quiero que me conozcas. A través del humo y la luz del fuego y los kilómetros que un día se extendieron entre nosotros.

¿Me ves?

—C.

Iris bajó la carta, pero continuó observando las palabras impresas de Carver. «¿Un sinónimo para "sublime"?», le había preguntado Roman aquella vez desde la ventana del segundo piso. Como si fuera un príncipe atrapado en un castillo.

«Divino», le había contestado gruñona desde abajo, donde había estado regando el jardín. «Trascendente», había propuesto Attie, dando por hecho que estaba escribiendo sobre los dioses.

El corazón de Iris latía con fuerza. Volvió a leer la carta de Carver, «Te quiero, Iris», hasta que las palabras se empezaron a deshacer entre sí, y sus ojos pestañeaban para contener una repentina acometida de lágrimas.

—No —susurró—, no puede ser. Es una mera coincidencia.

Pero ella nunca había sido de las que creían en esas cosas. La vista se le dirigió a la mochila de Roman, que estaba en medio del suelo. Todavía podía oír su voz claramente:

«Iris, mi mochila… Quiero que… Necesito mi mochila. Hay algo… Quiero que…».

El mundo se detuvo.

El bramido en sus oídos volvió, como si acabara de estar agachada durante una hora de fuego de artillería.

La carta de Carver se le escurrió de los dedos e Iris se dirigió hasta la mochila de Roman. Se agachó y la recogió; la mugre seca se desprendía a trozos del cuero. Tardó un minuto en desabrocharla. Sus dedos estaban helados y torpes. Pero al fin la pudo abrir y le dio la vuelta.

Todas las posesiones de Roman empezaron a caer.

Una manta de lana, unas cuantas latas de verduras y frutas encurtidas, su cuaderno lleno de anotaciones a mano. Bolígrafos. Un par de calcetines. Y luego el papel. Muchas hojas sueltas, ondeando como la nieve hasta el suelo. Página tras página, arrugadas y dobladas y clasificadas por tipos.

Iris se quedó mirando el papel que tenía a los pies.

Sabía lo que eran. Lo sabía mientras soltaba la mochila de Roman, mientras se arrodillaba para recoger las páginas.

Eran sus cartas.

Sus palabras.

Primero le había estado escribiendo a Forest y después a alguien a quien había conocido como Carver.

Sus emociones eran un embrollo cuando empezó a releerlas. Sus palabras la herían como si nunca las hubiera escrito sentada en el suelo de su antigua habitación, sola, preocupada y enfadada.

«Ojalá fueras un cobarde por mí, por mamá. Ojalá depusieras las armas y te deshicieras de la lealtad hacia la diosa que te ha llamado. Ojalá detuvieras el tiempo y volvieras con nosotras».

Había pensado que Carver había tirado la primera de sus cartas. Le había pedido que se las devolviera, y él le había dicho que eso no era posible.

Pues acababa de enterarse de que él le había mentido. Porque estaban allí. Estaban todas allí, arrugadas como si las hubieran leído numerosas veces.

Iris dejó de leer. Le ardían los ojos.

Roman Kitt era Carver.

Había sido Carver todo ese tiempo, y darse cuenta de ello la chocó tanto que tuvo que sentarse en el suelo. Estaba abrumada por una sorprendente ola de alivio. Era él. Iris le había estado escribiendo a Roman, enamorándose de él todo ese tiempo.

Pero entonces le empezaron a asaltar las preguntas, mordisqueando su consuelo.

¿Le había estado tomando el pelo? ¿Era eso un juego para él? ¿Por qué no se lo había dicho antes?

Iris se cubrió la cara, y sus palmas absorbieron el calor de sus mejillas.

—Dioses —susurró por entre los dedos, y cuando volvió a abrir los ojos se le había afilado la vista. Observó las cartas, esparcidas a su alrededor. Y empezó a recogerlas una a una.

34

C.

Iris entró en la enfermería diez minutos después, llevando un mono nuevo y un cinturón bien ceñido. Su pelo seguía siendo una maraña desesperante sobre sus hombros, pero tenía cosas más importantes en mente. Llevaba en la mano todas sus cartas dobladas mientras subía con el ascensor a la planta superior.

Las puertas chirriaron.

Avanzó por el pasillo y pasó por delante de algunas enfermeras y de uno de los médicos, aunque ninguno de ellos le prestó atención, e Iris dio gracias por ello. No estaba segura de qué, exactamente, iba a desatar, pero la sangre le hervía.

Para cuando se acercó a la habitación de Roman, tenía la cara sonrojada.

Él estaba en el mismo compartimento con cortinas y en el mismo catre. Seguía teniendo la mano pegada a un tubo intravenoso y llevaba un vendaje nuevo en la pierna derecha, pero estaba incorporado, con la atención puesta en el bol de sopa que estaba comiendo.

Iris se detuvo en el umbral y lo observó, con el corazón suavizándosele por verlo despierto. No estaba tan pálido como el día anterior. La alivió ver que tenía mucho mejor aspecto, y Roman tragó una cucharada de sopa, cerrando los ojos brevemente como si saboreara la comida.

Iris notó cómo las manos se le llenaban de sudor, que humedecía las cartas. Las escondió a la espalda, se acercó a él y se detuvo a los pies de la cama.

Roman levantó la vista y se sorprendió al verla. Soltó la cuchara con un tintineo y se apresuró a dejar el bol en la mesita auxiliar.

—Iris.

Iris oyó la alegría en su voz. Sus ojos se empapaban de ella, y cuando hizo ademán de moverse —¿en serio se estaba intentando levantar para abrazarla sobre una pierna?—, se aclaró la garganta.

—Quédate quieto, Kitt.

Roman se quedó de piedra. Contrajo la frente.

Iris había ensayado lo que quería decirle y cómo empezar esa conversación extraña. Se la había repetido mentalmente en todo el camino hasta allí. Pero ahora que lo estaba viendo, las palabras se desvanecieron de su interior.

Sostuvo en alto el montón de cartas.

—Tú —se limitó a decir.

Roman se quedó callado durante un segundo. Soltó una respiración profunda.

—Yo —susurró.

Iris sonrió; era un escudo para ocultar lo humillada que se sentía. Quería reír y llorar, pero se obligó a contenerse. Le empezó a doler la cabeza.

—¿Todo este tiempo has estado recibiendo mis cartas?

—Sí —contestó Roman.

—Eso es… ¡No me lo puedo creer, Kitt!

—¿Por qué? ¿Qué te cuesta tanto creer, Iris?

—Que todo este tiempo fueras tú.

Pestañeó para retener las lágrimas y lanzó una de las cartas encima de la cama de Roman. Le agradó oír el crujido del papel, una distracción para la vergüenza que sentía. Dejó caer otra página, y luego otra. Las cartas caían en el regazo de Roman.

—Ya basta, Iris —protestó Roman recogiéndolas a medida que se amontonaban. Ella las iba arrugando descuidadamente—. Entiendo que estés enfadada conmigo, pero déjame expli…

—¿Cuánto hace que lo sabes? —le preguntó secamente—. ¿Cuándo supiste que era yo?

Roman se quedó quieto con la mandíbula apretada. Siguió reuniendo sus cartas con cariño.

—Lo supe desde el principio.

—¿Desde el principio?

—Desde la primera carta que enviaste —corrigió él—. No dijiste tu nombre, pero hablaste de tu trabajo en la *Gaceta* y del puesto de columnista.

Iris se quedó paralizada por el horror mientras lo escuchaba. ¿Lo había sabido todo ese tiempo? *¡Lo había sabido todo ese tiempo!*

—Si te soy sincero, al principio pensé que era una broma —prosiguió—, que lo hacías para meterte en mi cabeza. Hasta que leí las otras cartas…

—¿Por qué no me dijiste nada, Kitt?

—Quería hacerlo. Pero me preocupaba que dejaras de escribir.

—¿Así que pensaste que era mejor tomarme por tonta?

Roman entrecerró los ojos, ofendido.

—Nunca te he tomado por tonta, Iris. Nunca he pensado eso de ti.

—¿Me seguías la corriente, entonces? —le espetó ella. Detestaba cómo le temblaba la voz—. ¿Era algún tipo de broma que hacerle a la pobre chica de clase baja del trabajo?

Iris metió el dedo en la llaga. Roman puso una mueca, como si acabara de golpearlo.

—No. Nunca te haría ninguna de esas cosas, y si piensas lo contrario es que no me…

—¡Me has mentido, Kitt! —gritó Iris.

—No te he mentido. Todo lo que te dije... Nada de eso era mentira. Nada, ¿me oyes?

Iris se quedó mirando a Roman. Tenía la cara roja y sostenía las cartas contra su pecho, y de repente debió tener en cuenta más cosas. Todos los detalles de Carver. Pensó en Del, y se dio cuenta de que Roman había sido un hermano mayor, que había perdido a su hermana. La había arrastrado del agua después de ahogarse en su séptimo cumpleaños. Había cargado con el cuerpo hasta casa para sus padres.

Se le formó un nudo en la garganta. Iris cerró los ojos.

Roman suspiró.

—¿Iris? ¿Por qué no vienes aquí? Siéntate a mi lado un rato, y así hablamos más.

Iris necesitaba un momento a solas. Para procesar ese enredo de sentimientos que tenía dentro.

—Tengo que irme, Kitt. Ten. Toma tus cartas. No las quiero.

—¿Qué quieres decir con que no las quieres? Son mías.

—¡Sí! ¡Y esa es otra cosa en la que me mentiste! —dijo Iris señalándolo—. Te pedí que me devolvieras mis cartas antiguas. Las que le escribí a Forest. Y me dijiste que no podías.

—Dije que no podía, porque no quería hacerlo —dijo Roman—. ¿Has acabado de leer mi última carta? Aunque, por lo que parece, no creo que puedas ni empezar a entender lo que tus palabras significan para mí. Aunque al principio estuvieran dirigidas a Forest. Eras una hermana que le escribía a su desaparecido hermano mayor. Y sentí ese dolor como un hermano que había perdido a la única hermana que tenía.

Iris no supo qué hacer. Ni con su dolor ni con el de él, que de repente estaban fusionados. Una señal de emergencia se activó en su mente; estaba bailando demasiado cerca del fuego, a punto de quemarse. Le habían quitado la armadura, y se sentía desnuda.

—Aquí tienes —dijo Iris mientras le entregaba a Roman las últimas cartas—. Me tengo que ir.

—¿Iris? Iris —susurró Roman, pero cuando intentó alcanzar su mano, ella lo esquivó—. Por favor, quédate.

Iris dio un paso atrás.

—Hay cosas... cosas que tengo que hacer así que... así que tengo que irme.

—Lo siento —dijo Roman—. Siento haberte hecho daño, pero nunca fue mi intención, Iris. ¿Por qué crees que estoy aquí?

Iris casi había llegado a la puerta. Se detuvo, pero evitó mirarlo. Se quedó mirando sus cartas, que él tenía bien agarradas en las manos.

—Estás aquí para eclipsarme de nuevo —dijo en tono distante—. Estás aquí para demostrar que tu escritura es muy superior a la mía, como hiciste en la *Gaceta*.

Se dio la vuelta para irse, pero no había dado ni dos pasos cuando oyó un repiqueteo, el crujido de un catre y un gruñido de dolor. Iris miró por encima del hombro, y los ojos se le abrieron como platos al ver que era Roman, erguido sobre una pierna, arrancándose la aguja intravenosa de la mano.

—Vuelve a la cama, Kitt —lo regañó.

—No huyas de mí, Iris —dijo Roman mientras cojeaba hacia ella—. No huyas de mí, no después de lo que acabamos de vivir. No sin concederme una última petición.

Iris sintió pena al ver cómo intentaba alcanzarla a la pata coja. Se adelantó, con las manos preparadas para agarrarlo, pero Roman se apoyó en el marco de la puerta y pudo mantener el equilibrio. Sus ojos azules perforaban los suyos. Solo había un nimio espacio entre sus cuerpos, e Iris por poco se echó atrás, forcejeando contra la tentadora atracción que sentía hacia él.

—¿Cuál es esa petición tuya? —preguntó Iris con voz fría, pero solo para ocultar cómo le dolía el corazón—. ¿Qué es tan importante para ti para que hayas actuado como un tonto y te hayas sacado la aguja de la vena, y posiblemente te hayas abierto los puntos, y…?

—En ningún momento te he mentido —dijo Roman. Su expresión se suavizó, pero mantuvo una mirada afilada—. Me lo preguntaste una vez, hace meses, y me negué a contestar. Pero quiero que me lo preguntes de nuevo, Iris. Pregúntame mi segundo nombre —susurró.

Iris apretó los dientes, pero le sostuvo la mirada. Su memoria empezó a girar como un fonógrafo, y oyó su voz pasada, sarcástica y enojada y llena de curiosidad.

«Roman Cursi Kitt. Roman Chabacano Kitt. Roman Cascarrabias Kitt…».

Se le paró la respiración.

—La «C» es de Carver —dijo Roman, inclinándose hacia ella—. Mi nombre es Roman Carver Kitt.

Entrelazó los dedos en el pelo de Iris y acercó la boca a la suya. Iris sintió cómo la conmoción la recorría como un calambre en el momento en que sus labios se juntaron. Era un beso hambriento, como si Roman lo hubiera estado anhelando desde hacía tiempo, y al principio Iris no pudo respirar. Pero entonces la conmoción se deshizo, y notó cómo el entusiasmo le calentaba la sangre.

Abrió la boca contra la de Roman, devolviéndole el beso. Experimentó cómo un escalofrío la invadía mientras pasaba las manos por sus brazos, aferrándose a él.

Cuando Roman cambió de posición, Iris pensó que se iban a caer y no podría hacer nada para impedirlo, hasta que notó la pared en su espalda. Roman se apretó contra ella, su cuerpo delgado y ardiente, como si estuviera en llamas. Su calor impregnó la piel de Iris, caló hasta sus huesos, y no pudo reprimir el gemido que se le escapó.

Roman le rodeó la cara con las manos. Sí, la deseaba desde hacía mucho tiempo. Ella podía sentirlo por la manera en que la tocaba, por la manera en que sus labios reclamaban los suyos. Como si

Roman se hubiera imaginado infinitas veces lo que ocurría ese momento.

Iris apenas recordaba la hora, el día o dónde estaban. Los dos estaban atrapados en una tormenta que ellos mismos habían creado, y no sabía qué ocurriría cuando arreciara. Solo sabía que algo le dolía dentro del pecho. Algo que Roman debía de necesitar, porque su boca y su respiración y sus caricias estaban intentando sacárselo.

Alguien se aclaró la garganta.

Iris volvió en sí de inmediato, sintiendo el aire frío y punzante de la enfermería. Vio las bombillas que brillaban sobre su cabeza y oyó los sonidos metálicos de las bacinillas y las bandejas de la comida que se movían.

Se separó de Roman, jadeando. Se lo quedó mirando a él y observó sus labios hinchados. Él seguía contemplándola con ojos que brillaban con una luz peligrosa.

—Voy a tener que restringir tus horas de visita si vuelve a haber besuqueos, señor Kitt —dijo una voz cansada. Iris miró alrededor de Roman y vio a una enfermera que sostenía la aguja intravenosa y el tubo que él se había arrancado de la mano—. Deberías estar en cama. Descansando.

—No volverá a ocurrir —prometió Iris, con la cara en llamas.

La enfermera se limitó a arquear una ceja. Roman, por su lado, soltó aire como si ella le acabara de dar un puñetazo.

¿Qué estoy haciendo?, pensó Iris, y se escurrió por debajo del brazo de Roman. *Esto es una locura. Esto es…*

Se detuvo en el umbral y lo volvió a mirar.

Roman seguía apoyado en la pared, pero su mirada estaba completamente clavada en ella, incluso mientras la enfermera se acercaba para ayudarlo.

Iris lo dejó con el hormigueo del recuerdo de su beso y las cartas esparcidas por encima de la cama.

Querida Iris:

~~¿En qué estabas pensando?~~

~~¿Cómo pudiste permitir que el corazón te nublara la razón?~~

~~¡Deberías haberlo sabido!~~

¿Cómo no te diste cuenta? ¿Cómo pudiste permitir que te usara? Roman «C es de Carver» Kitt te la ha jugado.

Kitt: 2 (1 punto por columnista, 1 punto por engaño premeditado)

Winnow: 0

Es que... ya no sé qué pensar. Estoy avergonzada, estoy enfadada. Estoy triste e inesperadamente aliviada. Attie y Marisol siguen diciéndome que las acompañe a la enfermería, pero si ahora veo a Kitt no sé cómo voy a reaccionar. Esta mañana he quedado como una idiota, así que es mejor que mantenga la distancia. En vez de eso, me he prestado voluntaria para cavar tumbas en el campo. Cavo hora tras hora. Vierto todo mi enfado y toda mi impotencia y tristeza en la tierra. Y ayudo a la gente de Risco Ávalon a marcar los nombres de los soldados antes de enterrarlos.

Es un trabajo agotador. Me han reventado las ampollas de las manos, pero ni siquiera las noto. Han muerto muchos, y estoy agotada, triste y enfadada, y no sé qué hacer con Kitt.

Anoche releí todas sus cartas. Y no creo que intentara burlarse de mí. Al menos, tal vez quería al principio de todo, pero ya no. Tampoco sé cómo describir con exactitud cómo me siento. Tal vez no haya palabras para describir tal cosa, pero...

A veces todavía puedo notar su mano tocando la mía, arrastrándome por el humo y el terror de las trincheras. A veces todavía siento cómo me levanta en volandas como si no pesara nada, dándome la vuelta como si estuviéramos bailando. O cómo se interpuso entre mí y la granada, y todavía no puedo respirar. A veces recuerdo cómo el corazón se me detuvo cuando lo vi despatarrado de espaldas, con la mirada dirigida al cielo, como si estuviera muerto. Cuando lo vi caminando a través del campo durante la sirena de los ezrals. Cuando colisionamos en la hierba dorada. Cuando sus labios tocaron los míos.

Me estoy enamorando de él de dos maneras distintas. Cara a cara y palabra a palabra. Si soy sincera, hubo momentos en los que quería estar con Carver y momentos en los que deseaba a Roman, y ahora no sé cómo unirlos. O si debería hacerlo.

Intentó decírmelo. Y yo estaba demasiado distraída como para unir las piezas. Todo es por mi culpa; me han herido el orgullo, y tengo que dejarlo ir y seguir con mi vida, con o sin él.

Estoy ~~furiosa humillada triste enojada~~ asustada.

Estoy asustada por que me haga daño. Tengo miedo de volver a perder a alguien a quien quiero. Tengo miedo de soltar. De admitir lo que siento por él. Y aun así me ha demostrado lo que vale. Una y otra vez. Me encontró en el día más oscuro. Me ha seguido a la guerra, al frente. Se ha interpuesto entre la muerte y yo, llevándose unas heridas que estaban dirigidas a mí.

Hay algo eléctrico en mi interior. Algo que me está suplicando que me quite lo que queda de mi armadura y le deje ver cómo soy. Que lo escoja. Y, pese

a todo, aquí estoy sentada, sola, tecleando palabra
tras palabra, mientras busco encontrar mi propio
sentido. Veo el parpadeo de la vela y lo único en lo
que puedo pensar es...

Tengo mucho miedo. Y, con todo, cómo anhelo ser
vulnerable y valiente cuando hablamos de mi propio
corazón.

35

La colina que casi pudo con Iris

Iris se agachó en el jardín para regar el suelo. Durante el lapso que había estado fuera en el frente, unos cuantos brotes habían empezado a romper la tierra, y la visión de su frágil despliegue le ablandaba el corazón. Se imaginó que Keegan volvía pronto de la guerra, y la alegría que tendría cuando se diera cuenta de que Marisol se había asegurado de que el jardín estuviera plantado. No era el jardín más bonito ni ordenado, pero poco a poco se iba despertando.

He hecho crecer algo vivo en tiempos de muerte.

Aquellas palabras reverberaron en el interior de Iris mientras trazaba con la punta de los dedos suavemente el tallo que tenía más cerca. Su regadera estaba vacía, pero siguió de rodillas, y la humedad del suelo se filtró hasta las rodillas de su mono.

Se sentía muy cansada y le pesaba el cuerpo. El día anterior habían acabado de enterrar a todos los fallecidos.

—Supuse que te encontraría aquí —dijo Attie.

Iris miró por encima del hombro y vio a su amiga de pie en la parte trasera de la terraza, protegiéndose los ojos de la luz de la tarde.

—¿Me necesita Marisol? —preguntó Iris.

—De hecho, no. —Attie vaciló y le dio un puntapié a una piedrecilla con la bota.

—¿Qué pasa, Attie? Me estás preocupando.

—Roman acaba de volver de la enfermería —le anunció Attie, tras aclararse la garganta—. Está descansando en su habitación.

—Oh. —Iris devolvió la atención al suelo, pero el corazón se le aceleró de golpe. Hacía dos días que lo había ido a visitar con las cartas en la mano. Dos días desde que lo había visto o había hablado con él. Dos días desde que se besaron como si estuvieran hambrientos el uno del otro. Dos días que ella se había pasado analizando sus sentimientos, decidiendo qué hacer—. Es positivo, supongo.

—Creo que deberías ir a visitarlo, Iris.

—¿Por qué? —Necesitaba una distracción. Ahí había una mala hierba que arrancar. Iris llevó a cabo la tarea rápido, inmediatamente deseando otra con la que ocupar las manos.

—No estoy segura de qué ha ocurrido entre vosotros dos, y no preguntaré —dijo Attie—. Lo único que sé es que no tiene buen aspecto.

Aquellas palabras calaron a Iris hasta los huesos.

—¿No tiene buen especto?

—Quiero decir… Es como si su espíritu se hubiera roto. Y ya sabes lo que dicen sobre los soldados heridos con el espíritu decaído.

—Kitt es un corresponsal —contrapuso Iris, pero con voz quebrada. No pudo evitar mirar hacia la ventana de Roman en la segunda planta, recordando el día que él se había apoyado en el alféizar y le había lanzado un mensaje.

La ventana estaba cerrada y las cortinas, corridas sobre los cristales.

Attie no dijo nada. El silencio al final llevó a Iris a levantar la vista hacia su amiga.

—Por favor, ¿le puedes hacer una visita? —le pidió Attie—. Yo me encargo de regar por ti.

Antes de que Iris pudiera idear una excusa, Attie había recogido el cubo de metal y se dirigía hacia el pozo.

Iris se mordió el labio, pero se levantó y se sacudió la suciedad del mono. Vio lo sucias que tenía las manos y se detuvo para frotárselas en el cubo para lavar de Marisol, solo para rendirse con un suspiro. Roman ya la había visto en su estado más sucio, más desarreglado.

La casa estaba llena de sombras silenciosas mientras Iris ascendía por las escaleras. El corazón se le aceleró cuando vio la puerta de la habitación de Roman, cerrada al mundo. Se detuvo enfrente de la madera, escuchando las fluctuaciones de su respiración, y entonces se riñó a sí misma por ser tan cobarde.

No sabré lo que quiero hacer hasta que no lo vuelva a ver.

Llamó a la puerta, tres golpes rápidos.

No obtuvo respuesta. Con el ceño fruncido, llamó de nuevo, más fuerte y deliberadamente. Pero Roman no respondía.

—¿Kitt? —lo llamó a través de la madera—. Kitt, por favor, ¿puedes responderme?

—¿Qué quieres, Winnow? —respondió al fin en tono neutro.

—¿Puedo entrar?

Roman guardó silencio un segundo.

—Por qué no —respondió arrastrando las palabras.

Iris abrió la puerta y entró en la habitación. Era la primera vez que estaba en su dormitorio, pero su mirada se dirigió directamente a él bajo la luz tenue, donde estaba tumbado en su somier improvisado en el suelo. Tenía los ojos cerrados y los dedos entrelazados encima del pecho. Iris olía el jabón en su piel, que estaba inusualmente pálida. Llevaba la cara afeitada y sus pómulos marcados estaban hundidos, como si estuviera demacrado.

Y ella tenía razón; sabía exactamente lo que quería escoger.

—¿Qué quieres? —repitió Roman, aunque su voz era más bien un carraspeo.

—Buenas tardes a ti también —respondió Iris con alegría—. ¿Cómo te encuentras?

—Estupendamente.

Una sonrisa intentó esbozarse en la comisura de los labios de Roman, y el pozo que sentía Iris en el estómago empezó a aflojarse. Pero él seguía con los ojos cerrados. De repente, quería que la mirara.

—Ah, ahí está la segunda Alondra —dijo, fijando la vista en la máquina de escribir. Se le ensanchó el corazón al verla—. ¡Aunque aquí está demasiado oscuro, Kitt! Deberías dejar que entre la luz.

—No quiero luz —refunfuñó, pero Iris ya había corrido las cortinas de la ventana. Roman levantó las manos para protegerse la cara de los rayos de sol—. ¿Por qué has venido a torturarme, Winnow?

—Si esta es una tortura, no me gustaría nada ver cómo sería el placer. —Roman no respondió, se quedó con las manos abiertas sobre la cara. Como si lo último que quisiera fuera mirarla.

Iris caminó hasta el lado del somier, su sombra cerniéndose sobre su cuerpo delgado.

—¿Vas a mirarme, Kitt?

Él no se movió.

—No deberías sentirte obligada a visitarme. Sé que en estos momentos me odias.

—¿Obligada?

—Por Attie. Sé que te ha dicho que vengas. No pasa nada, puedes volver a la tarea importante que sea en la que estabas ocupada.

—No estaría aquí si no quisiera verte —dijo Iris, y se le constriñó el pecho, como si un hilo tirara de cada una de sus costillas—. De hecho, he venido a hacerte una pregunta.

Roman se quedó en silencio, pero Iris detectó la curiosidad en su voz cuando dijo:

—Adelante, pues.

—¿Quieres ir a dar un paseo conmigo?

Incrédulo, Roman bajó las manos de su rostro.

—¿Un paseo?

—A ver… Tal vez no un paseo exactamente. Si tu pierna… Si no te apetece. Pero podríamos salir.

—¿A dónde?

Ahora que sus ojos estaban clavados en los suyos, Iris sentía que la veía hasta los huesos. Apenas podía respirar y se miró las uñas sucias.

—Pensaba que podríamos ir a nuestra colina.

—¿A nuestra colina?

—O tu colina —se apresuró a corregir—. La colina que casi pudo conmigo. A no ser que pienses que ahora también va a poder contigo. Si es así, creo que aparecerá en los titulares de mañana.

Roman guardó silencio, observándola. Iris no podía negarlo ni un momento más. Buscó sus ojos y sonrió tentadoramente, extendiéndole las manos.

—Venga, Kitt. Ven afuera conmigo. El sol y el aire fresco te sentarán bien.

Despacio, Roman levantó los dedos y los entrelazó con los de ella; esos dedos que habían escrito una carta tras otra para ella. Y lo puso en pie.

Roman insistía en andar y usaba una muleta para evitar apoyar peso en la pierna derecha. Al principio se movía a buen ritmo, balanceándose hacia delante. Pero se empezó a cansar, y su paso se ralentizó. Quince minutos por la calle adoquinada, y el sudor brillaba en la cara de Roman por el calor y el esfuerzo. Iris pensó al instante que debería haberse pensado mejor la oferta.

—No tenemos por qué ir hasta la colina —dijo mirándolo de soslayo—. Podemos dar la vuelta a medio camino.

Roman soltó el aire con una sonrisa.

—No me voy a romper, Winnow.

—Ya, pero tu pierna está todavía…

—Mi pierna está bien. De todas maneras, me gustaría ver de nuevo las vistas.

Iris asintió y jugueteó con la punta de su trenza, nerviosa por que él se sobreesforzara.

Giraron hacia la calle que se convertía gradualmente en una pendiente. Por primera vez desde que lo conocía, Iris no sabía qué decir. En la oficina de la *Gaceta*, siempre tenía una respuesta sarcástica para él. Incluso cuando le estaba escribiendo como Carver, las palabras le habían desbordado de dentro hasta la página. Pero de pronto se sentía inesperadamente vergonzosa, y las palabras eran como miel en su lengua. Estaba desesperada por decirle las cosas adecuadas.

Iris esperó a que hablara él, con la esperanza de que quizá rompiese ese extraño silencio que los envolvía, pero su respiración empezó a jadear a medida que la calle se empinaba. Obsesionada con la última carta de él, de repente supo exactamente qué quería decirle a Roman Carver Kitt.

Se dio la vuelta para enfrentarse a él, caminando hacia atrás. Roman se dio cuenta y enarcó una ceja.

—Salado —dijo ella.

Él rio y bajó la vista a los adoquines mientras avanzaba con la muleta.

—Ya lo sé, estoy sudando.

—No —dijo Iris, atrayendo sus ojos de vuelta a los suyos—. Prefiero salado a dulce. Prefiero las puestas de sol a las salidas, pero solo porque me encanta ver cómo las constelaciones se empiezan a encender. Mi estación favorita es el otoño, porque mi madre y yo creíamos que es el único momento en el que la magia se puede percibir en el aire. Soy una devota amante del té y puedo llegar a beber hasta mi propio peso en infusiones.

Una sonrisa cruzó la cara de Roman. Estaba respondiendo a las preguntas que le había hecho en la última carta.

—Ahora, dime los tuyos —dijo Iris.

—Soy el peor goloso que te puedas imaginar —empezó Roman—. Prefiero la salida del sol, pero solo porque me gustan las posibilidades que trae un nuevo amanecer. Mi estación preferida es la primavera, porque vuelve el béisbol. Prefiero el café, aunque me puedo beber cualquier cosa que me pongan delante.

Iris sonrió. Se le escapó una carcajada y se afanó en seguir caminando frente a él, justo fuera de su alcance por si intentaba agarrarla. Porque tenía un brillo hambriento en los ojos, como si ella fuera de verdad una zanahoria metafórica.

—¿Crees que mis respuestas son sorprendentes, Winnow?

—La verdad es que no, Kitt. Siempre supe que eras lo contrario a mí. Un némesis suele serlo.

—Yo prefiero «exrival». —Su mirada bajó a los labios de ella—. Cuéntame algo más de ti.

—¿Más? ¿Como qué?

—Lo que sea.

—Muy bien. Con siete años, tuve de mascota un caracol.

—¿Un caracol?

Iris asintió.

—Su nombre era Morgie. Lo tenía en una fuente con una pequeña bandeja con agua, algunas rocas y unas cuantas flores marchitas. Le contaba todos mis secretos.

—¿Y qué le pasó a Morgie?

—Se escabulló un día mientras yo estaba en la escuela. Llegué a casa y descubrí que se había ido, y no lo encontré por ningún lado. Lloré durante noches.

—Me imagino que fue desolador —dijo Roman, ante lo cual Iris le dio un golpe de broma.

—No te burles de mí, Kitt.

—No me burlo, Iris. —Le agarró la mano sin esfuerzo, y los dos se detuvieron en medio de la calle—. Cuéntame más.

—¿Más? —dijo con una exhalación, y, aunque su mano estaba caliente como una brasa, no la apartó de la de él—. Si te cuento algo más hoy, te aburrirás de mí.

—Imposible —susurró.

Iris sintió cómo la vergüenza le trepaba de nuevo por su cuerpo. ¿Qué estaba ocurriendo en ese instante y por qué le daba la impresión de que tenía alas que batían en el estómago?

—¿Cuál es tu segundo nombre? —preguntó Roman de repente.

Iris frunció la frente, sorprendida.

—Puede que tengas que ganarte esa información.

—Oh, venga ya. Al menos me puedes decir la inicial, ¿no? Sería lo justo.

—Supongo que no puedo negarlo. Mi segundo nombre empieza por «E».

Roman sonrió, sus ojos arrugados en las comisuras.

—¿Y qué podría ser? ¿Iris Encantadora Winnow? ¿Iris Etérea Winnow? ¿Iris Exquisita Winnow?

—Por todos los dioses, Kitt —replicó poniéndose colorada—. Permíteme que nos ahorremos los dos esta tortura. Es Elizabeth.

—Iris Elizabeth Winnow —repitió Roman, y ella se estremeció al oír su nombre en los labios de él.

Iris le sostuvo la vista hasta que la alegría desapareció de los ojos de Roman. La miraba del mismo modo en que lo había hecho en la oficina de Zeb. Como si él pudiera verlo todo de ella, e Iris tragó saliva, diciéndole a su corazón que se calmara, que fuera más despacio.

—Tengo que contarte algo —dijo Roman mientras trazaba círculos en los nudillos de ella con el pulgar—. El otro día comentaste que crees que solo estoy aquí para «eclipsarte». Pero eso es lo más alejado de la realidad. Rompí mi compromiso, dejé mi trabajo y viajé seiscientos kilómetros hacia una tierra derruida por la guerra para estar contigo, Iris.

Iris sintió vergüenza. Aquella situación no parecía real. La manera en que la estaba mirando, sosteniéndole la mano. Tenía que ser un sueño a punto de romperse.

—Kitt, yo…

—Por favor, déjame acabar.

Iris asintió, pero se mentalizó por dentro.

—No me importa demasiado escribir sobre la guerra —dijo—. Por supuesto que lo haré porque la *Tribuna de Tinta* me paga por ello, pero preferiría que tus artículos aparecieran en la portada. Preferiría leer lo que escribes. Incluso si no son cartas para mí. —Se quedó callado, apretando los labios como si estuviera indeciso—. El primer día que ya no estabas, mi primer día como columnista, fue horrible. Me di cuenta de que me estaba convirtiendo en alguien que no quería ser, y me desperté al ver tu escritorio vacío. Mi padre ha planeado mi vida desde que tengo uso de razón. Era mi «deber» seguir sus órdenes, e intenté acatarlas, aunque eso me estuviera matando. Y aunque significara que no podía ni comprarte un sándwich para el almuerzo, algo en lo que todavía pienso hoy en día y por lo que me odio.

—Kitt —susurró Iris. Apretó la mano con la suya.

—Pero en el momento en el que te fuiste —se apresuró a seguir Roman— supe que sentía algo por ti, algo que me había pasado varias semanas negándome. El momento en el que me escribiste y me dijiste que estabas a seiscientos kilómetros de Juramento… Creí que se me detenía el corazón. Saber que todavía querías escribirme, pero también que estabas tan lejos… Y a medida que nuestra correspondencia fue avanzando, finalmente admití que estaba enamorado de ti, y quería que supieras quién era yo. Fue entonces cuando decidí seguirte. No quería la vida que mi padre había planeado para mí, una vida en la que nunca podría estar contigo.

Iris abrió la boca, pero estaba tan saturada y abrumada que no dijo nada. Roman la miró con intención, con las mejillas coloradas y los ojos muy abiertos, como si estuviera esperando caerse al suelo y romperse en mil pedazos.

—¿Estás…? —empezó a decir Iris, pestañeando—. ¿Estás diciendo que quieres una vida conmigo?

—Sí —respondió él.

Y como su corazón se estaba deshaciendo, Iris sonrió y se burló de él.

—¿Me vas a pedir la mano?

Roman le sostuvo la mirada, completamente serio.

—Si te lo preguntara, ¿dirías que sí?

Iris se quedó callada, aunque su mente iba a toda velocidad, llena de pensamientos dorados.

Un día, no hacía mucho, en su vida antes del frente, habría pensado que eso era ridículo. Habría dicho que «no, ahora mismo tengo otros planes». Pero eso era antes, en un tiempo que estaba alumbrado por un rayo de luz dorado distinto, y en ese momento presente estaba iluminado por el tinte azul del después. Había visto la fragilidad de la vida. Cómo alguien se podía despertar con la salida del sol y morir antes de la puesta. Había corrido a través del humo, el fuego y la agonía con Roman, con las manos agarradas. Ambos habían probado la muerte, se habían codeado con ella. Tenían cicatrices en la piel y en el alma de ese momento quebrado, e Iris veía más que antes. Veía la luz, pero también las sombras.

Allí el tiempo era un bien muy preciado. Si quería estar con Roman, entonces ¿por qué no debía agarrarlo y asegurarlo con ambas manos?

—Supongo que tendrás que preguntármelo y descubrirlo —dijo Iris.

Y justo cuando pensaba que ya no la podía sorprender nada más, Roman se empezó a arrodillar. Estaba a punto de pedírselo. De verdad iba a preguntarle si quería casarse con él, e Iris se quedó sin aliento.

Roman puso una mueca cuando su rodilla se apoyó sobre los adoquines, con un destello de dolor en los ojos.

Iris bajó la mirada más allá de sus manos entrelazadas. La sangre se filtraba por la pierna derecha del mono de Roman.

—¡Kitt! —gritó Iris, urgiéndole a que se pusiera de pie de nuevo—. ¡Estás sangrando!

—No es nada, Winnow —dijo él, pero empezaba a ponerse pálido—. Debe de haber saltado un punto.

—Siéntate aquí.

—¿En la carretera?

—No, aquí, encima de esta caja. —Iris lo guio hasta el jardín de entrada de la casa más cercana. Debía de ser la casa de los O'Brien, porque había numerosos gatos tomando el sol sobre la hierba muerta, y se acordó de que Marisol le había comentado que a la mayoría de los habitantes de Risco Ávalon los preocupaba que esos felinos hiciesen que un día los bombardearan a todos.

—Se me debe de haber pasado por alto comentarte que soy alérgico a los gatos —dijo Roman, con el ceño fruncido mientras Iris lo obligaba a sentarse sobre la caja de leche volcada—. Y soy más que capaz de volver caminando hasta la casa de Marisol.

—No, no puedes —afirmó Iris—. Los gatos no te harán nada, estoy segura. Espérame aquí, Kitt. No te atrevas a moverte. —Empezó a alejarse, pero Roman se aferró a su mano, arrastrándola de vuelta a él.

—¿Me vas a dejar aquí? —Hizo que sonara como si Iris lo estuviera abandonando. El corazón le subió hasta la garganta cuando recordó cómo lo había dejado solo en las trincheras. Se preguntó si ese día lo perseguía a él igual que a ella. Cada noche cuando estaba tumbada en la oscuridad, recordando.

«Tú y yo... tenemos que estar juntos. Somos mejor así».

—Solo será un momento —dijo Iris, apretándole los dedos—. Correré a buscar a Peter. Tiene una camioneta y nos puede llevar hasta la enfermería para que un doctor pueda echar un vistazo a tu...

—No voy a volver a la enfermería, Iris —afirmó Roman—. Están desbordados de trabajo, y no tienen sitio para mí con algo tan nimio como un punto saltado. Puedo solucionarlo yo mismo si Marisol tiene una aguja e hilo.

Iris suspiró.

—Está bien. Te llevaré al hostal, siempre y cuando no te muevas mientras no estoy.

Roman cedió con un asentimiento. Renunció a su mano, aunque lentamente, e Iris se echó a correr, volando por la calle y doblando la esquina a un ritmo vertiginoso. Afortunadamente, encontró a Peter en casa, al lado del hostal, y él accedió a conducir hasta arriba de la colina para llevar a Roman.

Iris iba en la parte trasera de la camioneta, al lado de una bala de paja, sujetándose al lateral de madera mientras el vehículo retumbaba por las calles. No entendía por qué su respiración seguía desatada, como si su corazón creyera que todavía estaba corriendo. No entendía por qué la sangre le fluía a toda velocidad ni por qué de repente estaba tan asustada.

Una parte de ella esperaba que al ascender la colina vieran que Roman ya no estaba. Era como si estuviera atrapada en las páginas de un extraño cuento de hadas, y no debía ser incauta sino astuta y prepararse para que algo horrible le sobreviniera. Porque en su vida las cosas buenas nunca duraban mucho. Pensó en todas las personas que habían sido cercanas a ella, los hilos de las vidas que se habían entrelazado con la suya: su abuela, Forest, su madre, y que todos se habían ido, ya fuera por decisión propia o por el destino.

Estaba a punto de proponérmelo, Iris se dijo a sí misma, cerrando los ojos mientras empezaban a sacudirse subiendo la colina. *Roman Kitt se quiere casar conmigo.*

Se acordó de las palabras que se había escrito a sí misma noches atrás. Se acordó de que, aunque la gente a la que quería la había abandonado una y otra vez, Roman había ido a por ella.

La estaba eligiendo.

La camioneta empezó a ralentizarse mientras Peter reducía la velocidad. Se oyó una pequeña explosión e Iris dio un salto. El sonido era muy parecido al del disparo de un arma, y su pulso se desbocó. Puso una mueca, resistiéndose al impulso de hacerse un ovillo, y al final decidió abrir los ojos.

Roman estaba sentado sobre la caja de leche justo donde lo había dejado, con mala cara. Y con un gato enroscado sobre su regazo.

Querido Kitt:

Ahora que tus puntos están en su sitio y te has recuperado del encuentro con el gato, ha llegado el momento de resolver dos asuntos muy apremiantes entre nosotros, ya que ambos no me dejan dormir. ¿No crees?

—I. W.

Querida Winnow:

Tengo un pálpito en cuanto a uno de los asuntos, que fue interrumpido groseramente por mis malditos puntos. Pero el otro... Quiero asegurarme de saber qué es lo que te está quitando el sueño.

Es decir, ilumíname.

Tu Kitt

P. D. ¿No es raro que estemos puerta con puerta y aun así decidamos enviarnos cartas a través del armario?

Querido Kitt:

Me sorprende que no recuerdes con todo lujo de detalles el debate que mantuvimos en su día. Se suponía que tenía que ponerle fin una vez que te viera.

Creo que tu abuela estará contenta con tu decisión.

Mi respuesta es firmemente esta: caballero errante.

—I. W.

P. D. Sí, es raro, pero mucho más eficiente, ¿no crees?

Queridísima Winnow:

Me halagas. Debe de ser por el mentón puntiagudo. ¿Y en cuanto al otro asunto? Hay que hacerlo en persona.

Tu Kitt

P. D. Estoy de acuerdo. Aunque no me importaría verte ahora mismo...

Mi querido Kitt:

Tendrás que esperarte para verme hasta mañana, que es cuando tengo planeado arrastrarte hasta el jardín. Nada de gatos ni paseos por el momento, me temo. No hasta que te cures. Y entonces ya correremos hasta la colina, y quizá te gane por una vez (pero no me lo pongas fácil).

Y me lo puedes pedir oficialmente mañana.

Con amor,
Iris

P. D. Si me ves demasiado, estás destinado a aburrirte
de mis tristes historias de caracoles.

Querida Iris:

En el jardín, pues.

Tu Kitt

P. D. Imposible.

36

En el jardín

Iris quería que Roman se lo pidiera en el jardín. Pero había algo que tenía que preguntarle antes, y esperó a que estuviera sentado en una silla en la sombra. Roman observó cómo Iris se arrodillaba en el suelo, arrancaba malas hierbas y regaba una hilera tras otra.

—Ayer por la noche estaba pensando en algo, Kitt —dijo Iris.

—¿Eh? ¿En qué, Winnow?

Levantó la vista hacia él. Parches de luz danzaban sobre sus hombros, sobre los atractivos rasgos de su rostro. Su pelo negro casi parecía azul.

—Estuve pensando en el tiempo que he desperdiciado en el pasado.

Roman arqueó las cejas, pero sus ojos brillaron llenos de interés.

—No pienso en ti como alguien que «desperdicie» nada.

—Lo hice hace unos días. Cuando fui a verte a la enfermería. Cuando te llevé mis cartas. —No era capaz de mirarlo mientras hablaba, así que fingió arrancar otra mala hierba—. La verdad es que tengo mi orgullo, y me daban miedo mis sentimientos. Y por eso te dejé allí con muchas cosas por decir, y entonces establecí lo que creí que era un margen de días entre nosotros. Un tiempo para protegerme, para volver a ponerme toda la armadura. Pero entonces me di cuenta de que no puedo dar por hecho nada. A estas alturas ya debería saberlo de sobra, después de haber estado en las trincheras. No puedo dar por sentado que dispondré de esta tarde, mucho menos si viviré mañana. En cualquier momento podría caer una bomba del cielo, y no habría tenido la oportunidad de hacer esto.

Roman estaba callado, empapándose de esa inconexa confesión.

—¿Y a qué te estás refiriendo exactamente? —preguntó Roman con amabilidad.

Iris sintió la atracción irresistible de su mirada, y levantó la vista para encontrarla.

—¿Estás seguro de que quieres que te lo diga?

—Sí —respondió él.

Iris se limpió la suciedad de las manos, se puso en pie y caminó por la hilera hasta quedarse delante de él. Se metió la mano en el bolsillo, donde la esperaba un pedazo de papel doblado.

—Verás, Kitt —empezó a decir—, le tengo bastante cariño a Carver. Sus palabras me han acompañado durante algunos de los momentos más oscuros de mi vida. Era un amigo que necesitaba desesperadamente, alguien que me ha escuchado y me ha dado ánimos. Nunca me he mostrado tan vulnerable con otra persona. Me estaba enamorando de él. Y aun así tuve un conflicto de sentimientos cuando llegaste a Ávalon, porque me di cuenta de que me medio gustabas.

—¿Hay alguna manera de solucionar esa diferencia? —dijo Roman intentando no sonreír. Y no lo consiguió.

—De hecho, sí. —Sacó la carta del bolsillo, manchada de sangre y sucia—. Te conozco como Carver. Y te conozco como Roman Kitt. Quiero unirlos a los dos, como debería ser. Y solo conozco una manera de hacerlo.

Le extendió la carta.

Roman la aceptó. Su sonrisa se tambaleó cuando se dio cuenta de qué carta era y rememoró sus propias palabras.

—¿Me estás pidiendo que…?

—¿Que la leas en voz alta para mí? —acabó Iris la frase con una sonrisa—. Sí, Kitt. Eso es.

—Pero esta carta… —Roman soltó una risita mientras se pasaba la mano por el pelo—. En esta carta en concreto digo unas cuantas cosas.

—Es verdad, y quiero oír cómo me las dices.

Roman se la quedó mirando con ojos inescrutables. Iris sintió de repente que la piel le ardía. Una brisa ligera jugueteó con su pelo suelto. Y pensó: *Le he pedido demasiado. Está claro que no lo va a hacer por mí.*

—Muy bien —accedió él—. Pero ya que no podemos dar por hecho que nos queda esta noche, ¿cuál es mi recompensa si te leo esta carta horrible y dramática?

—Primero léela y luego ya veremos. —Roman bajó la vista a sus palabras, mordiéndose el labio—. Si te sirve —dijo Iris con voz cantarina mientras se arrodillaba para arrancar las malas hierbas de la siguiente hilera—, no te miraré mientras lees. Puedes fingir que ni siquiera estoy aquí.

—Imposible, Iris.

—¿Por qué, Kitt?

—Porque eres una distracción muy grande.

—Entonces, no me moveré.

—¿Te quedarás simplemente aquí, en el suelo?

—Estás ganando tiempo, ¿verdad? —dijo Iris mirándolo de nuevo. Sus ojos ya estaban posados en ella, como si nunca hubiera desviado la vista. Iris notaba que el pulso le latía como un tambor, pero soltó una exhalación profunda—. Léemela, Roman —dijo con un susurro.

Fuera la que fuera la emoción que lo acechaba por dentro —miedo o preocupación o vergüenza—, se desvaneció. Roman se aclaró la garganta y bajó los ojos a la carta. Sus labios ya se habían separado para leer la primera palabra cuando se detuvo y dirigió la vista a Iris de nuevo.

—Todavía me estás mirando, Iris.

—Lo siento. —No lo sentía en absoluto mientras desplazaba su atención hacia el suelo para arrancar otra mala hierba.

—Está bien, ahí voy —dijo Roman—. «Querida Iris. ¿Tu rival? ¿Quién es ese tipo? Si compite contra ti, entonces debe de ser un completo iluso. No tengo la menor duda de que lo superarás en todos los aspectos». Voy a añadir una nota personal para decir que disfruté escribiendo eso mucho más de lo que debería.

—Sí, muy audaz por tu parte, Kitt —dijo Iris—. Debería haber sabido en ese momento que eras tú.

—De hecho, pensaba que te darías cuenta de que era yo en la siguiente línea, en la parte donde digo: «Ahora ha llegado el momento de hacer una confesión: no estoy en Juramento».

—Te tengo que recordar que, la primera vez que estaba intentando leer esta carta, me interrumpiste porque nos íbamos al frente —aclaró Iris—. La segunda vez que intenté leerla, me lanzaste una bola de papel a la cara.

Roman se puso una mano sobre el corazón.

—En mi defensa, Iris, sabía que estabas leyendo esta misma carta en las trincheras, y pensé que no era el mejor de los momentos para mi confesión torpe.

—Comprensible. Por favor, continúa.

—Por todos los dioses, ¿por dónde iba antes de que me autointerrumpiera?

—Solo llevas seis líneas, Kitt.

Encontró el punto y siguió leyendo, e Iris saboreó el sonido de su voz. Cerró los ojos y su voz penetrante de barítono transformaba las palabras que habían sido silenciosas en imágenes vivas que respiraban. Siempre se había preguntado por el aspecto de Carver, y ahora lo veía. Dedos largos que danzaban por encima de las teclas, ojos azules como el cielo de mediados de verano, pelo negro despeinado, mentón puntiagudo y sonrisa burlona.

A Roman le flaqueó la voz. Iris abrió los ojos y miró hacia la neblina sofocante que se formaba a finales de la mañana. Lentamente, Roman continuó:

—«He querido hacerlo bien hace semanas ya, pero la verdad es que no sabía cómo, y me preocupa lo que puedas pensar. Es extraño lo rápido que puede cambiar la vida, ¿no crees? Cómo algo tan nimio como teclear una carta puede abrirte una puerta que nunca viste. Una conexión trascendente. Un umbral divino. Pero si hay algo que debería decir en este momento, en que el corazón me late salvaje en el pecho y te suplicaría que vinieras a calmarlo…».

Se quedó callado.

Iris lo miró. Roman tenía todavía los ojos pegados a las palabras escritas hasta que ella se levantó del suelo y atrajo su mirada.

—«Es esto» —susurró Roman mientras ella se acercaba—, «tus cartas han sido para mí una luz que seguir. Tus palabras, un festín sublime que me ha alimentado los días que estaba hambriento. Te quiero, Iris».

Iris le arrebató el papel, lo dobló de nuevo y se lo metió en el bolsillo. Sabía lo que quería y, aun así, si lo pensaba demasiado, podía arruinarlo todo. El miedo de que pudiera estropearlo era casi abrumador.

Como si sintiera sus pensamientos, Roman le extendió la mano y la guio para que se sentara sobre su regazo.

Estaba maravillosa e insoportablemente cerca de él. Tenían los rostros uno frente al otro y las miradas alineadas. Su calor se filtraba en ella e Iris se movió sobre sus muslos.

Ella se agarró de sus mangas, como si el mundo estuviera dando vueltas a su alrededor. Él hizo un sonido, un atisbo de exhalación, que provocó que el corazón de Iris se desbocara.

—¡Te voy a hacer daño, Kitt! —Iris empezó a echarse hacia atrás, pero él le tocó los labios y la mantuvo sujeta.

—No me vas a hacer daño en la pierna —dijo con una sonrisa—. No te preocupes por si me haces daño. —Se acercó más a ella, hasta que Iris suspiró—. A ver, antes de que podamos proceder con cualquier otra cosa, tengo una pregunta muy importante que hacerte.

—Adelante —dijo Iris. Ese debía ser el momento. Estaba a punto de declararse.

Una alegría pícara le iluminó los ojos.

—¿Hablabas en serio cuando le dijiste a la enfermera que no me volverías a besuquear?

Iris se quedó boquiabierta, y entonces se rio.

—¿Eso es lo que más te preocupa?

Roman se aferró más fuerte a sus caderas.

—Me temo que una vez que has probado algo así…, no se puede olvidar, Iris. Y ahora tengo que ver si mantienes tus palabras de hace tres días o si las vas a reescribir conmigo aquí, en este preciso instante.

Iris se quedó callada, llena de pensamientos emocionantes a medida que las palabras de Roman le iban calando. Nunca había querido a nadie con tanta voracidad, casi parecía que estaba enfermando, y Roman cerró los ojos, completamente prisionero de sus caricias. Iris aprovechó ese momento para estudiar su rostro, la curvatura de su boca, mientras la respiración de él se aceleraba.

—Supongo que me podrías llegar persuadir de que reescriba esas palabras —susurró ella en una cadencia burlona, y Roman abrió los ojos para mirarla. Sus pupilas eran grandes y oscuras, como lunas nuevas. Iris casi se podía ver reflejadas en ellas—. Pero solo contigo, Kitt.

—¿Porque soy un portento de la escritura? —contrapuso.

—Entre otras cosas —dijo Iris con una sonrisa.

Lo besó, un suave roce de sus labios con los de él, y Roman se quedó quieto, somo si lo hubiera hechizado. Pero enseguida su boca se abrió con ansia bajo la suya y sus manos trazaron la curva de su espalda. La invadió un escalofrío al sentir cómo los dedos de Roman memorizaban su cuerpo, al sentir cómo sus dientes mordisqueaban su labio inferior mientras empezaban a explorarse mutuamente.

Ella le devolvió las caricias, aprendiéndose la anchura de sus hombros, el hueco de su clavícula y el borde afilado de su mandíbula. Era como si se estuviera ahogando, como si acabara de correr hasta arriba de la colina. Sentía un dolor placentero en el interior, un dolor brillante, vibrante y líquido, y se dio cuenta de que quería notar su piel contra la suya.

Roman rompió el beso y los ojos se le vidriaron cuando se encontraron brevemente con los de Iris. Apretó la boca contra su cuello, como si se embebiera del aroma de su piel. Tenía los dedos extendidos en la espalda de Iris, agarrándola cerca de él, y su respiración despedía calor en el cuello de ella.

—Cásate conmigo, Iris Elizabeth Winnow —susurró Roman inclinándose hacia atrás para mirarla—. Quiero pasar el resto de mis días y mis noches contigo. Cásate conmigo.

Iris, con el corazón en llamas, le rodeó la cara con las manos. Nunca había estado tan cerca de alguien, pero con Roman se sentía segura. Y no sentía esa seguridad desde hacía mucho tiempo.

—Iris… Iris, di algo —le suplicó.

—Sí, me casaré contigo, Roman Carver Kitt.

La confianza de Roman volvió con el destello de una sonrisa. Iris lo vio en sus ojos, como estrellas que ardían al anochecer; lo sintió en su cuerpo mientras la tensión se deshacía. Roman entrelazó los dedos en su largo pelo lacio y le dijo:

—Pensé que nunca responderías que sí, Winnow.

Había sido cuestión de segundos.

Iris volvió a reír.

La boca de Roman encontró la suya y se tragó la carcajada.

Iris notaba cómo le palpitaba la sangre, y puso fin al beso.

—¿Cuándo nos casamos? —preguntó.

—Esta tarde —contestó Roman sin dilación—. Lo has comentado antes: en cualquier momento podría caer una bomba. No sabemos lo que nos depara el futuro.

Iris asintió, conforme, pero sus pensamientos se convirtieron en polvo. Si intercambiaban los votos ese día, por la noche compartirían la cama. Y, aunque se había imaginado estando con él, era virgen.

—Kitt, nunca me he acostado con alguien.

—Yo tampoco. —Le pasó un mechón de pelo detrás de la oreja—. Pero si no es algo para lo que estés preparada todavía, podemos esperar.

Iris apenas podía hablar mientras él le acariciaba el rostro.

—No quiero esperar. Quiero vivirlo contigo. —Se inclinó de nuevo para besarlo.

—¿Crees que tengo que pedirle permiso a Marisol para casarme contigo? —le preguntó al final con los labios pegados a los suyos.

Iris sonrió.

—No lo sé. ¿Deberías?

—Eso creo. También necesito el beneplácito de Attie.

Iban a hacerlo de verdad, pues. En cuanto Marisol y Attie volvieran de la enfermería, se iba a casar con Roman. Estaba a punto de decir algo más cuando las ramas del árbol crujieron sobre sus cabezas. Oyó cómo se abría el portón del patio delantero y el quejido de las bisagras oxidadas. Oyó las campanillas que Marisol tenía colgadas en la terraza, una sucesión de notas plateadas.

Iris sabía que había sido el viento del oeste, un sorprendente estallido de poder que soplaba desde las líneas enemigas.

Una sensación de inquietud la invadió. Era como si los estuvieran observando a ella y a Roman, e Iris frunció el ceño, mirando alrededor del jardín.

—¿Qué pasa? —preguntó Roman, y notó un deje de preocupación en la voz.

—Es solo que tengo muchas cosas en la cabeza —dijo ella devolviendo la atención a él—. Ahora mismo están pasando tantas cosas. Y ni siquiera he empezado a trabajar en mi artículo.

Roman se rio. A Iris le encantó ese sonido, y casi se unió a él, pero se resistió y lo miró con mala cara de broma.

—¿Qué te hace tanta gracia, Kitt?

—Tú y tu moral del trabajo, Winnow.

—Si no recuerdo mal, tú eras de los últimos en irse de la *Gaceta* casi todas las noches.

—Así es. Y me acabas de dar una idea.

—¿Yo?

—¿Por qué no abres las puertas y traes nuestras máquinas de escribir a la cocina? —dijo tras asentir—. Podemos escribir en la mesa y disfrutar de esta brisa cálida mientras esperamos a que vuelvan Marisol y Attie.

Iris entrecerró los ojos.

—¿Estás proponiendo lo que creo que estás proponiendo, Kitt?

—Sí. —Roman resiguió la comisura de sus labios con la punta del dedo—. Vamos a trabajar juntos.

37

El delito de la alegría

Se sentaron uno enfrente del otro a la mesa de la cocina, con sus máquinas de escribir casi tocándose. Tenían los cuadernos abiertos y papeles con pensamientos, guiones y recortes esparcidos por encima de la madera. Mirar las notas que había reunido en el frente, las historias de los soldados que sabía que ahora estaban muertos, era más difícil de lo que Iris había pensado.

—¿Alguna idea de por dónde empezar? —preguntó Roman, como si sintiera la misma reticencia que ella.

A veces Iris todavía soñaba con aquella tarde. A veces soñaba que estaba corriendo por una trinchera sin fin, incapaz de encontrar la salida y con la boca llena de sangre.

—No —respondió Iris tras aclararse la garganta y pasar a la siguiente página.

—Supongo que lo podríamos abordar de dos maneras distintas —dijo Roman, dejando su cuaderno encima de la mesa—. Podríamos escribir sobre nuestra experiencia y la cronología del ataque. O podríamos editar las historias que hemos recopilado sobre los distintos soldados.

Iris se quedó pensativa, pero pensó que Roman tenía razón.

—¿Te acuerdas de algo, Kitt? ¿Después de que explotara la granada?

Roman se pasó la mano por el pelo, revolviéndoselo todavía más de lo que ya estaba.

—Un poco sí. Creo que el dolor me aturdió bastante, pero te recuerdo vívidamente, Iris.

—Entonces, ¿te acuerdas de lo cabezota que fuiste? ¿Te acuerdas de cómo insistías en que agarrara tu bolsa y te abandonara?

—Recuerdo sentir que estaba a punto de morir, y quería que supieras quién era yo —dijo Roman, encontrando los ojos de Iris.

Iris se quedó callada, arrancándose un hilo suelto de la manga.

—No te iba a dejar morir.

—Lo sé —dijo Roman, y una sonrisa se dibujó en su rostro—. Y, sí, cabezota es mi segundo nombre. ¿No lo sabes a estas alturas?

—Creo que ya se han apropiado de ese nombre, Carver.

—¿Sabes qué le gustaría a Carver justo ahora? Un té.

—Háztelo tú mismo, holgazán —respondió Iris, pero ya se estaba levantando de la silla, agradecida de que le hubiera dado algo que hacer. Disponía de unos instantes para evadirse de los recuerdos que la estaban invadiendo.

Para cuando hubo preparado dos tazas, Roman había empezado a transcribir las historias de los soldados. Iris decidió que a ella le iría mejor escribir sobre el ataque, puesto que había estado lúcida todo el tiempo.

Metió una página nueva en la máquina y observó el blanco impoluto durante un buen rato, mientras daba sorbos al té. Oír cómo tecleaba Roman le era extrañamente reconfortante. Casi se echó a reír al recordar cómo antes la irritaba saber que sus palabras fluían mientras ella trabajaba con los anuncios y los obituarios.

Tenía que romper el hielo.

Sus dedos se posaron en las teclas, indecisos. Como si tuvieran que recordar su función.

Empezó a escribir, y al principio las palabras le parecían lentas y espesas. Pero se acomodó al ritmo de Roman, y pronto sus teclas subían y bajaban, acompasadas a las de él, como si estuvieran componiendo una canción metálica juntos.

Lo sorprendió sonriendo unas cuantas veces, como si hubiera estado esperando oír cómo golpeaba sus palabras.

El té se les enfrió.

Iris se detuvo para lavar las tazas. Se dio cuenta de que el viento todavía soplaba. De vez en cuando, una brisa entraba en la cocina y revolvía los papeles de la mesa. Olía a tierra caliente, a musgo y a hierba recién cortada, y observó cómo el jardín bailaba con ella.

Iris continuó con su artículo, recortando sus recuerdos y transportándolos al papel. Llegó al momento en que la granada había explotado y se detuvo, con la vista dirigida hacia Roman. Él tendía a contraer el rostro cuando escribía, y tenía unos surcos muy pronunciados en la frente. Pero sus ojos estaban encendidos y los labios apretados en una fina línea, y ladeó la cabeza para apartarse el pelo de los ojos.

—¿Ves algo que te guste? —preguntó Roman, sin dejar de teclear. Su mirada seguía en el papel, sus dedos volaban por encima de las teclas.

Iris puso mala cara.

—Me estás distrayendo, Kitt.

—Me alegra oírlo. Ahora sabes cómo me he sentido yo durante todo este maldito tiempo, Iris.

—Si te he estado distrayendo durante tanto tiempo, deberías haber hecho algo al respecto.

Sin mediar palabra, Roman tomó una hoja de papel, la arrugó en una pelota y la lanzó al otro lado de la mesa hacia ella. Iris la bloqueó, con los ojos que echaban chispas.

—¡Y pensar que te he preparado dos tazas de té perfectas! —gritó Iris, arrugando su propio papel para contratacar.

Roman la capturó como si fuera una pelota de béisbol, con los ojos todavía centrados en su trabajo mientras con una mano seguía tecleando.

—¿Crees que hay alguna posibilidad de que haya una tercera?

—Tal vez. Pero vendrá con comisión.

—Te pagaré lo que quieras. —Dejó de teclear para mirarla—. Dime el precio.

Iris se mordió el labio y se preguntó qué debería pedirle.

—¿Estás seguro de eso, Kitt? ¿Y si quiero que me laves la ropa durante el resto de la guerra? ¿Y si quiero que me masajees los pies cada noche? ¿Y si quiero que me prepares una taza de té cada hora?

—Puedo hacer todo eso y más si quieres —dijo, completamente serio—. Solo dime lo que quieres.

Iris inspiró, lento y profundo, intentando apaciguar el fuego que quería arder con tantas ansias en su interior. Ese fuego azulado que le encendía Roman. Él la estaba mirando, a la espera, y ella bajó la vista hacia donde había dejado la frase colgada en la página.

La explosión. La mano de él que se separaba de la suya. El humo que se elevaba. ¿Por qué ella había salido ilesa cuando tantos otros no? Hombres y mujeres que habían dado mucho más que ella, que no podrían volver a casa con sus familias, con sus seres queridos. Que no volverían a ver su próximo cumpleaños, a besar a la persona que menos se esperaban o a hacerse mayores mientras veían cómo las flores germinaban en su jardín.

—No me lo merezco —susurró. Sintió que estaba traicionando a su hermano. Al lugarteniente Lark. Al pelotón Sicómoro—. No merezco ser así de feliz. No cuando hay tanto dolor, terror y pérdida en el mundo.

—¿Por qué dices eso? —contestó Roman con voz amable pero urgente—. ¿Crees que podríamos vivir en un mundo en el que hubiera solo esas cosas? ¿Muerte, dolor y miedo? ¿Pérdida y agonía? No es delito estar alegre, incluso cuando no parece haber esperanza. Iris, mírame. Te mereces toda la felicidad del mundo. Y voy a procurar que así sea.

Iris quería creerlo, pero su miedo proyectaba una sombra. Lo podían matar. Lo podían volver a herir. Podía escoger abandonarla, como Forest. No estaba preparada para otro golpe así.

Pestañeó para retener las lágrimas, con la esperanza de que Roman no pudiera verlas. Se aclaró la garganta.

—Por lo visto, es un poco lioso, ¿no?

—Iris, mereces tener amor —dijo Roman—. Mereces sentir alegría ahora mismo, incluso en la oscuridad. Y por si te lo estás preguntando… No me voy a ir a ningún lado, a menos que me digas que lo haga, e incluso en ese caso tal vez lo tendríamos que negociar.

Iris asintió. Aceptó confiar en él. Ya había albergado dudas con anterioridad, y Roman le había demostrado que se equivocaba. Una y otra vez.

Iris le dedicó un amago de sonrisa. Sentía el pecho pesado, pero quería eso. Quería estar con él.

—Una taza de té —dijo ella—. Esa es mi comisión de hoy.

Roman le devolvió la sonrisa levantándose de la mesa.

—¿Una taza cada hora, supongo?

—Eso depende de tu habilidad preparando el té.

—Acepto el reto, Winnow.

Iris miró cómo cojeaba hasta la hornilla y llenaba la tetera en el grifo. A Roman no le gustaba usar la muleta dentro de la casa, pero parecía que todavía la necesitaba. Ella se mordió la lengua y admiró la manera en que él se recortaba en la luz y el movimiento grácil de sus manos.

Roman estaba sirviéndole una taza de té perfectamente preparado cuando sonó la sirena. Iris se irguió, escuchando cómo el distante lamento subía y bajaba, subía y bajaba. Una y otra vez, como una criatura en las fauces de la muerte.

—¿Ezrals? —preguntó Roman, dejando la tetera con un sonido metálico.

—No —dijo Iris, y se puso en pie. Tenía la mirada fija en el jardín, en la brisa que lo movía—. No, es la sirena de evacuación.

No la había oído antes, pero había pensado a menudo que iba a ocurrir. Iris se quedó clavada al suelo mientras la sirena seguía sonando.

—¿Iris? —La voz de Roman la devolvió al presente. Estaba de pie a su lado, mirándola con intención.

—Kitt. —Le agarró la mano mientras el suelo empezó a temblar debajo de ella. Se preguntaba si era la réplica de una bomba distante, pero el estruendo se intensificó, como si algo se estuviera acercando.

Hubo un sonido sordo e Iris se agachó al instante con los dientes apretados. Roman tiró de ella hacia arriba y la agarró contra su pecho.

—Solo es un camión que petardea. Aquí estamos seguros. Conmigo estás a salvo —le dijo con voz suave contra su pelo.

Iris cerró los ojos y escuchó el latido de su corazón y los sonidos que los rodeaban. Él tenía razón, el estruendo que había oído provenía de un camión que pasaba por al lado de la casa. El sudor helado todavía le perlaba las palmas y la nuca, pero en los brazos de Roman pudo calmarse.

Debían de estar pasando numerosos camiones. Porque la sirena siguió con su lamento y el suelo seguía temblando.

Abrió los ojos, con la urgencia repentina de mirar a Roman.

—Kitt, ¿crees que son…?

Roman se limitó a devolverle la mirada, pero había un brillo de aflicción en sus ojos.

¿Crees que son los soldados de Dacre? ¿Crees que ha llegado el final? No, ¿verdad?

No lo sabía, reparó mientras le acariciaba la cara. Roman la tocaba del mismo modo que hacía siempre, como si quisiera saborearlo. Como si pudiera ser la última vez.

La puerta principal se abrió de golpe.

Iris dio un salto de nuevo, pero Roman siguió rodeándola con los brazos. Alguien había entrado en la casa y avanzaba por el pasillo a grandes pasos firmes. Entonces oyeron una voz desconocida pero penetrante.

—¡Marisol!

Una mujer apareció en la cocina. Una soldado alta, vestida con un uniforme verde oliva salpicado de sangre. Llevaba un rifle colgado a la espalda y granadas en el cinturón. Tenía colgada una estrella dorada encima del corazón que revelaba su estatus de capitana. Llevaba el pelo rubio corto, pero unos pocos mechones brillaron a la luz por debajo del casco. Su cara estaba demacrada, como si no hubiera tomado una buena comida en los últimos meses, pero sus ojos marrones eran afilados y se enfocaron hacia el otro lado de la cocina donde estaban Iris y Roman abrazados.

Iris la reconoció de inmediato. Había estado arrodillada en el jardín de esa mujer, preparándolo para su regreso.

—¿Keegan?

—Sí. ¿Dónde está mi mujer? —exigió Keegan. Apenas le dio la oportunidad a Iris de responder antes de dar media vuelta sobre sus talones y desaparecer por el pasillo—. ¿Mari? ¡Marisol!

Iris se escurrió de los brazos de Roman y se apresuró tras ella.

—No está aquí.

Keegan pivotó en el vestíbulo.

—¿Dónde está?

—En la enfermería. ¿Qué ocurre? ¿Tenemos que evacuar?

—Sí. —La mirada de Keegan se dirigió hacia detrás de Iris, donde Roman acababa de llegar cojeando hasta el pasillo, siguiéndolas—. Uno de vosotros tiene que ir a buscar las bolsas de emergencia. El otro, que venga conmigo. —Keegan volvió a la claridad del patio de delante de la casa e Iris se giró hacia Roman.

—Marisol tiene las bolsas en la despensa —le explicó—. Debería haber cuatro, una para cada uno. Si las recoges, me reuniré aquí contigo dentro de cinco minutos.

—Iris, Iris, espera. —La agarró de la manga y la estiró hacia él, y ella pensaba que iba a discutir hasta que la boca de Roman se topó con la suya.

Un minuto después de aquel beso, cuando estaba persiguiendo a Keegan por las calles caóticas, todavía estaba falta de aliento. Había camiones aparcados en todos lados, y los soldados salían desbordados de ellos, preparándose para la batalla.

—¿Keegan? —la llamó Iris, apresurándose para mantener el paso de la mujer de Marisol—. ¿Qué ha pasado?

—Dacre está a punto de asaltar Monte Trébol —respondió Keegan mientras esquivaba a un hombre que volvía a casa con tres cabras atadas con correa y una cesta llena de vegetales en los brazos—. Es un pequeño pueblo a solo unos kilómetros de aquí. No creo que podamos resistir mucho tiempo, así que esperamos que el siguiente ataque de Dacre sea en Ávalon, dentro de un día o así.

Las palabras atravesaron a Iris como balas. Sintió una ráfaga de dolor en el pecho, pero entonces se quedó insensible por la conmoción. *Esto no puede estar pasando*, pensó mientras veía a los residentes de Risco Ávalon salir corriendo de sus casas con maletas y bolsas de emergencia, acatando las órdenes de los soldados, que les decían que se montaran en los camiones y evacuaran.

Había una familia que había arrastrado un retrato gigante enmarcado de la casa hasta el patio delantero. Un soldado negaba con la cabeza.

—No, solo lo esencial. Dejen todo lo demás.

—¿Evacúan a los residentes en camiones? —preguntó Iris.

—Sí —respondió Keegan, con la mirada clavada al frente mientras seguían serpenteando a través de la abarrotada calle—. Los llevarán hasta el próximo pueblo al este de aquí. Pero insto a cualquier residente que quiera pelear y defender el pueblo a que se quede y nos ayude. Con suerte, habrá unos pocos que se presentarán voluntarios.

Iris tragó saliva. Sentía la boca seca, y el pulso le palpitaba fuerte en la garganta. Quería quedarse y ayudar, pero supo en ese momento que tanto ella como Roman debían evacuar.

—No me has dicho tu nombre —dijo Keegan mirándola.

—Iris Winnow.

Keegan abrió los ojos como platos. Tropezó con un adoquín suelto, pero reprimió apresuradamente su reacción al oír el nombre de Iris, y eso hizo que ella se preguntara si habían sido imaginaciones suyas. Aunque la perseguía una pregunta sin respuesta…

¿Ha oído mi nombre antes Keegan?

Al fin podían ver la enfermería. Iris notó cómo los pasos de Keegan se alargaban hasta que prácticamente estaba corriendo. El patio estaba atestado de enfermeras y médicos que ayudaban a subir a los pacientes heridos a los camiones.

¿Qué debería hacer? ¿Debería quedarme o irme? Los pensamientos de Iris daban vueltas, irrefrenables, como la sirena que seguía sonando.

Keegan peleó contra el flujo de gente hasta el vestíbulo de la enfermería, con Iris pegada a ella. La mayoría de los catres ya estaban vacíos. Los pasos hacían eco en los techos altos. La luz del sol seguía vertiéndose fielmente por las ventanas e iluminaba las marcas del suelo.

El aire olía a sal y a yodo y a sopa de cebolla derramada. Keegan se detuvo de golpe, como si hubiera chocado con una pared. Iris miró por detrás de ella y contempló a Marisol, a unos pasos de ambas. El sol la iluminaba mientras se agachaba para recoger un cesto lleno de mantas, con Attie a su lado.

Iris aguantó la respiración, a la espera. Porque Keegan era como una estatua, estaba paralizada en el sitio, observando a su mujer.

Por fin, Marisol levantó la vista. Se quedó con la boca abierta y la cesta le cayó de las manos. Corrió hacia Keegan con un chillido, sollozando y riendo, y llegó de un brinco a sus brazos.

Iris notó cómo se le empañaba la vista mientras veía la reunión. Se secó las lágrimas de inmediato, pero no antes de que la viera Attie.

«¿Keegan?», articuló Attie con una sonrisa.

Iris sonrió y asintió.

Y pensó: *Incluso cuando el mundo parece detenerse, con la amenaza de derrumbarse, y el tiempo parece oscurecerse mientras suena la sirena, no es un delito sentir alegría.*

—Quiero que te vayas, Mari. Irás con uno de mis sargentos, y te cuidarán bien.

—No. No, ¡ni de coña!

—Marisol, amor, escúchame…

—No, Keegan. Escúchame tú. No te voy a dejar. No voy a abandonar nuestra casa.

Iris y Attie estaban en el patio de la enfermería, escuchando incómodas mientras Marisol y Keegan discutían entre besos.

Keegan miró a Iris y a Attie, señalándolas con un movimiento de la mano.

—¿Y qué dicen tus chicas, Mari? Tus corresponsales.

Marisol se quedó quieta. Una expresión afligida le invadió el rostro mientras miraba a Iris y a Attie.

—Yo me quiero quedar —dijo Attie—. Puedo ayudar con lo que necesitéis.

Iris vaciló.

—Yo también me quiero quedar, pero con la herida de Kitt…

—Deberías irte junto con él —dijo Marisol con amabilidad—. Mantenlo a salvo.

Iris asintió, desolada. No quería abandonar a Attie ni a Marisol. Quería quedarse y ayudarlas a combatir, a defender el lugar que se había convertido en un hogar querido para ella. Pero no podía soportar dejar atrás a Roman.

—Así que puedes querer que Iris y su Kitt estén a salvo, pero ¿yo no puedo decir lo mismo de ti? —protestó Keegan arrastrando las palabras hacia su mujer y rompiendo el momento tenso.

—Yo estoy mayor, Keegan —protestó Marisol—. Ellos aún son jóvenes.

—¡Marisol! —gritó Attie—. ¡Solo tienes treinta y tres!

Marisol suspiró.

—No me pienso ir. Mis chicas, que hagan lo que consideren más adecuado —dijo Marisol firmemente mientras miraba a Keegan.

—Muy bien —accedió Keegan frotándose la frente—. Sé que no vale la pena discutir contigo.

Marisol se limitó a sonreír.

—Supongo que Kitt y yo deberíamos subirnos a uno de los camiones, ¿no? —dijo Iris con palabras que le pesaban en la boca. Su sentimiento de culpa se desató mientras bajaba la mirada a las manos, llenas de suciedad del jardín y manchadas por los rollos de tinta.

—Sí —respondió Keegan, con tono grave—. Pero antes de que te vayas, tengo algo para ti.

Iris miró, hechizada, cómo la capitana buscaba en el bolsillo y sacaba lo que parecía una carta. Keegan le extendió el sobre, y, durante unos segundos, lo único que Iris pudo hacer era observarlo. Una carta, dirigida a ella, arrugada por la guerra.

—¿Qué es esto? —preguntó Iris en voz baja. Pero su corazón lo sabía, y latía fuerte, lleno de pavor. Era la respuesta que había estado esperando. Información sobre su hermano.

—Se clasificó con mi correo —explicó Keegan—. Creo que porque tu dirección es Risco Ávalon. La iba a enviar por correo junto con mi carta a Marisol, pero entonces tuvimos que movernos y siento que no pudiera enviártela antes.

Insensible, Iris aceptó la carta. Se la quedó mirando: su nombre garabateado en tinta negra en el sobre. No era la letra de Forest, e Iris de repente se sintió mareada.

Les dio la espalda a sus amigas, insegura de si debía leerla en su presencia o ir a buscar un lugar privado. Se alejó cuatro pasos y entonces pensó que le iban a ceder las rodillas, así que se detuvo. Tenía las manos heladas, incluso mientras entrecerraba los ojos contra el embate del sol, y finalmente abrió el sobre.

Leyó:

Querida Iris:

Es cierto que su hermano estuvo combatiendo en el segundo batallón E, quinta compañía Landover, bajo las órdenes del capitán Rena G. Griss. Desafortunadamente, lo hirieron en la batalla de Río Lucía y lo llevaron en transporte hasta la enfermería del pueblo de Meriah. Como su capitán fue una de las bajas, esa noticia no pudo llegar hasta usted.

Dos semanas después, atacaron Meriah, pero el soldado Winnow fue evacuado a tiempo. Como sus heridas ocurrieron hace meses y toda su compañía pereció en Río Lucía, se incorporó a una nueva fuerza auxiliar y sigue luchando con valentía por la causa de Enva. Si llega a mi escritorio alguna novedad sobre su situación, se la enviaré.

Lugarteniente Ralph Fowler
Asistente del comandante oficial de la brigada E

—¿Iris?

Iris se dio la vuelta mientras pestañeaba para quitarse las lágrimas y Marisol le tocaba el hombro.

—Mi hermano —susurró Iris, sobrecogida con esperanza—. Lo hirieron, pero está vivo, Marisol. Por eso en todos estos meses no he tenido noticias suyas.

Marisol se quedó sin aire, tirando de Iris para darle un abrazo. Iris se aferró a ella, batallando contra el sollozo de alivio que amenazaba con abrirle el pecho.

—¿Buenas noticias? —preguntó Keegan.

Iris asintió, apartándose de los brazos de Marisol.

—¿A qué distancia está Meriah? —le preguntó a Keegan.

El rostro de la capitana se ensombreció. Debía de estar recordando las batallas, el baño de sangre. La cantidad de soldados que habían muerto.

—A unos ochenta kilómetros —contestó Keegan—, al suroeste de aquí.

—Así que no está tan lejos —susurró Iris, resiguiéndose el arco de los labios. Forest estaba luchando con otra compañía. Una que tal vez estaba cerca de Risco Ávalon.

—¿Iris? —dijo Attie, rompiendo su ensimismamiento—. ¿Significa que te quedas?

Iris abrió la boca para responder, pero las palabras se le quedaron atascadas en la garganta. Pasó la vista de Attie a Keegan y a Marisol.

—Tengo que hablar con Kitt —soltó de golpe.

—Será mejor que te apresures —dijo Keegan—. El último camión con evacuados saldrá pronto.

Esa información envió una ola de conmoción a través de Iris. Asintió y se dio la vuelta para correr por la calle. El pueblo todavía estaba frenético, pero los camiones llenos de residentes empezaban a alejarse hacia el este. Iris saltó por encima de maletas descartadas, por encima de un saco de patatas, por encima de una caja de latas de verduras.

La calle Principal estaba sorprendentemente tranquila. La mayoría de los residentes de esa zona ya habían sido evacuados, pero a medida que Iris se acercaba al hostal, vio que la puerta principal estaba completamente abierta.

—Con eso debería bastar, Kitt. Gracias, hijo.

Iris ralentizó el ritmo hasta caminar siguiendo la voz. Era Peter, el vecino de al lado. Él y Roman estaban cargando posesiones en la parte trasera de la camioneta.

—Encantado de ayudar, señor —dijo Roman mientras aseguraba una caja. A medida que se iba acercando, Iris vio que su mono estaba empapado en sudor. Iris miró a su pierna derecha en un acto reflejo, preocupada por si veía que la sangre se volvía a filtrar por el tejido.

—Kitt —lo llamó, y Roman se dio la vuelta. Vio cómo la tensión en su postura se relajaba, y él la agarró de la mano y la atrajo hacia sí.

—¿Va todo bien? —preguntó.

—Sí. —Pero las palabras parecían desmoronarse, y le dio la carta a Roman en silencio.

Él frunció el ceño, confundido, hasta que empezó a leer. Cuando volvió a mirar a Iris sus ojos brillaban con lágrimas.

—Iris.

—Lo sé —le dijo, sonriendo—. Forest está vivo y en otra compañía. —Iris tragó saliva. No podía creer que estuviera a punto de decir esas palabras. No podía creer que se encontrara en un momento así, uno que podría sellar su destino—. Tenía pensado marcharme contigo. Pero después de leer esta carta tengo que quedarme aquí. La razón por la que me hice corresponsal es por Forest. Es lo único que me queda de mi familia, y viajé al oeste con la esperanza de que mi camino se cruzara con el suyo. Y ahora que sé que se podría estar dirigiendo hacia aquí, preparándose para defender Risco Ávalon de Dacre… Tengo que quedarme y ayudar.

Roman apretó el brazo a su alrededor mientras la escuchaba. Tenía los ojos tan azules que la perforaban hasta los huesos, e Iris se preguntaba qué tipo de expresión lucía en la cara. Se preguntaba qué veía él en ella, si parecía tener determinación o estar asustada o preocupada o envalentonada.

—No te voy a pedir que te quedes conmigo —continuó Iris, con voz titubeante—. De hecho, sé que es mejor que te vayas, porque todavía te estás recuperando, y lo más importante de todo: quiero que estés a salvo.

—He venido hasta aquí por ti, Iris —respondió Roman—. Si tú te quedas, entonces yo también. No te voy a abandonar.

Iris suspiró, sorprendida por el alivio que sentía tras oír la decisión de él. No la iba a abandonar, sin importar lo que trajera el mañana, y lo rodeó con los brazos por la cintura. Y, aun así, no pudo evitar bajar la vista de nuevo a su pierna.

—¿Queréis que os llevemos? —preguntó Peter—. Mi mujer irá de copiloto, pero si queréis sentaros detrás, hay sitio.

—No, pero gracias, señor Peter —respondió Roman—. Nos quedamos aquí para ayudar.

Iris observó cómo Peter y su mujer se alejaban envueltos en una nube de humo.

Sintió un vacío en el estómago, y se preguntó si no estaría cometiendo un error enorme, si llegaría a arrepentirse de la decisión de quedarse. Resistirse a huir hacia el este con Roman cuando todavía tenía la oportunidad.

La calle se quedó tranquila y en silencio excepto por unos pocos soldados que marchaban. Un periódico se agitó sobre los adoquines. Un pájaro trinó sobre los setos.

Iris empezó a caminar de vuelta a casa de Marisol, con la mano agarrada a la de Roman. Pensó en la boda que habían estado tan cerca de celebrar. Pensó en que habían estado a unas pocas horas de entrelazar sus vidas. Pensó en que todo acababa de cambiar, como si el mundo se hubiera dado la vuelta.

Pero Forest está vivo.

Se aferró a la esperanza de verlo, de que sus caminos se cruzaran. A pesar de que en el caos que estaba por venir parecía improbable.

Iris y Roman volvieron a la cocina sin mediar palabra. Sus máquinas de escribir estaban sobre la mesa, y las puertas de la terraza estaban abiertas tal como las habían dejado. Una brisa se había colado en la habitación y había hecho volar algunos papeles sueltos al suelo.

Iris, sin saber qué otra cosa debería estar haciendo mientras esperaba a Keegan, a Marisol y a Attie, se arrodilló y empezó a limpiar el desorden. Roman estaba diciendo algo, pero uno de los papeles del suelo le llamó la atención. Tenía la huella de una bota embarrada encima.

Levantó el papel a la luz, estudiando la marca.

—¿Qué ocurre, Winnow? —preguntó Roman.

—¿Has caminado por encima de estos papeles con las botas sucias, Kitt?

—No. Los papeles estaban en la mesa cuando me he ido a ayudar a Peter. Trae, déjame echar un ojo.

Iris le pasó la página y se dio cuenta de que había otro papel en el suelo con una marca de bota. Iris se puso en pie, y desvió los ojos hacia las puertas abiertas. Siguió la luz hasta la terraza y se detuvo en el umbral, estudiando el jardín.

El portón estaba abierto y chirriaba con el viento. Las ramas del árbol crujieron. Las campanillas cantaron. Y había huellas de botas que habían estropeado el jardín. Alguien lo había pisoteado por el centro, por encima de las hileras puestas con tanto cuidado y de las plantas que brotaban.

Iris apretó la mandíbula, mirando al camino. Tanto arduo trabajo, tanta devoción y esfuerzo. Alguien había pasado por en medio sin pensárselo dos veces.

Sintió el calor de Roman cuando se quedó detrás de ella. Sintió cómo su aliento le removía el pelo cuando vio el rastro.

—Alguien ha entrado en la casa —murmuró Roman.

Iris no sabía qué decir ni qué pensar. Había sido un momento caótico cuando la infantería había llegado en los camiones. Solo les habían dado unos pocos minutos a los residentes para evacuar. El del patio podría haber sido cualquiera.

Iris se agachó y empezó a arreglar rápidamente las marcas del jardín antes de que Keegan volviera. Quería que estuviera perfecto para ella. Quería que Marisol estuviera orgullosa.

La sirena de Monte Trébol al fin se calló.

38

La víspera del Día de Enva

Dónde están las otras bolsas? —preguntó Marisol. Es lo primero que buscó cuando volvieron al hostal con Attie y Keegan. Recogió las dos bolsas de tela de saco que estaban en la encimera de la cocina y miró en dirección a donde Iris y Roman estaban limpiando la mesa.

Roman se detuvo.

—Deberían estar todas allí, Marisol. He sacado cuatro.

—Qué raro —dijo Marisol frunciendo el ceño—, porque solo hay dos.

Iris miró cómo Marisol rebuscaba por el resto de la cocina y se le detuvo el corazón.

—¿Marisol? Creo que alguien las ha robado.

—¿Robado? —repitió ella, como si en Risco Ávalon nunca se hubiera oído nada sobre robos—. ¿Qué te hace pensar eso, Iris?

—Que hay huellas en el jardín que llevan a la casa.

—¿Jardín? —dijo Keegan, mirando a su esposa—. ¿De verdad lo has plantado, Mari?

—¡Pues claro! Te dije que lo haría. Pero no lo habría conseguido sin un poco de ayuda.

—Enséñamelo.

Attie era la que estaba más cerca de las puertas, así que los guio hacia la luz de la tarde.

Era extraño lo tranquilo que parecía el mundo en ese momento. Incluso el viento había amainado, se percató Iris mientras seguía a los demás hacia la terraza.

—Qué bonito. Esta vez te has acordado de regarlo, Marisol —dijo Keegan tras soltar un silbido.

Marisol le golpeó en broma el brazo.

—Sí, bueno, pero no lo habría conseguido sin Iris y Attie.

—Claro. Y ya veo lo que has comentado, Iris. —Keegan se dirigió hacia una de las hileras, se agachó y examinó el bulto en el suelo—. ¿Has cubierto su rastro?

—Sí, porque quería que el jardín estuviera bonito para ti —explicó Iris de inmediato—. Pero tengo una huella exacta de la bota. —Le dio el papel marcado a Keegan.

Keenan se lo quedó mirando con la frente arrugada.

—La bota de un soldado. Deben de haber entrado en la casa durante la evacuación y se han llevado dos de las bolsas. Estoy sorprendida. Mi compañía no suele actuar así. Nunca roban a los civiles.

—No pasa nada —dijo Marisol—. Quien fuera debía de necesitar recursos, y estoy contenta de que se lo llevara alguien en apuros. Puedo preparar tres bolsas más en un periquete. De hecho, lo haré ahora mismo.

—¿Tres más? —dijo Keegan, agarrando suavemente a Marisol por el brazo para detenerla—. Solo tienes que hacer dos, amor.

—Sí, y una para ti también —respondió Marisol con una sonrisa—. Ya que ahora estás aquí con nosotros.

—Claro. —Keegan la soltó y Marisol se fue a la cocina. Pero Iris vio la tristeza que cruzó los ojos de la capitana mientras volvía a mirar el jardín. Como si sintiera que esa fuera la última vez que lo vería.

Todo estaba cambiando.

Iris lo percibía en el aire, como si la estación se hubiera desmoronado como una página antigua, saltándose el verano y el otoño para dar paso al frío envolvente del invierno. Los soldados estaban apostados por doquier con sus uniformes verde oliva y cascos, preparando el pueblo para la inminente batalla. Se habían montado barricadas en las calles, hechas de sacos de arena, muebles variados sacados de las casas de los residentes y cualquier cosa que pudiera garantizar protección.

El pueblo ya no se asemejaba a un refugio, sino a una trampa, como si estuvieran esperando para atrapar a un monstruo.

Como si el mismo Dacre fuera a entrar en Risco Ávalon.

¿Y si era así? ¿Qué aspecto tendría? ¿Lo reconocería Iris si se cruzaba con él?

Pensó en Enva y en su arpa. En el poder de su música, en las entrañas de la Tierra.

Enva, ¿dónde estás? ¿Nos ayudarás?

Iris se mantuvo ocupada ayudando a Marisol, que estaba en la cocina preparando comida para los pelotones y ayudaba a Keegan en su misión de crear tantas barricadas estratégicas como fuera posible en las calles, pero había momentos tranquilos en los que Iris recordaba a su madre, sus cenizas y el tarro que las contenía en la planta de arriba, en su escritorio.

Si muero mañana, las cenizas de mi madre nunca encontrarán un lugar en el que descansar.

Eran palabras duras y hacían que cada minuto que pasaba aumentara la urgencia. Más que nada, Iris quería ver cómo su madre alcanzaba la libertad.

Agarró el tarro y se acercó a Keegan, porque sus soldados habían establecido un cerco de vigilancia alrededor del pueblo y nadie podía entrar ni salir sin un permiso especial.

—¿Cuánto tiempo nos queda —preguntó Iris a la capitana— antes de que llegue Dacre?

Keegan no decía nada mientras observaba al oeste.

—Se tomará el resto del día de hoy para saquear por completo Monte Trébol. Pronostico que marchará hacia Ávalon mañana por la mañana.

Iris soltó una exhalación temblorosa. Un último día para hacer las cosas que quería, que necesitaba, que anhelaba completar. Era inconcebible imaginar el resto de las horas doradas que le quedaban. Decidió que haría todo cuanto pudiera, que llenaría ese último día hasta los topes.

Sorprendida por el lapso de silencio, Keegan miró al fin a Iris y vio el tarro que sujetaba en las manos.

—¿Por qué lo preguntas, Iris?

—Me gustaría esparcir las cenizas de mi madre antes de que lleguen.

—Entonces, deberías hacerlo ahora. Pero llévate a tu chico contigo —dijo Keegan.

Iris les pidió a Roman y Attie que la acompañaran al campo dorado.

Se levantó una brisa suave que soplaba del este.

Iris cerró los ojos.

No hacía tanto tiempo, había llegado a ese lugar, llena de pena y culpa y miedo. Y mientras que esas cosas todavía la afligían, ya no eran tan intensas como habían sido.

Espero que me veas, mamá. Espero que estés orgullosa de mí.

Abrió la tapa y volcó el tarro.

Observó cómo el viento se llevaba las cenizas de su madre, hacia la danza dorada de la hierba.

—¿Alguno de vosotros sabe conducir un camión? —preguntó Keegan media hora más tarde.

Iris y Attie intercambiaron una mirada dubitativa. Acababan de cargar una mesa de la casa de Peter hasta la calle.

—No —respondió Iris mientras se secaba el sudor de la frente.

—Vale, pues venid conmigo. Os voy a enseñar a las dos.

Iris miró por encima del hombro hacia el hostal, donde Marisol todavía preparaba comida en la cocina. A Roman lo habían asignado como su ayudante, e Iris estaba agradecida, consciente de que Marisol lo tendría pelando patatas en la mesa de la cocina.

Probablemente se sentía molesto por ello, pero necesitaba darle descanso a la pierna.

Iris siguió a Attie y a Keegan por las barricadas hasta el lado más oriental del pueblo, donde había aparcado un camión tras otro. Keegan escogió uno que estaba situado al frente de todos, con una vía directa a la carretera del este.

—¿Quién quiere ser la primera? —preguntó Keegan mientras abría la puerta del conductor.

—Yo misma —dijo Attie, antes de que Iris pudiera tomar aire. Subió al asiento del conductor, mientras que Iris y Keegan se apretujaron al otro lado de la cabina. Unos cuantos de los soldados apostados en esa zona del pueblo tuvieron que abrir un portón improvisado, pero a partir de ahí no había nada más que carretera abierta ante ellas.

—Enciende el motor —dijo Keegan.

Iris observó cómo Attie arrancó el motor. El camión cobró vida con un rugido.

—¿Sabes cómo funciona un embrague?

—Sí. —Attie sonó un poco vacilante, pero tenía las manos en el volante y sus ojos revisaban rápidamente el salpicadero y las palancas.

—Bien. Pon el pie en el pedal. Apriétalo.

Iris observó cómo Attie acataba las instrucciones de Keegan. En nada estaban dando saltos por la carretera y Risco Ávalon no era más que una nube de polvo detrás de ellas. Primera, segunda, tercera marcha. Attie era capaz de cambiarlas sin problemas, y, cuando iban tan rápido que los dientes de Iris repiqueteaban, Attie soltó un grito de triunfo.

—Muy bien. Ahora pon punto muerto y aparca —dijo Keegan.

Attie así lo hizo, y entonces fue el turno de Iris.

Cuando sujetó el volante, tenía las palmas empapadas. El pie apenas le llegaba al acelerador y mucho menos al embrague, que tenía que apretar en el suelo del coche.

Fue un… desastre.

Estuvo a punto de mandar el camión a la cuneta un par de veces, se le caló por lo menos en cuatro ocasiones y para cuando Keegan le cambió el puesto estaba soltando una retahíla de maldiciones.

—Un poco más de práctica y ya lo tendrás —dijo la capitana—. Te has hecho una idea general, y eso es lo que importa.

Iris se deslizó en el asiento del copiloto con Attie, y se quedaron calladas en tanto Keegan las llevaba de vuelta al pueblo. El portón improvisado se cerró tras ellas, y al cabo de poco el camión estaba aparcado en el mismo lugar donde lo habían encontrado, con el capó mirando al este.

Keegan apagó el motor, pero se quedó quieta. Tenía la mirada perdida en el parabrisas, que estaba manchado de polvo.

—Si las cosas acaban mal, quiero que las dos os llevéis a Marisol y a Kitt, y escapéis en este camión. Si tenéis que atravesar el portón para salir, no dudéis en pasar por encima. Y no os detengáis por nada. Conducís hacia el este hasta que estéis a salvo. —Permaneció en silencio y miró a las chicas con sus ojos oscuros—. Marisol tiene una hermana que vive en un pequeño pueblo llamado Río Bajo, a unos cincuenta kilómetros al oeste de Juramento. Id allí primero. Quedaos juntos y preparaos para lo peor. Pero tenéis que sacar a Marisol de aquí por mí. ¿Me lo prometéis?

A Iris se le secó la boca de golpe. Se quedó mirando a la capitana, los rasgos angulosos de su cara y las cicatrices de sus manos, y odió la guerra. Odiaba que estuviera arrastrando a buenas personas a sus tumbas antes de tiempo, que estuviera desgarrando las vidas y los sueños de la gente.

Pero asintió y habló a la vez que Attie.

—Te lo prometo.

Después de eso, les asignaron el papel de mensajeras.

Attie e Iris corrían por las calles sinuosas de Risco Ávalon y entregaban comida, mensajes y cualquier cosa que Marisol o Keegan necesitaran. Iris había llegado a conocer ese pueblo como las líneas de la palma de su mano, y a menudo corría por las mismas rutas que había seguido con Roman cuando la había estado entrenando, cuando juntos habían corrido al alba. La complacía descubrir cómo había mejorado su estamina desde esa primera carrera.

Solo deseaba que él pudiera correr a su lado.

El pelotón apostado en la colina necesitaba comida, e Iris y Attie corrieron para entregarla. Las nubes de la tarde empezaban a aumentar, bloqueando la luz del sol, e Iris pudo oler una traza de humo en el viento. Supo el motivo cuando alcanzó la cresta de la colina.

En la distancia, Monte Trébol estaba en llamas.

Les entregó las cestas de comida a los soldados y examinó cada uno de sus rostros por si acaso Forest estaba entre ellos. No era el caso, pero la esperanza se aferraba en su interior, incluso mientras se quedaba de pie mirando cómo el humo se elevaba en la distancia. Se preguntó si en Monte Trébol habría supervivientes o si Dacre los habría masacrado a todos.

—¿Cuánto tiempo crees que nos queda antes de que Dacre venga a por nosotras? —preguntó Attie, tras detenerse a su lado.

La tierra que se extendía entre ellas y Monte Trébol era pacífica, incluso idílica. Su inocencia era embaucadora.

—Keegan me ha dicho que llegarían mañana por la mañana —contestó Iris. Todavía les quedaban cuatro horas de luz, y entonces llegaría la noche. Más allá de eso, Iris solo podía hacer conjeturas.

De alguna manera, ese tranquilo lapso de espera era más difícil de sobrellevar. Una hora tras otra de preparación, anticipación e hipótesis. ¿Quién moriría? ¿Quién sobreviviría? ¿Serían capaces de hacer que el pueblo resistiera? ¿Lo quemaría Dacre hasta los cimientos, como había hecho con Monte Trébol?

—Si las cosas pintan mal y tenemos que cumplir la promesa que le hemos hecho a Keegan —empezó a decir Attie—, yo iré a por Marisol. Tú recoge a Roman. Nos encontraremos en el camión.

—¿Cómo sabremos que la situación es lo bastante mala? —preguntó Iris, lamiéndose los labios. Podía notar la sal del sudor—. ¿En qué punto sabremos cuándo tenemos que huir? —Había querido hacerle esa pregunta a Keegan, pero se la había tragado al instante, preocupada por que la capitana pudiera pensar que fuera absurda. *¿No deberías saber cuándo la situación es lo bastante mala?*

—No estoy segura, Iris —respondió Attie con gesto sombrío—. Pero creo que, llegado el momento…, lo sabremos.

Iris notó que algo le rozaba el tobillo. Se sobresaltó cuando oyó un maullido triste, y al mirar hacia abajo vio a una gata tricolor que se frotaba contra sus piernas.

—Pero ¡mira a quién tenemos aquí! —gritó Attie levantando a la gata en brazos, maravillada—. ¡Es un buen presagio!

—No sabía que los gatos trajeran buena suerte —dijo Iris, pero sonrió mientras veía cómo Attie arrullaba a la gata.

—¿De quién crees que es? —preguntó Attie—. ¿Una gata callejera, tal vez?

—Creo que es uno de los gatos de los O'Brien. Tenían siete o así. Supongo que se dejaron a esta cuando se marcharon. —Sospechosamente, tenía el mismo aspecto que el gato que se había aovillado en el regazo de Roman el día anterior. Iris alargó la mano y le rascó detrás de las orejas, con el anhelo de tocar algo suave y amable.

—Bueno, se viene a casa conmigo. ¿No es así, Lila? —Attie empezó a descender la colina, con la gata ronroneando en sus brazos.

—¿Lila? —repitió Iris siguiéndola. Pasaron por delante del patio de los O'Brien. La caja donde había dejado a Roman para que esperara hacía mucho que no estaba, recolectada para las barricadas. Se le hacía extraño darse cuenta de lo mucho que podía cambiar todo en solo un día.

—Sí. Es mi flor favorita —dijo Attie, mirando a Iris—. Después del iris, claro.

Ella sonrió y negó con la cabeza. Pero su felicidad menguó mientras seguía por el camino hacia el hostal, alrededor de las barricadas y de las hileras de soldados y miraba cómo Attie le hablaba con cariño a la gata.

Era una cosa más que deberían recoger si todo se venía abajo.

—¿Has traído un gato contigo? —exclamó Roman. Estaba sentado a la mesa de la cocina, pelando una montaña de patatas. Sus ojos saltaron de Attie al gato para posarse finalmente en Iris; con la mirada analizaba su cuerpo velozmente de arriba abajo, como si estuviera buscando si mostraba algún rasguño nuevo.

Iris se puso colorada cuando se dio cuenta de que estaba haciendo lo mismo con él: buscaba en cada curva y línea de su cuerpo para asegurarse de que estaba bien. Sintió que un calor le crepitó por todo su ser cuando sus miradas se encontraron.

—Sí —dijo Attie abrazando más firmemente a Lila. La gata emitió un maullido lastimero—. La pobre estaba sola en la colina.

—Por si no lo sabías, soy alérgico a los gatos —masculló Roman arrastrando las palabras.

—Mantendré a Lila en mi habitación. Te lo prometo.

—Y si su pelo acaba en tu mono, yo lo lavaré por ti —se ofreció Iris. Si de verdad los gatos eran un amuleto de suerte, lo iban a necesitar.

—Entonces, no tendría nada que ponerme —dijo Roman, devolviendo su atención a la patata que tenía en la mano—. Porque mi segundo mono ha desaparecido.

—¿Qué? —dijo Iris soltando aire—. ¿A qué te refieres, Kitt?

—Me refiero a que esta mañana estaba colgado en mi armario, y ahora ya no está.

Iris siguió observándolo y comprobó que su pelo negro estaba húmedo, engominado hacia atrás como en los viejos tiempos de la *Gaceta*. Tenía el rostro recién afeitado y las uñas limpias. Podía oler una leve traza de su colonia, y se le aceleró el corazón.

—¿Te acabas de dar una ducha, Kitt? —Era lo más ridículo que podría haber preguntado, pero le parecía muy extraño que se pudiera lavar a mitad del día, cuando todo estaba a punto de derrumbarse. Aunque tal vez no debería sorprenderle. A él siempre le había gustado ir con su mejor aspecto. ¿Por qué debería cambiar eso el fin del mundo?

Roman la miró. No le dijo nada, pero un rubor se le estaba extendiendo por las mejillas, y, antes de que Iris pudiera decir nada más, Marisol entró en la cocina y colocó una cesta llena a rebosar de zanahorias en sus manos.

—Pela y pica estas por mí, por favor, Iris.

Con eso acabaron las entregas, armaron barricadas, corrieron por las calles y ella se imaginó a Roman Kitt en la ducha. Mientras el sol se empezaba a poner, todos trabajaron juntos para preparar varias ollas de sopa de verduras y pan recién hecho para los soldados.

El estómago de Iris estaba protestando para cuando Marisol dijo:

—Attie, ¿por qué no miras si Iris te puede ayudar con ese asunto en concreto en la planta de arriba?

—Está bien —respondió Attie, y bajó de la silla de un salto—. Vamos, Iris.

Iris frunció el ceño, pero se levantó.

—¿Para qué necesitas mi ayuda?

—Es difícil de explicar, tú sígueme —le pidió Attie con un movimiento de las manos. Pero miró por encima del hombro de Iris y abrió mucho los ojos, e Iris se dio la vuelta justo a tiempo de ver cómo Roman bajaba la vista.

—¿Qué está pasando, Attie? —le preguntó Iris siguiéndola por las escaleras. Ya casi comenzaba a anochecer.

—Aquí —dijo Attie entrando en el baño.

Iris se detuvo en el umbral, confundida, mientras abría el grifo.

—¿Por qué no te das una ducha mientras yo voy a busc...?

—¿Una ducha? —exclamó Iris—. ¿Cómo me voy a duchar en un momento como este?

—Porque has estado corriendo arriba y abajo de una colina durante todo el día, y cortando zanahorias, nabos y cebollas, y tu mono apesta a humo de un camión —contestó Attie—. Hazme caso, Iris. Usa el champú nuevo, el que está en esa lata.

Cerró la puerta y dejó a Iris en la habitación llena de vapor.

Iris se quitó el mono y entró en la ducha. Iría rápido, porque todavía quedaban muchas cosas por hacer. Pero entonces se vio la mugre que tenía bajo las uñas y pensó en Roman. Un sentimiento extraño la invadió y le provocó un escalofrío.

Se tomó su tiempo para lavarse, hasta que eliminó cada reminiscencia de cebolla, humo, sudor y suciedad, y desprendía olor de gardenia con un toque de lavanda. Se estaba secando el pelo cuando Attie llamó a la puerta.

—Tengo un mono limpio para ti.

Iris abrió la puerta y encontró a Attie de pie con un mono planchado en una mano y una corona de flores en la otra.

—Muy bien —dijo Iris, con la mirada puesta en las flores—. ¿Qué está pasando?

—Toma, vístete. Tengo que trenzarte el pelo. —Attie entró en el baño y cerró la puerta tras de sí.

Iris intentó protestar hasta que Attie arqueó las cejas. Resignada, se puso el mono y se abrochó los botones de delante. Se sentó en un taburete para que Attie pudiera elaborar con su pelo dos trenzas gruesas, que sujetó en su cabeza con horquillas decoradas con perlas para formar una corona. Era similar a como llevaba el pelo Marisol, y, cuando se vio reflejada en el espejo, Iris pensó que la hacía parecer mayor.

—Ahora llega la mejor parte —dijo Attie, recogiendo las flores. Las acababan de cortar y estaban entrelazadas. Margaritas, dientes de león y violetas. Flores que crecían salvajes en el jardín.

Iris contuvo la respiración mientras Attie le colocaba las flores sobre las trenzas.

—Ya está. Estás preciosa, Iris.

—Attie, ¿qué ocurre?

Attie sonrió y le apretó las manos a Iris.

—Me ha pedido mi beneplácito. Al principio le he dicho que no estaba segura de si se lo podía conceder, porque te estabas enamorando de un chico llamado Carver que te escribía unas cartas encantadoras que te revolvían el alma, y ¿cómo diantres se iba a comparar Kitt con eso? Y entonces me ha contado que él es Carver y me ha enseñado pruebas. Y qué otra cosa podía decir que no fuera que sí, que tenía mi aprobación, una y cien veces.

Iris tomó aire, lenta y profundamente, pero el corazón le bailaba al son de un ritmo pegadizo.

—¿Cuándo? —dijo en un jadeo—. ¿Cuándo te lo ha preguntado?

—Hace un rato, cuando estábamos repartiendo comida. Me has avanzado un momento, ¿recuerdas? Y, sí, ya le ha pedido permiso a Marisol. Incluso a Keegan. Es muy meticuloso, ese Kitt tuyo.

Iris cerró los ojos, apenas podía creerlo.

—No crees que sea una tontería, ¿verdad? Con Dacre de camino. Que esté celebrando cuando la muerte se acerca…

—Iris —dijo Attie—, eso solo hace que todo esto sea más bonito. Los dos os habéis encontrado mutuamente, contra todo pronóstico. Y si esta es tu única noche con él, pues saboréala.

Iris buscó la mirada de Attie.

—¿Me estás diciendo…?

Attie sonrió, tirando de su mano.

—Te estoy diciendo que Roman Carver Kitt está en el jardín, esperando para casarse contigo.

39

Votos en la oscuridad

Roman estaba de pie con Keegan y Marisol en el borde del jardín, observando cómo se apagaba la luz. Los votos tendrían que ser rápidos, le había advertido Keegan antes, lo cual le sonó perfectamente bien. Había estado sorprendido por el apoyo y lo emocionado que estaba todo el mundo con sus planes. Creía seguro que alguna de ellas diría: «No, hay cosas más importantes que hacer, Roman. ¡Mira a tu alrededor! No tenemos tiempo para una boda».

Se había encontrado con lo contrario, como si Attie, Marisol y Keegan estuvieran ansiosas por hacer algo que les aliviara el peso que sentían en el espíritu.

Seguía aguardando a Iris y no sabía qué esperar, pero cuando la vio caminar a través de las puertas con el pelo recogido y adornado con flores, sintió un arrebato de orgullo. De alegría inmensa, tan profunda que no tenía fin y no había manera de medirla. Sintió cómo se le extendía por la cara con una gran sonrisa y se quedaba un segundo sin aliento.

Attie llevó a Iris hasta él por el camino de piedras, y había un brillo en los ojos de Iris que no había visto antes. Parecía que la había estado esperando durante horas, y, aun así, cuando Iris le agarró la mano, sintió que solo habían pasado unos segundos.

Estaba cálida, sonrojada por la ducha. Su palma lucía un tacto parecido a la seda.

Roman estudió el rostro de Iris. Quería memorizar cómo se perfilaba en el ocaso. *Lo vamos a hacer de verdad*, pensó con un escalofrío. Se iban a casar vestidos con los monos a las puertas de una batalla, a seiscientos kilómetros de casa.

Roman no sabía por qué de repente la imagen de Iris empezó a ponerse borrosa. Por qué su contorno se deshacía frente a él, como si fuera una visión, un sueño a punto de desvanecerse. No lo supo hasta que pestañeó y las lágrimas le cayeron por la cara.

No había llorado desde hacía años. No había llorado desde lo de Del. Había mantenido sus sentimientos bien encerrados desde entonces, como si estuviera mal soltarlos. Como si fueran una debilidad destinada a arruinarlo.

Pero las lágrimas caían como si hubiera abierto una presa. Una pequeña grieta, y todos esos sentimientos de culpa fluían hacia el exterior. Quería soltarlos, no quería llevar toda esa carga hacia su matrimonio con Iris. Pero no sabía cómo liberarse de ello, y se dio cuenta de que Iris debía simplemente aceptarlo tal como era.

—Roman —susurró Iris con ternura. Se puso de puntillas y le rodeó la cara con las manos. Le secó las lágrimas, y Roman dejó que cayeran hasta que pudo verla nítidamente de nuevo.

Y pensó: *¿Qué me has hecho?*

—¿Estamos listos? —preguntó Keegan.

Roman casi se había olvidado de Keegan y su pequeño libro de votos, de Marisol con las alianzas y de Attie con el cesto de flores.

Pero las estrellas empezaban a salir por encima de sus cabezas. El sol se había retirado detrás de la colina y las nubes exudaban tonos dorados. Casi era de noche.

—Sí —murmuró él sin dejar de mirar a Iris.

—Tomaos de las manos —dijo Keegan— y repetid mis palabras.

Iris dejó que sus manos volvieran con las de Roman. Tenía los dedos húmedos de sus lágrimas.

Los votos que se prometieron eran antiguos. Unas palabras que se habían tallado en piedra en un tiempo en el que todos los dioses vivían y pululaban por la tierra.

«Rezo por que mis días sean largos a tu lado. Permíteme llenar y satisfacer cada anhelo de tu alma. Que tu mano me acompañe, de noche y de día. Dejemos que nuestras respiraciones se entremezclen y nuestra sangre sea una, hasta que nuestros huesos se conviertan en polvo. Incluso entonces, que pueda encontrar tu alma todavía unida a la mía».

—Qué bonito —dijo Keegan, girándose hacia su esposa—. Ahora, los anillos.

Marisol había encontrado esos anillos en su joyero. Le había dicho a Roman que la alianza de plata que había sido de su tía le iría bien a Iris. Y el anillo de cobre era para él, para que lo llevase en el meñique. Solo hasta que Roman pudiera conseguir unas alianzas idénticas.

Iris levantó las cejas por la sorpresa cuando Marisol le dio el anillo de cobre. Obviamente, no esperaba que se fueran a casar ese día, y mucho menos que tuvieran anillos que intercambiarse, y se lo deslizó a Roman por el meñique. Él le devolvió el favor de inmediato y le puso el anillo de plata en el dedo. Le iba un poco suelto, pero por el momento serviría.

A Roman le gustaba verlo en la mano de Iris, brillando bajo la luz.

—Y ahora, para concluir la ceremonia —dijo Keegan, cerrando el libro—, sellad vuestros votos con un beso.

—Por fin —dijo Roman, aunque los votos no les habían llevado más de medio minuto.

Iris se rio. Por todos los dioses, Roman adoraba ese sonido, y la atrajo hacia sí. La besó a conciencia; su lengua rozaba la suya y disfrutó con el pequeño suspiro que le regaló Iris.

La sangre le bombeaba, pero todavía tenían que comerse la cena. Marisol había insistido en ello. Por lo tanto, puso fin al beso.

Attie gritó de júbilo y lanzó las flores por encima de ellos. Roman observó cómo los pétalos caían como la nieve y se les quedaban atrapados en el pelo. Iris sonrió, entrelazando los dedos con los suyos.

Roman pensó en quién había sido antes de conocerla. Antes de que ella se hubiera presentado en la *Gaceta*. Antes de que su carta hubiera cruzado la puerta de su armario. Pensó en quién quería ser ahora que su mano agarraba la suya.

Siempre estaría agradecido por haber tomado la decisión aquella noche de no hacía tanto. La noche en que decidió escribirle una respuesta.

Marisol les pidió que se sentaran, lado a lado en la mesa. Iris estaba hambrienta, pero también tan emocionada y nerviosa que no estaba segura de cuánto sería capaz de comer.

—Sopa y pan esta noche —dijo Marisol, poniendo dos boles encima de la mesa delante de ellos—. Comida simple, pero debería bastar, ¿no?

—Marisol, es perfecto —dijo Iris—. Gracias.

Poco rato después, los soldados empezaron a llegar para compartir una comida rápida antes de volver a sus puestos. El hostal no tardó en llenarse de gente y de calor, rebosante de luz de velas y murmullos bajos. Iris siguió sentada al lado de Roman, su mano en la de él, apoyadas en su regazo.

—Me he enterado de que esta noche se ha casado alguien —dijo uno de los soldados con una sonrisa.

Iris se sonrojó cuando Roman levantó la mano.

—Yo soy el afortunado.

Eso desató una ronda de vítores y aplausos, e Iris se sorprendió de que pareciera normal, como si fuera cualquier otra noche. Y aun así el día siguiente era el Día de Enva, el final de la semana. Cualquier cosa podía ocurrir, e Iris intentó enterrar sus preocupaciones. Quería limitarse a disfrutar del momento presente. Esa era la vida que quería: lenta, fácil y vibrante, rodeada de la gente a la que quería.

Ojalá pudiera guardar ese momento en una botella. Ojalá pudiese beber de ella en los días venideros para así recordar ese sentimiento de calidez, plenitud y alegría. Como si todas sus piezas se hubieran vuelto a unir, mucho más fuertes de lo que habían sido antes de romperse.

Se dio cuenta de que esa se había convertido en su familia actual, que había vínculos más estrechos que la sangre.

Demasiado pronto, el hostal se quedó en silencio.

Los soldados habían acudido y se habían marchado. Hasta la última gota de sopa y miga de pan se había acabado, y los platos se apilaban en el fregadero. Las velas estaban encendidas encima de la mesa de la cocina; la luz parpadeaba sobre la cara de Roman mientras se inclinaba hacia Iris y le susurraba en el oído:

—¿Estás preparada para ir a la cama?

—Sí —respondió ella, y el corazón le empezó a latir con fuerza—. Pero a lo mejor deberíamos lavar los platos antes, ¿no?

—¡Ni se te ocurra hacer eso! —gritó Marisol, horrorizada—. Los dos iréis a la cama y disfrutaréis de vuestra noche.

—Pero Marisol… —Iris empezó a protestar cuando Roman se levantó, tirando de ella hacia arriba.

—Me da igual lo que digas, Iris —insistió Marisol.

—Y a mí también —dijo Attie, con los brazos cruzados—. Además, la habitación de Roman está preparada para los dos.

—¿Qué? —exclamó Iris con la respiración entrecortada.

Attie se limitó a guiñarle un ojo y se giró hacia el fregadero. Marisol los echó hacia el pasillo, donde pasaron por al lado de Keegan, que volvía de hacer un recado.

La capitana les asintió con la cabeza con una sonrisilla, e Iris empezó a sudar de inmediato mientras ascendía las escaleras con Roman.

—Lo siento, voy bastante lento —dijo él poniendo una mueca con cada paso.

Iris le dio la mano, esperando que la alcanzara.

—¿Todavía te duelen las heridas? —le preguntó.

—No demasiado —respondió él—. Pero no quiero que se me salte otro punto.

Su respuesta preocupó a Iris. Tenía la corazonada de que le estaba escondiendo cuánto le preocupaba a él la pierna, y decidió que esa noche debían andarse con cuidado.

Llegaron a la habitación de Roman. Iris se preparó mentalmente, insegura de lo que iba a encontrar. Dio un paso hacia dentro y se quedó sin aliento.

Un montón de velas estaban encendidas para bañar la habitación con su romántica luz. Había flores esparcidas por el suelo y sobre la cama, que todavía consistía en un somier, puesto que el colchón estaba en la enfermería. Pero por lo visto Attie había añadido algunas mantas más a la pila, creando un lugar suave donde pudieran dormir.

—Es precioso —susurró Iris.

—Y lo agradezco mucho —dijo Roman, y cerró la puerta—. Desgraciadamente no me puedo atribuir el mérito. Ha sido todo cosa de Attie.

—Entonces tendré que agradecérselo mañana —dijo Iris, girándose para mirar a Roman.

Él ya tenía la vista clavada en ella.

Iris tragó saliva, sintiéndose extraña. No sabía si debía dar el primer paso y quitarse la ropa, si tal vez él quería hacerlo. A veces el rostro de Roman era difícil de interpretar, como si llevara una máscara, y antes de que pudiera llegar al primer botón de su mono Roman tomó la palabra:

—Tengo una petición, Winnow.

—Por todos los dioses, Kitt —dijo antes de poder contenerse—. ¿Qué pasa ahora?

Roman levantó la comisura de los labios, divertido.

—Ven a sentarte conmigo en nuestra cama. —Pasó por su lado y se arrodilló sobre la pila de mantas, teniendo cuidado con las piernas mientras se colocaba con la espalda contra la pared.

Iris lo siguió, pero decidió desatarse y quitarse las botas antes de subirse a las mantas. Ayudó a Roman con las suyas, y fue la primera prenda que se quitaron. Los zapatos.

Se colocó junto a él. Su calor empezó a filtrarse a su lado, y se dio cuenta de lo espectacular que iba a ser dormir a su lado cada noche.

Jamás volvería a pasar frío.

—Muy bien, Kitt —dijo Iris—. ¿Cuál es esa petición?

—Me gustaría que me leyeras una cosa.

—¿Y qué es esa cosa?

—Una de tus cartas.

Eso la pilló por sorpresa. Se crujió los nudillos, pero pensó que era justo devolverle el favor.

—De acuerdo. Pero solo una, así que escoge bien.

Él le sonrió y alargó la mano al suelo al lado del somier.

—¿Tienes mis cartas al lado de la cama? —preguntó Iris.

—Todas las noches releo la mayoría.

—¿De verdad?

—Sí. Aquí está. Es esta —dijo, acercándole un fragmento de papel muy arrugado.

Iris alisó los pliegues de la carta, leyendo por encima algunas líneas. Ah, sí. *Esa carta.* Iris se aclaró la garganta, pero levantó la vista hacia Roman antes de empezar. Él la estaba mirando con intención.

—Hay una condición, Kitt.

—No te puedo mirar mientras lees —supuso al recordar su propio dilema.

Iris asintió y él cerro los ojos y apoyó la cabeza contra la pared.

Ella devolvió la atención al papel. Empezó a leer, y su voz era profunda y borrosa, como si estuviera sacando las palabras de su pasado. De una noche en la que había estado sentada en el suelo de su habitación.

—«Creo que todos llevamos una armadura. Creo que los que no lo hacen son unos necios que se arriesgan a sufrir el dolor de los bordes afilados del mundo, una y otra vez. Pero si algo he aprendido de esos necios es que ser vulnerable es una fortaleza que la mayoría de nosotros teme. Hace falta coraje para bajar la armadura, para dejar que las personas te vean como eres. A veces me siento como tú: no puedo arriesgarme a que la gente me vea por quien soy de verdad. Pero también hay una vocecita en la parte trasera de mi mente, una voz que me dice: "Te vas a perder muchas cosas por protegerte tanto"».

Se detuvo, la emoción le subía por la garganta. No se atrevía a mirar a Roman. No sabía si tenía los ojos abiertos o todavía cerrados mientras continuaba, llegando al final.

—«Está bien, he dejado salir las palabras. Te he dado una parte de mi armadura, supongo. Pero dudo de que te importe» —acabó, y volvió a doblar la carta—. Ya está. ¿Estás satisfecho, Kitt? —le dijo Iris, y le devolvió el papel.

—Sí. Aunque hay otra que también me gustaría que me leyeras. ¿Dónde la he metido...?

—¿Otra? A este paso, tendrás que leerme una segunda carta a mí.

—Acepto los términos. Esta es bastante corta, y puede que sea mi favorita. —La encontró y sostuvo el papel entre los dos.

Iris sentía curiosidad. La aceptó, y estaba a punto de echarle un ojo a la carta cuando un golpe firme hizo traquetear la puerta, asustándolos a los dos. El estómago le dio un vuelco cuando se imaginó todos los motivos por los que alguien pudiera interrumpirlos. *Han visto a Dacre. Tenemos que retirarnos. Es el principio del fin.*

Intercambió una mirada con Roman. Vio el mismo pavor en su semblante. Les habían interrumpido su momento. Habían conseguido decir sus votos, pero nunca tendrían la oportunidad de cumplirlos.

—¿Roman? ¿Iris? —los llamó Marisol desde el otro lado de la madera—. Siento mucho interrumpiros, pero Keegan ha decretado un apagón para todo el pueblo. Ni electricidad ni velas en lo que queda de la noche, me temo.

Roman se quedó paralizado durante un segundo.

—¡Claro, por supuesto! Ningún problema, Marisol —le aseguró.

Iris trepó hasta ponerse en pie y sopló las innumerables velas que Attie les había encendido. Las llamas murieron, una tras otra, hasta que solo quedó una prendida, que Roman sujetaba en la mano.

Iris volvió a la cama. Esa vez se sentó de cara a él con la carta todavía en la mano.

—Léemela rápido, Iris —le pidió.

Un escalofrío la recorrió. Se sentía como el azúcar que se deshace en el té. Bajó la vista a la carta y empezó a leer en voz baja:

—«Probablemente volveré cuando acabe la guerra. Quiero verte. Quiero oír tu voz».

Observó a Roman de nuevo. Se mantuvieron la mirada mientras él soplaba la vela. La oscuridad cayó rauda y los envolvió. Y, aun así, Iris no había visto tantas cosas antes de ese momento.

—Quiero tocarte —susurró.

—Eso no lo decías en la carta —bromeó Roman—. De ser así, la habría enmarcado y colgado en la pared.

—Sin embargo —lo rebatió ella—, quise escribírtelo. No lo hice porque tenía miedo.

Roman se quedó callado durante un segundo.

—¿De qué tenías miedo?

—De mis sentimientos hacia ti. De las cosas que quería.

—¿Y ahora?

Iris alargó la mano y encontró su tobillo. Lentamente, sus dedos subieron hacia su rodilla. Podía notar las vendas debajo del mono, podía ver sus heridas en la mente, la manera en que le dejarían cicatrices.

—Creo que me has convertido en una persona valiente, Kitt —dijo Iris.

A Roman se le escapó el aire, un leve flujo, como si lo hubiera estado conteniendo durante años solo para ella.

—Iris, amor —dijo él—, no hay duda alguna de que eres valiente por ti misma. Me estuviste escribiendo durante semanas antes de que yo reuniera el coraje de responderte. Entraste en la *Gaceta* y te enfrentaste a mí y a mi ego sin pestañear. Tú eres la que vino al frente, sin miedo a mirar la horrible cara de la guerra mucho antes de que yo lo hiciera. No sé qué sería de mí sin ti, pero me has hecho mejor en todos los aspectos, mejor de lo que era o podría haber esperado ser.

—Creo que tú y yo somos mejor juntos, Kitt —dijo ella, y la mano le viajó hasta su muslo.

—Me has quitado las palabras de la boca —respondió con una pequeña exhalación. Iris sintió cómo se movía y bajaba las mantas hasta las rodillas. Pensaba que se estaba apartando de ella, hasta que le dijo:

—Acércate, Iris.

Se movió hacia delante, buscándolo. Sus manos al fin lo encontraron y le tocaron la cara y la anchura de los hombros. Roman la atrajo hacia sí, y, después de que el pie se le quedara atrapado un momento en una de las mantas, se sentó a horcajadas sobre su regazo.

Besarlo en la oscuridad era completamente distinto a besarlo con luz. Cuando el sol los había iluminado hacía horas, estaban ansiosos, torpes y hambrientos. Pero en ese momento, en la oscuridad de la noche, eran lánguidos, meticulosos y curiosos.

Iris se sentía más atrevida en la oscuridad. Pasó los labios por la mandíbula de él y apoyó la boca en su cuello, donde el pulso le latía desbocado. Bebió el aroma de su piel y deslizó la lengua por la suya saboreando sus suspiros. Vio cómo él la tocaba a cambio: con mucho respeto y consciencia. Las manos de Roman llegaban a detenerse en la parte de delante de sus costillas, con los dedos extendidos como deseando más, y aun así no se movían más arriba ni más abajo.

Iris quería notar cómo la tocaba. No sabía por qué dudaba él hasta que notó que sus dedos encontraban el botón de arriba de su mono.

—¿Puedo? —le preguntó.

—Sí, Kitt —respondió, estremeciéndose mientras él empezaba a desabotonarlo, uno a uno, en la oscuridad. Iris sintió cómo el aire frío la acariciaba mientras él le bajaba el mono por debajo de los hombros. La tela cayó sobre su cintura, y ella esperó. Esperó a que él la tocara, y Roman se tomó su tiempo, resiguiendo el hueco de su clavícula, la curva de su espalda desnuda, las tiras de su sujetador. Sus manos se detuvieron en sus costillas de nuevo. Iris temblaba, expectante.

—¿Estás bien, Iris? —preguntó él.

—Sí —dijo ella mientras cerraba los ojos y las manos de Roman empezaban a aprender el contorno de su cuerpo.

Nadie la había venerado de ese modo. Notó su aliento en la piel, sus labios sobrevolando su corazón. Roman la besó una vez, dos, primero suave y luego bruscamente, y ella levantó los brazos para quitarse las flores, las perlas y las trenzas del pelo. Su melena se liberó en ondas largas sobre su espalda, todavía húmedas y fragrantes, y Roman enredó los dedos en su cabello al instante.

—Eres preciosa, Iris —murmuró.

Iris empezó a desabrochar su mono, desesperada por sentir su piel sobre la suya. Uno de los botones salió disparado y acabó sobre las mantas, junto a sus rodillas.

—Ten cuidado. Este es el único mono que tengo —dijo Roman tras una risita.

—Mañana lo arreglaré —le prometió Iris, aunque no sabía lo que les depararía la salida del sol. Apartó esas preocupaciones mientras desvestía a Roman.

Ambos estaban ansiosos por deshacerse de las ropas que habían pasado por tantos problemas con ellos. Una vez desnudos, lanzaron los atuendos al otro lado de la habitación con una risa ahogada. Y el mundo se fundió en algo nuevo.

Iris no lo podía ver con los ojos, pero sí con las manos. Con la punta de los dedos y con los labios. Exploró cada pendiente y hueco de su cuerpo, reclamándolo como suyo.

Es mío, pensó, y las palabras le enviaron una descarga placentera al alma. *Soy suya.*

Iris lo tumbó debajo de ella, teniendo cuidado con su pierna, aunque jurara que las heridas no le hacían daño. No sabía qué esperar del todo —ni él tampoco—, y la situación fue extraña durante unos instantes hasta que las manos de Roman la tocaron, una confirmación cálida en sus caderas, y mantuvo la respiración en lo más profundo de su pecho mientras se empezaba a mover. La incomodidad se hizo más acuciante, pero pronto se suavizó, floreciendo en algo luminoso a medida que ambos se juntaban por completo, enredados en las mantas. A medida que encontraban un ritmo entre los dos, uno que solo ellos podían conocer. Iris se sentía a salvo con él, piel con piel. Se sentía llena y completa; sentía la plenitud en la oscuridad y cómo entretejían juntos los votos, los cuerpos y las decisiones.

—Iris —susurró Roman cuando ella ya casi había llegado al clímax.

Era agonía, era felicidad.

Iris apenas podía respirar cuando se rindió a las dos emociones.

Soy esto, pensó cuando de repente él se incorporó para sujetarla cerca, con sus corazones alineados. Iris notó cómo Roman temblaba en sus brazos.

—Roman. —Pronunció su nombre como si fuera una promesa, con los dedos perdidos en su pelo.

Un sonido brotó de él. Podría haber sido un sollozo o una exhalación. Iris quería verle la cara, pero no había más luz entre ellos que la del fuego que escondían bajo la piel.

—Roman —repitió.

Él la besó, y ella probó la sal de sus labios. La ola empezó a menguar; el placer se tornó perezoso, haciendo que les pesaran los brazos y las piernas.

Iris lo abrazó mientras la calidez se desvanecía. Sus pensamientos eran brillantes e iluminaban la oscuridad.

Y él es mío.

❧

Estuvieron tumbados y entrelazados durante un buen rato, los dedos de Roman trazando los bucles salvajes del pelo de Iris. Ella nunca había disfrutado tanto de un silencio. Su oreja estaba apoyada en el pecho de él, escuchaba el latido constante de su corazón. Una canción fiel sin fin.

Roman al final paseó los dedos por el brazo de Iris para agarrarla de la mano, dejando un rastro de escalofríos a su paso.

—Mañana —dijo Roman, entrelazando los dedos con los de ella—. Quiero tu mano con la mía, pase lo que pase. Como ahora. Tenemos que estar juntos, Iris.

—No te preocupes —respondió. Poco sabía él que ella ya lo había planeado. Iba a mantenerse cerca de él. A estar preparada para cargar con su peso todo el camino hasta el camión si era necesario. A lograr que siguiera vivo—. Te va a costar bastante deshacerte de mí ahora, Kitt —añadió con tono divertido y los ojos bien abiertos a la noche.

La risa de Roman sonó preciosa en la oscuridad.

40

Despertarse en otro mundo

Iris se despertó con los primeros rayos de luz del alba, con la mejilla apoyada en el pecho de Roman. Él tenía el brazo alrededor de ella y su respiración subía y bajaba lentamente mientras dormía. Después de que Iris superara la sorpresa de ver lo bien que le sentaba el contacto de sus cuerpos, se dio cuenta de que tenía la cara y las manos heladas, aunque estaban envueltos en las mantas y Roman desprendía calor como un horno.

Hace demasiado frío para finales de primavera, pensó Iris mientras se levantaba con cuidado.

Caminó hacia la ventana de Roman y movió la cortina para asomarse por los cristales. No pudo ver a ninguno de los soldados que se suponía que tenían que estar haciendo guardia en esa parte del pueblo. El mundo lucía un aspecto gris, marchitado y vacío, como si hubiera caído una helada.

—¿Kitt? —dijo Iris con tono urgente—. Kitt, levántate.

Él soltó un gruñido, pero Iris oyó cómo se incorporaba.

—¿Iris?

—Algo no va bien. —Tan pronto como las palabras salieron de su boca, oyeron unos gritos distantes fuera. Desde donde se encontraba no podía ver qué era lo que causaba el revuelo, y se giró para mirar a Roman.

—Tenemos que vestirnos y bajar. A ver si Marisol sabe algo. ¿Me estás escuchando, Kitt?

Roman la estaba observando como si estuviera aturdido. Iris estaba desnuda enfrente de él, y no llevaba nada puesto excepto la luz de la mañana sobre la piel.

—¡Tenemos que vestirnos! —repitió ella, apresurándose a recoger sus ropas, que estaban esparcidas por toda la habitación.

Él siguió sentado en la cama, observando cada uno de sus movimientos. Parecía petrificado, como si ella le hubiera lanzado un hechizo, e Iris le llevó su cinturón y el mono. Lo puso en pie, y las mantas de su cintura se deslizaron hasta el suelo.

Es perfecto, pensó ella con una intensa inhalación. Roman observó cómo ella le estudiaba el cuerpo, y sus mejillas se sonrojaron.

—¿Tenemos tiempo? —le preguntó cuando al fin sus miradas se volvieron a cruzar.

—No lo sé, Kitt.

Asintió decepcionado y sujetó su mono. Iris lo ayudó a ponérselo, sus dedos le abrocharon rápidamente los botones delanteros y le ciñó el cinturón. Ojalá hubiesen tenido más tiempo. Ojalá hubieran podido despertarse lentamente. Mientras intentaba atarse el sujetador, las manos le temblaban. Roman dio un paso adelante para ayudarla, sus dedos cálidos en su espalda. Le estaba abrochando los botones del mono cuando llamaron a la puerta.

—¿Iris? ¿Roman? —los llamó Attie—. Marisol nos pide que vayamos a la cocina. No toquéis las cortinas. Se han visto ezrals que se dirigen al pueblo.

—Sí, ahora mismo vamos —dijo Iris mientras se le helaba la sangre.

No habían oído ninguna sirena. Y entonces recordó que Monte Trébol había desaparecido. Un escalofrío la recorrió en lo que Roman acababa de abrochar sus prendas y ponerle el cinturón. Se ataron los zapatos con rapidez.

—Vamos —dijo Roman, y sonó tan calmado que apaciguó los miedos de Iris.

Entrelazaron los dedos y la guio por las escaleras. Iris vio que la pierna todavía le molestaba, aunque intentara ocultarlo. Cojeaba levemente mientras se dirigían a la cocina. Iris se empezaba a preguntar si Roman sería capaz de correr por las calles y trepar por encima de las barricadas, pero expulsó esos pensamientos cuando se reunieron con Attie en la mesa.

—Buenos días —los saludó ella con Lila ronroneando en sus brazos—. Espero que los dos tortolitos hayáis pasado una buena noche de descanso.

Iris asintió. Estaba a punto de agradecerle a Attie toda la ayuda del día anterior cuando la casa de repente tembló hasta los cimientos. Una explosión demoledora zarandeó las paredes y el suelo, e Iris cayó de rodillas con las manos tapándose las orejas. Ni siquiera se acordó de separar sus dedos de los de Roman. No hasta que él se arrodilló detrás de ella en el suelo de la cocina y la atrajo hacia sus brazos, sujetando su espalda contra su pecho.

Le estaba diciendo algo. Su voz era baja pero tranquilizadora en su oído.

—Saldremos de esta. Respira, Iris. Estoy aquí y saldremos de esta. Respira.

Iris intentó calmar su respiración, pero sentía los pulmones encerrados en una caja de hierro. Sus manos y pies se estremecían, su corazón latía con tanta fuerza que creía que se iba a partir en dos. Pero lentamente tomó consciencia de la presencia de Roman. Notaba el pecho de él contra el suyo, sus respiraciones profundas y calmadas. Poco a poco, lo imitó, hasta que las estrellas que veía en el borde de su visión empezaron a desaparecer.

Attie. Marisol. Los dos nombres pasaron por la mente de Iris como chispas, y levantó la cabeza para buscarlas por la cocina.

Attie estaba de rodillas justo delante de ellos, con la boca apretada en una fina línea mientras Lila chillaba asustada. Todo temblaba. Los cuadros se cayeron de las paredes. El estante de las especias se sacudió. Las hierbas empezaron a caer como una lluvia. Las tazas se hicieron añicos en el suelo.

—Marisol —jadeó Iris, intentando alcanzar la mano de Attie—. ¿Dónde está Mari…?

Cayó otra bomba. Un trueno ruidoso que no estaba muy lejos, porque la casa se zarandeó con más fuerza todavía, hasta las raíces. Las vigas de madera sobre sus cabezas gruñeron. El yeso del techo empezó a caer a pedazos a su alrededor.

El hostal iba a derrumbarse. Iban a quedar sepultados.

El miedo ardía en el cuerpo de Iris como el carbón. Estaba temblando, pero respiraba cuando Roman lo hacía y se aferró firmemente a la mano de Attie. Cerró los ojos y visualizó la noche anterior. Una boda en el jardín. Flores en su pelo. Una cena a la luz de las velas y risas y comida nutritiva. Un sentimiento cálido, como si por fin hubiera encontrado a su familia. Un lugar al que pertenecía. Una casa que estaba a punto de derrumbarse.

Iris abrió los ojos.

Marisol estaba de pie a unos pasos. Llevaba el revólver enfundado a un lado y las bolsas de emergencia en la mano. Su vestido era rojo, un contraste llamativo con su largo pelo negro. Parecía una estatua, mirando a la distancia mientras la casa se mecía por tercera vez.

Cayó polvo del techo. Las ventanas de resquebrajaron. Las mesas y las sillas se movían por el suelo como si un gigante estuviera golpeando la tierra.

Pero Marisol no se movía.

Debió de notar la mirada de Iris. En medio del caos y la devastación, sus miradas se encontraron. Marisol se arrodilló lentamente al lado de Roman y Attie, sus cuerpos formando un triángulo en el suelo de la cocina.

—Ten fe —dijo tocándole el rostro a Iris—. Esta casa no caerá. No mientras yo esté en ella.

Explotó otra bomba. Pero fue como Marisol había prometido: el hostal se estremeció, pero no se derrumbó.

Iris cerró los ojos de nuevo. Tenía la mandíbula apretada, pero visualizó el jardín y la vida que crecía en él. Pequeña y aparentemente frágil, y aun así prosperaba más y más con cada día que pasaba. Visualizó aquella casa con todas sus habitaciones y el sinfín de personas que había ido y había encontrado consuelo allí. El amor que se le profesaba a ese suelo. La puerta verde de castillo que había visto asedios de una era antigua. La manera como brillaban las estrellas desde el tejado.

El mundo se volvió a quedar en silencio.

Un silencio pesado y cargado de polvo que hizo que Iris se diera cuenta de que el aire era más caliente. El sol brillaba más fuerte a través de las grietas de las paredes.

Abrió los ojos. Marisol estaba en medio de los escombros, mirando su reloj de pulsera. El tiempo parecía distorsionado, los segundos se derramaban por los dedos como arena.

—Quedaos aquí —les indicó Marisol después de lo que podían haber sido dos minutos o toda una hora. Los miró a los tres con un fuego oscuro en los ojos—. Volveré pronto.

Iris estaba demasiado conmocionada como para decir nada. Attie y Roman debían de estar igual, porque no pronunciaron palabra cuando Marisol se marchó.

—Iris —dijo Attie unos instantes después, con voz contenida—. Iris, no podemos… Tenemos que…

No podían perder de vista a Marisol. Se suponía que la tenían que proteger y asegurarse de que la llevaban a un sitio seguro con el camión. Habían hecho una promesa.

—Deberíamos ir tras ella —dijo Iris. Ahora que tenía una tarea, una misión en la que centrarse, podía tomar el control de sus pensamientos. Se puso en pie y permitió que Roman la ayudara cuando trastabilló. Sentía que le flaqueaban las rodillas y tomó unas cuantas bocanadas de aire—. ¿Dónde crees que deberíamos mirar primero?

Attie se levantó, acariciando a una contrariada Lila.

—Keegan estaba apostada en la colina, ¿no?

—Cierto.

—Empecemos por ahí. Pero déjame que ponga a Lila en algún lugar seguro.

Iris y Roman esperaron en el vestíbulo mientras Attie encerraba a la gata en una de las habitaciones de la planta baja. Un rayo de luz se filtró por una grieta del mortero, cruzando el pecho de Iris. La puerta de entrada colgaba torcida de las bisagras y crujió cuando Roman la abrió con la mano.

Iris no estaba segura de lo que iba a encontrar más allá del umbral. Pero dio un paso hacia un mundo vaporoso, iluminado por el sol. La mayoría de los edificios de la calle Principal estaban indemnes, a excepción de las ventanas rotas. Pero a medida que Iris, Roman y Attie se adentraban más en el pueblo, empezaron a ver el alcance de la destrucción de las bombas. Las casas estaban destruidas, acumuladas en pilas de piedra y ladrillo y vidrio brillante. Unas cuantas estaban en llamas y el fuego lamía la madera y la paja.

No parecía real. Era como si fueran los colores vacilantes de un sueño.

Iris esquivó las barricadas y los soldados que o bien mantenían la posición con firmeza o bien corrían para apagar las llamas. Observó a través de nubes de humo con el corazón entumecido hasta que Roman la llevó al pie de la colina. Su destino.

Notó cómo Roman le apretaba la mano, e Iris levantó la vista para ver lo que quedaba.

Habían bombardeado la colina.

En la calle había un cráter. Los edificios eran un montón de escombros. El humo se elevaba en ondas continuas, manchando las nubes y transformado la luz del sol en una neblina sucia.

Desde la colina mirando hacia Ávalon, parecía que había un patrón en la destrucción, como si Dacre hubiera diseñado una red de ruinas. Aunque cuanto más miraba Iris las líneas que diferenciaban las casas intactas con los correspondientes espacios de escombros, más rara le parecía la visión. Se esforzó por encontrarle sentido a que una casa estuviera en pie mientras que la del vecino estaba demolida. Pero cuando forzó la vista, casi pudo discernir senderos. Rutas que estaban protegidas de las bombas. El hostal de Marisol estaba en una de ellas.

Iris tuvo que dejar atrás esa insólita observación. Soltó la mano de Roman para ayudar a los heridos.

Había más de los que podía contar, tirados sobre los adoquines. Lastimados y quejándose de dolor. Se le formó un nudo en la garganta, y tuvo un momento de pánico. Pero entonces vio a Keegan un poco más arriba de la carretera. Se movía y le sangraba una herida en la cara, pero para su sorpresa estaba viva. Iris sintió que le regresaba la determinación poco a poco. Se agachó al lado del soldado que tenía más cerca y apretó la punta de los dedos en su cuello. Tenía los ojos abiertos, fijos en el cielo. La sangre se había derramado de una herida en el pecho y había manchado la calle.

Estaba muerto. Iris tragó saliva y se dirigió hacia la siguiente soldado, moviéndose por encima de los adoquines sueltos.

Estaba viva, pero tenía una de las piernas destrozada por debajo de la rodilla. Se estaba esforzando por levantarse, como si no sintiera el dolor.

—Túmbate un rato —dijo Iris, mientras le agarraba la mano.

La soldado soltó una respiración entrecortada.

—Las piernas. No siento las piernas.

—Estás herida, pero enseguida llegará ayuda. —Iris volvió a levantar la vista y observó cómo Keegan ayudaba a unas enfermeras a levantar a un soldado herido y a ponerlo en una camilla. Y entonces vio el vestido rojo de Marisol mientras ayudaba a un doctor con bata blanca con otro soldado herido. Allí estaba Attie, corriendo hacia arriba de la colina para ayudar a una enfermera que lo pedía a gritos, y Roman, unos cuantos pasos más allá, limpiando con delicadeza la mugre y la sangre de la cara de un soldado.

Iris no se esperaba eso.

Esperaba un asedio o un asalto. Esperaba tiroteos en las calles y los fogonazos de las granadas. No había creído que Dacre mandaría a los ezrals y sus bombas.

«Una guerra con los dioses no es como esperas».

—Las piernas —repitió la soldado con voz rasposa.

Iris apretó la mano de la chica.

—Los médicos y las enfermeras ya vienen. Aguanta solo un poco más. Ya casi están aquí. —Pero una barricada e incontables cuerpos se extendían entre ellos y la ayuda médica, que se abría camino metódicamente por la calle.

—Está perdiendo demasiada sangre —le susurró Roman al oído.

Iris se giró y lo vio agachado a su lado con la mirada fija en la pierna magullada de la chica. Roman se inclinó un poco más hacia la soldado, se quitó el cinturón y se lo apretó en el muslo izquierdo.

Un escalofrío recorrió la espalda de Iris. De repente, volvió a sentir las manos y los pies fríos. Le preocupaba estar entrando en *shock* de nuevo.

—Voy a ver si puedo conseguir una camilla para ella —dijo Iris mientras se levantaba—. ¿Te quedas a su lado, Kitt?

Roman separó los labios como si quisiera protestar. Iris sabía lo que pensaba, la razón por la que fruncía el ceño. No quería ningún tipo de distancia entre ellos dos. Pero la soldado emitió un gemido y empezó a convulsionar, y le prestó toda su atención de inmediato, hablándole con voz suave. Tomándola de la mano para ayudarla a superar las olas de dolor.

Iris se dio la vuelta y corrió hacia la colina. Necesitaba una camilla. Incluso le servía una plancha de madera. Cualquier cosa que ella y Roman pudieran utilizar para cargar a la soldado hasta la enfermería.

¿Debía buscar entre los escombros a ver si encontraba algo? ¿Debía sacar una tabla de la barricada? Se detuvo delante de ella, llena de incertidumbre por más que sus pensamientos le gritasen que se espabilara.

Por el rabillo del ojo vio un soldado que estaba encorvado y lloraba llamando a su madre. Su agonía la atravesó, y decidió que sacaría una plancha de madera de la barricada. No tenía tiempo de perseguir a las enfermeras ni a los médicos, que ya estaban desbordados. No tenía tiempo de encontrar una camilla. Empezó a arañar la estructura, decidida a sacar una plancha.

No sintió ni el frío ni las sombras que ondeaban a través del humo. Estaba tan concentrada en sacar esa pieza de madera que no se dio cuenta de que el viento había cesado y la helada había salpicado los adoquines a sus pies.

—¡A cubierto, a cubierto, a cubierto!

La orden atravesó el desconcierto y el caos como si fuese una espada.

Iris se quedó paralizada y levantó los ojos hacia el cielo revuelto. Al principio pensó que las nubes se movían, que se estaba formando una tormenta. Pero entonces vio las alas, largas y con pinchos, transparentes en la luz que se apagaba. Vio aparecer los cuerpos blancos y monstruosos que se acercaban volando, casi encima del pueblo.

Nunca había visto a un ezral. Nunca había estado tan cerca de uno. Incluso aunque hubiera estado una vez tumbada en el campo con Roman, no había estado tan cerca como para sentir la podredumbre y la muerte de sus alas ni para oír cómo las batían.

—¡Al suelo, quietos! —llegó de nuevo la orden. Era la voz de Keegan, ronca y tensa, pero lo suficientemente poderosa como para que todo el mundo recobrara el sentido.

Iris se dio la vuelta, buscando frenéticamente a Roman.

Lo encontró a cinco pasos, de pie sin moverse, pero era evidente que había estado dirigiéndose hacia ella. Entre ellos había soldados heridos y escombros. No había un camino despejado, y tenía los ojos muy abiertos y la cara pálida. Nunca se había quedado tanto tiempo inmóvil, e Iris tuvo que resistir la tentación de correr hacia él.

«No te muevas», articuló con los labios.

Iris soltó una respiración profunda. Las manos se le crisparon a los lados a medida que las criaturas volaban más cerca. En cualquier momento. En cualquier momento estarían encima de ellos.

—Mamá —gimió el soldado a su lado, meciéndose sobre los talones—. ¡Mamá!

Iris lo miró con alarma. Roman hizo lo mismo, con una vena latiéndole en la sien.

—Tienes que estar callado —le dijo Iris al soldado—. Tienes que dejar de moverte.

—Necesito encontrar a mi madre —sollozó el muchacho, y empezó a gatear por las ruinas—. Necesito irme a casa.

—¡Estate quieto! —gritó Iris, pero no la estaba escuchando. Iris vio su propio aliento, podía sentir cómo el corazón le palpitaba en las sienes—. ¡Por favor, detente!

Una sombra de alas le cayó encima. El hedor a descomposición se filtró a través del aire frío.

Es el final, pensó Iris. Miró a Roman, que estaba a cinco pasos.

Estaba muy cerca y, a la vez, demasiado lejos como para alcanzarlo.

Se imaginó su futuro. Todas las cosas que quería hacer con él. Vivir con él. Todas las cosas de las que ya no podría disfrutar.

—Kitt —susurró. Y no creía que pudiera oírla, pero tenía la esperanza de que pudiera sentir la fuerza de un susurro así en el pecho y lo profundo que era su amor por él.

Algo pequeño y brillante caía desde las nubes. Pero Iris no permitió que su descenso desviara sus ojos de los de Roman.

Se sostuvieron la mirada esperando a que la bomba golpeara el suelo entre los dos.

41

Tu mano en la mía

Vio a su abuela. Era el cumpleaños de Iris, el día más caluroso del verano. Las ventanas estaban abiertas de par en par, el helado había dejado una mancha pegajosa en el suelo de la cocina y su abuela sonreía mientras le daba a Iris la máquina de escribir.

—¿De verdad es para mí? —gritó Iris, meciéndose sobre la punta de los pies. Estaba tan emocionada que parecía que el corazón le iba a estallar.

—Pues sí —dijo la abuela con su voz rasposa, plantándole un beso en el pelo—. Escríbeme una historia, Iris.

Vio a su hermano. Forest estaba con ella en el lecho del río y guardaba algo pequeño en el hueco de las manos. Ese era uno de sus lugares favoritos de Juramento; casi parecía que ya no estaban en la ciudad, sino adentrados en el campo. El sonido de las corrientes enmascaraba el ruido de las calles bulliciosas.

—Cierra los ojos y extiende las manos, Florecilla —le dijo.

—¿Por qué? —preguntó Iris, aunque no era ninguna sorpresa. Siempre lo preguntaba. Y sabía que hacía demasiadas preguntas, pero a menudo la invadía la duda.

Forest, que la conocía bien, sonrió.

—Confía en mí.

Ella lo hacía. Su hermano era como un dios para ella, y cerró los ojos y extendió las manos, sucias de explorar el musgo y las piedras del río. Él colocó algo frío y baboso en su palma.

—Muy bien, abre los ojos —le indicó él.

Iris abrió los ojos y vio un caracol. Se rio, maravillada, y Forest le dio un golpecito en la nariz.

—¿Cómo lo vas a llamar, Florecilla?

—¿Qué te parece Morgie?

Vio a su madre. A veces Aster trabajaba hasta tarde en el restaurante Revel, y Forest la llevaba caminando hasta allí después de la escuela para cenar.

Iris se sentó en la barra, observando cómo su madre servía platos y bebidas a los clientes. Tenía su cuaderno abierto justo delante, desesperada por escribir una historia. Por alguna razón, las palabras eran como el hielo.

—¿Estás haciendo los deberes, Iris? —preguntó su madre, y le puso un vaso de limonada enfrente.

—No, ya tengo todos los de hoy hechos —dijo Iris con un suspiro—. Estoy intentando escribir una historia para la abuela, pero no sé sobre qué debería escribir.

Aster se apoyó en la barra, sonriendo de lado y mirando la página en blanco del cuaderno de Iris.

—Bueno, pues estás en el lugar perfecto.

—¿En el lugar perfecto? ¿Por qué?

—Mira a tu alrededor. Aquí hay bastantes personas sobre las que podrías escribir una historia.

Iris paseó la vista por el restaurante, centrándose en los detalles en los que nunca había prestado atención. Cuando su madre se fue a tomar una comanda, ella agarró su bolígrafo y empezó a escribir.

Vio a Roman. Volvían a estar solos en el jardín, pero no era en Risco Ávalon. Era un lugar que Iris no había visto nunca, y estaba a gatas, arrancando malas hierbas. Se suponía que Roman tenía que ayudarla, pero solo se dedicaba a distraerla.

Roman le lanzó un terrón de tierra del suelo.

—¡Cómo te atreves! —le dijo, levantando la vista hacia él. Roman sonreía, y ella sintió cómo se le ruborizaba la piel. Nunca podía estar enfadada con él durante mucho tiempo—. ¡Acabo de lavar este vestido!

—Ya lo sé. De todas maneras, te queda mejor cuando te lo quitas.

—¡Kitt!

Le lanzó otro terrón. Y otro, hasta que no le quedó más opción que dejar su tarea y hacerle un placaje.

—Eres lo que no hay —dijo Iris, sentándose a horcajadas sobre él—. Y esta ronda la gano yo.

Roman se limitó a sonreír y le resiguió las piernas con las manos.

—Me rindo. ¿Cómo debo pagar mi penitencia esta vez?

Iris esperó a que la bomba cayera. Esperó a que llegara el final, y en su mente destellaban recuerdos, que la arrastraban al pasado a la velocidad de la luz. La gente a la que quería. Los momentos que la habían marcado. Vio un resplandor de algo que tenía que venir, y ahí fue donde se detuvieron sus pensamientos. En Roman y en el jardín que habían plantado juntos y cómo estaba a cinco pasos de ella, mirándola como si él viera el mismo futuro.

Al fin, la bomba golpeó el suelo.

Hubo un repiqueteo mientras rodaba por los adoquines hasta que se detuvo en el recodo del cuerpo de un soldado.

Iris se la quedó mirando, incrédula. Observó la manera en que capturaba la luz. Un contenedor de metal.

Sus pensamientos eran lentos y espesos, todavía dependían del «qué podría haber pasado», pero el presente le volvió como un bofetón en la cara y la despertó.

No era una bomba.

Era… No sabía lo que era. Y eso la asustó todavía más.

Los ezrals revoloteaban sobre su cabeza. Sus alas proyectaban un aire frío y podrido, y sus garras arrojaban un contenedor tras otro por toda la calle. Se empezaron a oír voces llenas de pánico. Las enfermeras, médicos y soldados que se habían mantenido completamente quietos se empezaron a mover frenéticamente.

—¡Iris! —gritó Roman, tropezando con los escombros para cubrir la distancia que los separaba—. ¡Iris, agárrame la mano!

Iris le estaba dando la mano a Roman cuando el gas silbó, saliendo del contenedor en una nube de color verde. La golpeó como un puñetazo, y tosió, apartándose de ella a rastras. Le ardían la nariz y los ojos. No veía nada y sentía que el suelo se sacudía debajo de ella.

—¡Kitt! ¡Kitt! —gritó, pero hablar hacía que le ardiese la garganta.

Solo necesitaba algo de aire puro. Tenía que alejarse de la nube, y se movió histérica hacia delante con los ojos cerrados y las manos extendidas ante sí, sin saber en qué dirección iba.

Las lágrimas le cayeron por el rostro. La nariz le moqueaba. Iris tosió y probó el sabor de la sangre en la boca.

Se cayó de rodillas. Se subió el cuello del mono para cubrirse la nariz y gateó por encima de piezas de metal retorcidas y fragmentos de cristal, sobre los restos de las casas destruidas y por encima de soldados que habían muerto. Tenía que seguir adelante, tenía que mantenerse oculta.

—¡Kitt! —intentó llamarlo de nuevo, a sabiendas de que debía estar cerca. Pero tenía la voz destrozada. Apenas podía respirar, mucho menos gritar.

Busca aire limpio. Y luego ya buscarás a Attie y a Marisol.

Siguió gateando, la sangre y la baba le caían de los labios mientras jadeaba. La temperatura estaba subiendo. Pudo ver cómo la luz se volvía más intensa a través de los párpados, y supo que había escapado del gas.

Iris se detuvo y se atrevió a abrir los ojos. Tenía la visión empañada, pero pestañeó y dejó que las lágrimas cayeran por sus mejillas. Volvió a toser, escupió sangre al suelo y se sentó sobre los talones.

Había gateado hasta una calle lateral.

Miró atrás y vio la nube de gas y cómo la gente salía gateando de ella, como había hecho ella.

Debería ayudarlos, pensó.

Nada más intentar levantarse, el mundo le dio vueltas. El estómago le dio un vuelco, y vomitó sobre los adoquines. No tenía mucho dentro, y no le quedó otra opción que volver a sentarse, apoyada contra un montón de escombros de piedra.

—Sigue moviéndote —le dijo un soldado que pasaba a rastras.

No creía que pudiera hacerlo. Le hormigueaban los brazos y las piernas, y un sabor extraño se adueñaba de su boca. Pero entonces el viento empezó a soplar. Vio con horror cómo la brisa llevaba el gas en su dirección, hacia la calle lateral.

Iris se puso de pie tambaleándose y echó a correr. Dio unos cuantos pasos antes de que le fallaran las rodillas, y gateó hasta que sintió que podía mantenerse en pie de nuevo. Siguió a una hilera de soldados colina abajo. Pensó que estaría a salvo en la parte baja del pueblo, pero en la calle Principal se elevaba más gas, y acabó dando la vuelta y corriendo hacia el mercado, donde el aire parecía estar limpio.

—¡Iris!

Oyó que alguien gritaba su nombre. Giró y buscó entre la multitud que se había reunido a su alrededor, buscando desesperada a Roman, Attie, Marisol y Keegan. Era el momento de huir. Lo sentía en las tripas, y recordó lo que Attie le había dicho el día anterior.

«Yo iré a por Marisol. Tú recoge a Roman. Nos encontraremos en el camión».

—¡Kitt! —gritó.

Iris estaba rodeada de un mar de uniformes verdes, un mar de manchas de sangre, tos y botas que chirriaban sobre las piedras.

Algunos de los soldados llevaban máscaras de gas, con los rostros ocultos mientras volvían corriendo hacia las calles mortíferas. Tuvo un momento de gélido pánico de que la pisotearían si tenía la mala suerte de caerse.

Por el rabillo del ojo vio un destello rojo.

Iris se giró hacia a él justo para ver a Marisol y Attie, que zigzagueaban por la multitud. No la habían visto, se alejaban de su posición hacia la parte este del pueblo, y ella supo que se estaban dirigiendo al camión.

El alivio y saber que estaban bien la tranquilizó. Pero entonces el pavor regresó hasta ella, lo bastante afilado como para cortarle los pulmones. Tenía que encontrar a Roman. No podía irse sin él, y empezó a abrirse camino a través de la multitud, gritando su nombre hasta que se le quebró la voz.

Tenía que subirse a una de las barricadas. De lo contrario, Roman no la vería, perdida en la muchedumbre.

Iris empezó a buscar la manera de llegar a una de las estructuras y se estremeció cuando por fin pudo salir del caos. Se tomó un instante para apoyarse sobre las rodillas y respirar hondo.

Una mano firme la agarró del brazo, tan fuerte que supo que al día siguiente tendría un moratón.

Gritó y se dio la vuelta, asustada cuando vio que era una persona con máscara. Tenía la cara completamente cubierta por una máscara de gas hecha de tela, dos lentes ambarinas redondas y un chisme cilíndrico para respirar aire limpio. No podía verle la cara, pero sí oír cómo inhalaba y exhalaba. También llevaba casco, que le ocultaba el pelo, e Iris paseó la vista por su cuerpo, comprobando el mono que llevaba puesto.

—¡Kitt! ¡Por todos los dioses, Kitt! —Iris lo abrazó con fuerza.

El agarre que tenía en el brazo se suavizó, pero solo durante unos instantes. Él dio un paso atrás rígido, dejando un espacio entre los dos, e Iris frunció el ceño, confundida.

—Ponte esto —dijo él.

Tenía la voz distorsionada por la máscara, e hizo que Iris se estremeciera. Sonaba robótico, como si estuviera hecho de piezas de metal y engranajes. Pero vio que había encontrado una máscara para ella y deslizó las correas de cuero sobre la cabeza.

Era como estar dentro de una burbuja. La máscara le afectaba todos los sentidos, y el mundo se tradujo en tonos de ámbar un poco borrosos. Al principio era precioso, pero al poco Iris notó cómo le crecía el pánico. Sentía que se iba a ahogar.

Se aferró a los bordes de la máscara. Roman se acercó a ella y giró el cilindro que tenía cerca del mentón. Empezó a fluir aire fresco.

—Respira hondo —le indicó.

Iris asintió y el sudor le caía por la espada. Respiró y tranquilizó la oleada de pánico. Podía mantenerlo a raya, porque por fin lo tenía a él. Estarían a salvo.

—Kitt —dijo ella, preguntándose cómo le sonaría su voz. Si sonaría como si estuviera hecha de bordes afilados y acero frío—. Kitt, tenemos…

Él la tomó de la mano. El agarre volvía a ser fuerte, casi como un castigo, mientras sus dedos se entrelazaban con los suyos. «Quiero tu mano con la mía, pase lo que pase».

—Tenemos que irnos —dijo él, pero tenía la sensación de que no la miraba a ella, sino a algo que tenía detrás. Tal vez veía a Keegan, que les daba la orden de huir. Cuando Iris se estaba dando la vuelta para verlo por sí misma, Roman tiró de su brazo.

—Ven conmigo. Iremos más rápido si no miras atrás.

La arrastró alrededor de la barricada, hacia las sombras de una calle lateral desierta. Iris se sentía mareada, pero se centró en su respiración y lo siguió.

Su oído no era tan agudo bajo la máscara, pero percibía cómo sus botas golpeaban la calle y oyó un grito distante.

Roman se detuvo en una intersección. Iris pensaba que estaba tomando aire hasta que volvió a mirar atrás y él tiró de ella hacia adelante con prisa, adentrándose en una calle que estaba envuelta en gas. Iris puso una mueca mientras lo seguía hacia la nube, esperando notar el ardor en los pulmones y en los ojos. Pero la máscara la protegió, filtrando el aire, y salieron al otro lado de la calle Principal.

Roman dudó de nuevo, como si se hubieran perdido.

Iris por fin consiguió orientarse. Estaban lejos del camión, y sintió un hormigueo frío en la nuca. Algo no estaba bien.

—¿Kitt? Tenemos que ir hacia el este. Attie y Marisol nos esperan. Por aquí.

Empezó a guiarlo por la dirección correcta, pero él le dio un tirón para que volviera a su lado.

—Yo te guiaré, Iris. Este camino es más rápido.

Tiró de ella antes de que pudiera protestar. Se tropezó con las botas mientras intentaba mantener su paso. Debía de estar asustado, pero aun así le parecía extraño. No actuaba de manera normal. Iris intentó observarlo mientras corrían, pero la máscara lo difuminaba todo, y le dolían los ojos si los forzaba.

—¿De dónde has sacado las máscaras? —preguntó—. ¿No deberíamos usarlas para ayudar a los que se han quedado atrapados en el gas?

Roman no respondió. Solo se limitó a aumentar la velocidad de la carrera.

Iris se dio cuenta al fin cuando llegaron a la linde del pueblo. Su mente se agudizó mientras corrían hacia el campo dorado. Roman ya no cojeaba. Corría como antes de las heridas.

Iris se quedó sin aliento al verlo esprintar y atravesar la extensión de hierba. Poderoso y fuerte, la arrastraba para que lo siguiera. El viento empezó a soplar a su espalda, como si los empujara hacia adelante.

—Kitt… Kitt, espera. Tengo que parar. —Tiró de su mano, que seguía sujetándola como si estuviera atornillada.

—Todavía no estamos a salvo, Iris. No nos podemos detener —insistió él, aunque se ralentizó hasta adoptar un trote suave.

Casi habían llegado al lugar donde habían colisionado aquella vez. Donde Iris había cubierto su cuerpo en el suyo, desesperada por mantenerlo con vida.

No estaba dispuesta a que la arrastrara así. Algo no estaba bien.

Iris empezó a caminar, lo que lo obligó a él a ir más lento también. Él la miró, e Iris deseaba poder verle la cara. Deseaba poder ver a dónde miraba, porque su mano apretó todavía más la suya.

—Tenemos que apresurarnos, Iris. No estamos a salvo.

¿Por qué seguía repitiendo esas palabras?

Iris sintió la imperiosa necesidad de mirar tras de sí. Y se rindió, así que inclinó el cuerpo para poder ver por encima del hombro. La máscara distorsionaba la vista, pero vio algo en el campo. Una sombra que se movía, como si alguien los estuviera persiguiendo.

Él le tiró del brazo.

—No mires atrás.

—Espera. —Clavó los talones en el suelo y se giró por completo hasta estar de cara al pueblo. Enfocó los ojos en esa extraña sombra, que descubrió que era un hombre. Un hombre alto con pelo negro, que corría tras ella con paso tambaleante.

Iris se quitó la máscara, desesperada por ver sin la distorsión de las lentes ambarinas. El mundo a su alrededor parecía querer ahogarla, brillante e intenso. Amarillo, verde y gris. Su pelo enmarañado le cruzaba la cara.

Vio a su perseguidor con un nivel de detalle estremecedor, aunque los separaran veinte metros de hierba dorada.

Era Roman.

—¡Iris! —gritó.

El corazón se le detuvo. La sangre se le hizo hielo mientras lo veía correr con cara angustiada. La sangre manchaba la parte delantera de su mono. Se tropezó como si le doliera la pierna, pero recuperó el equilibrio y siguió forzándose para seguir corriendo. Para acortar la distancia que los separaba.

Pero si él era Roman, ¿con quién estaba ella? ¿Quién la agarraba de la mano y la arrastraba por el campo hacia el bosque distante?

Iris miró al desconocido enmascarado, con los ojos abiertos por el miedo. Estaba jadeando.

—¿Iris? Quédate conmigo. Te estoy intentando ayudar. ¡Iris! —dijo con la voz distorsionada por la máscara.

Iris liberó la mano, se giró y salió corriendo hacia Roman.

Dio tres zancadas antes de que los brazos del desconocido la rodearan y la empujasen hacia atrás. La furia de Iris prendió como un fuego descontrolado y se enfrentó a él. Lanzó patadas y asestó codazos y golpeó con la cabeza contra la máscara, provocando que él lanzara gruñidos y maldiciones.

—¿Qué quieres de mí? ¡Suéltame! ¡Suéltame! —Le clavó las uñas en las manos hasta que salió sangre. Se encolerizó, y mantuvo la mirada clavada en Roman mientras este se desplomaba en la hierba.

Estaba a tan solo quince metros.

El viento se levantó y sopló el gas hacia su dirección. Iris se quedó petrificada cuando comprobó que ya no podía ver Risco Ávalon, sino una pared verde que se dirigía hacia ellos con paso firme.

Roman tenía que levantarse. *¡Levántate, levántate, levántate!*, gritó su corazón, y vio cómo se volvió a levantar y cojeaba hasta ella.

—¡Corre, Kitt! —gritó Iris. Tenía la voz rasposa, crispada por el terror.

El hombre que la estaba sujetando le dio la vuelta y la zarandeó violentamente por los hombros. Le crujió el cuello, y los pensamientos la atravesaron rodando como si fueran canicas.

—¡Deja de forcejear! —le ordenó. Pero debió de ver el miedo que brillaba en su interior, porque su voz se suavizó—. Deja de forcejear, Florecilla.

El mundo se le partió en dos.

Y aun así… ¿No era lo que había estado deseando?

Encontró su nombre, escondido en lo más profundo de su corazón. Un nombre que le hizo arder la garganta.

—¿Forest?

—Sí —respondió él—. Sí, soy yo. Y estoy aquí para mantenerte a salvo. Así que deja de forcejear y vámonos. —Su mano volvió a encontrar la de Iris y entrelazó los dedos. Tiró de ella, con la certeza de que ahora iba a seguirlo voluntariamente.

Iris se puso rígida y tiró hacia atrás.

—Tenemos que ir a por Kitt.

—No podemos perder tiempo por él. Venga, debemos correr…

—¡Cómo que no podemos perder tiempo por él! —gritó ella—. ¡Está justo ahí! —Iris se dio la vuelta, desesperada por verlo de nuevo. Pero solo pudo vislumbrar la danza que hacía la hierba, inclinándose con el viento, y los remolinos de gas que se arrastraban hacia ellos.

Se debía de haber caído. Debía de estar de rodillas.

No puedo abandonarlo así.

Iris entró en cólera de nuevo, desesperada por deshacerse del agarre de Forest.

—¡Ya basta! —gruñó su hermano—. No podemos perder tiempo por él, Iris.

—No puedo abandonarlo —dijo entre jadeos—. ¡Es mi marido! No puedo abandonarlo. Forest, suéltame. ¡Suéltame!

No la escuchaba. Se negó a soltarla. Iris sentía que se le iban a romper los dedos, pero siguió forcejeando. Tironeó con todas sus fuerzas, y no le importó si se rompía todos los huesos de la mano. Al fin consiguió deshacerse de él.

Era libre. El gas se acercaba e Iris se lanzó hacia allí, desafiante.

—¡Kitt! —gritó mientras corría con los ojos buscando en la hierba.

¿Dónde estás?

Creyó ver una sombra que se movía entre los tallos a tan solo unos pasos. La esperanza repicó en su interior hasta que la mano de Forest encontró su cuello y la arrastró de vuelta con él. Su pulgar y sus dedos le apretaron fuerte el cuello, y empezó a ver estrellas en su campo de visión.

—Forest —resolló mientras le clavaba las uñas en la mano que la aferraba—. Forest, por favor.

Una fría punzada de terror la atravesó. Era un miedo que nunca había sentido antes, y se le empezaron a entumecer las manos y los pies.

Mi hermano está a punto de matarme.

Aquellas palabras retumbaron en su interior. Hicieron eco por sus brazos y piernas mientras se revolvía contra él.

La luz se atenuó. Los colores se deshacían. Pero vio a Roman, que se levantaba de la hierba. Estaba a solo cinco metros. Ya no podía correr; apenas podía andar. A Iris se le rompió el corazón cuando descubrió que había gateado por la hierba dorada para llegar hasta ella.

La sangre le goteaba por el mentón.

El viento le apartó el pelo negro de la frente.

Sus ojos creaban un camino ardiente hasta ella. Iris nunca le había visto un fuego así en la mirada, y le hizo hervir la sangre.

—Iris —dijo Roman con la mano extendida.

Cuatro metros. Casi la había alcanzado, y ella reunió las pocas fuerzas que le quedaban.

Le temblaba la mano, llena de moratones y entumecida. Pero la alargó hacia él, y el anillo de plata que llevaba en el dedo capturó la luz. El anillo que la unía a él. Y pensó: *Estoy muy cerca. Solo un poco más...*

La arrastraron de golpe hacia atrás. Forest maldijo mientras el viento soplaba con más brío en su dirección. El aire empezó a picarle en los ojos y los pulmones. La distancia entre ella y Roman volvió a aumentar.

Iris intentó decir su nombre, pero ya no le quedaba voz.

Se estaba apagando.

Lo último que pudo recordar fue cómo la nube verde revoloteaba por encima del campo y se tragaba a Roman Kitt.

42

Todas las cosas que nunca dije

Iris se despertó con un dolor de cabeza demoledor.

Abrió los ojos; la luz de la última hora de la tarde le iluminaba el rostro. Las ramas se mecían encima de ella gracias a la brisa. Las observó durante un instante hasta que descubrió que estaba rodeada de árboles y el aire olía a magnolia, musgo y tierra mojada.

No tenía ni idea de dónde estaba, y extendió las manos, por encima de agujas de pino y hojas. Tocó el tejido manchado de su mono.

—¿Kitt? —preguntó con voz rasposa. Le dolía al hablar, y trató de tragarse la astilla que notaba en la garganta—. ¿Attie?

Oyó a alguien que se movía cerca de ella. Entró en su campo de visión, por encima de su rostro.

Iris pestañeó, y reconoció el pelo ondulado color avellana, los ojos grandes marrones y el rostro salpicado de pecas. Se parecían mucho a sus propios rasgos. Podrían haber sido gemelos.

—Forest —susurró, y él le tendió la mano y la ayudó a incorporarse con cuidado—. ¿Dónde estamos?

Su hermano guardaba silencio, como si no supiera qué decir. Pero entonces le acercó a la boca una cantimplora.

—Bebe, Iris.

Tomó algunos sorbos. Mientras tragaba el agua, empezó a recordar. Recordó confundir a su hermano con Roman y la determinación con la que la había arrastrado lejos del pueblo.

—Kitt —dijo ella, y apartó la cantimplora. Estaba preocupada y anhelaba respuestas—. ¿Dónde está? ¿Dónde está mi marido?

Forest desvió la mirada.

—No lo sé, Iris.

Tuvo que reunir todas sus fuerzas para no perder los nervios.

—Lo he visto en el mercado. Gritaba mi nombre, ¿verdad? —afirmó entre dientes.

—Sí. —El tono de Forest no mostraba ningún arrepentimiento. Le sostuvo la mirada con la cara inexpresiva.

—¿Por qué no me dijiste quién eras, Forest? ¿Por qué no dejaste que Kitt viniera con nosotros?

—Iba a ser una carga, Iris. Mi único plan era sacarte de allí a salvo.

Iris se empezó a levantar. Le temblaban las piernas.

—Siéntate, Florecilla. Tienes que descansar.

—¡No me llames así! —masculló, apoyada en el pino más cercano para mantener el equilibrio. Pestañeó y miró a su alrededor. El bosque se extendía interminable, y la luz se veía más intensa. Debía de ser la última hora de la tarde. Dio un paso en dirección al oeste.

—¿A dónde te crees que vas? —preguntó Forest levantándose.

—Voy al campo a buscar a Kitt.

—No. ¡Iris, detente! —Estiró la mano para agarrarla del brazo, pero Iris la apartó de un manotazo.

—No me toques. —Lo fulminó con la mirada.

—No puedes volver allí, hermana —dijo Forest mientras bajaba la mano.

—Y yo no puedo abandonarlo. A lo mejor todavía está en el campo.

—Lo más probable es que no. Escúchame, Iris. A estas alturas, Dacre ya habrá atacado Risco Ávalon. Si nos ve, nos hará prisioneros. ¿Me estás escuchando?

Iris estaba caminando hacia el oeste. El corazón le latía con fuerza y le dolía ante los diferentes escenarios posibles. Iris tropezó con algo blando. Se detuvo y miró hacia abajo. Dos bolsas de emergencia. Las dos que le faltaban a Marisol.

Así que había sido él. Su hermano había pisoteado el jardín y entrado en el hostal y robado dos bolsas y el mono de Roman.

Se sintió traicionada. Se sentía tan furiosa que quería pegarle con el puño. Quería gritarle.

Forest apareció delante de ella, con las manos en alto en señal de rendición.

—Está bien, haré un trato contigo —empezó a decir—, te llevaré de vuelta al campo para buscar a Kitt. Pero no podemos ir más allá, no podemos adentrarnos en el pueblo. Es demasiado peligroso. Y después de rastrear el campo, accederás a que te lleve a algún sitio seguro. Me seguirás hasta casa.

Iris se quedó callada, pero su mente daba vueltas.

—¿Aceptas mis condiciones, Iris? —preguntó Forest.

Iris asintió. Tenía todas las esperanzas de que Roman estuviera todavía en el campo, esperando a que ella fuera a buscarlo.

—Sí. Llévame allí. Ahora mismo.

Llegaron al campo casi de noche. Forest tenía razón: las fuerzas de Dacre se habían apropiado de Risco Ávalon. Iris se agachó en la hierba y observó el pueblo. Había fuegos encendidos y la música se oía fluida. El humo todavía se elevaba de las cenizas, pero Dacre estaba celebrando. Había elevado su bandera blanca con el ojo rojo de un ezral, que ondeaba al viento.

El gas ya hacía rato que se había disipado. Como si nunca hubiera existido.

—Tendremos que arrastrarnos por la hierba —dijo Forest, con las palabras entrecortadas por la tensión—. Parece ser que Dacre no espera ningún contraataque de las fuerzas de Enva. No veo a ningún guardia, pero eso no significa que no haya francotiradores apostados. Así que muévete muy lentamente y mantente a ras del suelo. ¿Me oyes?

Iris asintió. No miró a su hermano dos veces. Estaba demasiado concentrada en el bamboleo de la hierba mientras el viento la barría. En el sitio en el que creía que estaba Roman.

Ella y Forest se arrastraron codo con codo a través del campo. Iris se movía con cuidado pero rápidamente, como le había ordenado Forest. No puso ni una mueca cuando los tallos le hicieron cortes en las manos, y parecía que había pasado todo un año antes de que llegara al lugar donde había forcejado con su hermano, hacía horas. Lo reconoció con facilidad. La hierba en ese sitio estaba rota, apisonada por sus botas.

Se reprimió la tentación de llamar a Roman. Se mantuvo cerca del suelo, arrastrándose sobre la barriga. Las estrellas empezaban a parpadear sobre su cabeza. La música de Risco Ávalon seguía sonando con el golpe retumbante de los tambores.

Ya casi no había luz. Iris forzó la vista, buscándolo por entre el lino.

¡Roman!

Sus respiraciones eran superficiales y dolorosas. El sudor le caía de la frente, incluso aunque la temperatura estuviera descendiendo. Lo buscó, a sabiendas de que ese era el lugar. Buscó, pero no había ni rastro de él. Solo su sangre, que manchaba la hierba.

—Tenemos que irnos, Iris —susurró Forest.

—Espera —le suplicó—. Sé que tiene que estar aquí.

—No está. Mira.

Su hermano señaló algo. Iris frunció el ceño mientras lo observaba. Había un círculo dibujado en el suelo. Los rodeaba a los dos donde se habían quedado quietos, todavía agachados.

—¿Qué es esto, Forest? —preguntó Iris, y vio más sangre de Roman en el suelo. Bajo la luz tenue, parecía tinta derramada.

—Tenemos que irnos. Ahora —siseó agarrándola del brazo.

Iris no quería que la tocara, y se liberó de una sacudida. Todavía le dolía la mano, al igual que el cuello. Todo por su culpa.

—Solo un minuto más, Forest —le suplicó—. Por favor.

—No está aquí, Iris. Tienes que creerme. Sé más que tú.

—¿Qué quieres decir? —Pero tenía una terrible corazonada. Notaba el latido de su corazón en la garganta como un colibrí raudo—. ¿Crees que está en Risco Ávalon?

Se oyeron disparos en la distancia. Iris se asustó y se amorró al suelo. Otra ronda de disparos seguida por un estallido de risas.

—No, no está allí —dijo Forest mientras paseaba los ojos alrededor—. Te lo prometo. Pero ahora tenemos que irnos, como has prometido, hermana.

Iris observó la hierba a su alrededor una última vez. La luna lucía en el cielo, observándola mientras se inclinaba y gateaba de vuelta al bosque con su hermano.

Las estrellas seguían prendidas mientras sus últimas esperanzas menguaban, desesperadas.

Forest escogió un lugar adentrado en el bosque para montar el campamento, donde la niebla se arremolinaba alrededor de los árboles. A Iris le ponía los pelos de punta, y se quedó cerca del pequeño fuego que hizo.

Se habían apartado varios kilómetros de Risco Ávalon, pero Forest todavía estaba de los nervios, como si esperara que las fuerzas de Dacre pudieran emerger de las sombras en cualquier momento.

Iris tenía incontables preguntas que hacerle, pero el aire entre los dos era tenso. Se mordió la lengua y aceptó la comida que le ofreció él, comida de la cocina de Marisol, y se la comió, aunque tenía un nudo en la garganta.

—¿Dónde está Kitt? —preguntó—. Has dicho que sabes más que yo. ¿Dónde puedo encontrarlo?

—No es seguro hablar de eso aquí —dijo Forest secamente—. Deberías comer y dormir. Tenemos mucho camino por delante mañana.

—Deberías haberle dejado venir con nosotros —murmuró Iris tras un breve instante de silencio.

—¡Esto es la guerra, Iris! —gritó Forest—. No es un juego. No es una novela con final feliz. Te salvé porque eres lo único que me importa y de lo que me podía hacer cargo. ¿Me entiendes?

Sus palabras la perforaron. Quería mantenerse impasible y precavida, pero en ese momento se sentía increíblemente frágil. Seguía viendo a Roman levantarse de la hierba. La manera en la que la había mirado.

Un sollozo le interrumpió la respiración. Se acercó las rodillas al pecho y empezó a llorar, cubriéndose la cara con las manos sucias. Intentó volver a meterlo todo dentro, ocultarlo todo en sus huesos para poder gestionarlo en privado. Pero era como si algo se hubiera roto en ella, y las cosas se estaban derramando.

Forest se sentó enfrente, completamente callado. No le ofreció ningún tipo de consuelo; no la abrazó. No le dedicó palabras amables, como sí habría hecho en el pasado, sino que se quedó cerca de ella y fue testigo de su desconsuelo.

Y había una única cosa en la que podía pensar entre lágrimas.

Me da la sensación de que ahora es un desconocido.

Forest estaba paranoico por algo. Hizo que al día siguiente Iris se levantara y empezara a andar muy pronto, y por la inclinación del sol creyó que se dirigían hacia el este.

—Podríamos ir por la carretera —sugirió ella—. Podríamos subirnos a alguno de los camiones. —Quería más que nada encontrar a Attie y a Marisol. Seguir buscando a Roman.

—No. —La respuesta de Forest fue tajante. Aceleró el paso, mirando hacia atrás para asegurarse de que Iris todavía lo estuviera siguiendo. Las ramas se rompían bajo sus botas. Iris pensó que el mono no le quedaba nada bien, y se preguntó cómo no se había dado cuenta antes.

—Entonces, ¿vamos a caminar hasta Juramento? —preguntó, un poco sarcástica.

—Sí. Hasta que sea seguro subirnos a un tren.

Pasaron las siguientes horas en silencio, hasta que su hermano se preparó de nuevo para montar el campamento.

Tal vez Forest le daría al fin alguna explicación.

Esperó que lo hiciera, pero su hermano permaneció callado, sentado al otro lado del fuego. Iris observó cómo las sombras bailaban sobre su rostro, delgado y lleno de pecas.

Al final no pudo soportarlo más.

—¿Dónde está tu compañía, Forest? ¿Y tu pelotón? Me escribió un lugarteniente y me contó que te habías unido a otra fuerza auxiliar.

Forest tenía la mirada fija en las llamas, como si no la hubiera oído.

¿Dónde está tu uniforme?, añadió para sus adentros, preguntándose por qué se había tomado tantas molestias por robar uno de los monos de Roman. Aunque cada vez era más evidente que su hermano era un desertor.

—Se han ido —contestó de repente—. Todos ellos. —Lanzó otra rama al fuego antes de tumbarse de lado—. Puedes hacer la primera guardia.

Iris se sentó en silencio, con la mente dándole vueltas. Se preguntó si su hermano se refería a la quinta compañía Landover, a la que habían masacrado en Río Lucía.

No creía que estuviera bien presionarlo para más detalles, así que divagó sobre otras cosas.

Lo más probable era que Attie y Marisol se hubieran ido en el camión. Estarían conduciendo hacia el este. Iris sabía que las encontraría en Río Bajo, donde estaba la hermana de Marisol.

Pero no estaba segura del destino de Keegan.

No estaba segura del de Roman.

Le dolía el estómago. Le dolía todo su interior.

El fuego empezaba a menguar.

Iris se puso en pie y se sacudió las agujas de pino de la espalda, en busca de otro palo que arrojar a las llamas. Encontró uno en los confines de la oscuridad y un escalofrío le recorrió la espalda mientras volvía al campamento y alimentaba el fuego.

Forest estaba despierto y la miraba por encima de las chispas.

Su mirada la asustó al principio, hasta que se volvió a tumbar en el suelo. Su hermano volvió a cerrar los ojos.

Llegó a la conclusión de que Forest pensaba que intentaba huir.

Querido Kitt:

He vuelto al campo para buscarte. Me he arrastrado por el dorado, he sentido cómo la hierba me hacía trizas las manos. Forcé los ojos para verte, y solo he encontrado trazas de tu sangre y un círculo en el suelo que no sé qué significa.

¿Estás a salvo? ¿Estás bien?

No sé qué ocurrió después de que mi hermano me sacara de Risco Ávalon. No sé si has sobrevivido al gas, y, aunque parece imposible, siento que así es. Siento que estás en algún lugar a salvo, envuelto en una manta y tomando sorbos de un bol de sopa, y tu pelo está todavía más revuelto que antes, casi como el de un canalla. Pero respiras bajo la misma luna, bajo las mismas estrellas y el mismo sol que yo, aunque los kilómetros que nos separan aumenten.

A pesar de todas esas esperanzas, mi miedo es más acuciante. Es como un cuchillo en mis pulmones que me corta un poco más y más profundo con cada respiración. Temo no volver a verte nunca. Temo no poder tener la oportunidad de decirte todas las cosas que nunca te dije.

No tengo mi máquina de escribir. Ni siquiera bolígrafo y papel. Pero tengo mis pensamientos, mis palabras. En el pasado me conectaron contigo, y rezo por que te puedan llegar ahora. Algún día. De alguna manera. Una antigua traza de magia en el viento.

Te encontraré cuando pueda.

Tuya,
Iris

Durante el cuarto día de viaje con Forest, pudieron ver la carretera. Iris intentó apaciguar su emoción, pero debió de ser muy evidente cuando propuso que caminaran por allí.

—Será más rápido, Forest —dijo ella.

Él se limitó a negar con la cabeza, como si fuera reacio a que lo viera alguien más que no fuera su hermana.

Se aseguró de que se adentraran más en el bosque. Y aunque podían oír el retumbar de los camiones que pasaban cerca, Iris no los veía.

Attie y Marisol.

Sus nombres pasaron por su cabeza como una promesa. Esperaba que Attie no la hubiera esperado durante mucho rato. Que Attie hubiera sentido la horrible realidad —que ni ella ni Roman iban a llegar cuando los minutos pasaban sin que aparecieran—. O tal vez Attie había encontrado a Roman, y en ese instante él estaba con ellas.

Te encontraré en Río Bajo, pensó Iris mientras observaba cómo el viento susurraba entre los árboles. *Sigue adelante, Attie. No te detengas por mí. No te preocupes por mí.*

Esa noche, Forest hizo el fuego con movimientos lentos. Se desplazaba como si estuviera herido, y, cuando el mono se le empezó a teñir con parches de sangre en el pecho, Iris se puso en pie de un salto.

—Forest… Estás sangrando.

Él bajó la vista hacia las manchas de un rojo brillante. Hizo una mueca, pero le dirigió a Iris un movimiento de la mano.

—No es nada, Iris. Cómete la cena.

Ella se acercó a él. La consternación le eclipsaba los pensamientos.

—Deja que te ayude.

—No, estoy bien, Iris.

—No me parece que lo estés.

—Se detendrá dentro de unos segundos.

Se mordió la lengua mientras veía cómo se tocaba la sangre.

—No sabía que estabas herido. Deberías habérmelo dicho.

Forest hizo un mohín.

—Son heridas antiguas. Nada de lo que preocuparse. —Pero hablaba con voz cansada, y ella estaba extremadamente preocupada por él.

—Siéntate —le ordenó Iris—. Yo te prepararé la cena.

Para su alivio, Forest accedió. Se colocó cerca del fuego con los hombros hundidos, como si estuviera abrazando el dolor.

Iris abrió una lata de judías y encontró una cuña de queso en la bolsa de emergencia. Pensó en Marisol, y le ardieron los ojos mientras le llevaba la comida a su hermano.

—Toma. Cómete esto, Forest.

Él aceptó lo que le ofrecía. Sus movimientos eran torpes, como si el dolor en el pecho fuera abrumador. Iris dirigió los ojos a sus cuerdas vocales, al cuello abierto de su mono. Pudo ver un destello dorado alrededor de su cuello.

Iris se detuvo y entrecerró los ojos mientras miraba cómo el collar brillaba a la luz del fuego.

Era el medallón de su madre. El que Iris había llevado desde su muerte.

—Forest —dijo con una exhalación—. ¿Dónde lo encontraste? —Alargó el brazo para tocar el oro, pero Forest se echó atrás con el rostro pálido.

No dijo nada mientras observaba a Iris.

Ella lo había perdido en las trincheras. Cuando la explosión de la granada la había hecho rodar por el suelo.

Lo había perdido en las trincheras, y eso significaba que Forest había estado allí. Lo había encontrado después de que se retiraran, y la verdad se reveló con un arañazo brutal y frío en sus costillas.

Iris miró los ojos rojos de su hermano.

Al fin entendió su recelo a ser visto por el ejército de Enva y su preocupación constante. Entendió por qué había robado el mono de Roman. Por qué huía. Por qué nunca le había escrito.

Había estado luchando por Dacre.

—Forest —susurró Iris—. ¿Por qué? ¿Por qué Dacre?

Él se puso en pie, temblando. Ella permaneció de rodillas con la mirada clavada en su hermano, incrédula.

—No lo entiendes, Iris —dijo él.

—¡Pues ayúdame! —gritó ella abriendo los brazos—. ¡Ayúdame a entenderlo, Forest!

Forest se alejó sin mediar más palabra.

Iris lo observó mientras se fundía en la noche. Su respiración se entrecortaba en tanto se deslizaba hacia el suelo boca abajo.

Él se alejó, pero volvió pronto a su lado.

Iris estaba tumbada cerca del fuego cuando su hermano regresó al campamento. Tenía los ojos cerrados, pero prestó atención cuando se colocó al otro lado de las llamas.

Forest suspiró.

Iris se preguntó por lo que habría pasado él. Se preguntó qué otras heridas estaría escondiendo.

Querido Kitt:

Debería haber sabido que mi hermano no eras tú. Debería haberlo sabido en el momento en que me agarró del brazo. Su agarre era demasiado fuerte, demasiado firme. Como si estuviera aterrorizado de que pudiera escurrirme entre sus dedos. No debería haberme puesto la máscara. Debería haber insistido en dársela a los soldados que de verdad las necesitaban para que las usaran a fin de sacar a los supervivientes del gas. Debería haberle insistido a mi hermano para que detuviera su carrera frenética. Debería haber mirado atrás.

Estoy rota, llena de contradicciones.

Ojalá fuera valiente, pero tengo mucho miedo, Kitt.

Subieron al tren, pero no antes de que Forest se dedicara un día a lavar su mono en el río.

Iris pudo ver su pecho desnudo mientras frotaba la sangre de la tela. Vio las cicatrices de su piel. No parecían ser heridas recientes, y aun así la noche anterior habían sangrado. Llegó a contar tres, y solo lograba hacerse una idea de lo que debió de sentir él cuando esas balas le perforaron la piel.

Cuando el mono estuvo limpio y seco, caminaron hacia el pueblo que estaba al otro lado del bosque. Para cualquiera que los viera, solo eran dos corresponsales de guerra que se dirigían de vuelta a Juramento. Forest la llevaba de la mano, con la palma sudada. Iris tenía la insidiosa corazonada de que estaba preocupado por si salía corriendo.

No lo haría.

Le había dado su palabra y él le debía más respuestas.

Iris se sentó frente a su hermano en el compartimento del tren. Y mientras mantuvo la vista en la ventana, mirando cómo el paisaje pasaba en un borrón, pensó en las cicatrices de Forest. Una justo debajo del corazón. Una donde el hígado. Una incluso más abajo, por encima de los intestinos.

Eran heridas mortales.

Debería estar muerto.

No debería estar allí con ella, respirando el mismo aire.

No sabía cómo él había podido sobrevivir a eso.

Querido Kitt:

Nunca te dije lo que me alivió descubrir que eras Carver.

Nunca te dije lo mucho que adoraba salir a correr contigo por la mañana.

Nunca te dije lo mucho que adoraba oírte pronunciar mi nombre.

Nunca te dije las veces que releí tus cartas, y cómo ahora es una agonía saber que las he perdido, esparcidas en algún lugar del hostal de Marisol.

Nunca te dije que para mí eres un mundo, que quiero leer más palabras tuyas, que creo que deberías escribir un libro y publicarlo.

Nunca te agradecí que fueras al frente conmigo. Por interponerte entre mí y una granada.

Nunca te dije que te quiero. Y eso es de lo que más me arrepiento.

Juramento estaba tal y como lo había dejado.

Las calles estaban abarrotadas, las aceras brillaban por la lluvia reciente. Los tranvías seguían sus rutas y las campanas repicaban. Los edificios eran altos y las sombras, frías. El aire olía a cubo de basura y a pan azucarado.

La guerra se sentía distante, como algo de un sueño.

Iris siguió a su hermano hasta el piso.

Estaba exhausta. Habían estado viajando prácticamente en silencio durante días, y eso la había agotado. Iris no le había dicho nada sobre su madre aún. Las palabras de repente le palpitaban en el pecho, frenéticas por querer salir.

—Forest. —Lo agarró de la manga y lo detuvo en la acera frente a su edificio—. Tengo que contarte algo.

Forest esperó, mirándola a los ojos.

Empezó a caer una llovizna. La niebla le perlaba el pelo y le envolvía los hombros. Era el ocaso y las farolas empezaban a cobrar vida.

—Mamá no está aquí —dijo Iris.

—¿Dónde está?

—Murió hace semanas. Por eso abandoné Juramento. Por eso me hice corresponsal. Aquí no me quedaba nada.

Forest se quedó callado. Iris se atrevió a mirarlo a la cara. Estaba aterrorizada por que sus ojos la culparan, pero su hermano se limitó a suspirar y la estrechó contra su cuerpo. Iris se puso rígida hasta que sus brazos la rodearon, envolviéndola en un cálido abrazo. Forest apoyó el mentón en su cabeza y se mantuvieron juntos hasta que el último rayo de luz desapareció.

—Vamos —dijo él, apartándose cuando notó que ella estaba temblando—. Vamos a casa.

Iris encontró la llave de repuesto, escondida en una piedra suelta del dintel. Al principio fue reacia a entrar en la oscuridad del piso vacío. Le cedió el honor a Forest, que se dirigió de inmediato al interruptor de la luz.

—No hay electricidad —murmuró.

—Hay algunas velas en el armario de la cocina. A tu izquierda —dijo Iris, y cerró la puerta tras de sí.

Su hermano buscó a tientas en la oscuridad y encontró las cerillas de una de las bolsas de emergencia. Encendió una y prendió un puñado de velas. La luz era débil, pero era suficiente.

Iris miró alrededor de la habitación.

El piso estaba como lo recordaba, solo que con más polvo. Había más telarañas en las esquinas, y olía a rancio y a tristeza, como el papel echado a perder, la lana empapada y los recuerdos decadentes.

La caja con las pertenencias de su madre estaba todavía encima de la mesa. Forest se dio cuenta, pero no la tocó ni dijo nada mientras se desplomaba en el sofá con un quejido.

Iris se quedó de pie, con una sensación extraña de estar fuera de lugar.

—¿Quieres sentarte? —le preguntó Forest.

Lo tomó como una invitación a hablar por fin, y cruzó la habitación con cautela y se sentó a su lado.

El silencio era incómodo. Iris se crujió los nudillos mientras buscaba algo que decir. Tenía las manos todavía cubiertas de pequeñas laceraciones, de cuando había gateado a través de los escombros de Risco Ávalon y la hierba del campo.

Se quedó mirando el anillo de plata del dedo. De una manera horrible, sentía como si Roman no hubiera sido nada más que un sueño febril. Ese anillo era la única prueba que tenía, la única cosa tangible que le podía susurrar: «Sí, ocurrió, y te quiso».

Afortunadamente, Forest rompió el silencio.

—Encontré el medallón en las trincheras —comenzó a decir—. Estaba con las fuerzas de Dacre. Estábamos avanzando y casi pasé por encima. El brillo del oro captó mi atención en el último segundo, y me detuve para ver qué era. —Se quedó callado mientras se arrancaba un hilo suelto de la manga—. Nada más reconocerlo, supe que lo habías llevado puesto, Iris. Me demolió de una manera que no puedo describir. Y estaba decidido a encontrarte y a que los dos escapáramos de la guerra. Estaba… estaba muy cansado y agotado. Tuve que reunir todas mis fuerzas para liberarme del control de Dacre. Si no hubiese sido por el medallón, no creo que pudiera haberlo logrado.

Iris permaneció callada. Observó a su hermano de cerca bajo la luz de las velas. La emoción que había estado enterrando durante días estaba saliendo. Lo notaba en su voz y lo veía en los surcos profundos de su frente.

—Me marqué como misión encontrarte —continuó Forest en un susurro—. Fue sorprendentemente fácil. Después de desertar, hui a Risco Ávalon. Me enteré de que los corresponsales estaban allí, y fue entonces cuando me di cuenta. No luchabas como soldado, sino como periodista. Pero no podía presentarme ante ti tan fácilmente. Sabía que tenía que aguardar y esperar el momento oportuno. Que lo más probable era que tuviera que esperar hasta que las cosas se torcieran, cuando Dacre intentara tomar el pueblo. Y eso fue lo que hice. Me quedé en las afueras, pero te vigilaba. Te vi en el jardín aquella tarde, con Kitt.

Iris se puso roja. Su hermano la había visto sentada en el regazo de Kitt, besándolo. No tenía ni idea de qué pensaba al respecto.

—Sé que significa mucho para ti, Iris —susurró Forest—. Y lo siento, Florecilla. Siento no haberlo podido salvar como te salvé a ti. Pero necesito que entiendas que usé cada fibra de mi ser para desertar, para desafiar el control de Dacre. Usé todo cuanto tenía para correr a un lugar seguro contigo.

Forest la miró a los ojos. Iris desvió la mirada, incapaz de soportar el dolor que veía en sus ojos.

—¿No fue decisión tuya luchar por Dacre? —preguntó ella.

—No.

—Es que… todavía no lo entiendo, Forest. Me dieron la noticia de que te habían herido, pero que te evacuaron a tiempo. Que estabas luchando en otra compañía de Enva.

—En parte es verdad —respondió Forest—. Me hirieron en Río Lucía, tanto que se suponía que tenía que morir en la enfermería de Meriah. Aguanté durante días, pero estaba demasiado débil como para que me evacuaran, y cuando Dacre llegó para tomar Meriah… Me curó antes de que muriera. Me retuvo por mi deuda de vida, y no me quedó más remedio que luchar por él.

Aquellas palabras le helaron la sangre a Iris. De repente, le provocaron la llegada de extraños pensamientos en la mente. Imágenes de Roman, herido, esforzándose por respirar en la nube de gas que lo había envuelto en el campo. ¿Prefería que estuviera muerto o que lo hubiera capturado el enemigo?

—He hecho cosas, Iris —continuó Forest, devolviéndola al presente—. He hecho cosas con las que apenas puedo vivir. Y sé que tal vez quieras abandonarme. Lo veo en tus ojos; quieres encontrar a Kitt y a tus otras amigas. Pero te necesito. Te pido que te quedes aquí conmigo, donde estaremos a salvo.

Iris asintió, aunque el corazón se le hundía.

—No te dejaré, Forest.

Él cerró los ojos, aliviado.

Parecía haber envejecido una década entera. Le echó una mirada fugaz, y lo vio como un hombre mayor, desgastado, curtido y sombrío.

—Duerme un poco, hermano —dijo ella—. Ya hablaremos más mañana.

Se levantó y dejó a Forest en el sofá. En el mismo lugar donde dormía antes de la guerra, cuando era un aprendiz de horólogo de ojos brillantes y risa fácil, que le daba unos abrazos a Iris que la hacían sentirse mejor después de un día duro.

Tomó una vela, se retiró a su habitación y se apoyó en la puerta durante un instante. Tenía que deshacerse de esos miedos hacia Roman, capturado. Roman, muerto. Roman, sufriendo. Debía tener fe y debía dormir. Necesitaba la mente afilada y el cuerpo descansado para poder idear un nuevo plan que lo llevara hasta él.

Se empapó de la desolada realidad de estar justo donde había empezado. Estaba en «casa», y aun así en ese lugar era una foránea. Era una persona completamente distinta. Iris cerró los ojos y escuchó el sonido de la lluvia en la ventana.

Lentamente, analizó su antigua habitación.

Las mantas de su cama estaban arrugadas. Los libros estaban repartidos por encima de su escritorio, que estaba envuelto con una gasa. La puerta de su armario estaba abierta y revelaba las pocas prendas que se había dejado allí.

Y allí, en el suelo, había un papel.

Iris se quedó de piedra mientras lo miraba.

Lo había dejado allí, sin tocar. Había escogido no leerlo hacía meses, por el miedo de que Carver pudiera alterar el curso que ella estaba decidida a tomar.

Se dirigió hacia el papel doblado. Se agachó, lo recogió del suelo y lo llevó hasta la cama. Puso la vela a un lado, cuya llama parpadeaba a su alrededor.

Iris observó el papel, casi con la intención de acercarlo a la llama para que ardiera. No sabía si era lo suficientemente fuerte como para abrirlo. Le preocupaba que rompiera lo que quedaba de ella si leía palabras de él.

Al final, no se pudo resistir.

El papel se desdobló como si fueran alas en sus manos.

Aquellas palabras de Roman le sentaron como un cuchillo. Se inclinó sobre ellas.

¡Iris! Iris, soy yo, Kitt.

Epílogo
DACRE

Dacre esperó a que sus ezrals se retiraran por segunda vez antes de empezar a acercarse a Risco Ávalon. Sus mascotas volvieron a su lugar de descanso bajo tierra, y caminó a través del valle exuberante, lleno de esperanza.

El gas se elevaba, tornando verde el pueblo. Verde como las montañas, como las esmeraldas que llevaba en los dedos. Verde como los ojos de Enva, que todavía veía algunas noches cuando dormía en el inframundo.

Los mortales habían hecho un buen trabajo al crear esa arma para él. Y decidió que no quemaría ese pueblo porque tenía otros planes en mente.

Con un chasquido elegante de los dedos, hizo una señal para que sus soldados se adelantaran para rebuscar. A veces eran buenos eligiendo a los adecuados. Pero en otras ocasiones sus elecciones eran pésimas, y solo le presentaban restos de un ser.

El secreto era el siguiente: la voluntad todavía tenía que estar presente en el espíritu. Normalmente brillaba más fuerte justo antes de la muerte. Los mortales estaban fríos o calientes, sus almas eran hielo o fuego. Había descubierto hacía mucho tiempo que el hielo le servía mucho mejor, pero de vez en cuando el fuego podía sorprenderlo.

Dacre decidió dar un largo paseo alrededor del pueblo. El viento empezaba a soplar el gas hacia un lado, y siguió su camino hasta un campo dorado. Sintió el alma que se tambaleaba y jadeaba antes de verla. Esa estaba hecha de hielo: un espíritu frío y profundo como el mar del norte.

Lo atrajo. Sus pies no emitían ningún ruido, no dejaban marca alguna mientras caminaban sobre la tierra y buscaban a ese mortal moribundo.

Al final, Dacre lo encontró.

Un hombre joven de pelo oscuro estaba arrastrándose por la hierba. Dacre se detuvo delante de él y calculó. Al mortal le quedaba un minuto y treinta segundos antes de que los pulmones se le llenaran de sangre y expirara. También tenía heridas en la pierna derecha.

Ese día, Dacre estaba de buen humor. De otra manera, tal vez habría dejado que el hielo se fundiera en ese ser.

—¿Mi señor?

Dacre se dio la vuelta y vio a Val, el más fuerte de sus sirvientes, de pie en su sombra.

—Mi señor, ya hemos asegurado el pueblo. Pero algunos de los camiones han escapado.

Aquellas noticias deberían haber enfurecido a Dacre, y Val estaba preparado para ello y se agachó cuando el dios lo miró.

—Que así sea —dijo Dacre, volviendo la vista al mortal que jadeaba en el suelo. La sangre le caía por el mentón, y levantó la cabeza, con los ojos cerrados. Sentía la presencia de Dacre.

—Este.

—Sí, ¿qué hacemos con este, mi señor?

Dacre se quedó callado mientras observaba cómo el hombre gateaba. ¿Qué estaba buscando? ¿Por qué no se limitaba a tumbarse y morir? Su alma estaba muy angustiada, casi partida por la mitad. Hizo que Dacre pusiera una mueca.

Pero él podía curar esas heridas. Era un dios misericordioso, al fin y al cabo. El dios de la curación. Ese mortal, una vez curado, le serviría muy bien en su ejército. Porque Dacre se dio cuenta de golpe con satisfacción de que no era un soldado, sino un corresponsal. Y Dacre no había tenido nunca uno de esos.

—Llevadlo abajo.

Val hizo una reverencia antes de dibujar un círculo en el suelo, encerrando al mortal. Era una manera rápida de abrir un portal para desplazarse hacia abajo.

Satisfecho, Dacre miró hacia el este, hacia el camino que lo llevaría hasta Enva.

Agradecimientos

Una chica que escribe cartas a su hermano desaparecido y el chico que las lee». Escribí esa línea en mi cuaderno de ideas el 20 de noviembre de 2020, sin saber a dónde podía llevarme. Sin saber si esta premisa tentadora tenía suficiente magia como para que le crecieran alas y se convirtiera en una novela. Y aquí estamos, Iris y Roman. Siempre he creído que los libros adecuados te encuentran siempre en los momentos acertados, como lector y también como autora, y nunca renunciaré a esta maravilla.

Menudo viaje ha sido esta novela, desde sus orígenes como una idea perdida en mi cuaderno hasta el producto acabado que tienes ahora en las manos, o que estás escuchando o leyendo en una pantalla. Hay innumerables personas que han invertido su tiempo, amor y experiencia en esta historia y en mí como autora, y quiero nombrarlos en estas páginas.

En primer lugar, Ben, mi alma gemela. Estuviste conmigo durante cada paso del camino de esta novela, y sería descuidado por mi parte que no reconociera aquí que cuando estábamos saliendo me escribías cartas de amor que removían el alma. Cuando yo estaba en las montañas de Colorado y tú en los prados dorados de Georgia. No teníamos máquinas de escribir encantadas, pero disponíamos de papel, bolígrafos y sellos, y esa era toda la magia que necesitábamos. E incluso ahora, años después, sigues dejándome notas aquí y allá para que las encuentre por la casa. Te quiero.

A Sierra, por ser el mejor perro guardián y asegurarse de que dejo mi escritorio para ir a pasear. Además, por aovillarse a mi lado en el sofá mientras estaba revisando este libro.

A mi divino padre, que sigue tomando mis pequeños sueños y los multiplica más allá de lo que podría imaginar jamás. Que me quiere justo como soy, y siempre lo ha hecho. Sigues siendo la fuerza y una porción de mi corazón.

A Isabel Ibañez, mi hermana del alma y compañera crítica. Leíste este libro mientras lo redactaba, y tus comentarios y notas transformaron la historia de un borrador desordenado a algo de lo que hoy me siento increíblemente orgullosa. Gracias por todas las horas que has dedicado a mis historias y por darme una segunda casa en Asheville. Eres la mejor, de verdad.

A mi agente, Suzie Townsend. Jamás tendré suficientes palabras para describir lo agradecida que estoy por tenerte y todo lo que haces para que mis sueños se hagan realidad. Por ser mi campeona y mi pilar en el océano del mundo editorial. A las increíbles Sophia Ramos y Kendra Coet: gracias por leer mis borradores y darme vuestros comentarios y ánimos, así como mantenerme organizada. Mi más sincero agradecimiento a Joanna Volpe y Dani Segelbaum, que estaban ahí para guiarme cuando este libro buscaba un hogar. A Veronica Grijalva y Victoria Hendersen, mi equipo de derechos subsidiarios, que han ayudado a que mis libros encuentren la casa perfecta en el extranjero. A Kate Sullivan, que leyó este libro cuando se preparaba para su publicación, y que siempre tiene los mejores comentarios. Al maravilloso equipo de New Leaf: es todo un honor ser una de vuestras autoras.

A Eileen Rothschild, mi inimitable editora. Estoy completamente emocionada de poder trabajar contigo en esta serie y estoy muy agradecida por lo mucho que amas la historia de Roman e Iris. Gracias por ayudarme a hacer que esta historia fuera su mejor versión. Al increíble equipo de Wednesday Books con el que ha sido un absoluto placer trabajar en esta bilogía: Lisa Bonvissuto,

Alexis Neuville, Brant Janeway, Meghan Harrington, Melanie Sanders, Lena Shekhter, Michelle McMillian y Kerri Resnick. Mi eterno agradecimiento a Olga Grlic por diseñar la preciosa portada de esta historia. Un enorme gracias a Angus Johnston por corregir el texto.

A Natasha Bardon y Vicky Leech: me siento honrada de que en el Reino Unido esta historia haya encontrado una casa en Magpie Book. Trabajar con todas vosotras y vuestro equipo es un sueño hecho realidad.

A Leo Teti, que ha abogado por mis libros en el mercado español. Gracias por ayudar a que mis historias encuentren lectores en el extranjero y por invitarme a formar parte en tantos viajes increíbles.

A Adalyn Grace, Isabel Ibañez, Shelby Mahurin, Rachel Griffin, Ayana Gray y Valia Lind por sacar tiempo de vuestra apretada agenda para leer la primera versión y proporcionarme una publicidad increíble en la tapa. A Adrienne Young y Kristin Dwyer, por animarme incontables veces y por motivarme cuando os hablé de este libro por primera vez.

A mis librerías locales independientes que han sido y siguen siendo básicas para el éxito de mis libros: Avid Bookshop de Athens, Little Shop of Stories de Decatur, The Story Shop de Monroe y The Inside Story de Hoschton. Gracias por ser luz y magia en nuestras comunidades.

Dos libros fueron increíblemente útiles cuando tuve que buscar información sobre la guerra de trincheras: *Warrior*, de R. G. Grant, y *World War I* de H. P. Willmott. También quiero poner en relevancia dos películas que me parecieron muy emocionantes, desgarradoras y bien ambientadas: *1917* y *Testamento de juventud*.

A mi familia: mamá, papá y todos mis hermanos. A mis abuelos, que me siguen inspirando día tras día, y a los clanes Ross, Wilson, Deaton. Todos vosotros me mantenéis unida y me hacéis más fuerte.

Y a mis lectores, por todo el amor y apoyo que nos habéis dado a mis libros y a mí. Es un honor que mis historias hayan encontrado un hogar con vosotros y vosotras. Gracias por acompañarme en este viaje.